Mortelle impasse

HELEN R. MYERS

Mortelle impasse

Roman

MIRA

Titre original :
DEAD END
publié par MIRA®

Traduction de l'américain par DANY OSBORNE

Photos de couverture
Rue de nuit : © J. DAVID ANDREW / MASTERFILE
Main : © DIGITAL VISION / GETTY IMAGES

83/85 boulevard Vincent Auriol 75646 PARIS CEDEX 13.
ISBN 2-280-85551-8 — ISSN 1765-7792

La colère est l'une des forces de l'âme.

THOMAS FULLER

1.

Je sais toujours quand quelque chose va aller de travers : au moment précis où je me dis : « Tout baigne. »

Journal intime, page 1.

Vendredi 29 octobre

Brette Barry freina si brutalement que la bouteille Thermos calée sous le siège fut propulsée contre son talon gauche. La chaussure de sport n'amortit pas le choc et la jeune femme poussa un cri. Non pas à cause de la douleur, même si l'arthrite qui martyrisait son genou venait de se rappeler à sa mémoire.

— Seigneur... Oh ! Seigneur...

L'empreinte d'une main, là, devant elle. Comme du sang séché. Sur le panneau « Impasse », signalant la fin de la route secondaire et le début du chemin de terre conduisant à Pugh'Dairy Farm.

Du sang... Peut-être pas. Mais ça y ressemblait sacrément. C'était sans doute l'œuvre de son fils et de Hank, son meilleur copain. Qui d'autre aurait pu faire une telle plaisanterie ? Ils étaient les seuls à habiter par ici. Le garnement le plus proche, capable d'une blague pareille, vivait à deux kilomètres à vol d'oiseau — enfin, quatre par la route.

Et si ce n'était pas une plaisanterie ?

Allons, elle avait trop d'imagination !

Bien sûr qu'il s'agissait d'une blague. L'empreinte était de petite taille. Pas vraiment une main d'enfant, mais pas une main d'adulte non plus, songea-t-elle. Un adolescent ? On distinguait à peine les doigts. Eric et Hank adoraient les plaisanteries de mauvais goût. Ils commettaient des bêtises. Oh ! rien de très grave, juste des trucs classiques de jeunes de leur âge ! S'ils n'avaient pas été au collège en ce moment précis, elle se serait attendue à voir surgir leurs têtes hilares de derrière un arbre.

— Bravo, les garçons, vous êtes malins, grommela-t-elle. Mais pour ce qui est de la finesse, vous repasserez.

Quand avaient-ils fait ça ? Dans la matinée, sans doute. La veille, cette horreur n'était pas là, lorsqu'elle avait distribué le courrier. Et les apprentis-vandales n'avaient rien dit de leur forfait au dîner. Bon sang… Dès qu'il verrait ça, Truman Pugh en ferait une jaunisse et irait extirper de leur repaire les deux gamins par la peau du cou. Déjà, le mois dernier, il les avait délogés de la vieille cabane dans les marais et les avait prévenus que s'il les revoyait traîner sur ses terres, il porterait plainte auprès du shérif. Sûr que Truman Frankenstein n'oublierait pas sa menace quand il découvrirait l'empreinte.

Depuis des lustres, il tannait le comté pour qu'on installe ce panneau. En sus des pancartes posées au croisement par ses soins des mois auparavant. Manifestement, « Passage défendu » et « Démarchage interdit », plantés au ras de sa clôture, ne lui avaient pas suffi. Pourtant, il y avait là de quoi décourager tout le monde, des enfants aux Témoins de Jéhovah. Seuls le roi du lait, sa majesté Truman en personne, et ses camions avaient le droit de passer par là. On racontait que même les représentants officiels du comté ne pouvaient pénétrer sur le domaine du fermier sans demander son autorisation au préalable.

Et voilà que ces deux petits vauriens, qu'elle avait pourtant bien sermonnés, avaient désobéi ! Maintenant, c'était à elle de se coltiner la corvée de nettoyage.

Brette se gara sur le bas-côté. Elle gardait un pulvérisateur de détergent et du papier absorbant dans son pick-up Chevrolet rouge. De quoi faire disparaître l'empreinte en quatrième vitesse. Le règlement du service postal du comté de Wood ne lui octroyait que deux minutes d'arrêt par boîte aux lettres individuelle et une pour les collectives, et elle avait déjà rogné sur le peu de temps qu'elle avait réussi à gagner depuis le début de sa tournée. Nombre d'habitants du coin avaient éprouvé le besoin de parler de la belle journée qui s'annonçait, ou de se plaindre de l'avalanche de catalogues qui les submergeait en cette période d'avant Noël… Sans compter les ragots ou les nouvelles fraîches qu'ils voulaient partager avec elle. D'ordinaire, elle appréciait les contacts humains. Et était appréciée en retour. Ne représentait-elle pas, pour certains, la seule personne qu'ils voyaient jusqu'au lendemain, quand elle s'arrêtait de nouveau devant leur boîte ? Des personnes âgées, surtout, seules… et qui l'auraient été bien davantage si elle ne leur avait pas donné un peu de son temps. Consacrer quelques-unes de ces précieuses minutes à nettoyer ce panneau, c'était vraiment du gâchis.

Elle coupa le contact et s'apprêta à descendre du pick-up. A peine eut-elle posé le pied par terre qu'elle entendit un moteur.

Et flûte…

Elle se rassit vivement derrière le volant, referma la portière et démarra. Direction la boîte aux lettres des Pugh. Trop tard.

Un camion à plateau apparaissait déjà au détour du dernier virage. Un coup d'œil dans le rétroviseur confirma la mauvaise nouvelle : le fermier au caractère de cochon était au volant.

Truman Pugh se gara sur le talus, du côté de sa propriété, bien sûr.

Il semblait peu amène d'habitude, mais ce matin, on aurait dit que ses meilleures laitières s'étaient subitement taries.

A croire qu'il avait vu l'empreinte…

— Vous êtes en retard ! aboya-t-il en descendant de son camion. Ça fait déjà deux fois que je passe regarder dans ma boîte !

Brette ravala une riposte bien sentie. Assumer la responsabilité de deux adolescents lui avait appris à ne pas céder à ses impulsions. Sa mauvaise humeur, elle devait la garder pour elle. De la sorte, ses reproches conservaient tout leur poids.

Et pourtant, Truman aurait bien mérité quelques réflexions désobligeantes. Il se tenait là, devant elle, sûr de lui… Quel âge avait-il ? Soixante, soixante-dix ans ? Entre les deux, sans doute. En tout cas, il semblait en pleine forme. Carré, râblé, l'air d'un homme qui s'économisait : temps, énergie, paroles ou émotions, il thésaurisait. Un regard bleu acier aussi perçant qu'un rayon laser, une chevelure de neige en pleine fonte… Il n'était pas laid, non, mais son caractère le rendait peu attirant. Sec, froid. A se demander s'il avait jamais été heureux dans son existence.

Elle lui adressa un sourire chaleureux.

— Désolée, monsieur Pugh, mais aujourd'hui, j'ai été débordée. Des colis à n'en plus finir.

— Ouais. On dit ça, mais on cancane devant chaque maison. Moi, j'ai autre chose à faire que d'attendre que vous ayez terminé votre boulot.

Oh ! ficher le camp d'ici… Elle lui tendit le petit paquet d'enveloppes qui lui revenait, dont la plus volumineuse était d'ailleurs destinée à son fils Albert.

— Des catalogues de vente par correspondance, commenta-t-elle. On dirait qu'il en pleut chaque fois que Tracie prend ses vacances.

Il saisit la liasse d'enveloppes en maugréant :

— Gardez vos réflexions pour vous. Pas étonnant que votre gosse fasse les quatre cents coups. Vous ne lui donnez pas l'exemple du respect… et encore moins de la discipline.

Fascinée, elle avait l'impression d'écouter un berger allemand qui aurait grogné sans bouger les babines.

— Bon, monsieur Pugh, ce n'est pas que je sois fatiguée de bavarder avec vous, mais comme vous me l'avez si obligeamment fait remarquer, j'ai du boulot. Alors, mes amitiés à Elsie et aux laitières !

— C'est ça, moquez-vous. En attendant, je suis moi-même père de famille et je sais de quoi je parle !

Il tourna les talons et regagna son camion sous son regard incrédule : il était donc fier d'avoir engendré cette brute d'Albert ? Ça lui allait bien de donner des leçons d'éducation. Son fils avait trente ans et rien dans le ventre.

— Crétin, murmura-t-elle une fois au volant de son pick-up.

Elle fit demi-tour sur la petite route. Et ne prit conscience de sa chance que quelques centaines de mètres plus loin : Pugh n'avait pas vu l'empreinte !

Dans le rétroviseur, elle jeta un dernier coup d'œil au panneau souillé puis continua son chemin. Quel dommage… ! Elle n'avait plus le loisir d'admirer la beauté de la forêt, symphonie de roux, de dorés et d'ambres. Il lui fallait au plus tôt dire deux mots à Eric et Hank.

Elle voulait que ce soient eux qui nettoient le panneau. Qu'ils assument leurs responsabilités. Ils disposeraient tout juste du temps nécessaire entre la sortie des classes et le passage du dernier camion qui viendrait charger le lait chez Pugh.

Elle appuya sur l'accélérateur et, pour une fois, passa sans la regarder devant la ruine de Sam Knight. Elle ne jeta pas non plus le moindre regard à sa propre maison, sorte de cottage Nouvelle-Angleterre flanqué de bow-windows où elle faisait croître et embellir des plantes vertes. En réalité, elle était tellement préoccupée que si Keith Daggett ne s'était pas tenu au milieu de la route en agitant un drapeau pour lui signifier de s'arrêter, elle ne l'aurait même pas remarqué.

Brette freina en catastrophe, se demandant un instant si elle n'allait pas ajouter un homicide involontaire à ses problèmes de la matinée.

Keith gérait une société d'informatique à son domicile, un gigantesque mobile home. Soigné, il avait les cheveux blonds coupés très court et des lunettes de myope cerclées d'acier, trop grandes pour sa petite figure. En fait, sous cette apparence sévère de fort en thème se cachait un type adorable. Tellement chouette qu'elle avait essayé de le jeter dans les bras de son amie Sally quelques mois auparavant. Hélas ! bien qu'en manque d'amour et avide de rencontrer le prince charmant, Sally avait fait la fine bouche et Keith avait battu en retraite comme un chien battu.

Il ne semblait plus en garder aucune séquelle et, en cet instant, lui tendait une enveloppe orange avec un sourire chaleureux.

— J'avais peur de vous avoir ratée. Vous pourriez timbrer ça et le poster demain ?

— Bien sûr, comptez sur moi.

Comme d'habitude, Keith était sur la brèche. Pour preuve : ses yeux injectés de sang.

— Vous semblez soucieuse, Brette.

— J'ai une bonne raison : Truman Pugh.

Il lui décocha un regard entendu.

— Il s'est encore plaint des garçons, hein ?

Voilà pourquoi elle l'aimait. Quoi qu'elle lui dise, il savait lire entre les lignes, interpréter les non-dits. Peut-être Sally avait-elle raison quand elle accusait Keith de maladresses dans le domaine du flirt, mais qu'importait ? Il se souciait d'Eric et Hank, et cela seul comptait.

— En fait, pas encore. Parce qu'il n'a rien vu.

— Super ! De quoi s'agit-il ? J'adore les mystères ! chuchota-t-il en se frottant les mains avec l'air gourmand d'un disciple de Dracula, la tête rentrée dans les épaules. Voyons, Halloween arrive, l'époque idéale pour dérouler des kilomètres de papier toilette sur les toits ou jeter des œufs contre les vitres des fermiers grincheux. C'est ça ? Ah non ! attendez… Ils ont peint une de ses vaches en orange ?

— Keith, vous avez autant d'imagination qu'eux pour les mauvais coups !

Malgré son humeur de dogue, elle ne put retenir un sourire.

— Ils ont collé une empreinte de main rouge sang sur le nouveau panneau « Impasse ». Vous savez, celui que Pugh a fait installer par le comté, à l'intersection du chemin qui mène à sa ferme.

Devant son regard interrogateur, elle ajouta :

— Vous ne voyez pas de quoi je veux parler, bien sûr. Vous êtes tellement obsédé par votre travail que vous n'avez pas remarqué le panneau. Quant à l'empreinte, elle date seulement d'hier. Les garçons ont dû préparer leur coup avant le dîner.

— Pauvre Brette ! commenta-t-il en se passant l'index sur les lèvres, comme pour réprimer une envie de rire. Mais au fond, tout ça est plutôt digne d'Halloween.

— Pas génial, votre sens de l'éducation ! Vous n'avez pas la moindre idée du choc qu'on éprouve quand son fils dépasse les bornes ! Mais c'est normal. Etre plongé à ce point dans les manuels et les ordinateurs a de quoi vous couper du monde.

— Et je m'en porte très bien, merci.

— Plus sérieusement, Keith, Pugh pourrait se débrouiller pour que les gamins se retrouvent inscrits dans le fichier des délinquants juvéniles, un boulet qu'ils traîneraient toute leur vie. Quelle université voudrait d'eux après ça ? Quel employeur embaucherait un jeune avec un casier judiciaire ? J'aurais vraiment dû nettoyer ça, poursuivit-elle en se mordillant la lèvre. C'est ce que je m'apprêtais à faire quand M. Sourire est arrivé.

Keith hocha la tête, l'air assombri.

— C'est sûr que vous ne pouviez pas rester là. Vous êtes certaine qu'il n'a rien vu ?

— Affirmatif. Il était trop occupé à critiquer mon retard. Mais ces deux gamins vont être expédiés vite fait sur les lieux du crime avec brosses et savon dès qu'ils seront descendus du bus !

— Bien, chef ! lança-t-il avec un salut militaire. Bon, je vais vous laisser. Mieux vaut que je ne vous retarde pas plus, sinon vous n'aurez pas fini votre tournée avant leur retour.

— Exact. Je m'occuperai de votre lettre demain matin. Merci de m'avoir écoutée, ça m'a fait du bien.

2.

En fin d'après-midi, Brette avait plus ou moins retrouvé le moral, même si d'entendre Eric jurer ses grands dieux que ni lui ni Hank n'étaient les auteurs de l'empreinte l'avait agacée. Le plus important était que son fils n'avait fait aucune difficulté pour aller la nettoyer.

Elle achevait de préparer le dîner. Le vendredi, c'était Eric qui choisissait le menu, invariablement de la pizza, et elle venait d'en préparer une énorme aux légumes, la préférée des garçons.

Après avoir posé le parmesan râpé sur la table de la salle à manger, elle jeta un coup d'œil par la vitre du four. La mozzarella dorait. Il était temps de battre le rappel.

— A table ! Lavez-vous les mains !

Elle ne les avait pas revus depuis la corvée de nettoyage. Rien d'anormal : ils devaient être en train de faire leurs devoirs. C'était la règle, même le vendredi, et elle s'appliquait également à Hank. Après tout, il passait plus de temps chez elle que chez sa mère.

Il y avait une autre règle dans la maison : la discussion. Brette avait passé la fin de l'après-midi à ratisser les feuilles mortes, à préparer les plates-bandes pour les bulbes de printemps tout en réfléchissant à ce qu'elle dirait. Il fallait que les Lois Barry soient sans équivoque.

Son fils apparut, et elle ne put retenir un sourire.

— Tu dois être affamé, je n'ai dû t'appeler qu'une seule fois.

Il ne s'était pas changé depuis l'école et portait toujours le T-shirt de Troy Aikman, numéro 8 des Dallas Cowboys. Blond comme elle, il avait malheureusement hérité de sa frêle corpulence et ressemblait plus à un joueur de volley qu'à un attaquant de football. Mais son père n'en avait pas non plus la carrure.

— Non, je n'avais pas vraiment faim, répondit-il.

Il ouvrit le réfrigérateur et prit une bouteille de lait, sa boisson favorite. Il buvait du lait avec tout et ce, depuis toujours. Quelques années auparavant, Brette lui avait dit en plaisantant qu'ils feraient de sacrées économies s'ils adoptaient une vache laitière. Elle avait amèrement regretté sa boutade quand les enfants avaient essayé d'en « emprunter » une aux Pugh. Un veau de trois mois, si petit qu'ils croyaient que sa disparition passerait inaperçue. Ils s'étaient trompés. Et cette affaire l'avait guérie : plus jamais de suggestions susceptibles d'être prises au pied de la lettre.

— Tu as fini tes devoirs ? s'enquit-elle.

Elle le sentait tendu. Etait-il contrarié parce qu'elle l'avait obligé à réparer sa bêtise ? Elle espérait que non. En principe, il assumait ses responsabilités, mais il avait treize ans maintenant. Tout le monde l'avait avertie : c'était un âge où un enfant pouvait devenir un inconnu en une seule nuit.

— Ouais. Mais aujourd'hui, Mme Durban nous a obligés à regarder C-Span, la chaîne d'infos politiques. C'est ça que vous vouliez, non, toi et les autres parents d'élèves ? Et maintenant, on doit tous écrire une rédaction sur les présidents. Elle a tiré les noms au sort.

— Chouette ! Sur qui es-tu tombé ?

— John Adams, marmonna-t-il. Je voulais Grant.

— Adams fera un sujet du tonnerre. Tu pourras parler de sa femme. Abigail et lui travaillaient beaucoup ensemble. C'étaient de vrais partenaires.

— Je *voulais* Grant.

Oh, oh ! quelque chose n'allait pas !

— C'est à cause de la partie Guerre civile ?... Eh ! attends... c'est Hank qui a eu Grant ?

— Ouais.

— C'est pour ça qu'il se cache. Il a peur que je le fouette parce qu'il t'a piqué ton président, ou pire, que je le prive de sa part de pizza ?

Se cacher lui ressemblait bien : quand il se rendait compte que ça sentait le roussi, il s'esquivait. Bien que sachant cela, Brette affectait une légèreté qu'elle n'éprouvait pas. Elle était inquiète. Eric et Hank s'étaient-ils battus ? Cela n'arrivait pas souvent. Ils étaient vraiment de bons copains, même si Hank avait un an de plus qu'Eric et se trouvait dans la même classe que lui.

Eric prit le temps de remettre la bouteille de lait dans le réfrigérateur avant de répondre :

— Hank n'est pas ici.

Voilà qui expliquait la tranquillité dans la maison. Sally Jamison, la mère de Hank, travaillait de nuit à l'hôpital et dormait le jour. Profitant de la situation, l'adolescent passait quasiment sa vie chez les Barry — ce qu'il aurait fait même si sa mère avait travaillé de jour. Il ne s'entendait pas avec elle.

— Est-ce qu'il devait rentrer chez lui pour une raison ou une autre ? demanda Brette prudemment. Il va revenir, non ? Je dois bien vous amener à cette soirée d'Halloween au gymnase ?

Eric se mit à table.

— Non, laisse tomber.

— Mais je croyais que tu étais ravi d'y aller.

— C'était avant que je sache que c'était pour les mômes.

Faux. L'année précédente, il y avait des enfants de tous âges… Mais avant qu'elle puisse en savoir plus, le téléphone se mit à sonner.

— Allô ? fit-elle sans quitter Eric du regard.

— Salut, Brette. Tu crois que mon fils voudra bien venir me souhaiter une bonne nuit avant que je parte travailler ?

— Ah ! Sally…

Elle plaqua la main sur le téléphone et murmura :

— Eric, si j'ai bien compris, Hank n'est pas ici ?

— Non.

— Alors, où est-il ? Sa mère le cherche.

Il haussa les épaules.

Son attitude exprimait une colère contenue… ou de la souffrance. Décidément, quelque chose n'allait pas.

— Explique-toi, Eric. Je dois donner une réponse à Sally.

— Allô, Brette ?

— Un instant, Sally.

De nouveau elle mit sa main sur le combiné.

— Maintenant, Eric, dis-moi ce qu'il y a. Où est Hank ?

— Je *ne* sais *pas*, maman. Je ne l'ai pas vu.

— Depuis quand ?

Un autre haussement d'épaules.

— Il n'est pas venu en classe, aujourd'hui.

Brette sentit son estomac se nouer.

— Pourquoi ne me l'as-tu pas dit plus tôt ?

— Parce que tu étais déjà partie travailler.

D'accord, mais pourquoi ne lui en avait-il pas parlé en sortant du collège ? Parce qu'elle ne lui en avait pas laissé le temps. A cause de cette satanée empreinte.

— Bon. Hank ne se sentait pas bien en partant d'ici, ce matin ?

Question stupide. S'il avait été malade, Sally aurait été au courant puisqu'il serait rentré chez lui. Sauf si…

— Il n'a pas dormi ici, hier soir, lui apprit Eric. Il est parti après que tu es allée te coucher.

Elle resserra la main autour du combiné.

— Je n'y comprends rien…

— Mais si ! Il tirait une de ces gueules… tu vois le genre. Alors, j'en ai eu marre. Je lui ai dit que s'il continuait, il pouvait aller bouder ailleurs. Et c'est ce qui s'est passé.

— Oh ! Seigneur…

Les yeux toujours fixés sur son fils, elle retira la main du combiné.

— Sally, nous arrivons tout de suite.

3.

Les Jamison habitaient une maison préfabriquée gris tourterelle qui donnait directement sur la rue. Elle ressemblait à une longue boîte à chaussures, avec une bande blanche ornée d'une frise en forme de roues. Cet ornement était tout ce qu'affectionnait Hank dans la bâtisse parce qu'il lui donnait l'allure des bateaux-casino de Louisiane. Une allée de dalles en plastique menait à la maison, rajoutant à la netteté du lieu sans pour autant le rendre triste.

En plus de l'allée plastifiée, Sally avait fait recouvrir la petite cour de devant de graviers. Elle était allergique à tout ce qui avait des racines et détestait tout ce qui ressemblait de près ou de loin à des plantes ou de la pelouse. Seule note de couleur dans le paysage : des pots en plastique de part et d'autre de l'escalier d'accès. Durant une bonne partie de l'année, ils regorgeaient de géraniums artificiels. A l'automne, Sally les remplaçait par des chrysanthèmes et, à Noël, par des poinsettias. Elle aimait les couleurs vives et choisissait toujours des teintes outrancières. Pour apercevoir la végétation naturelle, il fallait regarder quelques mètres plus loin, là où commençait la forêt de pins, de gommiers, de chênes, d'érables rouges et de cornouillers. En fait, la petite propriété était entourée d'une épaisse futaie qui la protégeait des redoutables tempêtes de l'est du Texas.

Sally se tenait derrière la baie vitrée lorsque Brette et Eric arrivèrent. C'était une femme qui vivait dans son propre monde, et cette tendance s'était accentuée après son divorce, alors que son fils n'était encore qu'un bébé. Il était difficile de savoir précisément ce qu'elle pensait. Elevée dans un foyer désuni, privée de relations étroites avec son père et sa mère, elle était particulièrement indéchiffrable pour Brette, qui avait toujours entretenu des rapports harmonieux avec ses parents et abordait la vie avec une relative sérénité. Sally, quant à elle, était convaincue qu'un nuage noir planait en permanence au-dessus de sa tête, qu'elle était victime du mauvais œil et que des gens ingrats et malhonnêtes lui voulaient du mal. Dès qu'elle avait un ennui, elle s'attendait à ce que chaque personne de son entourage jette de l'huile sur le feu. De sorte que crises et drames ne cessaient de jalonner sa vie désespérément.

Aux yeux de Brette, être amie avec cette femme de trente-cinq ans, son aînée de trois ans, revenait à s'occuper d'une créature dangereusement survoltée. Si Sally pouvait se montrer charmante, pleine de bonnes intentions et souvent fort gaie, elle était aussi maniaco-dépressive. Une conclusion à laquelle dix ans de voisinage et d'amitié avaient amené Brette. Le problème, c'est que personne n'avait jamais diagnostiqué ni traité cette maladie chez Sally. Certes, la jeune femme travaillait dans un hôpital, mais elle fuyait les médecins comme la peste.

Depuis son coup de téléphone, elle semblait n'avoir rien fait d'autre qu'attendre. Son visage dépourvu de maquillage était encore plus pâle que d'habitude, et avec ses cheveux couleur aubergine, coiffés à la mode punk, elle évoquait au choix un invité de MTV ou un personnage de dessin animé. Un T-shirt fuchsia et un bermuda informes pendaient sur son corps maigre, telle une serviette de bain humide sur un arbre dénudé.

— Que se passe-t-il ? demanda-t-elle en guise de salut.

Elle regardait autour d'elle, cherchant manifestement son fils.

— Où est-il ? Où est Hank ?

Brette gravit l'escalier et entra dans la maison.

— Sally, d'abord, n'oublie pas qu'il n'y a rien de nouveau sous le soleil, déclara-t-elle en guise d'introduction. Hank était de mauvaise humeur et il est allé se mettre au vert en attendant d'aller mieux.

— Qu'est-ce que tu racontes ? Il a disparu ?

— On n'en sait rien.

Sally riva ses yeux vert pâle sur Eric.

— Qu'est-ce qu'il t'a dit ? s'écria-t-elle. De toute façon, c'était un mensonge !

— Arrête de crier, Sally, et éteins la télé, ordonna Brette. Eric est aussi embêté que toi.

— Mais vous étiez en classe tous les deux, aujourd'hui. Hank a bien dû te dire quelque chose !

Eric enfonça les mains dans les poches de son jean qui était large mais pas autant que celui de Hank, de style baggy.

— Il n'est pas venu au collège, madame Jamison.

Sally se raidit, et sa peau devint soudain translucide. Elle se tourna vers Brette.

— Je… je ne comprends pas. Pourquoi ne m'a-t-on pas mise au courant ? demanda-t-elle, son regard durci dérivant vers l'adolescent. Eric, tu sais ce qu'il fait, tu le vois plus souvent que moi. Tu aurais *dû* savoir. Pourquoi n'as-tu rien dit à ta mère ?

— Hank est parti de la maison hier soir après que je suis allée me coucher, expliqua Brette.

— Il y a un truc qui m'échappe… Il ne jure que par toi. Il ne t'aurait pas fait un coup pareil.

Le dédain qui transparaissait dans sa voix était manifeste. Brette s'aperçut qu'Eric se raidissait. Il était parfaitement au courant des mauvaises relations entre Hank et sa mère et, à l'évidence, il préférait se taire. Le silence lui permettait de ne pas se retrouver pris entre deux feux.

— Il a été de mauvais poil toute la journée d'hier, lâcha-t-il enfin. Tantôt il voulait parler, tantôt il m'accusait de l'espionner. Pour votre compte.

— Qu'est-ce que c'est que cette blague ? répliqua Sally, une main s'agitant nerveusement dans la poche de son bermuda, l'autre ébouriffant ses cheveux. Tu racontes n'importe quoi.

— Au bout d'un moment, j'en ai eu marre. Je lui ai dit de me raconter ce qui l'embêtait ou bien de se barrer. Et il s'est barré.

La jeune femme parut indignée.

— Comment as-tu pu lui faire ça ? Tu es censé être son meilleur ami ! Tu es censé…

— Stop ! s'écria Brette.

Ah non ! Elle ne supporterait pas ça ! Personne n'avait le droit de passer ses nerfs sur son fils. Pas plus Sally que n'importe qui.

— Je pense qu'Eric a été très clair : il a essayé d'aider Hank. Et ton fils a décidé de son propre chef de s'en aller. N'oublie pas que c'est toi qui lui laisses autant de liberté. Si tu m'avais demandé de le surveiller en permanence, je l'aurais fait. Mais tu ne m'as laissé aucune consigne. Pas plus que tu ne m'as parlé de problèmes entre vous deux.

— Il n'y avait pas de problèmes ! Bon, d'accord, tout n'était pas parfait, mais la situation était normale. Pas super, mais on discutait. On n'a pas eu une seule vraie dispute depuis des semaines. C'est pas mal, non ?

Oui, pour les Jamison peut-être, mais pas pour les Barry, songea Brette. Récemment, Eric lui avait révélé que l'atmosphère chez les Jamison était explosive.

— Partir, c'était vraiment *son* idée ou… ?

— Ou quoi ? fit Sally, d'abord interdite puis horrifiée. Tu ne penses quand même pas qu'il a été enlevé ? Oh ! mon Dieu ! j'aurais dû y penser en voyant ça ! Ce… ce désordre…

Brette suivit son grand geste du regard et contempla le salon. Ce qu'elle aurait préféré éviter. L'intérieur de la maison semblait en permanence avoir été soufflé par une tornade, voire vandalisé les jours où Sally n'allait pas bien. De qui se moquait-elle donc ? C'était toujours pareil. Comme Roseanne Barr, elle était du genre à dire : « Je ne me servirai pas d'un aspirateur tant que Sears n'en aura pas fabriqué un sur lequel on s'assoit et qui roule tout seul. »

— Mais non, c'est idiot, enchaîna la jeune femme avant que Brette ait pu intervenir. Qui se donnerait la peine de venir jusqu'ici ? Qui choisirait ma maison, *mon* fils ? Il a encore fugué, Brette, c'est tout. Qu'est-ce que je dois faire ?

Sous la panique il y avait autre chose, une forme d'inquiétude. Chester « Cuddy » Cudahy, le shérif du comté de Wood, s'était montré très clair : si on le dérangeait pour des vétilles, c'est-à-dire de stupides bagarres entre gamins, il viendrait leur remonter les bretelles. Cependant, si la leçon ne portait pas, le coup d'après, il ne perdrait pas son temps : il les flanquerait en cellule.

— Sally, tu sais comment tu es quand tu te réveilles, commença Brette, s'accrochant à un espoir ténu. Tu es sûre que Hank ne se cache pas quelque part, qu'il ne te joue pas un mauvais tour parce que c'est Halloween ?

— Non, oh non ! J'ai regardé partout, sans résultat. Rien d'étonnant, hein ? Hank fuit cette maison autant que toi.

Peu désireuse d'aborder ce sujet brûlant, Brette suggéra :

— Il faut régler ça. Nous allons afficher des avis de recherche.

— Cudahy nous l'interdira : il ne peut pas nous sacquer.

— Le shérif n'est pas un monstre, Sally. Il a des enfants, des petits-enfants, et tout ce qu'il a pu dire de déplaisant à Hank n'avait qu'un but : lui faire prendre conscience de ses responsabilités. Il s'est peut-être montré un peu brutal, mais ça ne signifie pas qu'il ne se sent pas concerné.

— Bon, alors appelle-le. Toi. Parce qu'il t'aime bien.

Oui, Cudahy l'aimait bien, elle. Pourquoi ? Mais simplement parce qu'elle ne l'avait jamais traité de rustre accroc à la cigarette !

Elle prit le téléphone.

Ainsi qu'elle le redoutait, le shérif avait déjà quitté le poste de police, et la standardiste posa mille questions oiseuses avant d'assurer qu'elle allait envoyer quelqu'un. Après avoir raccroché, Brette se demanda ce qu'ils pourraient faire d'utile en attendant l'arrivée de la police. La maison des Jamison se trouvait à une bonne trentaine de kilomètres du poste, situé à Quitman. Le trajet prendrait au minimum trente voire quarante minutes à la patrouille, à condition qu'il y en ait une disponible. Or, la seule équipe de nuit était apparemment déjà en mission.

Une idée lui traversa l'esprit.

— As-tu regardé s'il y avait une lettre, Sally ?

— Non, puisque je croyais que Hank était avec toi.

— Allons vérifier. Peut-être qu'il avait laissé un mot sur une table et qu'un courant d'air l'a fait s'envoler jusque sous le lit. Eric, on va dans la chambre de Hank, mais ne touche rien.

— Mes empreintes sont déjà partout dans cette maison, maman. Si je dois être accusé à cause de ça, je ferais mieux de ficher le camp d'ici tout de suite.

Si Brette était grand amateur de romans policiers, son fils, quant à lui, se prenait pour un détective en herbe. A eux deux, ils formaient un bon tandem. Entrant dans sa logique, elle répliqua :

— Je sais très bien que tu es déjà venu ici. Ce que je ne veux pas, c'est que tu masques les empreintes de quelqu'un d'autre.

— Ah oui ! Je ferai attention, promit-il, visiblement ravi : il adorait être considéré comme un vrai partenaire.

— Les empreintes de quelqu'un d'autre ? De qui ? s'enquit Sally. Tu sais que Hank n'a pas d'amis à part Eric. La vérité, c'est que mon fils me donne la chair de poule, Brette, gémit-elle avant de poursuivre d'une voix mourante : Tu ne penses quand même pas qu'il aurait fait une grosse bêtise ?

Brette prit ses mains entre les siennes.

— Mais non. J'essaie simplement de me mettre à la place des policiers, de penser à ce qu'ils penseront quand ils arriveront. Ne dramatisons pas.

— Je dois faire quoi ?

— Rien de spécial. Restons groupés et allons tous inspecter la chambre de Hank. Trois paires d'yeux seront plus efficaces qu'une seule.

Ainsi qu'Eric l'avait souvent fait remarquer, la chambre de Hank était l'un des rares endroits propres et rangés de la maison. A la poignée de la porte pendait une pancarte « Propriété privée — Défense d'entrer », qui n'empêcha pas le trio de pousser le battant.

Brette s'arrêta sur le seuil. Voyons, qu'y avait-il d'anormal ? Rien, à première vue. Un lit double fait au carré, un bureau vide si l'on exceptait une pile de livres scolaires bien nette. Et deux signes du passage en coup de vent de Hank : par terre, un sac de gymnastique béant, et une armoire aux portes ouvertes. De quand dataient-ils ?

Brette passa son bras autour des épaules de son fils.

— Eric, à toi. Qu'est-ce que tu en penses ?

— Je préfère ne pas penser.

Elle le serra contre elle.

— J'ai besoin de toi, mon chéri. Aide-moi.

Il examina la pièce plus attentivement, puis haussa les épaules.

— A mon avis, il est venu en vitesse prendre quelque chose et il est reparti.

Il désigna le sac de gym d'un mouvement du menton.

— Ce sac ne serait pas là s'il avait prévu d'aller en classe.

— Bien vu, approuva Brette.

Puis elle regarda Sally :

— Qu'en dis-tu ?

La jeune femme recula jusqu'à la porte et se plaqua contre le chambranle comme si quelque chose dans la chambre allait l'attaquer.

— Ben… il… il se met en rogne quand je lui dis qu'il est encore un gamin. Je crois qu'il n'aurait pas laissé ce sac ici s'il avait pensé que le porter lui donnait l'air d'un homme. Mais il est peut-être juste allé se cacher dans les bois. C'est ce qu'il a fait la dernière fois, tu te rappelles ?

Mmm… La dernière fois, Hank n'était parti que pendant trois heures et il ne faisait pas nuit. Il était juste resté assez longtemps dehors pour passer à travers le plancher pourri d'une cabane sur la propriété des Ponder, s'ouvrir la jambe profondément (il avait eu droit à sept points de suture par la suite) et braire comme un âne jusqu'à ce qu'on le retrouve. Et pour finir, il avait failli mourir de honte sous les rires de la police parce qu'il avait mouillé son pantalon.

— Il n'a pas refait ça, madame Jamison, affirma Eric en regardant le bas de l'armoire. Sinon il n'aurait pas mis ses baskets préférées.

Les Jamison vivaient au jour le jour, tirant le diable par la queue entre deux salaires hebdomadaires. Conscient de leurs problèmes d'argent, Hank prenait grand soin de certaines de ses possessions, comme ses baskets hors de prix, griffées du nom d'un sportif célèbre.

— Excellente déduction, commenta Brette en pressant gentiment l'épaule de son fils. Sally, quel autre sac pourrait-il avoir emporté ?

C'est Eric qui répondit.

— Le sac marin en jean que madame Jamison a eu en prime quand elle a acheté plein de trucs de maquillage. Il l'aimait vraiment.

— Tu es sûr que j'ai un sac comme ça ? s'enquit Sally, l'air perplexe.

L'ignorant, Eric se tourna vers sa mère avec gravité.

— Tu voudras peut-être le répéter à la police, mais c'est comme pour le reste, je ne suis pas tout à fait sûr. Hank n'a peut-être changé que de chaussures.

— Alors, à ton avis, que porte-t-il ?

— Sa chemise à l'emblème des Dallas Cowboys, la même que la mienne mais en blanc.

Les deux garçons s'habillaient pratiquement toujours avec les mêmes vêtements et les redemandaient à chaque Noël. Toujours en taille XXL. Les T-shirts, sur Hank, le plus costaud des deux, descendaient jusque sous les hanches. Sur Eric, ils lui balayaient les genoux.

— Merci, fiston. Hank portait un jean, n'est-ce pas ?

— Ouais, celui que tu détestes.

Brette ne releva pas l'exagération.

— Le genre hip-hop, grunge ?

— Ouais.

— Une casquette ?

Eric regarda de nouveau dans l'armoire.

— Peut-être la bleue avec l'étoile blanche sur le devant. A cause de toi, maman, parce que tu lui répètes tout le temps que ce bleu fait ressortir ses yeux.

Pauvre Hank, tellement en manque de compliments… Il adorait l'entendre lui parler de ses yeux étonnants qui pouvaient passer en quelques secondes du gris au bleu pâle.

— Tu es super, mon chéri, fit-elle avec un sourire fugace.

Ramenant ses yeux sur Sally, elle croisa son regard angoissé.

Maintenant, ils avaient des éléments précis à donner à la police.

4.

Trente-cinq minutes plus tard, une voiture de police se gara dans l'allée. Tandis que Sally se plaignait abondamment de la lenteur de l'intervention, Brette remerciait à part elle les hommes du shérif : ils n'avaient pas allumé le gyrophare ni utilisé la sirène. Non qu'il y eût beaucoup de voisins à proximité de la maison des Jamison, mais une arrivée en fanfare aurait quand même déclenché une agitation superflue dans les environs.

L'inspecteur Roy Russell ne lui était pas inconnu. En voyant sa photo dans le journal, elle lui avait donné cinquante ans et des poussières. Dans la réalité, il semblait bien plus jeune. Charmant, calme, mais doté d'une paire d'yeux sombres qui exprimaient la méfiance.

— C'est vous qui avez appelé ?

Brette se recula pour lui permettre d'entrer.

— Je suis Brette Barry. Et voici Sally Jamison, la mère de Hank.

L'inspecteur toucha la visière de sa casquette du bout de l'index.

— Bonsoir, madame.

Il regarda autour de lui mais son expression resta insondable.

— On m'a informé par radio que ce n'était pas la première fois que votre fils faisait des siennes, madame Jamison.

Le sous-entendu n'échappa pas à Brette : Russell insinuait qu'il perdait son temps. Elle allait intervenir quand Sally prit la parole.

— Jamais encore Hank n'est parti toute une nuit. Une fois, on l'a retrouvé dans les bois ; une autre fois, caché dans la voiture d'un copain. Il a aussi pris la route et a été ramené par vos collègues. Rien de bien grave, quoi. Et ça n'a pas duré longtemps. Mais ce coup-ci… Inspecteur, qu'est-ce que vous avez fichu jusqu'à maintenant, alors qu'on avait besoin de vous ?

La jeune femme croisait les bras sous ses seins d'un air de défi.

Russell se borna à ouvrir son carnet.

— Comment s'appelle ce copain ?

— Hein ?

— Celui qui a hébergé Hank dans sa voiture ?

— Oh… Keith Daggett, lança Brette précipitamment. Vous êtes passé devant chez lui en venant ici. Le grand mobile home sur votre gauche, c'est sa maison et le siège de sa société d'informatique. Sur la droite, vous avez longé la maison de Clovis et Bertrice Ponder. Bertrice est retraitée. Elle travaillait dans une compagnie de téléphone, mais maintenant, elle s'occupe de son mari à plein temps. Clovis a eu une attaque il y a… Combien de temps ça fait, Sally ? Plus d'un an, non ?

— Oui. Je ne me souviens pas bien.

— Peu importe. Ce que nous essayons de vous faire comprendre, inspecteur, c'est que cette fois, Hank s'est comporté différemment.

Elle leva la main et commença à énumérer, en tapotant ses doigts :

— Premièrement, mon fils Eric assure que Hank a semblé très perturbé toute la journée d'hier. Pourtant, il ne s'est pas disputé avec sa mère. Deuxièmement, il a attendu hier soir que Sally parte travailler pour…

— Vous travaillez de nuit, madame Jamison ? la coupa Russell.

— Je fais des passes jusqu'au matin, railla cette dernière. Sur un bout de trottoir au coin de…

— Sally ! s'écria Brette, pressentant que son amie allait définitivement se mettre le policier à dos si elle se payait sa tête. Sally, l'inspecteur Russell te pose des questions nécessaires !

— Ouais, d'accord… Je travaille la nuit. Et alors ? Ce n'est pas pour ça qu'il faut s'imaginer que je ne me préoccupe pas de mon gosse ! Je bosse à l'hôpital Mother Frances, à Tyler.

L'inspecteur consulta ses notes.

— Vous êtes infirmière ?

— Je remplis les bassins de macaronis au fromage carbonisés…

Russell ne réagissant pas devant sa cruelle ironie, elle précisa, avec sérieux cette fois :

— Cafétéria. La nuit parce que c'est mieux payé. Mais croyez-moi, mon salaire, je le mérite. Vous n'avez pas idée de ce qu'on peut venir me demander à 2 heures du matin.

— Oh ! mais si, je l'imagine aisément, madame Jamison ! Le jeune fils de ma sœur a pris son temps pour venir au monde, et comme mon beau-frère était à l'étranger à ce moment-là, j'ai dû le remplacer. C'était affolant. J'ai passé des heures à Mother Frances, à rendre dingue le personnel soignant.

— Mon mignon, je suis serveuse, pas infirmière.

Russell s'éclaircit la gorge, manifestement embarrassé.

— Donc, reprit-il, quand vous êtes-vous rendu compte que, euh… Hank, oui, c'est ça, Hank… avait disparu, madame Jamison ?

— Tout ça est ridicule !

Sur ces mots, Sally pivota sur ses talons, direction la cuisine. Sans doute pour aller chercher des cigarettes, songea Brette tout en espérant qu'elle ne se servirait pas à boire par la même occasion.

— En fait, inspecteur, nous nous sommes aperçues de l'absence de Hank en même temps. Sally m'a téléphoné. Elle voulait parler à son fils avant de partir travailler, et à ce moment-là, Eric était en train de m'expliquer que Hank n'avait pas dormi chez nous hier soir et qu'aujourd'hui il n'était pas allé en classe.

Russell pointa son stylo sur son carnet puis vers la porte de la cuisine.

— Si je comprends bien, pendant tout ce temps, vous n'avez eu aucun contact avec l'enfant qui était sous votre responsabilité ?

Sa remarque, autant que le ton qu'il avait employé, la mirent mal à l'aise.

— Hank a un an de plus que mon fils. Et il n'est sous la responsabilité de personne. Mais Eric et lui sont les meilleurs amis du monde. Hank nous considère, Eric et moi, comme sa famille, et c'est réciproque. Il reste chez nous quand sa mère travaille. Mais parfois, il aime bien prendre son indépendance. Comme tout le monde.

L'inspecteur n'émit aucun commentaire. Il se tourna vers Eric.

— Hank Jamison a quitté ta maison et tu ne l'as pas dit à ta mère ?

— Elle venait juste d'aller se coucher. Elle est facteur, vous savez. Elle doit se lever très tôt.

— Vous vous êtes querellés ?

— Maman et moi, on ne se dispute jamais.

— Je me suis mal fait comprendre. Quelque chose s'est passé entre ton copain et toi, en classe ?

Eric enfonça les mains dans ses poches puis haussa les épaules.

— Tout ce que je sais, c'est que Hank n'était pas bien hier. D'habitude, on en parle. Mais pas hier.

— Il t'a paru plus cafardeux que les autres jours ?

Sally jaillit de la cuisine.

— Hank est un adolescent, bon sang ! En pleine crise !

Tous se tournèrent vers elle. Elle s'appuya négligemment contre le chambranle et alluma une cigarette.

Russell ramena son attention sur Eric.

— A ton avis, qu'est-ce qui tracassait Hank ? Son comportement était-il bizarre ?

Eric décocha un coup d'œil à Sally, comme s'il craignait un autre coup d'éclat.

— Il m'a cherché des noises plusieurs fois dans la journée. Même quand on est rentré à la maison. Et ça, ce n'était pas… normal. Ça lui était déjà arrivé d'avoir des problèmes avec des gens, mais jamais avec moi. A la fin, j'en ai eu marre. Je lui ai dit d'aller se faire voir ailleurs et de ne revenir que quand il aurait décidé d'être de nouveau mon pote. S'il voulait seulement me casser les pieds, il n'avait qu'à rester dans son coin. Je ne l'ai pas revu après.

— Quelle heure était-il quand il y a eu le clash ?

— Un peu plus de 19 heures. Je me souviens que maman était sous la douche.

Le policier consulta sa montre.

— Ça fait donc à peu près vingt-quatre heures… Hank et toi, vous ne vous seriez pas disputés à cause d'une fille, par hasard ?

Eric secoua la tête, mais son embarras était flagrant.

— Non.

— Mon fils n'a que treize ans, inspecteur, intervint Brette.

Un bon coup de coude au creux de l'estomac, voilà ce que méritait ce flic pour oser suggérer de telles idioties ! Les filles de l'âge d'Eric ne s'intéressaient qu'aux garçons de terminale. Aux sportifs top-niveau en particulier. A leurs yeux, les ados étaient transparents.

— Et Hank ? s'enquit Russell.

— Hank a quatorze ans. Trop jeune lui aussi pour se préoccuper des nanas ! décréta Sally.

L'expression du policier trahissait son scepticisme.

— De nos jours, bien des adolescents ont déjà des relations sexuelles, ainsi que sentimentales… Nous avons eu récemment le cas de deux gosses de quinze ans qui avaient projeté de se suicider ensemble. Heureusement, un de leurs amis a éventé le secret. Mais vraiment *in extremis*.

— Et alors ? Vous suggérez quoi ? Que mon gosse s'est fichu en l'air dans une chambre d'hôtel miteuse avec une minette ? lâcha-t-elle en se passant la main dans les cheveux, ce qui eut pour effet d'en aggraver le fouillis. Qui serait assez stupide pour louer une chambre à des mineurs suicidaires ?

— Madame Jamison, les enfants d'aujourd'hui ont une conception du romantisme bien à eux et…

Sans écouter la fin de sa phrase, la jeune femme lui tourna le dos et alla se réfugier de nouveau dans la cuisine. Brette poussa un profond soupir de soulagement.

— Inspecteur, je vous en prie… C'est de son fils qu'il est question. Son fils unique !

— J'en suis bien conscient, madame… euh…

— Barry.

— Eh bien, madame Barry, reprit-il, les lèvres pincées, à vous de décider : soit vous cherchez de la compassion, et je vais vous donner des Kleenex et de l'aspirine, soit vous me laissez une chance de comprendre ce qui s'est passé. Mais ne perdez pas de vue une chose : la brigade ne dispose pas de beaucoup d'éléments. Notre temps est précieux. Je vais donc récapituler, surtout à l'intention de Mme Jamison : premièrement, si j'ai bien compris la raison de votre appel, nous parlons d'un adolescent qui a déjà eu maille à partir avec la police et qui a une tendance à faire les quatre cents coups. Peut-être pour qu'on s'intéresse à lui… Qu'est-ce qui vous fait croire que cette fois est différente des précédentes ? Qu'il n'a pas cherché à attirer l'attention sur lui ? A vous obliger à réagir ?

Derrière elle, une voix grave s'éleva.

— Il n'a rien cherché de tout ça, inspecteur, parce qu'il savait qu'en cas de besoin, s'enfuir ne l'aurait pas aidé. S'il avait eu un problème, il serait venu *me* voir !

5.

Brette se retourna d'un coup. L'irruption subite du père de Hank ne l'aurait pas laissée plus interdite. Sauf qu'il ne s'agissait pas de Henry Jamison Senior, mais de Samuel Shane Knight, l'homme qui s'était installé au printemps dans la maison voisine de la sienne, source de ses frustrations quand il daignait se montrer, ou de ses fantasmes s'il restait cloîtré chez lui.

Que faisait-il ici ?

— Je vous ai vue arriver avec Eric, expliqua-t-il.

Comme elle ouvrait la bouche, il posa son index en travers de ses lèvres, la contraignant malicieusement au silence.

— Quand la voiture de police s'est arrêtée ici, j'ai compris que quelque chose n'allait pas. Alors, je me suis dit que vous aviez peut-être besoin d'un coup de main.

Un coup de main ? se répéta-t-elle *in petto.* Sam Knight s'était donc soudain mué en voisin serviable et amical ? Eh bien, pour une surprise, c'en était une… Peu de temps après qu'il avait emménagé, elle lui avait apporté en guise de présent de bienvenue un gâteau au chocolat fait maison. Et il s'était montré fort clair : sauf en cas de force majeure — un incendie de forêt, par exemple —, elle était priée de ne pas franchir la limite de leurs propriétés mitoyennes. Oh ! il n'avait pas été désagréable, non ! Ni agressif. Mais inquiet. Il lui avait fait songer à un daim pris dans l'éclat des phares d'une voiture. Un daim qui, bien qu'affolé, aurait refusé tout contact humain. Elle avait reçu le message cinq sur cinq.

Une deuxième fois, pourtant, elle s'était résolue à franchir l'impalpable mais efficace clôture qui les séparait : bêtement, elle s'était laissé convaincre par une Sally très persuasive. Cette dernière lui avait assuré qu'elle avait dû le prendre au mauvais moment et que cette fois serait la bonne. Grosse erreur. De nouveau, l'approche s'était révélée non concluante. Knight avait poliment décliné son invitation à dîner. Très poliment, même. N'empêche, Brette avait eu la sensation qu'il la rejetait de toutes ses forces. Comme si le refus exsudait par tous ses pores. Ne se sentant pas très douée pour la chasse au mâle, elle avait battu en retraite. Désormais, dans son esprit, la monstruosité néo-gothique à un étage, inoccupée pendant deux ans après la mort de son concepteur-bâtisseur, était toujours vide. Sauf de temps à autre, où elle avait quand même l'impression d'avoir un voisin : il arrivait à M. Adonis de lui adresser un signe de tête quand il la croisait, ou bien elle l'apercevait derrière l'une de ses fenêtres, consciente qu'il la regardait en train de jardiner. A ces moments-là, une énergie sexuelle refoulée et qui ne s'était pas manifestée depuis des années rugissait en elle, la mettant dans les transes d'une chatte sur un toit brûlant.

— Comme c'est aimable à…, murmura-t-elle avant de s'arrêter, incapable de poursuivre. Sal… ?

Elle quémanda désespérément du regard le secours de son amie. Mais apparemment, elle n'était pas la seule à avoir un problème. Sally se tenait toujours sur le seuil de la cuisine, la longueur de la cendre de sa cigarette trahissant son trouble.

— Sally, monsieur… euh… Knight est venu proposer son aide.

Bouche bée, la jeune femme gardait le silence. Evidemment. La présence du si convoité voisin la laissait sans voix.

Lorsqu'elle était de mauvaise humeur, Brette l'affublait d'un surnom : M. Réaction Zéro En-dessous de la Ceinture. Non parce qu'il ne lui plaisait pas. Comment cela eût-il été possible ? Avec sa carrure d'athlète, ses longues jambes de sportif, il semblait capable de déraciner un sapin de vingt mètres à mains nues. Son visage aurait fait le bonheur des photographes de mode ou des artistes en quête de modèle pour le soldat idéal : ses traits parfaits symbolisaient la fierté, la bravoure et le sens de l'honneur. Seule une infime bosse sur son nez déparait légèrement l'ensemble. Malgré tout, Sam Knight restait quand même irrésistible, d'une beauté rendue ténébreuse par un regard gris, perçant, parfois traversé d'énigmatiques lueurs.

Cet homme était décourageant et déconcertant.

Seul point positif : son apparition avait ramené le calme dans la maison.

— Inspecteur Russell, voici Sam Knight. Notre voisin. Il habite l'espèce de château dément de l'autre côté de la route.

S'il avait espéré qu'elle préserverait son intimité, il en serait pour ses frais.

— Il enseigne les travaux manuels au collège de Sandy Springs.

— Sa présence semble vous surprendre, madame Barry, nota judicieusement Russell.

— Non, non… C'est seulement que je…

— Mme Barry ne pensait pas que j'étais chez moi, intervint Sam.

Hein ? Pourquoi cette remarque ?

La réflexion parut intriguer Russell autant qu'elle. L'inspecteur regarda successivement ses interlocuteurs, puis hocha la tête d'un air entendu.

— Si je comprends bien, vous avez la possibilité d'observer les enfants dans deux environnements différents, monsieur Knight : vous les voyez chez vous… et en classe. Si leur attitude s'était brusquement révélée bizarre, vous l'auriez remarqué, n'est-ce pas ?

Brette attendit impatiemment la réponse de Sam.

— Eric et Hank sont trop jeunes pour suivre mes cours, inspecteur, mais nous bavardons dans les couloirs. Les enfants intelligents viennent facilement vers moi. Eric Barry et Hank Jamison ne font pas exception, vous savez.

Russell, peut-être, mais elle, non, elle ne le savait pas. Et tout ce qu'elle put faire pour qu'il perçoive sa surprise, ce fut de lancer à son fils un coup d'œil à la dérobée. Qu'il ne remarqua pas. Son regard restait rivé sur Sam. Qu'en déduire ? Qu'Eric cachait un embryon de relation amicale avec l'un de ses professeurs ? Si Sam disait vrai, pourquoi gardait-il ce secret ? Pourquoi ne s'était-il pas confié à elle ? A moins que son étrange voisin ne mente… Et dans ce cas, il méritait une bonne paire de claques : non seulement il se servait de son fils pour donner une image de lui-même favorable, mais, pire, il mentait sans vergogne devant elle !

— Auriez-vous la moindre idée de l'endroit où Hank Jamison pourrait être allé, monsieur Knight ? s'enquit Russell.

— Non. Quand je l'ai vu hier, il paraissait aller très bien. Pas très gai, peut-être, mais ça n'avait rien d'anormal. L'école n'est pas sa tasse de thé.

— J'avais le même problème à son âge. Vous dites lui avoir parlé. Quand était-ce, exactement ?

— Pas au collège. Plus tard. Il faisait nuit. Il venait de quitter la maison de Mme Barry et se rendait chez lui.

Brette n'en revenait pas : Sam avait vu Hank partir !

— Quelle heure était-il ?

— Je dirais… entre 20 heures et 21 heures. Mme Jamison était déjà partie. Je le suppose, dans la mesure où sa voiture n'était plus là.

— Où vous trouviez-vous quand vous avez vu Hank ?

— Devant la porte de mon atelier. J'étais en train de la fermer et je m'apprêtais à regagner la maison.

— Devant votre atelier ? C'est plutôt loin. Vous êtes sûr qu'il s'agissait de Hank ?

— Oui. Les lampadaires au bord de la route étaient allumés.

— Vous avez un deuxième job ?

— Pardon ?

— Vous venez de dire que vous sortiez de votre atelier.

— Oh… ! Travailler la nuit en plus de mon boulot, oui, ça m'est arrivé autrefois, mais plus maintenant. J'ai trop à faire avec la rénovation de ma maison. Quand vous la verrez de jour, vous comprendrez pourquoi Mme Barry l'a qualifiée de château dément.

— Et Mme Knight ? Elle n'a rien observé, elle ?

— Il n'y a pas de Mme Knight. Je suis divorcé.

Tiens, tiens. Des renseignements. Enfin. Lorsque Brette s'était présentée à lui, elle s'était enquise d'une Mme Knight, et il avait répondu de manière lapidaire qu'il n'était pas marié. D'accord, le divorce était d'une banalité affligeante de nos jours, mais que Sam n'eût pas été plus explicite la gênait. Il avait caché un détail de première importance. Sally se fichait totalement du passé des hommes qui croisaient son chemin, mais pas elle. Jamais elle ne partagerait cette opinion de son amie : « Tout homme un tant soit peu plus mignon que Freddie, le personnage des films d'horreur, vaut mieux qu'un vibromasseur… » Ou : « Célibataire, marié ou entre les deux, quelle importance du moment qu'ils peuvent servir à quelque chose ? »

Brette n'était pas du tout d'accord, et cela l'ennuyait que son fils entretienne des relations avec des gens susceptibles d'avoir une mauvaise influence sur lui.

Apparemment, la réponse de Sam avait titillé la méfiance de Russell. L'inspecteur dardait sur lui un regard soupçonneux.

— Votre maison me semble bien grande pour un célibataire…

— D'accord avec vous. Mais habiter un château, même dément, n'est pas interdit, n'est-ce pas ?

Le Sam Knight que connaissait Brette reprenait forme. Il opposait au policier une expression glaciale en même temps qu'énigmatique. Décidément, cet homme avait l'art de la plonger dans des abîmes de perplexité : il l'inquiétait et la fascinait à la fois. Il refusait de se laisser intimider. Même par un représentant de la loi. A croire que rien ni personne ne pouvait le déstabiliser.

Russell s'éclaircit la gorge puis se tourna vers Sally.

— Avez-vous inspecté la maison, madame ? Et noté quelque chose qui nous indiquerait que votre fils a simplement fugué ?

— Nous avions commencé à chercher quand vous êtes arrivé. Eric sait quels vêtements porte Hank. Dis-lui, Eric.

L'adolescent s'exécuta.

— Bien, approuva Russell. Pourrais-je téléphoner ? Nous avons passé le cap des premières vingt-quatre heures, au-delà duquel nous devons entreprendre des recherches. Le shérif voudra fouiller les environs en priorité. Pour s'assurer que nous ne nous engageons pas dans une impasse.

— Sally, tu devrais prévenir l'hôpital que tu ne viendras pas travailler, suggéra Brette.

Les cendres de la cigarette de son amie tombèrent sur la moquette.

— S'il te plaît, appelle toi-même. Si je le fais, je sens que je vais perdre les pédales.

Vraiment ? songea Brette tout en se dirigeant vers la cuisine où se trouvait le téléphone. Dans ce cas, pourquoi fixait-elle Sam d'un air gourmand ? Pour quelqu'un qui perdait soi-disant son sang-froid, Sally paraissait très maîtresse d'elle-même... Elle s'était rapprochée de Sam à le toucher. Aussi sûr que deux et deux faisaient quatre, dès que l'inspecteur Russell aurait tourné les talons, elle serait pendue au cou du voisin. Et Eric s'en rendait compte. Il battait en retraite vers la porte. Sam, quant à lui, retirait la cigarette d'entre les doigts de Sally et l'écrasait dans le cendrier posé sur la table du salon. Débarrassée du mégot, la jeune femme plaqua ses mains jointes sur sa poitrine et leva sur lui un regard tragique d'héroïne de film muet.

La garce... Elle était censée s'inquiéter pour son fils, non ?

Allons, du calme ! se morigéna Brette en disparaissant dans la cuisine. La jalousie n'avait pas sa place en ces circonstances...

Lorsqu'elle revint dans le salon, Brette entendit la porte de la salle de bains se fermer en même temps qu'elle voyait Sam ouvrir celle de l'entrée. Elle le rejoignit alors qu'il descendait la petite volée de marches du perron.

— Hé ! Attendez !

Elle s'immobilisa en haut de l'escalier et attendit qu'il se retourne et la regarde bien en face pour lui lancer :

— De qui vous moquez-vous exactement ?

6.

— Hein ? De qui je me moque ? répéta Sam. Mais de personne ! J'essaie simplement d'aider !

Il s'était préparé à ce genre de question. En fait, dès le moment où il avait abandonné la sécurité et la pénombre apaisante de sa maison pour venir ici. Malheureusement, cette précaution ne diminuait en rien son malaise : il se sentait tendu comme un arc, et l'angoisse lui nouait la gorge. Et que Brette Barry fût le genre de femme, solaire, lumineuse, qui donnait à tous envie de sourire, n'y changeait rien. De toute façon, jamais il n'avait été de ces types qui souriaient à tout bout de champ. Pourtant, la beauté de la jeune femme, avec ses cheveux blonds que la brise ne demandait qu'à soulever, lui semblait infiniment supérieure à celle de la plus populaire des actrices du moment, récompensée par de multiples oscars.

Dans l'immédiat, Brette Barry n'était ni solaire ni lumineuse. Ses yeux bleus scintillaient, oui, mais sous l'effet de la colère et de la méfiance. Emotions qu'il connaissait bien. Ce qui ne l'empêchait pas d'ignorer l'attitude à prendre quand elles étaient dirigées contre lui.

— Vous voulez aider ? railla-t-elle. Depuis quand ?

Il glissa les mains dans les poches de son jean. Comme ça, elle ne verrait pas ses poings se serrer.

— Tout le monde a le droit de changer d'avis, non ?

Elle croisa les bras. En dépit de l'épaisseur de sa chemise et des doubles poches, il distinguait sa poitrine pleine et ronde. Cette femme était aussi belle que l'une de ces statues qui ornaient les jardins des châteaux d'antan, surplombant des fontaines ruisselantes. L'artiste qui sommeillait en lui se sentait frustré. Il aurait aimé examiner tout à loisir la somptuosité créée par la nature plutôt que de se quereller avec la féroce mère pitbull en laquelle Brette s'était métamorphosée.

— Auriez-vous préféré que je prétende n'avoir pas remarqué la voiture de police ?

— Ça vous est déjà arrivé.

— La dernière fois, je ne pouvais rien faire. La police avait ramené Hank sain et sauf. Et très bruyant.

Elle secoua doucement la tête.

— Ne vous fichez pas de moi. Je ne m'appelle pas Sally. Ni Eric ou Hank. Et j'ai une excellente mémoire. Le jour où vous avez emménagé, vous vous êtes montré très clair : vous vouliez la paix. Vous entendiez que je reste à ma place. Et ça valait aussi pour mon fils. Nous avons donc suivi vos consignes à la lettre. Alors, pourquoi cette soudaine volte-face ?

— J'ai mes raisons.

— J'adorerais les entendre !

Il ne répondit pas.

Il devinait que Brette et son amie avaient parlé de lui à maintes reprises depuis son installation en avril. Et il se faisait une petite idée de leurs conclusions. Pour preuve, cette visite que lui avait rendue Sally le soir de sa fête d'anniversaire.

« Vous êtes homo ! lui avait-elle lancé quand il avait opposé une fin de non-recevoir ferme et définitive à ses avances maladroites. Sinon, pourquoi vous me rejetteriez, hein ? Je ne suis pas si mal que ça, quand même… Qu'est-ce qui vous déplaît ? Je ne ressemble pas aux nanas siliconées qu'on voit à la télé ? J'en sais pourtant assez pour satisfaire un homme ! Tout ce qui vous intéresse, vous, les hommes, c'est votre plaisir. Tous des égoïstes ! »

Elle avait marqué un temps avant d'ajouter :

« Brette pense que vous avez été… malade. Elle croit que vous avez un… *problème.* »

Il lui avait saisi les mains à temps. L'empêchant ainsi de vérifier par elle-même que tout tournait rond.

« Le SIDA ? C'est ça ? »

« Mais non ! »

« Alors ? Qu'est-ce qu'il y a ? »

Il s'était bien gardé de lui avouer son secret. Il détestait discuter avec des gens ivres. Et puis dire la vérité lui aurait valu une invitation au poste de police. Quoi qu'il en soit, son intimité, sa tranquillité venaient d'être définitivement mises à mal par l'encombrante voisine dopée aux margaritas.

— Rien ne vous empêche de refuser mon aide, Brette, fit-il après avoir chassé de son esprit le mauvais souvenir de sa prise de bec avec Sally. Mais je tiens néanmoins à vous préciser que je vais faire mon possible pour retrouver Hank, que ça vous plaise ou non. Alors, ce serait bien que nous nous mettions d'accord. En coordonnant nos actions, nous aurons peut-être un résultat positif. Ce serait mieux que de nous tirer dans les pattes.

Elle le regarda fixement.

— Je n'arrive pas à savoir si vous essayez de vous déculpabiliser ou de cacher quelque chose de pas net.

La flèche décochée lui alla droit au cœur. Cette femme-là n'était pas une laissée-pour-compte, encore moins une écervelée comme Sally Jamison. Elle s'inquiétait vraiment au sujet de Hank. Il l'avait si souvent observée à la dérobée, de chez lui, à travers les persiennes… Si elle s'imaginait qu'il avait blessé le gosse, elle lui sauterait à la gorge. Aussi férocement que si Hank avait été son propre fils.

— Vous vous sentez mieux, maintenant que vous avez vidé votre sac ?

Elle ferma brièvement les yeux.

— Non. En fait, je me sens… Oh ! jamais je n'avais parlé à quelqu'un de cette façon…

— Ne vous inquiétez pas pour ça.

De nouveau, elle le regarda. Dans ses prunelles bleues luisaient de la curiosité et un soupçon de tentation. Mais pas la moindre chaleur. Aucune trace de cette ferveur qui l'animait, au début, quand il s'était installé dans la maison voisine de la sienne. Il comprenait sa réaction. Après avoir traversé une nappe de brouillard, les gens voulaient se réfugier dans un endroit clair et lumineux. Il avait connu ça. Et ne l'avait pas oublié. Pas plus qu'il n'avait oublié une réalité bien perturbatrice : il se retrouvait impliqué dans une affaire infiniment plus compliquée et dangereuse que tout ce à quoi il avait songé.

— Je suppose qu'effectivement une paire d'yeux supplémentaire ne serait pas superflue, admit-elle enfin, malgré un soupçon de doute dans sa voix. Mais il faut que je sache une chose. Pourquoi avoir dit que les enfants intelligents venaient vers vous ?

— Parce que c'est la vérité.

Elle se retourna vers son fils, qui se tenait au milieu de l'allée. Il avait l'air d'un pauvre chiot abandonné attendant un signe d'amitié et de bienvenue.

— Eric ne m'a jamais amenée à penser ça. Qu'il était en manque de contact, je veux dire.

Il nota combien son ton manquait de conviction.

— C'est un adolescent. Un âge où l'on cherche ses marques. Vous n'avez pas oublié ça, quand même.

— Je suis sans doute un cas, mais le fait est que j'ai toujours été très franche avec mes parents. Même quand je savais que j'allais les choquer.

— Ils ont eu bien de la chance.

— J'interrogerai Eric.

— A votre guise. Mais ne perdez pas de vue qu'il ne faut pas punir le messager. Je n'ai rien dit ou fait qui mérite châtiment.

Elle hocha la tête, mais il devina qu'elle ne comptait pas lâcher prise. Simplement, elle remettait le deuxième round à plus tard.

— Alors ? Qu'est-il arrivé à Hank, d'après vous ? s'enquit-elle.

— Rien, j'espère. Si je me base sur le peu que j'ai vu et entendu, je serais tenté de dire que son comportement se répète.

— Pourtant, il ne s'est pas disputé avec sa mère. Elle assure que…

— Sally se fait donc les mêmes illusions que vous, l'interrompit-il avec un geste de la main. Elle pense que rien ne lui échappe ? Elle aurait la science infuse ?

Brette fit un pas en arrière, puis, se ravisant, revint droit sur lui, l'index pointé sur sa poitrine.

— Je ne suis pas du genre à tirer dans le dos de mes amies ! Surtout quand elles sont en détresse !

— Affronter la réalité n'est pas trahir.

Elle soupira lourdement.

— C'est vrai… Vous avez compris que la vie n'était pas facile chez les Jamison. L'ex de Sally n'y est pas pour rien.

— Revenons un instant à Eric, voulez-vous ? Quelles relations entretenait-il avec son père ?

Elle parut étonnée.

— Je pensais que vous saviez tout de mon fils… Que vous étiez les meilleurs amis du monde.

— J'ai dit que j'étais disponible pour ces deux gamins. Pas que j'étais leur confident. Ni leur conseiller.

Une pause, puis il reprit :

— Alors ? Eric et son père ?

Il faisait trop sombre. Il ne put voir si elle rougissait, mais se douta que c'était le cas : le genre de carnation de Brette Barry induisait à coup sûr ce phénomène.

— Il ne l'a pas connu. Mon mari était un passionné de ski. Il est mort dans une avalanche avant la naissance d'Eric.

Sam réprima un soupir de satisfaction. Maintenant, nombre de questions qu'il n'avait pas osé poser à l'adolescent avaient leur réponse. Il rumina longuement la précieuse information avant de lâcher :

— Je suis navré. Mais Hank, lui, aurait pu chercher à rejoindre son père ?

— Je pense plutôt qu'il se cache. Hank Senior est, pour parler poliment, indifférent au sort de son fils. Ce qui me tracasse, c'est que j'ai fait tout mon possible pour que ce gosse se sente membre de ma famille à part entière, qu'il me considère comme une deuxième maman. Apparemment, j'ai échoué.

Sur la fin de la phrase, sa voix était devenue atone.

— Brette, ce n'est pas ce que vous avez réussi ou raté qui importe en ce qui concerne Hank. Il n'est pas Eric. Au fond de lui, Hank est un solitaire, très replié sur lui-même. Vous ne saurez jamais ce qu'il éprouve réellement.

— Je le sais. Depuis longtemps déjà, acquiesça-t-elle en hochant la tête. Ce qui me surprend, c'est que vous l'ayez perçu aussi. Quand vous dites avoir toujours gardé un œil sur ces deux enfants, vous l'avez vraiment fait.

A cette remarque, il éprouva le besoin de se justifier.

— Le collège est petit, et de plus, Hank et Eric sont mes voisins.

— Vos voisins, hein ? Dommage que vous n'y ayez pas songé quand je vous ai invité à dîner.

Il fit descendre son regard vers ses doigts fins dénués de toute bague.

— Au contraire, j'y ai peut-être songé.

Bon sang… Pourquoi avoir dit ça ? Reconnaître qu'il avait réfléchi à cette invitation ne pouvait qu'amener Brette à se poser une foule de questions. Mais il était trop tard pour faire marche arrière. Trop tard pour nier que, oui, des ondes positives étaient passées entre eux, et qu'il les avait bien senties.

— Au lieu de regretter mon refus, vous feriez mieux d'être soulagée, poursuivit-il. Après tout, vous ne savez rien de moi.

— Rafraîchissez-moi la mémoire, Sam. Vous voulez me persuader d'accepter votre aide ou de la refuser ?

Bizarrement, il eut envie de sourire. Une envie qui lui passa aussi vite qu'elle l'avait saisi, balayée par la tristesse.

— Mieux vaut jouer cartes sur table, Brette. Evoquer certaines vérités. Comme ça, vous serez sûre de ne pas vous tromper.

— Oh ? Certaines vérités seulement ? Pas toutes ?

— Considérons les choses telles qu'elles se sont produites : le policier, Russell. Il était à l'affût de la première excuse pour remonter dans sa voiture et ficher le camp. Il n'avait pas plus envie de fouiller la forêt en pleine nuit que vous de savoir Hank en train d'y errer. Mais si c'est moi, un homme, qui lui demande de le faire, il aura du mal à refuser.

— Effectivement, de ce point de vue, votre implication devient logique, et justifiée. Merci. Mais… pourquoi vous donner tant de mal pour nous ?

Enfin une question simple !

— Je ne suis pas si vieux que ça. Je n'ai pas oublié les problèmes qui agitent un gamin de l'âge de Hank.

Après une courte hésitation, Brette tendit la main et lui effleura le bras.

— Navrée de me montrer aussi soupçonneuse. Je suppose que je suis…

Comme elle s'interrompait, Sam en profita pour reculer. Se mettre hors de sa portée. Sa caresse, même fugace, l'avait plus que troublé. En dépit de l'épaisseur de son blouson et de sa chemise en flanelle, il avait ressenti comme une décharge électrique.

— Voyons avec Russell comment il compte agir, et réunissons nos informations.

A grands pas, il se dirigea vers la voiture du policier, conscient du regard qu'elle posait sur son dos. Il imaginait plus ou moins ce qu'elle pensait. Dommage pour elle. Sam Knight n'avait rien à offrir. En revanche, il avait besoin de temps. Et d'espace. Et il les récupérerait dès que cette affaire serait réglée.

7.

Et zut ! pesta Sam à part lui. Maintenant qu'il s'approchait de Russell, voilà que ce dernier remontait dans sa voiture et s'apprêtait à démarrer. L'inspecteur lui expliqua que le central venait de lui signaler un accident de la circulation, à quelques kilomètres de là. Il devait se rendre sur place. L'autre policier de service était occupé ailleurs et le rejoindrait dès que possible.

— Apparemment, il y a des blessés, poursuivit-il. Je ne pourrai donc pas revenir tout de suite, mais je ferai de mon mieux.

— Et le shérif Cudahy ? s'enquit Sam alors que l'inspecteur tournait la clé de contact. Ne pourrait-il pas remettre en service des hommes qui étaient de repos ?

— Le central l'a joint également. Nous verrons bien ce que ça donne. Je suis désolé, mais il faut vraiment que j'y aille.

Il faisait demi-tour dans l'allée quand Brette souffla :

— Je n'arrive pas à y croire… Il nous laisse tomber !

— D'après lui, il y avait des blessés.

Des arguments. Il fallait qu'il trouve des arguments à la conduite de Russell et que Brette les estime valables. Ainsi, elle ne conclurait pas que les autorités se fichaient totalement du sort de Hank.

— La police intervient en priorité là où des vies sont en danger immédiat, Brette. C'est normal.

— J'avais bien compris, répliqua-t-elle. Et je ne suis pas indifférente à la souffrance d'autrui. Simplement, je n'arrive pas à admettre qu'il y ait si peu de flics de garde la nuit. C'est absurde : le comté est vaste. Mais c'est comme si, le crépuscule tombé, ceux qui sont censés nous protéger se mettaient aux abonnés absents.

— Le comté est vaste, oui, mais très peu peuplé. D'ordinaire, la petite équipe de policiers suffit.

— Mais un enfant a *disparu* !

Il leva la main en un geste apaisant.

— Nous allons commencer les recherches nous-mêmes. Toutefois, ce serait bien si nous trouvions du renfort.

Il tendit le pouce par-dessus son épaule.

— Le type qui habite un peu plus loin… Je l'ai déjà vu chez vous une ou deux fois.

— Keith Daggett ? Celui qui vit dans le grand mobile home ? Lui et Sally se sont plus ou moins fréquentés. Je suppose que, oui, il donnerait un coup de main si on le lui demandait, mais il doit être plongé dans ses fichiers.

— Pourquoi ? Il est écrivain ?

— Pas dans le sens où vous l'entendez. C'est un sorcier de l'informatique. Il crée des programmes et travaille à son compte. Des trucs comme ça.

— Mmm. Un gars bizarre, hein ?

— Non. En fait, banal. Effroyablement banal, au point que c'en est caricatural. Mais dans son genre, c'est-à-dire grosse tête pensante. Vous comprendrez ce que je veux dire quand vous le verrez. C'est à cause de sa personnalité plus qu'un peu spéciale que ça n'a pas marché avec Sally. Pourtant, il l'aimait bien. Et il aimait Hank aussi. Mais elle le trouvait coincé. Quoi qu'il en soit, je vais lui passer un coup de fil, proposa-t-elle. Derrière chez lui, il y a les Ponder. Bertrice et Clovis.

— Je les connais. C'est même pour ça que je n'y ai pas pensé. Un soir, alors que je rentrais chez moi, je suis tombé sur M. Ponder. Il était au beau milieu de la route, en pyjama. Plus exactement, en veste de pyjama…

Brette hocha la tête.

— Il s'agit bien de Clovis. Un homme charmant, mais il a eu une attaque cérébrale l'an dernier. Bertrice m'a appris pas plus tard qu'il y a huit jours qu'il commençait à montrer des signes de folie.

— Peut-être devrions-nous la mettre au courant de la disparition de Hank. Pour qu'elle n'ait pas la peur de sa vie en apercevant des lumières dans la forêt. Je vais lui téléphoner pendant que vous vous servirez de votre charme pour faire sortir Daggett de sa tanière et lui expliquerez qu'il n'y a pas que l'informatique qui compte dans la vie. Ensuite, nous irons voir les Pugh.

Elle grimaça.

— Ah ! les Pugh… Ce serait bien que vous vous occupiez d'eux. Comme vous l'avez peut-être remarqué, ils n'aiment ni les Barry ni les Jamison.

Oui, cela ne lui avait pas échappé. Les relations de Brette avec le fermier n'étaient en rien idylliques.

— Il faut les prévenir. Qu'ils soient vigilants. Et puis on ne sait jamais. Cette histoire pourrait vous aider à arrondir les angles avec eux.

— Ça m'étonnerait. Vous n'imaginez pas à quel point vous vous trompez…

Elle s'interrompit, l'air soudain horrifié, et plaqua la main sur sa bouche.

— Oh ! mon Dieu ! Le… le…

— Qu'est-ce qu'il y a ?

— Le panneau ! J'avais oublié le panneau !

L'angoisse faisait trembler sa voix. Elle semblait si inquiète que, contaminé, Sam se surprit à serrer encore plus fort ses poings enfoncés dans ses poches.

— Quel panneau ?

— Celui à l'entrée de la propriété des Pugh ! Sur les lettres « Impasse », il y avait l'empreinte d'une main sanglante ! s'exclama-t-elle, sa main glissant de sa bouche à sa gorge. Que va-t-il se passer quand…

Elle s'interrompit.

— Oh ! Seigneur… comment ai-je pu oublier de parler de ça à l'inspecteur Russell ? *Et s'il s'agissait de… de Hank ?*

8.

Tout à coup, le souffle lui manqua. Horrifiée, elle revit la main écarlate.

— Seigneur, qu'ai-je fait ? Je me suis tue… C'est une catastrophe !

Sam l'attrapa par les épaules.

— Brette, arrêtez ça ! *Arrêtez immédiatement !*

Comme il la secouait sans ménagement, sa tête ballotta, et le mouvement l'obligea à déglutir. Elle prit une profonde inspiration. L'accès de panique passa. Mais elle flageolait tellement sur ses jambes qu'elle se laissa descendre sur la marche inférieure. A l'instant où arrivait Eric.

— Maman ! Maman ? Tu vas bien ?

Il se mit à courir et s'arrêta devant Sam. Brette baissa les yeux sur lui. Comme il semblait petit et frêle, à côté de cet homme imposant ! Même par rapport à elle. Fragile et vulnérable, voilà l'impression qu'il donnait.

L'empreinte sur le panneau aurait pu être faite du sang de son enfant… Brusquement, elle se sentit si faible qu'elle dut s'asseoir sur une marche. Plaçant sa tête entre ses genoux, elle inspira profondément afin de chasser son malaise.

— Qu'est-ce qui ne va pas, monsieur Knight ? s'enquit Eric.

— Je ne sais pas. Mais j'essaie de comprendre.

L'étourdissement cédant, Brette se redressa.

— L'empreinte… C'était peut-être celle de Hank !

L'expression d'Eric trahissait ses doutes.

— Allons, maman, je te l'ai déjà dit : quand je suis allé au panneau pour le nettoyer, il n'y avait rien dessus.

— Et alors ? Ça signifie que quelqu'un d'autre a vu l'empreinte et l'a effacée.

— Pas les Pugh, en tout cas. Ils auraient d'abord appelé les flics et pris des photos pour le procès. Ce n'est qu'après qu'ils nous auraient obligés à nettoyer.

— L'un de vous deux aurait-il l'obligeance d'éclairer ma lanterne ? demanda Sam.

— Ce matin, pendant ma tournée, j'ai vu la marque d'une main sur le panneau « Impasse », à l'entrée de chez les Pugh, expliqua-t-elle. J'ai pensé que… que c'étaient les garçons qui avaient fait ça. A cause d'Halloween, mais aussi parce qu'ils sont comme chien et chat avec les Pugh.

— Pas tous les Pugh, maman. Tracie est super cool !

— Tu la trouves gentille parce qu'elle a la maturité d'une fille de quinze ans.

Eric haussa les épaules, l'air embarrassé.

— Bon. Jusque-là, je vous suis, commenta Sam. Votre fils pense que la toute jeunette belle-fille Pugh est mignonne. Bien. Mais revenons à nos moutons. Pourquoi pensez-vous que cette empreinte est celle de Hank ?

Elle pointa l'index sur son fils.

— Vous ne l'avez pas entendu ? L'empreinte n'était plus là quand il est sorti de classe, et Hank a disparu !

Sam fronça les sourcils.

— A qui d'autre avez-vous parlé de cette empreinte ?

— A personne. Eric et vous êtes les seuls au courant.

— Tu n'as rien à voir avec ça ? fit Sam à l'adresse de l'adolescent.

— Non, monsieur.

— Et Hank ? Il aurait pu peindre cette horreur après t'avoir quitté ?

Eric prit le temps de réfléchir avant de répondre.

— C'est possible. Par contre, qu'il se trouve dans la forêt en pleine nuit, je n'y crois pas. Moi, j'aurais pu y aller. Mais pas Hank, hein, maman ?

— Exact. Tu es un courageux oiseau de nuit, fiston, assura-t-elle en souriant.

Elle regarda autour d'elle.

— On ne peut quand même pas dire que nous vivons au beau milieu de la forêt. Hank aurait tout aussi bien pu rester sur le bord de la route.

— A mon avis, c'est ce qu'il a fait, déclara Eric. Mais même pour ça, il craint. Depuis le jour où on est revenus de chez les Tyler et qu'un puma est sorti à fond des taillis pour traverser la route juste devant nous, Hank flippe. Il a peur des pumas et des sangliers.

— Pourtant, il semblerait que la perspective de ces… rencontres ne l'ait pas effrayé au point de l'empêcher de sortir dans la nuit, observa Sam.

A cette remarque, Brette vit son fils écarquiller les yeux — des yeux aussi bleus que les siens.

— Ouais, c'est bizarre. Mais, maman, il ne faut pas t'inquiéter. Je suis sûr que Hank va bien, qu'il est allé faire un tour, c'est tout. Il va revenir. Probablement avant que Sally ait eu le temps de comprendre pourquoi il avait besoin de changer d'air. Comme les autres fois.

Son cynisme la choqua. Pourtant, elle lui sourit et lui tapota gentiment le dos.

— Tu dois avoir raison, Eric. Je m'affole pour rien.

Elle s'interrompit et se frotta frileusement les bras.

— Il commence à faire vraiment froid, et cette humidité me transperce les os. Nous ne sommes pas assez couverts, alors pourquoi ne pas rentrer à la maison et boire un bon chocolat chaud ?

Eric se tourna vers Sam et parut hésiter une seconde.

— Et vous ? Qu'est-ce que vous allez faire ? lui demanda-t-il d'un ton plein d'espoir.

— Faire équipe avec ta maman et toi. Si ça te convient. Il faut qu'on fouille les environs.

— On n'attend pas le retour de l'inspecteur Russell ?

— Mieux vaut ne pas perdre de temps. Hank est peut-être blessé, immobilisé quelque part.

— Bon sang, c'est vrai ! Nous devons partir tout de suite à sa recherche !

Exactement ce que ne voulait pas Brette.

— Il faut que quelqu'un reste auprès du téléphone. Hank a son portable, non ?

— Il le garde tout le temps sur lui. Mais il doit être éteint. J'ai essayé de l'appeler sans arriver à le joindre.

— Bien. Mais s'il le rallume, je pense qu'il tentera tout de suite d'appeler la maison. A moins que… Pourrait-il envoyer un e-mail de quelque part, Eric ?

— Okay, maman. Je vais assurer la permanence. Mais tu emportes ton portable, hein ? Pour que je puisse t'appeler ?

Le cœur gonflé de joie et de fierté, elle acquiesça d'un hochement de tête. Merveilleux Eric avec lequel elle partageait une véritable empathie…

— Mon fils, le gardien du foyer… Bon, tu n'oublies pas que les connexions ne seront pas bonnes quand nous serons dans les bois. N'alerte pas les gardes forestiers si ça bloque. Attends, simplement.

— Oui, chef. Et, monsieur Knight…

— Sam.

— D'accord. Sam. Evitez le secteur des marécages. Hank ne serait jamais allé par là-bas. A cause des sangliers : c'est leur fief.

— Entendu.

Brette regarda son fils traverser la route. Quand il fut hors de portée de voix, elle déclara :

— Merci d'avoir éludé l'histoire de l'empreinte, Sam.

— Il m'a semblé que c'était ce que vous vouliez. Et ça m'a arrangé dans la mesure où nous n'aurons aucune réponse à nos questions tant que nous n'aurons pas retrouvé Hank. C'est lui qu'il faut interroger.

Indubitablement.

— Je vous rejoindrai dès que j'aurai passé ces coups de fil, promit-elle en désignant de la main la petite silhouette de son fils qui s'approchait du cottage. Je vais mettre une veste chaude et me munir d'une bonne torche. Pouvez-vous mettre Sally au courant de nos recherches ?

Il eut une légère hésitation.

— D'accord. A tout de suite.

9.

Une trentaine de minutes s'écoula avant que Brette et Sam puissent partir : leurs coups de fil prirent plus de temps que prévu, puis Sally acheva de les retarder en geignant qu'elle ne voulait pas rester seule et préférait les accompagner. Cependant, elle ne fit pas un geste pour retirer son pyjama et enfiler des vêtements de circonstance. Même si elle avait décidé d'aller travailler, elle aurait été en retard : pas question de quitter la maison à moitié maquillée seulement.

— Réfléchis, Sally, la raisonna Brette. Il faut que tu restes ici afin d'accueillir l'inspecteur Russell quand il reviendra.

— Il ne reviendra pas.

— Mais si, il l'a promis. Et quand bien même il ne tiendrait pas parole, que se passerait-il si Hank téléphonait et qu'il n'y avait personne ?

— C'est Eric qu'il appellera. Pas moi. Oh ! comme il doit me détester pour avoir fait ça… Je crois que j'aimerais mieux le savoir kidnappé qu'en fugue.

Voilà qu'à une légitime inquiétude, Sally ajoutait l'apitoiement sur sa petite personne. Décidément, mieux valait qu'elle ne bouge pas de chez elle.

Sam vint à la rescousse, et la jeune femme se laissa enfin persuader de rester.

Dès qu'ils eurent franchi le seuil de la maison, il remarqua :

— Elle va de plus en plus mal.

Si triste que ce fût, Brette ne put qu'en convenir : son amie ne tournait décidément pas rond. Cependant, sa loyauté l'empêchait de la critiquer ouvertement.

— Si c'était Eric qui avait disparu, je ne crois pas que je me montrerais aussi incohérente, admit-elle néanmoins.

— Eric ne songerait pas davantage à faire des bêtises que Sally à consulter un psy.

— Et si Hank n'avait pas non plus songé à faire des bêtises ? Si sa disparition n'était pas de son fait ?

Elle ne parvenait pas à effacer l'empreinte sanglante de sa mémoire.

— Ne dramatisez pas, Brette. J'ai une hypothèse réconfortante à vous soumettre, dans laquelle Hank ne joue aucun rôle. Les Pugh n'ont rien dit concernant la marque sur le panneau, n'est-ce pas ? Or, s'ils l'avaient vue et jugé qu'elle était signée Barry ou Jamison, ils auraient fait un scandale. A mon avis, ils l'ont vue et n'ont pas bougé parce qu'ils savent que l'un des leurs en est l'auteur. Ou quelqu'un qui vit chez eux. Un de leurs ouvriers mexicains, par exemple. Le gars a pu tomber d'un camion et se blesser. Il s'est appuyé sur le panneau en se redressant. Ou bien la personne qui a récupéré le courrier s'est coupée avec le métal de la boîte et…

— Sam, nous aurions alors une main complète, avec les doigts. Pas seulement une paume.

— Ça reste à démontrer. Comme le fait qu'il s'agissait de sang. Pourquoi pas du ketchup ? Allez savoir…

Il y eut un silence, puis il ajouta :

— Cet informaticien, Keith Daggett, dans quel secteur va-t-il chercher ? C'est pour me tenir loin de lui. Au cas où il serait armé.

— Keith n'ira nulle part. Il m'a dit qu'il nous donnerait un coup de main, mais pas avant le matin. Il est coincé devant son moniteur. Il faut qu'il règle un problème crucial.

Sam avait sursauté.

— Vous me faites marcher ? Daggett fait passer son boulot avant Hank ?

— Il va laisser toutes les lumières allumées et les volets ouverts. Comme ça, son mobile home se verra de loin et fera un bon point de repère, et lui, il pourra regarder dehors à intervalles réguliers.

— Ah ! c'est vraiment un brave type ! commenta Sam en ricanant.

Elle aussi avait trouvé la dérobade de Keith navrante, mais elle ne lui reprochait rien. Après tout, il faisait un travail difficile, et ses clients étaient très exigeants.

— Ne regrettez pas son absence, Sam, déclara-t-elle avec conviction. Il aurait sans doute été un fardeau plus qu'une aide. Nous aurions vraisemblablement fini par le chercher en plus de Hank parce qu'il se serait perdu dans la forêt. Il ne s'y aventure jamais.

— Pourquoi diable a-t-il choisi d'habiter au milieu des bois s'il n'y met jamais les pieds ?

— Parce qu'il a fait une excellente affaire en achetant le terrain et le mobile home. Quand les anciens propriétaires ont divorcé, l'épouse a tout vendu pour une bouchée de pain. Tout ce qu'elle voulait, c'était une transaction-éclair, afin de repartir en Alabama dans sa famille. De plus, pour Keith, l'endroit était parfait parce que calme. Son boulot exige une tranquillité absolue.

— Oh ! je vois… Vous admirez cet excentrique.

Elle posa les yeux sur son dos. Ne voyant pas son visage, elle en était donc réduite à imaginer son expression. Qu'elle aurait pariée condescendante.

— Keith est gentil. Et pour votre gouverne, sachez qu'il ne possède pas d'arme ! Finalement, j'aime mieux qu'il reste chez lui cette nuit. Ça n'aurait pas été raisonnable d'exiger de lui qu'il coure les bois dans le noir sans protection d'aucune sorte.

Sur ces mots, elle se tut et attendit. Mais Sam ne releva pas. Manifestement, il préférait la paix aux disputes. Et c'était parfait, car tous deux avaient besoin de concentration et de sang-froid pour se lancer à la recherche de Hank. La forêt était ténébreuse, le terrain accidenté. Derrière chez Sally, les bois s'étendaient à flanc de colline, jusqu'à un endroit appelé Little Cypress Creek. Il faudrait veiller à ne pas se tordre les chevilles dans les trous et sur les racines dénudées par la chute des arbres ou les dépressions creusées par les animaux.

Quelques minutes plus tard, ils longeaient la clôture des Pugh quand le faisceau de leur torche balaya une masse de poils roux accrochée au fil de fer. Ils s'immobilisèrent : les cheveux de Hank étaient quasiment de la même couleur carotte.

— De la queue de vache, conclut Brette après avoir examiné la touffe, trop rugueuse au toucher pour être d'origine humaine.

— Je ne suis ni fermier ni vétérinaire, mais les vaches des Pugh ne sont pas blanches et noires ?

— C'est vrai, vous avez raison.

Elle plissa les paupières.

— A mieux y regarder, je dirais que c'est plutôt du poil de daim. Ou de chien. Non. De coyote.

En guise de preuve, elle éclaira le sol. Pas de traces profondes dans la terre humide. Un animal léger, donc. Mais chien ou coyote, mystère. Et un sanglier ? Ou un puma ? Non. Elle se refusait à envisager cette possibilité — bien qu'elle existât.

A l'époque où Eric et elle avaient emménagé, la forêt regorgeait de daims et coyotes, et la nuit, ils recevaient la visite d'opossums et de ratons laveurs. Aucun danger, donc, si l'on exceptait les mocassins d'eau : lors des périodes d'humidité, ces serpents s'aventuraient parfois hors des marais, leur domaine. Mais depuis quelques années, la situation avait changé. La faune des bois devenait de plus en plus importante. En voiture, il arrivait hélas ! fréquemment de heurter des chats ou des chiens errants, abandonnés par leurs maîtres. On rencontrait aussi des pumas, lâchés dans la nature par des fermiers qui avaient eu l'idée brillante d'en proposer aux amateurs de chasse au gros gibier. Un énorme ours noir errait même dans le secteur, prétendait-on. Et pour couronner le tout, il y avait ces laboratoires clandestins de fabrication de drogue. Quand la police en fermait un, aussitôt un autre ouvrait à proximité. L'été précédent, un habitant du voisinage avait vu un escadron de policiers encercler son domaine puis débouler chez lui, à la recherche d'un trafiquant. En essayant d'échapper aux forces de l'ordre, ce dernier s'était pris dans la clôture de fil de fer barbelé. Armes à la main, les hommes de la brigade anti-drogue l'avaient arraché sans ménagement à ses liens d'acier et emmené *manu militari*, sous les yeux du vieux fermier qui avait eu la peur de sa vie. Non, décidément, il ne faisait pas bon se promener dans les bois de Pineywoods de nos jours…

— Vous êtes au courant de ce qui se passe dans le coin, je suppose ? s'enquit Sam.

Elle releva les yeux de dessus la touffe de poils et chercha son regard.

— Je tenais juste à m'assurer que vous n'étiez pas trop nerveuse, expliqua-t-il. Si c'est le cas, nous pouvons rentrer.

— Quelques poils sur du barbelé ne me font pas trembler, répliqua-t-elle tout en ramassant un piquet brisé.

Ce morceau de bois ferait une parfaite de canne de marche… et une arme en cas de besoin.

Sam n'émit aucun commentaire. Peut-être s'amusait-il qu'elle se fût tout à coup munie d'un solide bâton. Mais lui-même ne serrait-il pas dans sa main une inquiétante hache prise dans son atelier ?

Après un silence, il reprit la parole.

— A propos des Pugh… Ce n'est pas parce qu'ils nous paraissent sur la défensive qu'ils sont coupables de quoi que ce soit.

— J'y ai évidemment pensé.

— Le père Pugh, vous le croyez capable de faire du mal aux garçons ?

Brette prit son temps avant de répondre, promenant le faisceau de sa torche sur les buissons environnants. Il lui semblait qu'une créature quelconque s'était arrêtée là, peu de temps auparavant. Mais pas un être humain de la corpulence de Hank.

— Je dirais que Truman Pugh et son fils Albert sont des teignes. Mais de là à s'en prendre à des gosses… Non. Ils ne sont pas idiots à ce point.

— Les Pugh vous auraient-ils embauchée afin que vous redoriez leur image ? Ou bien est-ce simplement une opinion induite par la logique et l'intelligence ?

— Oublions ça, voulez-vous ? En attendant les renforts, finissons ce que nous avons commencé. Ensuite, nous irons rendre une petite visite à nos chers voisins.

Du fond du marécage leur parvint le cri d'un canard sauvage. Sans doute se plaignait-il que l'on vienne troubler le calme de la nuit. Brette partageait sa nervosité ; elle aussi se sentait mal à l'aise.

— Préparons-nous au pire, Sam. Les Pugh sont sur le pied de guerre vingt-quatre heures sur vingt-quatre depuis que la production de lait est devenue si importante. Le poids électoral des propriétaires de vaches est considérable. Une vraie arme politique, qui a contribué à aiguiser l'agressivité des Pugh. Je me souviens qu'il y a quelques années, un garde forestier est entré chez eux sans se faire annoncer. Il a failli être truffé de plomb. Alors, si nous devons passer les voir, ne perdons pas de temps ici.

— « Nous » ? Vous avez donc l'intention de m'accompagner ?

— Oui. J'ai changé d'avis. Si vous y allez, j'y vais aussi.

— J'ai l'impression que vous n'avez pas confiance en moi. Vous savez, je n'ai pas l'intention de me battre avec eux. Et… vous non plus, j'espère.

— Ne vous inquiétez pas. Je suis une vraie dame. Jamais je n'ai frappé la première.

Sam bredouilla quelque inintelligible commentaire. Alors qu'il écrasait une touffe d'épineux qui gênait leur passage, il lui demanda :

— A qui ressemblez-vous ? A votre père ou à votre mère ?

Elle s'arrêta et le regarda, les sourcils froncés.

— Je suis curieux, c'est tout, se justifia-t-il en lui rendant son regard.

— Depuis quand ?

— Si ça vous embête de me répondre, dites-le. Soyez franche. Ordonnez-moi de m'occuper de mes affaires.

Oh ! quel homme exaspérant !

— Je tiens mon sens de l'humour de ma mère et ma ténacité de mon père.

— Je ne les ai jamais vus dans les parages. Habitent-ils loin d'ici ?

— Ils sont morts dans un accident de train au Canada quand Eric avait trois ans.

— Je me demandais pourquoi vous aviez atterri ici. J'ai supposé que votre famille était du coin.

Pas de « Je suis désolé », ni de « Comme c'est triste ». Sam n'était ni hypocrite ni amateur de phrases creuses — une bonne qualité.

— Vous n'avez pas interrogé Eric sur ce point.

— Non, effectivement.

Bon sang, qu'il était difficile de discuter avec lui !

— Vous avez encore du mal à croire que les garçons me parlent, n'est-ce pas ?

— Eric ne m'en a jamais rien dit. Or, il me raconte tout.

Parfaitement ! Son fils manifestait une sincérité totale vis-à-vis d'elle.

— Dans ce cas, il a dû vous raconter qu'il achetait des jus de fruits pour les offrir à de jolies demoiselles en attendant le bus ?

Elle eut brusquement l'impression qu'elle marchait sur de la glace. Un pas de plus, et elle s'affalerait par terre.

— Ce n'est pas possible. *Mon* fils ne…

— Allons, Brette, pas d'affolement. Il ne s'agit encore que de sourires en coin, d'œillades et de timides tentatives de conversation.

A la maison… Il fallait qu'elle rentre immédiatement à la maison et soumette Eric à un interrogatoire en règle ! Mais c'en serait alors fini de leurs bonnes relations… En revanche, ces questions, elle pouvait les poser à Sam. Pourtant, elle les réprima. Toutes, sauf une, qui jaillit comme un avertissement.

— J'espère que vous savez ce que vous faites en rompant le secret qui vous liait à Eric. S'il ne m'a rien dit, c'est parce qu'il estime que vos conversations… entre hommes ne me regardent pas.

— Honnêtement, je ne me suis pas rendu compte que je trahissais sa confiance. Mais vous avez raison, j'ai commis une erreur… Ce ne serait pas la première, d'ailleurs. La plus grosse, c'est d'avoir acheté une maison conçue par quelqu'un d'autre. Mais pour en revenir à Eric, je regrette, Brette. J'aurais dû tourner ma langue sept fois dans ma bouche avant de parler.

Il semblait essayer de faire amende honorable, mais elle ne se laisserait pas entortiller si facilement !

— Il serait temps que vous réfléchissiez aux conséquences de vos actes, avant qu'Eric se mette en tête que vous vous intéressez vraiment à lui et ait le cœur brisé quand il comprendra que ce n'est pas le cas. Vous foulez aux pieds sa confiance avec une telle désinvolture ! Je ne supporterai pas que vous lui fassiez du mal, Sam Knight !

Un coyote hurla dans le lointain. Puis quelque chose glissa sous les feuilles mortes, quelque part sur la gauche. Un lapin des marais, qu'elle vit s'enfuir, manifestement effrayé. Rien d'inquiétant, donc. Et pourtant, son cœur continuait de battre à tout rompre.

Pourquoi Sam tentait-il de la persuader qu'il consacrait tant de temps à son fils et à elle ? Ne lui avait-il pas d'emblée fait comprendre qu'il ne voulait à aucun prix qu'ils aient une place, si infime fût-elle, dans sa vie ?

— Moi, je ne souffrirai pas à cause de vous. Vous m'avez bien fait comprendre que vous ne souhaitiez pas qu'on s'immisce dans votre vie.

Il ne répondit pas et reprit sa marche vers le cœur de la forêt. La végétation n'était pas aussi dense que dans les Tropiques, mais elle devenait tout de même difficilement pénétrable. Heureusement, les frondaisons présentaient quelques trouées d'où l'on apercevait le ciel. Gommiers et chênes noirs poussaient serré, hauts de plusieurs dizaines de mètres. C'était là que les castors prélevaient le bois dont ils avaient besoin afin d'édifier leurs ambitieux barrages.

— Vous distinguez des empreintes, Sam ?

Mieux valait se concentrer sur les recherches plutôt que se disputer. D'ailleurs, elle ne se sentait pas d'humeur bagarreuse.

— Aucune humaine, en tout cas.

Soudain, un hurlement s'éleva et la fit sursauter. Le cri, bien que provenant des marais, situés encore à bonne distance devant eux, paraissait beaucoup plus proche.

Sam revint sur ses pas et la fixa en plissant les yeux pour accommoder sa vision.

— Ça va ?

— Oui, en dehors du fait que j'ai eu l'impression de me liquéfier. Qu'est-ce que c'était que ça ?

— Un prédateur a dû attraper un canard ou une grue.

— Vous croyez ? Ça ne ressemblait pas à leur cri.

Incapable de réprimer ses tremblements, elle boutonna sa chemise jusqu'au cou.

— Si un coyote ou un lynx vous attrapait par la peau du cou ou si vous étiez menacée par un alligator, vous non plus, vous ne reconnaîtriez pas votre cri.

La brutalité de l'image la glaça. Elle adorait observer le vol des canards et des oies qui migraient vers le sud à l'automne et regagnaient le nord au printemps. De nombreux colverts sédentarisés nichaient dans le secteur. Ainsi que de grandes grues grises aussi lourdes au décollage que des bombardiers Hercules C-130. Lorsqu'elle songeait à ces volatiles, ils formaient dans son esprit d'idylliques tableaux à la Norman Rockwell : tous vivaient heureux et en paix. Décidément, elle entretenait beaucoup d'illusions... L'angélisme n'était pas une bonne chose.

— Il y a trop de carnivores dans ces bois !

— C'est la loi de la nature, vous le savez bien. La vie sauvage est ainsi.

— Sauf que certains prédateurs ont été introduits par l'homme. Si des alligators rôdent dans les marais, c'est parce qu'ils y ont été mis. L'être humain « gère » l'environnement comme le climat, et le résultat est un désastre. Pensez aux sangliers. Eux aussi ont été lâchés dans la forêt. J'aimerais bien que les gens y réfléchissent à deux fois avant de modifier l'équilibre naturel.

Sam resta silencieux quelques instants, puis suggéra :

— Si vous en avez assez, nous pouvons revenir sur nos pas.

Rien d'autre ne l'intéressait donc ? Il estimait que maintenant qu'elle avait vidé son sac, elle allait ployer l'échine et que les choses en resteraient là ?

Avec autorité, elle lui fit signe d'avancer.

— Nous rentrerons quand nous aurons fait ce que nous avons à faire.

Il se remit en marche et ne s'arrêta que lorsque le marais l'empêcha d'aller plus loin. Vers le sud s'étirait une clôture. Ils poursuivirent donc en direction du nord. Toutes les deux ou trois minutes, Sam criait le nom de Hank. Sa voix profonde de baryton déclenchait de loin en loin des aboiements, mais pas de réponse humaine.

Brette aperçut un ruban jaune accroché à un arbre, qui délimitait la partie nord de la propriété de Sally. Sam le remarqua aussi, mais poursuivit son chemin, s'enfonçant de plus en plus dans la forêt. Même de jour, jamais elle ne s'était aventurée si loin et elle se serait crue égarée sans ce ruban. Toutefois, ce précieux point de repère ne l'aidait pas à rester bien stable sur ses jambes.

Décidée à ne pas perdre Sam de vue, elle ne fit pas assez attention aux accidents de terrain et passa trop près d'une excavation due à un arbre déraciné. Elle vacilla et laissa échapper sa canne improvisée. Comme elle tentait de se retenir à un tronc d'arbre rugueux, elle perdit l'équilibre et s'entailla la paume. Elle poussa un cri perçant.

La chute fut lourde.

Le dos endolori, Brette plaqua sa main intacte sur ses reins.

— Bon sang de bon sang !

Les mâchoires si serrées que ses dents crissaient, elle fouilla dans sa poche avec sa main valide, à la recherche d'un Kleenex. Il fallait arrêter le saignement.

Le faisceau de la torche de Sam se posa sur elle. Manifestement, il comprit tout de suite ce qui s'était passé.

— Petite sotte, murmura-t-il tout en la relevant comme un vulgaire sac de pommes de terre.

Il l'appuya contre un arbre, lui prit le poignet et darda la lumière sur l'entaille. La coupure était nette, longiligne, sur toute la largeur de la main.

— Vous n'aviez pas vu ce trou ? s'écria-t-il. C'est presque un aven !

— Merci de me le faire remarquer. J'ai mal calculé mon coup, c'est tout.

— Et probablement attrapé le tétanos. Il vous faut une piqûre anti-tétanique.

— J'ai été vaccinée l'année dernière, après m'être coupée sur un morceau de métal.

Il jura dans sa barbe.

— Vous collectionnez les accidents, hein ?

Une remarque qui démontrait largement qu'il l'avait espionnée, songea-t-elle. Nul doute qu'il avait noté les multiples sparadraps qu'elle arborait en travaillant dans la maison ou au jardin. Pourtant, elle ne s'estimait pas maladroite ; trop absorbée par ses tâches, elle avait tendance à mettre de côté la prudence la plus élémentaire, voilà tout. Mais… vraiment, il l'avait épiée. Pour en savoir autant sur elle, il fallait qu'il ait passé des heures collé à sa fenêtre…

Elle leva les yeux sur ce visage énigmatique.

Il croisa son regard, puis le riva au sien.

L'obscurité le protégeait, certes, mais pas au point de dissimuler certaines vérités. Qu'il était très énervé par exemple. Ses traits tendus, frémissants, trahissaient des émotions. De la tension ? Des secrets ? Du désir ?

Intriguée, elle laissa dériver ses yeux vers sa bouche, qu'il entrouvrit avant de soupirer profondément.

Puis son expression se durcit. Il serra les lèvres, crispa les mâchoires et lâcha d'une voix rauque :

— Non. Oh non ! pas ça…

Si sa bouche s'était approchée de la sienne, Brette n'aurait pas été surprise : elle n'attendait que ça. En revanche, elle le fut quand Sam la repoussa avec tant de rudesse que son dos heurta douloureusement une branche basse.

Avant qu'elle ait eu le temps de dire ce qu'elle pensait de lui et de ce geste brutal, un cri aigu lui vrilla les tympans.

— Sam ? Brette ?

10.

— C'est Sally ! s'écria Sam.

Bon sang… Jamais il n'aurait imaginé être aussi soulagé d'entendre sa voix. Un instant, il avait craint le pire. A cause de la jeune femme qui se tenait devant lui, l'air éperdu.

— Il doit y avoir du nouveau. Il vaudrait mieux rentrer.

— Le plus tôt sera le mieux.

Pendant que Brette fouillait vainement dans sa poche de sa main valide, il sortit de sa veste un petit paquet de mouchoirs en papier.

— Tenez. Avec ça, vous devriez tenir jusqu'à la maison. Là, on nettoiera votre blessure comme il faut.

— Merci, mais j'ai les miens.

Elle serra les doigts autour d'une masse de Kleenex humides. Puis, après avoir relevé le faisceau de sa lampe, elle rebroussa chemin.

— Brette…

Il savait qu'elle faisait la sourde oreille. Mais comment le lui reprocher ? Il s'était comporté avec elle aussi bizarrement que Sally. Et ce, sans raison. Il n'essaya donc pas de l'arrêter une deuxième fois. De toute façon, il n'aurait su comment se justifier. Il se sentait stupide, et cette stupidité méritait bien la sanction infligée, voire plus : Brette le traitait comme s'il était invisible — punition bien légère compte tenu de son attitude.

Il la regarda marcher. S'il était en excellente forme physique, Brette aussi. Malgré ses longues foulées, il avait du mal à rester dans son sillage. Ils avaient parcouru environ la moitié de la distance qui les séparait de chez les Jamison quand un homme les appela à son tour. L'inspecteur Russell, peut-être ? En tout cas, Brette découvrirait avant lui celui qui les hélait, car elle fonçait en criant :

— On arrive !

Les lumières d'un porche trouèrent la nuit. Et c'est cette subite clarté qui l'amena à se raviser : il ne garderait pas le silence. Il fallait qu'il lui parle. Il la sentait trop perturbée.

— Brette ! Accordez-moi une minute avant d'aller plus loin !

— Nous n'avons rien à nous dire.

— Si. Je veux vous prier de m'excuser.

— Ce n'est pas nécessaire. D'autant moins que je n'ai pas envie de vous écouter.

Il la rattrapa et, la retenant par le bras, l'obligea à pivoter face à lui.

— J'ai besoin de savoir si je vous ai blessée !

Faisant montre d'une force inattendue, elle se libéra de son emprise. Ses yeux étincelaient de colère.

— Ne me confondez pas avec mon fils ou Hank ! s'écria-t-elle, furieuse. Je ne suis ni aussi innocente ni aussi crédule qu'eux ! Alors, gardez votre compassion pour vous… et vos mains aussi !

— Vous vous trompez sur moi. Je voulais vous embrasser… Mais ne regrettez pas que je ne l'aie pas fait.

— Ah ! nous sommes enfin d'accord sur quelque chose ! Maintenant, si ça ne vous dérange pas, j'aimerais rentrer. On ne nous aurait pas appelés sans raison. Hank est sans doute revenu.

Ils repartirent, Brette en courant droit vers celui qui avait crié — le shérif Chester « Cuddy » Cudahy, ainsi que le devina Sam. Il allongea ses foulées, mais pas trop. Il n'était pas prêt à rencontrer cet homme. Du moins, pas tout de suite.

Cudahy le grand homme. Dans toutes les acceptions du terme : physiquement, mais aussi par sa réputation. Le journal local avait largement relaté les hauts faits de ce vieux de la vieille, l'idole du comté de Wood. Il venait de passer une année difficile, ayant mené avec succès deux enquêtes sur des meurtres survenus dans les environs de Split Creek. Ensuite, il avait réglé des affaires de trafic de drogue auxquelles étaient mêlés l'un de ses adjoints et plusieurs membres appartenant aux brigades des comtés voisins. Ces événements l'avaient marqué. En comparant l'homme qui, en cet instant, saluait Brette d'un petit coup de doigts sur le bord de son chapeau de cow-boy, avec les photos de lui prises avant toutes ces épreuves, le changement était flagrant : maintenant, Cudahy ressemblait à un vieux chien de combat fatigué. En se rapprochant de lui, on distinguait les profonds sillons de lassitude sur son visage, les coins affaissés de sa bouche. Il serrait entre ses lèvres l'inévitable cigare éteint qui figurait sur tous les clichés. Pour l'instant, le cigare oscillait pendant qu'il parlait à Brette et serrait sa main dans ses doigts boudinés.

Selon l'opinion publique, Cudahy avait un cœur gros comme ça, mais quand son regard se posa sur Sam, du fluide glacial sembla soudain exsuder de ses pupilles. Le même genre de regard que décochait son père quand sa mère, son frère ou lui-même avaient fait quelque chose qui lui déplaisait, songea Sam.

— Mais alors, shérif, disait Brette, ça signifie que Hank n'est pas rentré ?

Elle pressait sa main blessée contre sa poitrine.

— Je suis désolé.

Fatigue et regret marquaient son intonation. Il ajouta avec un peu plus d'enjouement :

— Comment allez-vous, madame Barry ?

— Le moins que je puisse dire, c'est que je suis déçue.

— Qu'est-il arrivé à votre main ?

— Une vilaine égratignure, c'est tout.

— Une profonde coupure, et qui saigne, intervint Sam. Il faut qu'elle soigne ça tout de suite.

Brette lui lança un coup d'œil réfrigérant.

— Merci, mais ne vous occupez pas de ma main. Shérif, je vous présente Sam Knight, notre voisin.

Cudahy regarda la hache.

— Vous envisagez de vous découper une côte de porc ou deux, monsieur Knight ?

— Seulement si j'y suis obligé.

Il savait le shérif habitué à réduire les problèmes ou les interrogations à leur plus simple expression. « Les mystères et les trucs pervers, répétait Cudahy, sont l'affaire des avocats et des étudiants qui ont du temps à perdre. » Toutefois, il ne fallait pas pour autant sous-estimer le bonhomme. Ses dons de double vue ne faisaient pour la plupart des gens aucun doute. Ce type lui donnerait vite des sueurs, pensa Sam. Et la fraîcheur de la nuit n'y changerait rien.

— Comment va Sally, shérif ? s'enquit Brette.

— Elle est rentrée après que vous lui avez crié que vous arriviez. Elle est dans un triste état, mais ça, vous avez déjà dû vous en rendre compte. Accompagnez-moi jusqu'à ma voiture, s'il vous plaît. L'inspecteur Russell vous a certainement appris que la nuit était plutôt agitée. Il faut que je reste à proximité de la radio.

Elle lui emboîta le pas, sans se soucier de Sam.

— Je suis navrée que nous ajoutions à vos soucis, shérif.

— Pas de problème. Je ferai face. Comment se porte votre fils ? Eric, c'est bien ça ?

— Oui. Eh bien, il figure toujours en bonne place sur le tableau d'honneur au collège et en a marre d'être trop petit pour jouer au football.

Cudahy laissa échapper un rire enroué, trahissant son long passé de fumeur.

— Ah ! les gamins… Ils sont toujours pressés.

Ils avaient contourné la maison. Le shérif s'arrêta à côté de sa voiture de fonction d'où s'échappait une cacophonie de voix entremêlées et de grésillements de radio.

— Monsieur Knight, si j'ai bien compris, ce soir, vous avez joué le rôle du Preux Chevalier auprès de ces dames…

— A peine.

Le regard de Cudahy s'étant de nouveau rivé sur la hache, Sam la posa par terre et l'appuya contre le pneu arrière de la voiture.

Le shérif s'adossa au montant de la portière, côté conducteur, et croisa les bras sur sa poitrine. Par-dessus son uniforme, il portait un coupe-vent kaki ouvert.

— Ne minimisez pas votre rôle, monsieur Knight. Mme Jamison a beaucoup apprécié. Ce n'est pas tout le monde qui aurait mis entre parenthèses ses responsabilités et ses activités pour chercher un gamin qui a mal tourné.

— Shérif, non, Hank n'a pas…

Tel un panneau « Stop », Cudahy brandit devant lui son cigare, interrompant Brette au milieu de sa phrase.

— Permettez-moi de poursuivre, madame Barry. Je tenais à dire que M. Knight s'était montré extrêmement généreux : donner son temps pour un gosse alors qu'il en supporte toute la journée au collège, c'est bien. D'autant plus que, si j'ai bien compris, il fait des heures sup' à domicile.

Sam sentit son estomac se nouer. Ainsi, Sally avait parlé… A quel point avait-elle déformé la vérité ?

— Dommage que mes efforts concernant Hank n'aient pas été couronnés de succès, shérif. Mais Mme Barry a raison : Hank est loin d'être irrécupérable. Je vous assure que j'en ai connu des tas bien pires que lui.

— Vous parlez comme un vrai prof. Vous êtes au collège de Sandy Springs, n'est-ce pas ? Section travaux manuels ?

— Oui. Rien de bien prestigieux.

— Ne minimisez pas votre travail. L'enseignement des travaux manuels n'est pas un luxe. J'ai connu trop de gosses qui, après quatre années de scolarité, étaient toujours incapables de piger leur utilité. Nous vivons dans un monde où la prochaine génération n'utilisera que des trucs à usage unique, parce qu'elle ne sera pas fichue de réparer quoi que ce soit. Réellement, je pense que vous faites un boulot utile. Et intéressant.

Eh bien, que de louanges… Ce qui était loin d'être rassurant. Pas de doute, Russell avait déjà donné son opinion le concernant. Et le shérif jouait avec lui au chat et à la souris. Quand il aurait vidé son sac de compliments, il n'hésiterait pas à emprunter la hache pour obtenir les réponses qu'il cherchait.

Mais Sam ne se laisserait pas entortiller par toutes ces amabilités. Tout d'abord, il allait s'exprimer avec calme et politesse. L'expérience lui avait appris que c'étaient là deux atouts qui permettaient d'obtenir des résultats efficaces — davantage qu'une agression verbale, en tout cas. L'ennui, c'est que, dans le cas présent, il éprouvait un mal fou à se contenir. Appliquer la leçon enseignée par la vie lui semblait une gageure.

— Je vous remercie, fit-il néanmoins.

Cudahy jeta un coup d'œil par-dessus son épaule, en direction de sa maison. Du château dément, comme l'appelait Brette.

— Si je me fie à l'allure et à l'état de cette bâtisse, dont j'avais par ailleurs entendu parler, je dirai que vous êtes du genre à planter bien profondément vos racines.

— On peut toujours rêver, n'est-ce pas ?

— Ouais. Mais préparez-vous à passer les cinq prochaines années à bricoler à temps plein.

Sam haussa les sourcils, simulant l'effroi.

— Il n'a jamais été dans mon intention de travailler sept jours sur sept, shérif.

Cudahy émit un gloussement puis se tourna vers Brette.

— Madame Barry, vous êtes toujours factrice ?

— Depuis dix ans, oui.

Il hocha la tête, puis ramena son attention sur Sam. La lueur d'amusement avait quitté ses yeux.

— Et Mme Knight ? Que fait-elle ?

Et voilà. Il fallait bien que ça vienne à un moment ou l'autre, pensa Sam en déglutissant avec peine.

— Il n'y a pas de Mme Knight.

— Ah oui ! c'est vrai. Russell m'a dit que vous étiez divorcé.

De nouveau, le shérif s'adressa à Brette. Qui parut tout à coup mourir d'envie de se trouver ailleurs.

— Veuillez confirmer ou infirmer certains faits, madame Barry. Hank Jamison dort toujours chez vous ?

— Oui. Comme je l'ai expliqué à l'inspecteur Russell, cela fait partie des habitudes. Hank et Eric sont très amis, et comme Sally travaille de nuit, c'est plus facile pour Hank de passer la nuit chez nous. Ça vaut mieux que des va-et-vient incessants entre sa maison et la nôtre. Vous devez comprendre ça, shérif. J'ai entendu dire que vous n'aviez pas beaucoup de temps à consacrer à vos enfants, en ce moment.

— Effectivement. Mais, madame Barry, si je saisis bien la situation, Hank a quitté *votre* maison sans vous en informer.

Sam sentit la moutarde lui monter au nez.

— Vous êtes injuste. Eric a dit à Russell que sa mère était sous la douche quand Hank est parti. Manifestement, le gosse s'est arrangé pour filer en catimini.

L'air navré, Brette hocha la tête.

— Me croirez-vous si je vous assure que Hank n'avait jamais agi de la sorte avant, shérif ?

— Si c'est la vérité, pourquoi pas ?

— C'est la vérité !

— N'empêche, il avait déjà fugué.

— Disons qu'il s'était absenté pendant un moment. Pas longtemps, ni loin. Mais cette fois, c'est différent. Rien ne laissait soupçonner que quelque chose allait de travers. C'est pour ça que je suis vraiment tracassée par cette empreinte.

Sam ferma les yeux. Quand il les rouvrit, il se rendit compte que Cudahy le fixait.

— Quelle empreinte ? s'enquit ce dernier d'un ton patelin.

— Celle qui était sur le panneau « Impasse » à l'entrée du domaine des Pugh. Je l'ai vue dans la journée. Elle a disparu.

Au fur et à mesure de son récit, l'expression de Cudahy s'assombrit.

— Vous voulez dire que vous avez détruit une preuve, madame Barry ? demanda-t-il quand elle se tut.

— Non. Eric m'a assuré que l'empreinte n'était plus là quand je l'ai envoyé la nettoyer. Et de toute façon, Halloween approchant, j'ai pensé qu'il s'agissait seulement d'une blague d'un goût douteux.

— Une blague d'un goût douteux ? Alors qu'un gosse a disparu ?

— A ce moment-là, je l'ignorais. Et puis pourquoi dites-vous tout à coup que Hank a disparu ? Jusqu'à maintenant, vous mainteniez qu'il avait fugué.

— Parce que j'avance à petits pas, en fonction de ce que j'apprends, répliqua Cudahy gravement. Pourquoi ne pas m'avoir appelé, madame Barry ?

— Il m'est arrivé par le passé de vous appeler, et chaque fois je suis tombée sur un standardiste qui m'a promis d'envoyer quelqu'un… sans jamais le faire. Soit vous êtes occupé ailleurs, soit on ne prend pas mes appels au sérieux. Ou encore, et celle-là c'est ma préférée, on me répond qu'il fait nuit et que le policier de garde refuse de se déplacer seul sur les routes.

Cudahy se renfrogna.

— Ce n'est pas la peine d'être sarcastique, madame Barry.

— Si je voulais vraiment l'être, je vous dirais exactement ce que je pense du courage de ces policiers qui ont peur de rouler seuls en voiture la nuit ! Ecoutez, shérif, je sais très bien que vous manquez d'hommes. Mais nous ne sommes ni à Beyrouth, ni en Tchétchénie, ni même dans les quartiers sensibles de Dallas. De plus, nous payons des impôts. Pourtant, il faut qu'il fasse jour pour que nous ayons une chance de vous intéresser quand nous avons un problème.

— Je suis là, non ? Alors, revenons à cette empreinte. Etes-vous certaine qu'il s'agissait de sang ?

Elle secoua la tête.

— Non. Mais ce n'était pas du ketchup.

Cudahy inspira profondément. Ses joues se gonflèrent puis se vidèrent dans un bruit de soufflet de forge.

— Depuis quand êtes-vous au courant, pour cette empreinte, monsieur Knight ?

— Peu de temps.

— De quoi avait-elle l'air exactement ? demanda Cudahy à Sam.

Bien joué.

— Je ne l'ai pas vue.

— Vous êtes donc venu ici par hasard ? Pas spécialement pour prêter main-forte à ces dames ? Qu'est-ce qui vous a amené ? Vous vouliez emprunter du sucre ou un truc comme ça ? avança-t-il en en pointant son cigare sur lui. Je crois me rappeler les paroles de Mme Jamison. D'après elle, vous n'êtes pas du genre sociable. Alors, pourquoi avoir brusquement changé de comportement ? Pourquoi être soudain devenu un type serviable, soucieux de ce qui arrive à ses voisins ?

Une nouvelle fois, Sam constata à part lui que Sally Jamison avait des bulles à la place du cerveau. Quant à Cudahy, il était bien plus futé qu'il ne l'avait cru au début. Eh bien, voilà qui laissait présager de sombres lendemains... Son avenir s'annonçait encore plus noir que lorsqu'il avait quitté Houston.

— Ça fait maintenant six mois que je suis ici, déclara-t-il calmement, et je commence à me dire que je vais rester. Hank Jamison et Eric Barry fréquentent le collège où j'enseigne, ce qui crée des liens. J'ai vu Mme Barry et son fils traverser la rue, manifestement inquiets. Ensuite, votre inspecteur est arrivé. Il m'a alors semblé que je devais savoir ce qui n'allait pas.

Brette étouffa une exclamation, qui n'échappa pas au shérif. Il la contempla. Elle agita sa main blessée, comme si elle avait tout à coup ressenti un élancement. Et Cudahy tomba dans le panneau.

— Montrez-moi ça, madame Barry.

D'autorité, il lui saisit le poignet, lui retourna la main et scruta sa paume ouverte après avoir écarté les Kleenex imbibés de sang.

— J'ai une trousse d'urgence dans le coffre de ma voiture.

— Ne vous inquiétez pas pour moi, shérif. Occupez-vous plutôt de ce qui vous a amené ici.

— Comme vous voudrez. Monsieur Knight, si j'ai bien compris, vous venez de Houston ?

— Des environs, oui.

— Avez-vous toujours été enseignant ?

— Non. Mais j'ai fait en sorte de le devenir.

— De quelle manière ?

— En apprenant à travailler le métal, par exemple, jusqu'à à ce que j'aie assez d'expérience pour donner des cours techniques.

— Vous avez donc des références.

— Dans quel domaine ?

Le shérif prit le temps d'examiner le bout de son cigare avant de lâcher :

— Je m'efforce de bien situer dans ma tête qui est qui, de façon à connaître les membres de notre petite communauté.

— Parfait. Si vous avez besoin de me poser des questions afin d'en savoir plus sur moi, vous savez où me trouver.

Cudahy haussa les épaules, puis d'un mouvement du menton, montra les bois qui s'étendaient sur des hectares derrière chez Sally.

— Par là-bas, vous avez trouvé quelque chose ?

— Seulement des empreintes d'animaux, répondit Brette. Mais Eric a été formel : d'après lui, Hank ne se serait jamais aventuré dans la forêt de nuit. Il a peur du noir. Que nous ne l'ayons pas trouvé n'est donc pas inquiétant. Il n'est certainement pas allé dans ce secteur.

— J'espère que vous avez raison, commenta-t-il avant de faire machine arrière. Cette empreinte que vous prétendez avoir vue…

— Je l'ai vraiment vue.

— Mmm. De quelle dimension était-elle ? Grande ? Petite ? Avait-elle quelque chose de particulier ?

— Vous voulez que je vous dise si, à mon avis, c'était celle de Hank ? Je n'en sais rien. Elle était de taille moyenne et trop en hauteur pour qu'il s'agisse d'un enfant. Mais d'un adolescent… sans doute que oui.

Cudahy parut satisfait de l'analyse.

— Voilà le genre d'observation qui fait avancer une enquête, madame Barry. Vous vous débrouillez bien. Envisagez-vous de postuler dans la police ?

— Je pense effectivement changer de métier dans un avenir proche, mais faire partie de la police est la dernière de mes options.

— Dommage. Donnez-moi quand même vos déductions. Que votre flair serve à quelque chose. Selon vous, cette empreinte, qui l'a nettoyée ?

— Je l'ignore, répondit-elle en le regardant droit dans les yeux.

— Cette réponse ne me convient pas.

Elle marqua une pause, puis proposa :

— Interrogez donc les Pugh.

— Les Pugh ? Pourquoi ? Ils n'ont aucune raison de se créer des ennuis en faisant des bêtises juste à la limite de leur propriété.

— Posez-leur quand même la question.

Manifestement mécontent, Cudahy consulta sa montre.

— Bon. Je vais faire un saut à la ferme. Mais je compte bien parler à votre fils tout à l'heure.

— Je vous ai rapporté ce qu'il avait dit et ce qu'il sait. C'est-à-dire ce qu'il a raconté à l'inspecteur Russell. Eric n'a pas revu Hank après que ce dernier est parti de chez moi.

— Dans ce cas, ma visite sera brève et amicale… Prévenez Eric, et vous, monsieur Knight, informez-moi de vos projets immédiats.

— Me rendre utile.

— Oui ? Eh bien, préparez-vous à passer une nuit inoubliable, tous autant que vous êtes.

— Et pourquoi donc ? s'enquit Brette.

— Parce que je peux vous assurer d'ores et déjà que quelqu'un ment et qu'un autre s'évertue à compliquer l'affaire. Le résultat, c'est que nous aurons une belle énigme bien embrouillée : mon petit doigt me dit que ceux qui cherchent la vérité se feront mettre des bâtons dans les roues. Ils vont perdre une énergie considérable, foncer tête la première dans des impasses et faire des suppositions qui se révéleront erronées. Inévitablement, ils piétineront ensemble la même piste à un moment ou un autre. Enfin, c'est comme ça... Bon, je vais chez les Pugh.

— Vous ne leur parlerez pas de l'empreinte, n'est-ce pas ?

— Et pourquoi pas ? Ils savent peut-être qui l'a faite et pourquoi elle a disparu.

— Vous disiez qu'il y aurait des mensonges... A mon avis, les Pugh prétendront ne rien savoir de cette empreinte.

Cudahy se gratta la base du cou.

— Madame Barry, commença-t-il, cinq minutes après mon arrivée chez Mme Jamison, je me suis souvenu de la dernière fois où j'ai été appelé dans cette maison. Vous faites de votre mieux pour être amie avec cette dame, et cela vous vaut toute mon admiration. Elle est votre voisine, vos enfants sont copains, d'accord. Mais au fond de vous, vous savez pertinemment que, s'il existait une échelle de Richter pour mesurer le déséquilibre mental, Mme Jamison serait sur le degré le plus élevé. C'est ce qu'a aussi pensé Russell. Mon opinion, c'est que Hank et sa mère se sont encore une fois disputés et qu'elle a honte de l'avouer. Mais nous savons désormais tout ce que nous avons besoin de savoir. Roy va emporter une photo du gamin et faire imprimer des avis de recherche. Maintenant, il faut que je m'en aille : un homicide involontaire avec délit de fuite et un incendie m'attendent depuis déjà vingt minutes. Ce que j'ai fait vous convient-il, madame Barry ? Vous êtes enfin persuadée que si je suis venu, c'est dans l'intention d'agir, d'enquêter sur la disparition de Hank Jamison ?

En silence, Brette acquiesça d'un hochement de tête.

— Parfait. Dès que je pourrai vous envoyer l'un de mes hommes, je le ferai.

Sam leva un sourcil. Découvrir qu'en définitive il éprouvait quelque respect envers Cudahy l'étonnait. Mais c'était ainsi. L'homme s'était montré honnête. Evidemment, il ne cherchait à prouver sa bonne volonté qu'envers Brette — laquelle ne semblait pas arriver à se débarrasser de sa frustration ni de ses craintes. Sam s'en voulait de son impuissance : par son comportement stupide, il avait annihilé toute possibilité de lui prodiguer aide et réconfort. Il ne pouvait que rester là, immobile et muet. Inutile.

Comme au théâtre, Roy Russell sortit de la maison à point nommé. Cudahy alla à sa rencontre, échangea avec lui quelques commentaires à voix basse, puis les deux hommes remontèrent dans leurs véhicules. Sam récupéra sa hache après que les voitures se furent engagées dans le chemin conduisant chez les Pugh.

Leurs feux arrière étaient encore visibles quand Brette se tourna vers lui.

— Au cas où vous vous imagineriez vous en être bien sorti, sachez que vous vous trompez.

— De quoi diable parlez-vous ?

— Des soupçons. Cudahy et Russell sont persuadés que vous êtes trop bon pour être vrai. Ils estiment que vous avez joué un rôle dans cette affaire, mais pour le moment, ils vous accordent le bénéfice du doute. Et moi aussi. Alors, je vous en prie, ne faites rien qui m'amène à croire que je commets une erreur.

Bon sang, pourvu qu'elle n'ait vraiment pas envie d'entrer dans la police comme l'avait suggéré Cudahy ! Elle était trop vulnérable, avec ce besoin de protéger qui prenait le pas sur son instinct de survie. Et naïvement, elle dévoilait sa vulnérabilité. Oh ! il aurait dû l'embrasser... Hélas ! il ne pouvait que continuer à la dévorer du regard, dans l'attente du moment où sa carapace de courage montrerait des fêlures.

— Vous êtes trop honnête pour vous abaisser à ça, Brette...

— A quoi ?

— A mentir.

Conséquence de l'effort qu'elle faisait pour tenter de décrypter la remarque, une petite ride se creusa entre ses sourcils.

— Sam, fit-elle enfin, si vous pensez que je vais essayer de vous comprendre, vous vous trompez : je n'essaierai même pas.

— Je m'en doutais. Mais peut-être une autre fois, dans d'autres circonstances... Qui sait ?

Il se détourna soudain et fit un pas vers la route : Sally venait d'apparaître sur le seuil de sa maison.

— Si Cudahy me demande, informez-le que je suis parti au collège pour y jeter un coup d'œil.

— Vous savez très bien que Hank n'y est pas allé aujourd'hui, répliqua Brette. Alors, pourquoi traînerait-il par là maintenant ?

— Parce que c'est le dernier endroit où on pensera à le chercher.

11.

— Mais où va-t-il ?

Poussant un grognement agacé, Sally se laissa tomber sur le perron. Le contenu du gobelet en plastique qu'elle tenait à la main se renversa et coula sur la marche. Il ne s'agissait pas de thé glacé, constata Brette en s'asseyant à côté d'elle.

— J'ai trouvé une bouteille de vin, et j'ai pensé que ça nous ferait du bien d'en boire un peu avant de décider ce que nous allions faire ensuite.

Si prévisible Sally, au regard tellement voilé de détresse…

— Tu as déjà avalé un cachet de Prozac que tu piques aux internes, fit remarquer Brette. Du vin là-dessus, c'est déconseillé.

— Désolée, mais je ne suis pas assez solide pour supporter ce qui m'arrive sans béquille. Tiens, prends-en un peu.

Sally lui tendait son gobelet. Manifestement, elle avait placé son programme mental sur le mode « victime ». Mais au moins, elle ne conduisait pas, et avec un peu de chance, la combinaison alcool-anti-dépresseur l'assommerait avant qu'elle ait eu le temps de se faire du mal. C'était d'autant plus à souhaiter, songea Brette, qu'Eric attendait à la maison qu'elle le rejoigne.

— Non merci, Sally. T'ai-je dit que le shérif était parti chez les Pugh ? Il va parler à Truman et Albert.

— Super !

— Quant à Sam, il est allé au collège.

— Pourquoi ?

Brette la regarda de travers.

— Bon, bon, ça va, grommela Sally. Mais quand même, il aurait pu attendre un peu. Je l'aurais accompagné.

La jeune femme avala une nouvelle gorgée, les yeux perdus dans le vague.

Assez, se dit Brette en se levant.

— Il fait décidément trop froid pour rester là. Je vais chez moi raconter à Eric où on en est.

— Tu reviendras, hein ?

— Bien sûr. Mais j'ai besoin de me reposer une heure ou deux. Sans ça, je serai incapable de bosser demain matin.

— Sam a été vraiment adorable, tu ne trouves pas ? enchaîna Sally, sans paraître l'avoir entendue. Gentil et patient. Tu sais que pendant que tu t'habillais, il s'est assis près de moi ? Juste assis. Et il est resté là à m'écouter. C'est incroyable, un homme qui peut écouter radoter une bonne femme sans rien exiger en échange… Remarque, s'il avait demandé quelque chose, je n'aurais pas été contre…

La main de Brette se crispa sur les mouchoirs en papier qui commençaient à s'émietter. Cette Sally, tout de même… Des conversations avec des hommes désintéressés, elle en avait eu. Et ne se le rappelait évidemment pas. Tous ses souvenirs et ses pensées passaient à travers un prisme déformant.

— … Bon, je suis consciente de passer pour une mère sans cœur parce que je ne me fais pas assez de souci pour Hank…

Tiens, tiens… A croire qu'elle avait capté ses réflexions informulées et senti la lutte intérieure à laquelle elle se livrait.

— … Il faut être réaliste. Si je ne me force pas à penser à autre chose, je vais devenir dingue. Je n'ai pas assez d'énergie pour supporter autant de stress. Je ne suis pas aussi solide que toi, Brette.

— Je comprends. Mais je ne suis pas du tout persuadée que Sam Knight doit être mis sur un piédestal, ni qu'il soit le genre de type dont rêvent toutes les femmes.

Sally renversa la tête en arrière et fixa le ciel étoilé.

— Je me demande si ce n'est pas à cause de sa carrure. Il est assez costaud pour nous soulever chacune sous un bras sans le moindre effort.

Décidant que sa blessure ne saignerait plus, Brette fourra la boule de Kleenex rougis dans sa poche. Le geste lui donna le temps de mater l'irritation qui commençait à la gagner.

— Ce genre de situation ne fait pas partie de mes fantasmes, Sally.

— Ouais. Je sais que tu ne m'accompagneras jamais dans cette boîte de Dallas où des mecs font du strip-tease. Même si je promets qu'on restera au dernier rang pour qu'on ne te reconnaisse pas.

La jeune femme marqua une pause, les sourcils froncés.

— Hank ne t'a jamais rien dit de mauvais sur Sam, n'est-ce pas ? s'enquit-elle. Et Eric ?

Brette serra les mâchoires pour ne pas crier. Cette fichue idiote était sérieuse ! Obnubilée par ses rêves, elle avait déjà oublié la fin de non-recevoir que Sam avait opposée à ses avances… ainsi que son serment de ne plus jamais lever les yeux sur ses voisins mâles, après la déroute de ses relations avec Keith Daggett !

— Et merde ! lâcha-t-elle soudain en déchiquetant son paquet de cigarettes. Je n'en ai plus ! C'était la dernière ! Oh... Qu'est-ce que je vais faire ?

— Arrêter de fumer ? suggéra Brette.

Ignorant la remarque, Sally se leva et rentra en courant dans la maison. Probablement dans l'espoir d'y trouver un paquet neuf.

Brette plaqua ses mains sur son visage : fallait-il rire ou pleurer ? Ni l'un ni l'autre. Seulement espérer le retour de Hank. Mais l'exaspération la gagnait. Combien de temps encore réussirait-elle à prêter une oreille indulgente à Sally et... à ne pas songer aux moments passés auprès de Sam ?

Ah ! un bruit de moteur ! La grosse Suburban de son voisin approchait. Passait devant la maison. Et le chauffeur se fendait d'un signe de tête à son intention. Un simple signe de tête, mais qui lui donna une impression d'intimité partagée, de chaleur, au point qu'elle serra ses bras autour de sa taille pour s'empêcher de vaciller, en proie à un trouble profond.

Ce n'est que quelques secondes plus tard qu'elle comprit son tour de force : il avait réussi à établir entre eux une sorte de connivence. Il avait fait d'elle sa complice. Mais de quoi ? Et pourquoi ?

Une bordée d'injures provenant de l'intérieur de la maison la ramena à l'instant présent : Sally criait tout en jetant des objets par terre. Bon. Elle était occupée. En pleine chasse au trésor... La laisser seule ne posait donc pas de problème.

Brette pouvait faire un saut chez elle pour se reposer.

Lorsqu'elle entra dans la salle de séjour, elle découvrit Eric en train d'enfiler la vaste chemise de flanelle qu'elle ou lui mettaient indifféremment quand ils sortaient les cendres de la cheminée ou la poubelle. La gaieté de la pièce la rasséréna immédiatement : le mélange de blanc, jaune et vert réchauffait le cœur.

— Ah ! tu es là ! fit Eric, les mains sur les pans de la chemise, de l'air de se demander s'il allait la boutonner ou pas. Je t'ai vue sur le perron des Jamison. J'allais venir. Il y a du nouveau ? Et M. Knight, il est parti ?

— Inspecter les alentours du collège, oui.

Le regard qu'il lui lança la laissa un instant interdite : il était mécontent.

Puis elle comprit.

— Oh… Tu voulais aller avec lui, c'est ça ?

— Oui.

— Pour chercher Hank, ou pour être avec Sam ?

— Les deux. Est-ce que ça te gêne ?

Eh bien, c'était gagné. Elle avait appris à son fils à se montrer toujours direct et sincère. Comme ses parents avec elle. Mais jamais jusqu'à ce jour elle ne s'était trouvée de l'autre côté de la barrière. D'ordinaire, c'était elle qui posait les questions et attendait des réponses franches.

Désarçonnée, elle se força à sourire.

— Je crois que je viens pour la première fois de ressentir de la jalousie. Pourquoi ne m'avoir jamais dit que tu aimais beaucoup M. Knight ?

Eric retira la chemise et la remit en place sur le portemanteau en soupirant.

— Parce que je me suis aperçu que tu l'aimes bien, toi aussi. Il a refusé de venir quand tu l'as invité. Alors, j'ai décidé de ne pas te faire de peine.

— Tu… tu voulais me protéger ?

— Oui. Tu es très sensible, maman.

— Aaah… Viens dans mes bras, mon garçon !

Seigneur… Son fils, cette huitième merveille du monde à laquelle elle avait donné le jour, était aussi grand qu'elle, maintenant. Pourtant, le souvenir de son bonheur, la première fois où elle l'avait tenu contre elle, quand l'infirmière lui avait tendu cette petite chose vagissante, conservait toute son intensité.

— Quand donc cette belle amitié avec Sam Knight est-elle née ?

— Eh bien, la dernière fois, quand tu l'as invité à dîner et qu'il a dit non. Je me suis rendu compte que ça t'avait blessée. Alors, le lendemain, au collège, pendant la pause du déjeuner, je suis allé le trouver dans sa classe et je lui ai dit qu'il était un vrai con.

— Tu as dit… *quoi* ?

Eric éclata de rire. Telle une image subliminale, le souvenir à la fois douloureux et magnifique de ce qu'elle était à seize ans et le père d'Eric à vingt, s'imposa à elle. C'était dans des moments comme celui-ci que ses parents lui manquaient. Elle aurait tellement aimé qu'ils partagent avec elle sa fierté et son bonheur…

— Reconnais-le, maman : M. Knight aurait pu être le bon. Ça fait plus d'un an que tu n'as pas eu de petit ami. Et même avant, ce n'était pas le pied, hein ? Ce vendeur de voitures gominé ne t'a jamais vraiment intéressée…

— J'admets me sentir mal à l'aise quand un homme utilise davantage de produits capillaires que moi.

— Et l'autre, avant ?

— Il voulait t'envoyer dans une école militaire.

Eric resta bouche bée.

— Tu ne m'avais pas raconté ça !

— Je suis prudente ! J'avais peur que tu mettes un ver de terre dans sa cannette de bière, comme Hank l'avait fait avec l'un des petits amis de Sally.

— Ouah, une école militaire… C'est dur, ça.

L'expression de l'adolescent devint grave.

— Je crois que j'apprécie M. Knight de plus en plus.

— Oublie ça.

— Maman, je t'ai bien vue l'observer !

Comment nier ? Impossible. Elle battit en retraite, direction la cuisine, mit de l'eau à bouillir. Et s'aperçut qu'Eric l'avait suivie. Manifestement, il était décidé à ne pas lâcher prise. Mieux valait donc battre le fer tant qu'il était chaud.

— Parmi toutes les confidences que tu as faites à Sam, j'espère que tu ne lui as pas parlé de ça, Eric ? Si c'est le cas, jamais plus je ne pourrai le regarder en face.

— Je suis peut-être jeune, maman, mais pas idiot. Auprès de toi, j'ai quand même appris deux ou trois choses…

Elle sourit d'un air entendu. Oui, il possédait à la perfection le mode d'emploi de sa mère. Par exemple, quand il avait un petit creux, la tactique à base de flatterie qui lui permettait de se faire offrir la moitié du hamburger qu'elle mangeait. Ou encore, la laisser tranquille après une discussion achevée en crise de larmes avec Sally. Et aussi, ne pas faire de bruit le dimanche matin, son seul jour de repos. Très bien. Il méritait un bon point. Mais qu'il ne s'immisce pas dans ses affaires de cœur — plus précisément, dans son manque d'affaires de cœur. Elle tenait à son jardin secret. L'ennui, c'était cette curiosité qui la tenaillait, et la poussait à en savoir plus.

— Qu'a dit Sam ?

— Qu'il savait.

— Savait *quoi* ?

— Qu'il t'avait blessée. Et qu'il aurait dû t'avouer qu'il te trouvait exceptionnelle. Une vraie lady.

Le compliment, même de deuxième main, la toucha. Néanmoins, elle fit comme si Eric avait mal compris.

— Je parlais de toi. Pourquoi as-tu décidé que tu aimais cet homme ?

Il versa de l'eau chaude sur son café instantané avant de répondre :

— Il ne m'a pas sous-estimé. Il a fait comme toi.

— C'est-à-dire ?

— Il n'a pas cherché à noyer le poisson.

— Eric, exprime-toi clairement.

— Eh bien, il n'a pas répondu à côté quand j'ai posé des questions précises. Et puis il a l'air de bien comprendre Hank. Aussi bien que moi, et pourtant, il n'a pas discuté avec lui aussi souvent qu'avec moi.

Ah ! là, quelque chose ne collait pas…

— Sam a donc menti quand il a raconté à l'inspecteur Russell que Hank et toi alliez souvent le voir ? Que vous lui parliez lorsque vous en éprouviez le besoin ?

— Pas du tout. C'était la vérité. M. Knight m'a demandé de dire à Hank qu'il était à sa disposition, mais tu connais Hank. Il se braque devant l'autorité d'un homme. De n'importe quelle autorité, en fait. La seule qu'il accepte, c'est la tienne. Mais M. Knight garde quand même un œil sur lui en permanence. Il l'a déjà sorti du pétrin.

Eric se pencha par-dessus la table tout en remuant son café.

— Maintenant que le secret est levé, peut-être que Hank souhaitera parler à M. Knight de temps en temps.

Voilà pourquoi elle avait eu peur après l'étonnante révélation de Sam. Peur des espérances, des rêves qu'il pouvait faire naître chez les deux adolescents privés de père. Eric n'avait pas connu la désillusion. Elle, si. Or, quelque chose n'allait pas avec Sam Knight. Il était gentil avec son fils, d'accord, mais il ne fallait pas qu'elle se laisse abuser par cette gentillesse.

A son tour, elle se prépara une tasse de café.

— Ne t'emballe pas, Eric, okay ?

— Bien sûr que non. Mais, maman… est-ce que papa ressemblait un peu à M. Knight ?

Seigneur, son bébé voulait devenir Terminator…

Elle posa sa cuillère dans l'évier puis s'approcha de son fils et plaça sa main intacte sur sa joue.

— Ton père était un superbe athlète. Il skiait, courait, faisait du vélo, du surf. Mais il n'avait rien de ces monstres bodybuildés, gavés de stéroïdes aux muscles de lutteur de foire.

Comme elle s'y attendait, Eric se mit à rire.

— Un autre genre de musculature, je comprends, commenta-t-il avant de lui prendre la main. Dis, qu'est-ce que tu t'es fait ?

Elle avait complètement oublié sa plaie. Baissant les yeux, elle s'aperçut que la blessure n'était pas jolie, jolie. Cela dit, elle ne semblait pas très profonde.

— Je suis tombée dans la forêt. Depuis la tempête de septembre, le sol est jonché d'arbres. Les gommiers n'ont pas de racines profondes. Ils sont facilement arrachés. Voilà l'histoire. Il n'y a pas de quoi en faire un drame.

Eric la surveilla pendant qu'elle lavait sa main sous l'eau du robinet, puis ouvrait le tiroir contenant désinfectant et sparadrap.

— Maman, si c'était moi qui avais la main dans cet état, tu aurais exigé que le toubib me pose des agrafes.

— Je n'en ai pas besoin. N'en parlons plus. D'ailleurs, mettons le reste de la conversation de côté pour plus tard, d'accord ? Nous la reprendrons à mon retour.

— Quand ça ?

— Plus tôt que tu l'imagines : le shérif Cudahy voudra te voir en sortant de chez les Pugh.

— Pourquoi ?

L'intonation d'Eric trahissait une inquiétude légitime.

— C'est ainsi qu'il procède. Je t'ai dit qu'il s'était montré très consciencieux avec Sally.

Elle jeta les mouchoirs souillés dans la poubelle puis vérifia la solidité du pansement. Bien. Le sparadrap tiendrait bon pendant un moment. Et deux aspirines achèveraient de chasser les élancements, ainsi que la migraine qui pointait.

— Laisse-moi aller voir Sally, Eric. Je veux m'assurer qu'elle n'a pas mis sa maison à sac dans l'espoir de trouver un paquet de cigarettes. Ensuite, je reviendrai, promit-elle. Il n'y a pas eu de coups de téléphone ? Personne n'a appelé et raccroché sans parler ?

— Non. Et tu ferais bien de ne pas l'espérer : Hank ne nous appellera pas tant qu'il ne se sentira pas prêt. Et à mon avis, il ne le sera pas de sitôt.

Le cœur serré, elle prit conscience de la tristesse et du désarroi qui marquaient la voix de son fils.

— Ne t'imagine pas que tu as perdu ton ami, Eric. Il avait certainement une très bonne raison pour faire ce qu'il a fait.

Quelques instants plus tard, Brette gravit de nouveau le perron de Sally, laquelle ouvrit la porte à la volée et la rejoignit sur les marches. Elle s'était habillée. Du moins, selon ses critères : escarpins à talons aiguilles de cuir blanc et léger coupe-vent assorti.

— La vie continue ! s'écria-t-elle. J'ai trouvé la moitié d'un vieux paquet de cigarettes mentholées dans ma table de nuit.

Elle brandit le paquet pour que Brette le voie bien.

— Je fumais ça l'été dernier. Je parie qu'elles ont pris un goût de fumier séché.

— Tu ferais mieux d'arrêter une bonne fois pour toutes. C'est ce que Hank te demande tout le temps.

— Les absents ont toujours tort…

Son regard se posa sur la tasse de café que Brette avait emportée avec elle.

— Pas étonnant que tu ne m'aies pas entendue quand je t'ai appelée. Tu t'occupais de ta petite personne.

— Je t'avais dit que je voulais aller voir Eric. Pour lui annoncer la visite de Cudahy, expliqua Brette après avoir avalé une gorgée de café.

— Oooh… Par pitié, évite de mentionner le shérif ! Moins j'entends son nom, mieux je me porte. Et… dis-moi, Brette, je me demandais… Est-ce que Sam a un téléphone portable sur lui ? Si oui, je pourrais peut-être lui demander d'aller m'acheter un paquet de cigarettes ou deux…

— Je ne sais pas s'il en a un.

Sally éclata de rire.

— A la réflexion, c'est sûr qu'il n'en a pas. Il est trop sauvage pour vouloir être dérangé à tout bout de champ. Etre obligé de répondre parce qu'on le sonne, ce n'est pas son genre. Mais quand il reviendra, il sera peut-être assez mignon pour m'amener jusqu'au bureau de tabac…

Brette serra les dents. Allons, pas de critiques acerbes…

— Sally, je pense que Sam sera fatigué.

— Mais non ! Regarde-toi : tu t'es levée aux aurores et pourtant tu es pimpante à un point incroyable. Et tu vas travailler demain, alors que Sam n'a pas de cours.

La jeune femme se tut un instant, le temps d'envoyer un rond de fumée vers le ciel.

— Je suis désolée, s'excusa-t-elle. Je ne m'améliore pas, hein ?

Que répondre qui ne fût pas désagréable ? Rien. Une petite tape amicale sur le bras, en revanche, pouvait la réconforter.

— Allez, tiens bon. C'est tout ce qu'il y a à faire. Et puis rentre : tu vas attraper froid.

Sally ouvrait la bouche quand des lumières apparurent sur le chemin de la ferme des Pugh. La jeune femme bondit aussi vivement que si on l'avait piquée avec une fourche et se rua vers la porte.

— Tu as raison, Brette, je suis gelée ! Bonne chance avec le nazi !

12.

Brette alla à la rencontre du shérif qui venait de se garer sur le bas-côté de la route. L'inspecteur Russell, lui, avait poursuivi son chemin après avoir fait un signe de tête au passage. Bon ou mauvais signe ? Elle le saurait bien assez tôt. L'essentiel, dans l'immédiat, c'était que Cudahy ne songe pas à mettre Eric sur le gril.

— Alors, shérif ? Du nouveau ?

Il se tenait debout à côté de sa voiture. Si le jardin de Sally n'en était pas un, en revanche, les plates-bandes publiques regorgeaient de fleurs et d'arbres à toute période de l'année. En ce moment, c'était le temps des chrysanthèmes rouges et jaunes.

— Je n'ai rien de réconfortant à vous annoncer, madame Barry. On ne peut pas dire que les Pugh soient fans des gamins.

— Mais les détestent-ils au point d'avoir fait du mal à l'un d'eux ?

— Vous pensez à l'empreinte ? A votre avis, Pugh aurait puni l'un des gosses ? Non. Il n'était apparemment pas au courant.

— Ça me semble impossible.

— Pourquoi ?

— Parce qu'il est la seule personne susceptible de l'avoir effacée, shérif, répliqua-t-elle.

— Pas exactement. Il y a aussi son fils, Albert. Je n'ai pas pu lui parler. Il était parti avec l'un des ouvriers mexicains. Mais pas plus le père Pugh que les employés présents ne savaient quoi que ce soit concernant cette empreinte. Et je les crois. J'ai une certaine expérience des contacts humains. Quand on me ment, je le sens. Ces gens disaient la vérité.

Brette ne partageait pas cette certitude.

— Vous n'avez pas vu les yeux de Pugh quand il s'en prend aux garçons. Incendiaires. Dans ces moments-là, il manifeste une colère hors de proportion par rapport aux bêtises qu'Eric et Hank ont pu commettre. Il oublie ce qu'ils sont.

— Et que sont-ils ?

— Des enfants. Turbulents, malicieux. Mais ils ne sont pas méchants. Ils s'amusent, c'est tout. Il n'y a pas de quoi fouetter un chat.

— Couper des clôtures ou causer des pertes de production à un fermier en perturbant ses vaches laitières n'est pas, selon moi, une distraction innocente.

Ah bon ? Cudahy prenait donc le parti de Pugh, mettant les torts du côté des gamins ? Tout à coup, elle se sentit métamorphosée en tigresse. Quiconque s'attaquait à ses petits avait droit à ses coups de griffes.

— Ils sont innocents, ne le comprenez-vous pas ? lança-t-elle, véhémente. La chasse était ouverte, et la limitation de l'espace par le biais de barbelés frustre les disciples de Nemrod ! Quelqu'un vous a-t-il fait remarquer que les clôtures ont été sectionnées côté est ? Pour arriver jusque-là, les garçons auraient été obligés de traverser un marécage de cinq cents mètres ! Et il y a aussi cette vache tuée par balle en fin de saison. D'après les observations, on a tiré de la partie est de la forêt. Et puis, pour votre gouverne, sachez que je ne possède pas d'arme. Sally non plus. Et pourtant, qui a-t-on immédiatement accusé ? Les garçons !

— Pugh ne m'a jamais parlé d'une vache truffée de plomb. Seulement d'une vache volée. Une laitière.

Voilà qui était nouveau. Il ne s'agissait pas du fameux petit veau.

— Je n'étais pas au courant. Mais Pugh a peut-être inventé cette histoire.

Cudahy gratta sa moustache naissante.

— Je vous accorde que, parfois, les gens font et disent ce qui les arrange. Je sais qu'il y a pas mal de puits désaffectés dans cette zone. Une vache peut très bien tomber dedans. Ou encore, être séparée du troupeau pour une raison ou une autre et se faire attraper par un de ces pumas lâchés dans la forêt. Cependant, ce n'est pas parce que les Pugh ne vous ont pas raconté l'histoire qu'elle ne s'est pas passée.

Tout en discutant, ils avaient traversé la route et remonté l'allée de son cottage. Brette ouvrit la porte et s'effaça sur le seuil.

— Pugh vous a-t-il dit quand il avait vu Hank pour la dernière fois ?

Cudahy entra dans le séjour.

— Selon lui, ça doit faire une semaine, mais sans certitude.

Manifestement, la réponse de Pugh le satisfaisait. Il n'allait pas la remettre en cause, songea-t-elle dans un soupir tout en refermant la porte.

Eric se tenait au milieu de la pièce, l'air parfaitement décontracté. Dire qu'elle avait discuté avec son fils comme avec un adulte quelques minutes plus tôt… Maintenant, il avait l'air tellement jeune, avec son T-shirt trop grand !

— Shérif, vous connaissez mon fils Eric…

Cudahy tendit la main.

— Comment vas-tu, jeune homme ?

— Très bien, assura ce dernier en serrant fermement la main offerte.

— Ta mère t'a expliqué pourquoi j'étais là ?

— Oui, mais j'ai déjà tout raconté à l'inspecteur Russell.

— Je sais. Malgré tout, comme je reviens juste de chez les Pugh, je voulais te voir.

— Qu'est-ce que les Pugh viennent faire là-dedans ? La disparition de Hank n'a aucun rapport avec eux !

Cette remarque parut beaucoup intéresser le shérif.

— Pourquoi en es-tu si sûr ?

— Parce que Hank est allé dans un endroit précis pour quelque chose de précis.

— Et quoi, selon toi ?

— Aucune idée.

— Vraiment pas ? Tu ne mens pas à cause d'une promesse que tu aurais faite à ton copain, n'est-ce pas ?

— Mon fils ne ment jamais, shérif !

Brette ponctua sa phrase d'un regard qui en disait long, c'est-à-dire qu'elle ne tolérait pas que l'on soupçonne son fils de duplicité. Jamais Eric ne lui avait donné matière à douter de lui, et ce n'était pas aujourd'hui qu'elle allait réviser la confiance totale qu'elle lui accordait.

Peu troublé par cette intervention, Cudahy reprit du même ton égal :

— Comment qualifierais-tu tes relations avec Hank, Eric ? Fraternelles ?

— Je ne sais pas. Je n'ai jamais eu de frère.

— Okay, fit le shérif en souriant. Disons donc que Hank est ton ami. Mais quel genre d'ami ?

— Mon meilleur ami.

— Même maintenant ?

Eric jeta un coup d'œil à Brette avant d'acquiescer.

— Oui. Il ne m'a rien fait.

— Tu es très mûr, mon garçon. Nombre d'adultes seraient incapables de réagir comme toi.

Visiblement, le compliment laissa Eric de glace. Il resta immobile et calme, attendant la suite, sous le regard de Brette qui se retenait de sourire.

— Je ne vais pas te demander de répéter ce que tu as dit à Russell, mais de faire un effort de mémoire : n'y aurait-il pas quelque chose que tu n'aurais pas rapporté à ta mère ou à l'inspecteur ?

— Non, monsieur.

— Bien.

Cudahy pivota sur ses talons et se dirigea vers la porte. Mais, à mi-chemin, il marqua un temps d'arrêt.

— Et ton autre ami, Sam Knight ?

Brette resta interdite. Et s'aperçut que son fils aussi était pris au dépourvu.

— Qu'est-ce que vous voulez dire ? demanda Eric.

— J'essaie de comprendre jusqu'à quel point il est ami avec Hank et toi. Vous faites quoi, avec lui ? Vous travaillez dans son atelier après les cours ? Vous allez pêcher ?

— Non, non, répondit-il, visiblement déstabilisé. Hank et moi on aime mieux jouer sur l'ordinateur.

— Knight ne vous a pas offert de vous former ? Une maison comme la sienne, si grande, avec tant de travaux à faire… Il aurait pu vouloir de l'aide, et des gamins de votre âge ont toujours besoin d'argent de poche, il me semble.

Eric décocha à sa mère un regard empreint d'inquiétude.

— Mon fils se fait un peu d'argent en me donnant un coup de main ici, intervint Brette. Jusqu'à maintenant, je l'ai jugé trop jeune pour se charger de vrais travaux rémunérés.

Cudahy hocha la tête d'un air convaincu et reprit sa progression en direction de la porte. Avant de s'arrêter de nouveau.

— Sais-tu si Hank est en contact avec son père, Eric ?

— Même s'il pouvait le joindre, il ne le ferait pas, assura Brette. Ses relations avec lui sont carrément inexistantes. Hank aurait tout aussi bien pu être un bébé éprouvette.

— Toute une génération de gosses en train de grandir à la va-comme-je-te pousse dans des familles monoparentales, grommela Cudahy. Quelle pitié !

— Cette solitude est peut-être préférable aux violences domestiques.

Il émit un grognement, puis demanda :

— Violences domestiques, hein ? Voilà qui nous ramène à Sam Knight… Où est-il ? Sa voiture n'est pas devant chez lui.

Brette se sentait de plus en plus mal à l'aise. Moins on parlait de Sam, mieux elle se portait.

— Il est allé fureter dans les environs du collège. Au cas où.

— Excellente idée. Bon, je vais y aller, maintenant.

Pour la première fois depuis son arrivée, le shérif regarda autour de lui, balayant du regard la pièce aux murs immaculés, avec sa baie en rotonde, son parquet de bois clair et son joli et gai mobilier en rotin.

— Vous avez une maison charmante et accueillante, madame Barry. Ça ne m'étonne pas que Hank passe autant de temps chez vous.

— Merci.

Sur ces mots, il sortit enfin. Brette lança un coup d'œil soulagé à son fils avant de raccompagner le policier jusqu'à la route.

Sam arriva à ce moment-là. Il se gara dans son allée puis les rejoignit.

— Du nouveau ? s'enquit-il.

— Rien. Et si j'en juge par l'absence de passager dans votre voiture, vous aussi, vous êtes bredouille ?

Sam serra si fort les lèvres que de profondes rides se creusèrent de part et d'autre de sa bouche. Il était navré, c'était évident. Mais la consternation n'enlevait rien à sa séduction, constata Brette à part elle.

— Hélas ! oui, shérif. Je n'ai pas trouvé Hank.

— C'était quand même une bonne idée d'aller vérifier dans les alentours du collège. Je signalerai votre initiative au directeur demain matin. Je suis sûr qu'il vous félicitera.

— Inutile de vous donner cette peine, shérif. Je lui parlerai moi-même.

— Oh ! le tenir au courant ne me fera pas perdre de temps, monsieur Knight : j'avais l'intention d'aller le voir de toute façon.

Un petit salut de la main, puis Cudahy traversa la rue en direction de sa voiture.

— Sally voudra savoir quand vous l'appellerez, shérif ! lança Brette. Que dois-je lui dire ?

— Qu'elle sera la première informée quand j'aurai appris quelque chose.

Elle resta auprès de Sam jusqu'à ce que Cudahy ait démarré.

— Hank n'est nulle part… Je n'arrive pas à y croire, fit-elle dans un souffle une fois que la voiture eut disparu.

— Il le faut, pourtant. J'ai bien peur que les choses prennent une tournure déplaisante.

Son ton sec et amer à la fois l'alarma.

— Sam, vous ne cachez quand même pas des informations au shérif ? Auriez-vous découvert un indice important au collège ?

— Non, Brette.

Non, vraiment ? Alors, pourquoi semblait-il aussi mal à l'aise ? Son trouble était tellement évident qu'il en devenait contagieux.

— Sam, il s'est passé quelque chose entre Cudahy et vous il y a un instant. Qu'est-ce que c'était ?

— Vous êtes trop imaginative.

— Pas du tout. J'ai senti comme des ondes négatives. Quand Cudahy a mentionné son intention de parler à votre directeur, vous avez fait une drôle de tête.

Le regard de Sam était lointain.

— Vous pourrez dire à Sally que je vais passer une nuit agitée à cause de son fils.

— Pas si c'est un mensonge.

— Oh ! vous n'irez pas en enfer pour ça…

— Allons, Sam, répliqua-t-elle, vous ne pourrez pas faire grand-chose pour Hank cette nuit. Vous ne connaissez pratiquement pas le secteur… D'ailleurs, que connaissez-vous, à part votre métier ? Peut-être même pas les difficultés les plus élémentaires de l'existence…

Il plongea son regard dans le sien un bref instant.

— Bravo, madame Barry. Vous devenez particulièrement brillante. Cette remarque est la plus intelligente de toutes celles que vous avez faites ce soir.

Bien que se sentant insultée, elle jugea judicieux d'arrêter le duel.

— Où irez-vous exactement ?

— Partout et nulle part. Je vais conduire au hasard en ouvrant les yeux. De toute façon, ce sera mieux que de rester ici ; ça, j'en suis sûr.

Quelle étrange réflexion… Craignait-il que, s'il restait chez lui, elle lui imposât sa compagnie ? A moins qu'il ne redoute celle de son autre voisine.

— Sally va vous entendre partir.

— Et alors ? Quelle importance ? Je suis libre, non ?

Elle secoua la tête. Non, elle ne marchait pas. Le coup du macho genre « Je fais ce que je veux quand je le veux » ne prendrait pas. Il y avait autre chose, qui lui donnait envie de disparaître au moins jusqu'au matin.

— Vous perdez votre sang-froid, Sam Knight. Et pas à cause de Hank. C'est Cudahy qui vous inquiète, hein ?

13.

Le reste de la nuit s'écoula sans que Brette obtienne les réponses espérées. Sam était parti sans ajouter un mot. Quant à elle, revenue chez Sally, elle l'avait trouvée couchée sur le sofa du salon : l'alcool combiné aux pilules avait fini par agir. Elle alla chercher une couette dans la chambre et en recouvrit la jeune femme avant de rentrer chez elle. Il fallait veiller à ce qu'Eric se mette au lit, ce qu'elle fit. Puis, au lieu d'aller se coucher elle-même, elle s'installa devant son ordinateur, afin de travailler sur des affichettes d'avis de recherche.

Elle n'éteignit qu'à 2 heures du matin, s'enveloppa dans un châle et se pelotonna dans l'angle du canapé de rotin entre la baie en façade et la fenêtre d'angle.

A 5 h 7, elle se réveilla et alla prendre une douche rapide. Le temps lui manquait pour se laver et sécher les cheveux, aussi les rassembla-t-elle en queue-de-cheval avant de se coiffer d'une casquette de base-ball rouge. Rouge, symbole de la détermination, de l'énergie, se répétait-elle comme un mantra. Sa tenue d'automne était par ailleurs composée d'un jean, d'un pull à col roulé noir sous un chandail d'homme orné de torsades, si long qu'elle aurait pu en faire une robe… à condition d'habiter Los Angeles ou Miami.

Elle alla vérifier qu'Eric dormait toujours, puis lui laissa un mot sur la table de la cuisine avant de ramasser son sac et la liasse d'affichettes qu'elle placarderait en ville. Fin prête, elle sortit de la maison.

Une fois dehors, elle regarda autour d'elle avec attention. Les fenêtres de Sally étaient toujours sombres. Qu'elle se repose donc. Elle aurait besoin de toutes ses forces si se préparait une nouvelle journée de vaine attente. Tout comme elle-même et Eric. Ainsi que Sam… Sam qui, découvrit-elle en reculant dans son allée, n'était toujours pas rentré : pas de Suburban garée devant chez lui.

Incroyable… Evidemment, elle avait pressenti qu'il s'absenterait tant que Sally ou elle seraient debout, de façon à fuir leurs questions, ainsi que les approches suggestives de Sally. Mais tout de même, il y avait une limite à tout… L'aube approchait. Où pouvait-il bien être ? Avait-il eu un accident ? Un problème avec le shérif ?

Autant d'interrogations qui la taraudèrent durant tout le trajet jusqu'à Sandy Springs. Rouler sous ce ciel d'un noir d'encre, dépourvu d'étoiles, achevait d'amplifier son angoisse et ranimait sa colère.

La Poste se trouvait à quinze kilomètres au nord-est de chez elle, à Sandy Springs, une bourgade d'environ six cents âmes, auxquelles s'ajoutait la population rurale disséminée qui faisait partie de sa tournée. Privée de poste de police depuis la dernière récession, et affligée d'un centre en pleine agonie, avec des bâtiments inhabités, Sandy Springs luttait pour survivre. Néanmoins, la petite ville conservait de beaux restes qui attiraient les artistes et les amateurs d'antiquités, créant une sorte de communauté à part entière. Dans les maisons qui avaient jadis abrité les fondateurs de Sandy Springs, antiquaires et brocanteurs tenaient boutique — un charme que gâchaient malheureusement un fast-food non franchisé signalé par un panneau électrique clignotant et une station-service de l'autre côté de la rue. Le bureau de poste, situé dans le dernier bloc, était également neuf mais, plus discret, ne déparait pas l'ensemble.

Brette se gara à l'arrière du bâtiment de brique, là où l'on chargeait les voitures. Les deux autres facteurs étaient déjà arrivés. Wally Cordell sortait d'un fourgon un chariot plein de colis et de courrier, tout en sifflotant sa sempiternelle ritournelle, un vieil air de blues dont il faisait profiter tout le monde en permanence. Regrettant de ne pas avoir le temps de discuter des nouvelles de la nuit avec lui, Brette se rua vers la porte d'acier à double battant et la poussa, pénétrant dans le bureau de tri. De joyeux saluts spontanés l'accueillirent.

— Sympa de te joindre à nous, blondinette !

— Nuit brûlante, hein, Barry ? Sois chic, donne-moi son numéro de téléphone, que je le remercie en notre nom à tous !

Ce dernier trait émanait de Tucker Rice, son collègue préféré, bien qu'elle considérât tous ceux qui travaillaient avec elle comme des membres de sa famille. Qu'elle soit si proche de Tucker intriguait toute l'équipe. A cinquante ans passés, ce vétéran du Viêt-nam avait parcouru le monde, épuisé la bonne volonté de six épouses successives et fait du bureau de poste, depuis onze ans, le centre de gravité de son existence. Rien n'expliquait pourquoi Brette et lui s'entendaient si bien. Alors qu'elle était de nature optimiste, lui, même sous la torture, n'aurait pas admis que la vie pût être rose. De plus, il n'aimait guère les enfants, se faisait fréquemment réprimander pour avoir menacé de mordre des animaux familiers, et possédait le registre le plus riche de mauvaises blagues sur les services postaux. Toutefois, en dépit de son comportement et de ses goûts douteux, Tucker demeurait le meilleur allié de Brette depuis qu'elle travaillait. Il lui avait appris à s'occuper de son pick-up et enseigné des notions de base en plomberie et électricité — indispensables pour une femme sans homme dans une maison. Il l'avait aussi poussée à suivre avec Eric des cours de taekwondo. Lui qui s'était si mal occupé de sa propre personne veillait attentivement sur la famille Barry. Pas étonnant donc qu'après lui avoir lancé un regard pénétrant, il levât son énorme main, imposant le silence à Desiree Lauder, affectée à la Route 12.

— Que se passe-t-il, Brette ? s'enquit-il.

Inutile de prétendre que tout allait bien. Tucker avait peut-être une tête d'angelot innocent, avec sa chevelure rousse et bouclée, mais il n'était pas tombé de la dernière pluie. Il sentait les ennuis aussi vite qu'une mère sent que son bébé a les couches souillées ! Ses doux yeux de veau tendre pouvaient se muer en un éclair en machine à rayons X.

— Hank Jamison, le fils de Sally, a disparu.

Tucker et Desiree ouvrirent des yeux ronds comme des soucoupes.

— Encore ?

— Quand ?

Brette gagna son bureau et y posa son sac et la liasse d'affichettes.

— On ne l'a plus vu depuis avant-hier soir, mais en fait, nous ne nous en sommes rendu compte qu'hier au dîner. Je sais que c'est affreux, mais… mais…

— Pas du tout ! s'écria Desiree. Je donnerais n'importe quoi pour ne plus entendre mon môme pendant aussi longtemps !

Mariée en secondes noces avec un chauffeur routier longues distances, elle subissait régulièrement les hurlements de sa belle-fille, huit ans, dont les capacités vocales, tournées contre elle, dépassaient en décibels la sono du plus fou des D.J.

Tucker approuva d'un hochement de tête.

— Je comprends mieux pourquoi tu as l'air d'avoir tourné dans une machine à laver. Tu as cherché ce gamin toute la nuit ?

— Pratiquement. Et sans le moindre succès.

— Pourquoi tu ne m'as pas appelé ?

— Tu as averti la police ? intervint Desiree avant que Brette ait eu le temps de répondre. Et elle a pas aidé ?

— Ça a été long, mais le shérif est venu. Le problème, ce sont les effectifs réduits et les autres urgences que Cudahy a eu à traiter dans le comté la nuit dernière. Il n'a pas beaucoup de temps à accorder à la disparition de Hank.

— Tu aurais dû m'appeler, répéta Tucker.

Brette tapota son dos puissant.

— Nous pensions avoir la situation bien en main. Et quand nous avons compris que ce n'était pas le cas, il était trop tard pour rameuter les troupes. Une factrice qui dort au volant, ça suffit. Pas besoin que nous soyons tous dans le même état.

— Pauvre Eric ! fit Desiree en soupirant. Comment il prend ça ?

— Oh ! tu t'en doutes ! Il se sent plus ou moins responsable. Et il a de la peine.

— Lui, il ne sait rien ? s'enquit Tucker.

Brette secoua la tête.

— Qu'est-ce qu'on peut faire pour l'aide ? demanda Desiree.

La jeune femme, d'origine vietnamienne, enfant de la guerre mais aussi de l'amour entre un GI hispanique et une Asiatique, assumait son histoire avec fierté. Ses occasionnelles difficultés d'expression ne freinaient jamais son énergie. Que le service postal l'ait embauchée prouvait amplement sa force de caractère. De même que sa capacité à supporter un homme comme Tucker, franchement hostile et méfiant vis-à-vis des immigrés asiatiques.

Brette leur montra les affichettes.

— Ce qui serait bien, c'est qu'on placarde ça partout dans nos secteurs. Toi, Desiree, tu pourrais en mettre aux croisements et…

— Ce qui signifie : reste en dehors des rizières, camarade ! lança Tucker à la jeune femme.

Cette pique lui valut un flot de paroles en vietnamien, que Brette interpréta comme une bordée d'injures.

Elle adressa à Tucker un regard plein de reproche.

— Sois vigilante, okay, Desiree ?

— Sûr.

— Au fait, Brette, reprit Tucker, tu as dit « nous ». Qui est ce « nous » ? Pas Sally quand même ? Elle n'est certainement pas en état de se mettre au volant.

Il connaissait les gens qui l'entouraient aussi bien qu'il connaissait son parcours. Il l'avait souvent remplacée quand elle était en vacances.

— Non, pas Sally. Mais Keith Daggett a promis qu'on pourrait compter sur lui dès le lever du soleil, et Sam Knight a sillonné les routes toute la nuit.

— Knight ? Le prof ?

Tucker semblait sidéré. Ses sourcils s'étaient relevés si haut sur son front qu'ils se mêlaient à sa tignasse en broussaille, qu'il coupait lui-même. De nouveau, il se pencha vers Desiree.

— A côté de ce mec, Knight, Terminator a l'air d'un type super sympa.

La tête baissée sur son planning, Brette s'efforça de poursuivre d'un ton neutre :

— J'ai l'impression qu'Eric l'aime bien. Apparemment, il côtoie au collège un Sam que nous ne connaissons pas.

Tucker, qui était venu chez elle à plusieurs reprises depuis l'emménagement de Sam — et qui, apparemment, ne s'était pas privé d'observer le nouveau venu —, n'était pas d'accord.

— Les gosses adorent les monstres et les types bizarres. Ça fait partie des plaisirs enfantins qui terrifient les parents.

— Ouais ! s'exclama Desiree. C'est pour ça qu'Eric adore Tucker !

— Fais gaffe à toi, répliqua ce dernier, tout en attrapant une paire de ciseaux sur son bureau.

Il feignit de taillader sa longue chevelure couleur de jais. Comme la jeune Asiatique s'enfuyait en criant, il se tourna alors vers Brette.

— Fais gaffe à toi. Surveille-le.

Elle en avait bien l'intention.

Par chance; aujourd'hui, il y avait peu de courrier à distribuer. Tous furent donc prêts à commencer leur tournée à 8 heures. Quand Owens, le responsable, vint les voir avant leur départ, Brette en profita pour lui demander s'il accepterait de placarder l'une des affichettes dans le local de la Poste. Il accepta, mais se mit presque aussitôt à mâchouiller sa moustache poivre et sel, signe d'anxiété chez lui. Doux et calme de tempérament, il se débrouillait toujours pour ne pas déplaire à la directrice, Brenda Freese, qui se refusait à afficher dans les locaux quoi que ce soit qui ne vînt pas directement de Washington.

— Bien sûr, Brette, je le ferai, assura-t-il, mais si Brenda n'apprécie pas, il faudra enlever l'affichette lundi.

— J'espère que nous n'aurons pas besoin de la laisser jusque-là.

— Ah ! bien.

Il lui effleura l'épaule de la main dans un mouvement maladroit d'acteur en proie au trac.

— Vous devriez boire un café bien fort, Brette. Ça vous aiderait à vous retaper.

Du café, elle en avait bu jusqu'à plus soif. Mais Owens avait bien voulu placer l'affichette. Elle devait donc accepter cette surdose de caféine. C'était la moindre des politesses.

En dépit de son départ retardé, elle effectua sa tournée dans les délais, prenant le temps de s'arrêter pour coller des affiches à plusieurs intersections. Elle rencontra nombre de ses clients devant leurs boîtes aux lettres, et tous proposèrent leur concours. Parmi eux, une infirmière à la retraite offrit même d'aller tenir compagnie à Sally. Brette remercia toutes ces bonnes âmes, et nota dans son carnet les numéros de téléphone des dévoués — elle les appellerait en cas de besoin.

Le calme régnait dans les alentours quand elle emprunta la route conduisant à sa maison. La Pontiac Grand Am noire de Keith Daggett n'était plus devant le mobile home. Quant aux Ponder, leur porte était close. Sans doute Bertrice était-elle en retard : donner son repas et son bain à Clovis prenait du temps. Aucun signe de vie chez Sally non plus, nota Brette. Et pas davantage dans sa propre maison.

Son regard dériva alors vers l'allée de Sam. La Suburban était de retour ! Elle marchait vers la boîte aux lettres quand elle aperçut son voisin debout derrière une baie, une tasse à la main.

Un coup d'œil à sa montre lui indiqua qu'elle avait épuisé le crédit-temps si difficilement épargné. Tant pis. Elle se débrouillerait pour rattraper le retard qu'elle allait prendre : il fallait qu'elle voie Sam. Son courrier serré entre les doigts, elle se dirigea vers le perron. Ce qu'elle avait entrevu de son voisin par la fenêtre était sans équivoque : il n'était qu'à moitié habillé. Et alors ? Elle l'avait déjà vu torse nu. Il ne portait qu'un jean ? La belle affaire. Il avait passé l'été dans cette tenue, à exhiber son torse d'athlète. Elle voulait des réponses et irait les chercher quand bien même il retirerait son pantalon !

Elle se trouvait à mi-chemin sur les marches lorsqu'il ouvrit sa porte, une superbe pièce d'ébénisterie gravée à l'eau-forte, avec un vitrail au centre. S'apercevant qu'il était nu-pieds, elle brandit la liasse de prospectus publicitaires — laquelle atterrirait sans doute directement dans la poubelle.

— Il fait trop froid pour que je vous oblige à rester dehors, lança-t-elle.

Ses cheveux mouillés d'un noir de jais luisaient, faisant ressortir par contraste le gris de ses yeux. La teinte s'intensifia et devint acier quand il la regarda.

— Vous êtes rentré tard. Ou tôt, c'est selon. Vous n'étiez pas chez vous quand je suis partie, ce matin.

— Je suis revenu un quart d'heure après votre départ.

Il minutait ses allées et venues ?

— Vous n'avez donc pas beaucoup dormi.

— Ma chère, même si cette casquette vous va fort bien, elle ne parvient pas à cacher le fait que vous aussi vous manquez de sommeil.

— Allez-vous me raconter votre nuit ?

— Que souhaitez-vous entendre ?

Il passa sa main libre sur sa poitrine. Comme hypnotisée, elle suivit le déplacement de cette main, tout à coup incapable de garder les yeux fixés sur son visage rasé de frais.

— Ce que je veux entendre, c'est la vérité, souffla-t-elle entre ses lèvres sèches.

— Jusqu'à quel point, Brette ? Dois-je dévoiler mes pensées les plus intimes ?

Elle poussa un soupir. D'épuisement. De frustration.

— Tout ça est ridicule ! Si vous avez envie de vous amuser, trouvez-vous quelqu'un qui a envie de jouer !

Sur ces mots, elle tourna les talons. Il la rappela dans un murmure.

— Brette…

Elle s'immobilisa, mais ne se retourna pas, se bornant à lui lancer un coup d'œil par-dessus son épaule.

— Si j'étais revenu plus tôt, je serais allé droit chez vous. Or, aucun de nous deux ne voulait ça, n'est-ce pas ?

Le cœur cognant dans sa poitrine, elle répliqua :

— Qu'est-ce qui vous permet de supposer que vous auriez obtenu autre chose que ce que vous avez maintenant à la main, c'est-à-dire une tasse de café ?

Il secoua lentement la tête.

— Brette, ce que je trouve émouvant en vous, c'est cette innocence intacte. Conservez-la. Mais sachez ceci : à l'époque où j'étais un homme différent, j'aurais couru derrière vous comme un cow-boy derrière une pouliche sauvage. Une pouliche de prix. Et je vous aurais attrapée.

Quoi ? Mais pour qui se prenait-il pour oser lui parler de la sorte ? D'accord, elle était au Texas. Mais ce n'était pas une raison pour tolérer ce genre de réflexion machiste et outrageante ! Il fallait qu'elle lui jette au visage ce qu'elle pensait de lui. L'ennui, c'est qu'elle ne trouvait pas les mots…

— Partez, Brette. Partez. Je suis à bout de nerfs et j'ai peur d'oublier que plus rien ni personne ne m'importe… Fichez le camp tant qu'il en est encore temps.

Elle qui ne s'était jamais jugée lâche ne se le fit pas dire deux fois : elle s'en alla à toutes jambes, remonta dans sa voiture et démarra. Mais, à sa grande honte, elle enclencha la marche arrière au lieu de la première. La voiture tressauta de manière ridicule.

Quelques centaines de mètres plus loin, lorsqu'elle jeta un regard dans son rétroviseur et qu'elle vit rapetisser la maison de Sam, elle se morigéna : pourquoi ne pas lui avoir cloué le bec, à ce malotru ? Non, mais, pour qui la prenait-il ?

Eh bien, mais pour une pouliche sauvage. Une pouliche de prix.

Quel sale con !

La vue du panneau « Impasse » la calma. Et lui remit aussi à la mémoire les paroles de la chanson de John Berry : « Foncer à quatre-vingt dix miles à l'heure pour finir dans une impasse… »

Pas question ! Hank avait besoin d'elle. Sally aussi. Et Eric. Jamais elle ne ferait courir de risques à son fils, qu'elle aimait plus que tout au monde, pour un sadique, une grosse brute de pêcheur qui voyait en elle une prise de premier choix, fort distrayante quand elle se débattrait au bout de son hameçon.

Heureusement pour lui… et pour elle, songea-t-elle lorsque, après avoir remis le courrier des Pugh, elle découvrit que Sam était parti. Non qu'elle l'ait cherché. Mais ses yeux, animés par une vie autonome, zoomaient sur sa maison, tout comme son esprit gambergeait, refusant de prendre en compte les ordres qu'elle lui donnait — à savoir penser à autre chose.

Continuer sa tournée ne lui posa pas trop de problèmes même si la migraine de la veille revenait en force. Par chance, le manque de sommeil n'était pas trop pénible. Quand elle ne déposait pas du courrier dans les boîtes ou ne scrutait pas les environs à la recherche d'un signe du passage de Hank, elle se creusait les méninges à propos de Sam : pourquoi s'amusait-il avec elle tout à coup ? Pourquoi avait-elle l'impression qu'il se délectait de passer ses émotions à la moulinette ? Cela au moment même où elle avait compris qu'il cachait de lourds secrets et ne les partagerait certainement pas avec elle.

Des secrets peut-être lourds de conséquences ?

Allons, elle finirait bien par savoir… En attendant, elle allait sauter sa pause-déjeuner afin de disposer de davantage de temps pour coller les affichettes. Et pourtant, elle avait une faim de loup ! Tout ce qu'elle avait avalé, c'était deux aspirines et du jus de pomme. Et des litres de café. Tant pis. Hank d'abord. Elle mangerait une fois sa tournée achevée, vers 14 heures. Mais elle se sentait sur une corde raide. L'effet de l'aspirine avait cessé et elle avait l'impression d'être une vraie boule de nerfs.

Revenue au bureau de poste, elle tamponna sans perdre une seconde le courrier en partance. Ainsi, elle aurait quitté les locaux avant le retour de ses collègues.

Un moment plus tard, alors qu'elle rentrait chez elle, elle se retrouva derrière un camion de livraison. Qui freina puis s'immobilisa. Et flûte ! La voie étant trop étroite pour un dépassement à vitesse normale, elle dut s'arrêter à son tour.

— Bon sang ! grommela-t-elle. Tu n'aurais pas pu rouler encore une centaine de mètres, que je puisse tourner ?

Ses yeux la brûlaient. A croire qu'elle avait passé du Tabasco sur ses cils ce matin. Et son cou. Et les muscles de ses épaules… Tendus comme des cordes de piano, ils réclamaient une longue douche bien chaude.

Le chauffeur du camion tendit le bras par sa vitre baissée et lui fit signe de passer. Elle posa la main sur le levier de vitesse… et suspendit son geste. La portière côté passager s'était ouverte. Quelqu'un descendait du camion.

Grand Dieu… Ce… ce passager…

Elle pressa le Klaxon à deux mains.

14.

— *Hank !*

C'était bien lui ! Habillé ainsi qu'Eric l'avait décrit, mais sans le sac de marin. Alerté par le coup de Klaxon, il se tourna vers elle. D'un petit geste de la main, il dit au revoir au chauffeur du camion puis vint à la rencontre de Brette.

Plus grand et plus costaud qu'Eric, il aurait pu passer pour le fils de Tucker, n'eussent été ses cheveux raides. Mais pour l'instant, il ressemblait surtout à une âme en peine.

Après une hésitation, il se jucha sur la banquette. Brette brûlait d'envie de l'étreindre et de l'embrasser, mais elle se contint, se bornant à une caresse du bout des doigts sur le bras.

— Bienvenue à la maison, voyageur.

— Merci.

— Tu vas bien ?

— Assez, oui.

Son visage sale lui donnait un air meurtri. Il paraissait encore plus vulnérable qu'à l'accoutumée.

— Ma mère est au trente-sixième dessous, hein ?

— Nous sommes tous inquiets, Hank. Nous avons envisagé le pire, tu sais.

Il baissa la tête et entreprit de ronger l'un de ses ongles cassés, noirs de crasse.

— Alors, Hank ? Raconte.

Lui parler gentiment, doucement… L'interroger sans le brusquer… Dieu que c'était difficile quand on avait envie de hurler, d'exiger des réponses immédiates !

— On dirait que tu as dormi tout habillé, avança-t-elle.

— C'est le cas. J'ai perdu mon sac.

— Ah bon ? Et où ça ?

— A Saint Louis.

Oh ! la la !… C'était pire que tout ce qu'elle avait imaginé.

— Attends une seconde, Hank.

Elle prit le temps de redémarrer après avoir jeté un coup d'œil dans le rétroviseur, et prit à gauche. Au croisement, elle lui montra l'affichette collée au poteau de signalisation et lui demanda de descendre pour la retirer. Puis elle roula quelques dizaines de mètres, passant devant la cabane qui se dressait à la fourche et alla se garer à la lisière de la forêt.

— J'avais songé à Dallas ou Houston. Pourquoi Saint Louis, Hank ?

Sans lui laisser le temps de répondre, elle lui prit la main : aller droit au but était peut-être maladroit.

— Tu ne peux pas savoir à quel point je suis heureuse que tu sois sain et sauf.

— Merci.

— Et pour ta gouverne, sache que ta mère le sera aussi. Une fois qu'elle aura dominé son envie de te clouer au mur par les oreilles et de te fouetter, bien sûr. Bon sang, Hank, as-tu la moindre idée de la peur que tu nous as faite ?

— J'ai dû avoir autant la trouille que vous.

— Voilà qui est réconfortant, repartit-elle tout en repoussant sa casquette en arrière. Bon, vas-y. Dis-moi tout. Pourquoi es-tu parti ? Et pourquoi Saint Louis ?

L'adolescent se tortilla sur son siège.

— On ne pourrait pas rouler un peu ? Je crois que mon courage commence à s'envoler.

— Si tu te sens mal à l'aise maintenant, qu'est-ce que ce sera quand tu affronteras ta mère et le shérif Cudahy ?

— Oh ! merde ! Tu l'as appelé ?

Brette lui donna une petite tape sur la tête.

— Nous l'avons appelé quand nous avons vraiment compris ce qui arrivait, mon coco. Comment aurions-nous pu agir autrement ? Jamais tu n'étais parti aussi longtemps. Nous nous sommes dit que cette fois, c'était du sérieux. Que quelque chose allait vraiment mal.

Hank se renfonça dans son siège et la fixa d'un regard plein d'espoir.

— Ecoute, Brette… Je pourrais peut-être tout te raconter à toi, et après, tu raconterais aux autres ? Parce que la vérité, c'est que je t'attendais. J'avais calculé mon coup avec le camionneur. Pour me trouver là au moment où tu passerais.

— Quel honneur tu me fais là, fiston !

Elle affectait l'amusement, mais en réalité, elle était émue. Hank se comportait de nouveau comme l'ado qu'elle connaissait bien. Un gosse qu'elle aimait… et qui lui rendait bien son amour. N'empêche, ce n'était pas une raison pour devenir sa complice, ni son avocate. Le soutenir sans conditions ne l'aiderait pas et ne lui apprendrait rien.

— Tu sais ce qui ne va pas, Hank ? C'est que les amis ne font pas ça à leurs amis. Non seulement tu as trahi ma confiance, mais tu as caché tes projets à ton meilleur copain, Eric. Et le résultat, qui n'arrange rien, c'est que je me suis presque disputée avec ta mère. Maintenant, comment veux-tu que je te serve de bouclier quand elle va te tomber dessus ?

L'expression de Hank trahissait maintenant une profonde inquiétude.

— Mince, Brette, présenté comme ça, ça sent vraiment le roussi !

— Je suis désolée, mais je ne peux pas t'enjoliver le tableau. De plus, j'ai trop d'affection à ton égard pour laisser courir. Il faut que tout ça te serve de leçon, Hank.

Le petit sourire qu'il lui adressa lui mit du baume au cœur. Mais il était si faible, ce sourire, qu'elle plongea la main dans son sac et en sortit une barre de céréales au chocolat.

— Tiens, prends ça. Pour t'occuper les mains. C'est au beurre de cacahuète. Tu adores ça.

— Merci. J'ai l'impression que je n'ai pas mangé depuis une éternité.

Brette l'observa pendant qu'il tournait et retournait la confiserie entre ses doigts. Dans la clarté faiblissante de cette fin d'après-midi, son expression était de nouveau celle, pleine d'innocence, d'un tout jeune garçon.

— Hank, je crois que j'aurais dû commencer par te poser cette question mais… Dis-moi, as-tu besoin d'une aide autre que la mienne ? Celle d'un médecin, peut-être ?

— Tu penses vraiment au pire ! Non, pas de toubib. Je vais bien.

Vraiment ? Alors, pourquoi cette fêlure dans son intonation ? Et ces mains tremblantes qui déchiquetaient l'emballage au lieu de le déchirer posément ?

— Je ne suis pas passée loin, n'est-ce pas, Hank ?

— Ouais. Disons que tu brûles.

Elle sentit son pouls s'emballer.

— Bon. La meilleure chose à faire est de tout déballer, déclara-t-elle en frottant ses paumes sur son jean, ce qui raviva la douleur de l'entaille. Et il faut le faire tout de suite, tant que nous sommes tranquilles, parce que tout le monde te connaît, ici. Quelqu'un va finir par passer, et nous serons dérangés.

Il resta la bouche ouverte, la barre chocolatée figée entre ses doigts crispés à quelques centimètres de ses lèvres.

— Putain… Je vais avoir ça sur la conscience… Tous ces gens qui se seront mis en quatre pour moi.

— Les gens peuvent se montrer compréhensifs, observa-t-elle sans relever son juron.

— Pas devant la bêtise.

— Ne dit-on pas que la bêtise est l'apanage de la jeunesse ? Allez, vas-y, j'écoute, fit-elle en souriant.

— C'est… c'est tellement embarrassant…

— Il n'y a que les vivants qui sont embarrassés. Les autres n'ont plus ce souci.

— T'as sans doute raison. Alors, voilà : je… j'ai rencontré quelqu'un sur Internet.

— Quelqu'un ?

— Une fille.

Oh ! Seigneur, quel soulagement… Une fille !

— Laisse-moi deviner, Hank. Elle n'était pas aussi chouette en réalité qu'elle le prétendait sur le Net. Ou alors, elle t'a fichu dans les pattes de sa plus moche cousine, ou un truc de ce genre ?

— Pire que ça. C'était pas… une nana.

Brette s'obligea à conserver un sourire rassurant, mais au fond d'elle, c'était la panique. Elle avait entendu et lu tant d'abominables histoires… Mais qui les ignorait, de nos jours ? Elle avait bien fait la leçon à Eric : qu'il fuie les téléphones roses et certains sites du Web. Elle surveillait du mieux qu'elle le pouvait ses connexions, sachant qu'aucun procédé de blocage n'existait sur son ordinateur. Elle n'avait pas voulu en installer, préférant tabler sur la confiance et l'obéissance de son fils. Les interdits, avec elle, étaient bannis au bénéfice de la discussion, du respect et de l'amour. Jusqu'à maintenant, le système avait parfaitement fonctionné avec Eric, et elle avait espéré que cela valait pour Hank. Malheureusement, pas tout à fait. Un dégénéré, un malade, avait souillé son âme d'enfant.

Elle tendit la main et la lui posa sur la nuque.

— Oh ! Hank… C'est vraiment un sale coup, ça. Je suis désolée.

— Pas tant que moi. Mais le plus marrant, c'est que cette… ce… bref, cette personne a été, au moins pendant un moment, la personne la plus gentille que j'aie jamais connue, à part toi et Eric.

— Je suppose que sinon, tu ne serais pas parti. Donc, cette… personne habite Saint Louis ?

— Oui.

— Et quand a commencé cette relation on-line ?

— Il y a deux mois.

Deux mois… Assez longtemps pour qu'il décide à terme de quitter la maison. Elle avait lu à quelle vitesse, par le biais des téléphones roses, les gens instauraient entre eux une intimité d'autant plus étroite qu'ils étaient au départ seuls et tristes.

— Je sais à quoi tu penses, lâcha Hank, manifestement sur la défensive. Mais tu as déjà été amoureuse, non ?

Oh ! cette question… Elle méritait une réponse trop grave, impossible à donner comme ça, dans l'urgence. Et d'ailleurs, même si elle avait eu tout le temps, elle l'aurait éludée.

— L'important, Hank, c'est que tu as cru cette relation authentique.

— Ouais.

— Les gens qui organisent ce genre de chose ne sont pas stupides, Hank. Ils savent parfaitement comment ferrer leurs proies…

De nouveau, elle lui toucha la bras, consciente de se montrer fébrile.

— Tu es sûr d'aller bien ? Je t'en prie, n'aie pas honte. Si… s'il t'a touché, il faut me le dire !

— Non. J'ai fichu le camp. On s'était donné rendez-vous au McDonald's. Elle… enfin, il… m'avait envoyé un plan par e-mail, et moi, ma photo. Et après, j'ai reçu la sienne. Celle d'une fille super canon. Le bon truc pour m'appâter, railla-t-il en mordant férocement dans la barre chocolatée. Je suis un bel abruti, hein ?

— Ne dis pas ça, Hank. Tu as agi en toute bonne foi. Qu'as-tu fait quand tu t'es rendu compte que ce n'était pas la fille que tu attendais ?

— Ça ne s'est pas passé aussi vite. Le type s'appelait Mel. Il s'est présenté comme étant l'oncle de la fille. Il a prétendu qu'elle s'était cassé la jambe et l'avait chargé de s'occuper de moi. Comme il était au courant de ce que nous avions prévu de faire, il avait apporté un pique-nique dans un panier. Plein de bonnes choses, en plus des hamburgers qu'il avait commandés. Et quand on a eu fini de manger, il a proposé qu'on aille voir la fille chez elle pour que je fasse sa connaissance et aussi celle de ses parents. Mais je devais leur faire croire que j'étais un copain de classe.

Il soupira profondément, le regard fixé sur la vitre.

— Sans arrêt, il cherchait des excuses pour s'approcher de moi, reprit-il. Il ne le faisait pas exprès, selon lui… De petites pichenettes d'abord, mais après, il a commencé à abuser. Il s'est carrément collé à moi et m'a proposé de me montrer les photos d'elle qu'il avait dans son portefeuille. C'est à ce moment-là que j'ai vraiment pété les plombs parce qu'il a essayé de…

Pauvre gosse… Un pervers avait brisé son cœur et mis son équilibre psychique en danger.

— Comment t'es-tu débrouillé pour t'enfuir ?

— J'ai prétexté qu'il fallait que j'aille aux toilettes, et au lieu de ça, j'ai couru vers la porte de derrière. Il m'a vu mais j'ai mis la gomme, et ça a marché. Il était plus vieux que moi, avec un gros ventre. Il n'a rien pu faire pour me retenir à cause de tous les gens qui nous entouraient.

En son for intérieur, Brette remercia le ciel.

— Bon sang, quelle histoire… ! Comment as-tu fait l'aller et retour entre Saint Louis et ici en si peu de temps ?

— La moitié du chemin en stop et le reste en bus.

— Où as-tu trouvé l'argent ?

Sally donnait bien de l'argent de poche à son fils, mais ce n'était pas grand-chose.

— Eh bien, elle… elle avait dit qu'elle était riche et m'avait envoyé un billet de car. Mais au retour, quand je suis allé aux lavabos de la station d'autobus, quelqu'un m'a piqué mon sac. Alors, j'ai été obligé de faire du stop. Heureusement, je suis tombé sur un chauffeur de poids lourds de l'Oklahoma, un type vachement sympa. Il s'est occupé de me trouver un pote qui descendait dans le coin. Finalement, je n'ai eu à faire du stop que de la route I-30 jusqu'ici.

A l'évidence, cette partie de l'aventure l'enchantait. Contrairement à Brette. Elle ressentait des frissons rétrospectifs en pensant aux dangers qu'il avait courus. Quelle inconscience ! Et quelle naïveté ! S'imaginait-il que le malade qui l'avait fait venir à Saint Louis était le seul de son espèce ? Il aurait dû comprendre que les pervers ne portaient pas leur tare sur la figure, qu'ils ressemblaient tous à M. Tout-le-Monde. A… un banal oncle !

— Hank, tout ce que tu avais à faire, c'était d'aller à la police. On nous aurait appelés, et je me serais chargée de venir te récupérer et de te ramener à la maison.

— C'est toi qui serais venue, hein ? Pas ma mère ?

Sa détresse était tellement perceptible…

— Euh… non, Hank. Ta mère a… a besoin de soins médicaux.

— Ah ouais ? A coups de margaritas et de vin ?

Il la connaissait vraiment bien. Trop bien. Mieux valait changer de sujet.

— Partons, décréta-t-elle en baissant le frein à main. Il faut que le shérif Cudahy se mette en contact avec les autorités de Saint Louis. Et ensuite, peut-être que le FBI voudra te parler.

— J'avais peur que tu dises ça… Ils vont mettre mon nom dans le journal, et ma photo ?

— Impossible. Tu es mineur. Donc, il n'y aura pas de fuite, et de ce fait, pas de ragots. Et puis tout ça est arrivé juste avant un week-end. Ça ne fera pas de vagues, excepté concernant ta mère, qui va clamer haut et fort ce qu'elle pense.

— Si tu veux tout savoir, ça, je m'en fous. Tout ce qui m'importe, c'est d'être revenu.

— Je te reconnais bien là, Hank.

Elle lui tendit son téléphone portable.

— Appelle Eric et préviens-le que nous serons chez toi dans quelques minutes.

15.

Eric se tenait dans l'allée quand Brette s'y gara. Comme d'habitude, il portait un T-shirt dix fois trop grand pour lui. La pâleur de son teint, déjà très marquée la veille, était accentuée par la blancheur du vêtement.

Brette l'observa avec une intensité décuplée par l'angoisse alors qu'il se dirigeait vers eux. Plus il s'approchait, plus il crispait ses bras contre son torse. Sa peau translucide semblait se tendre sur son ossature fine. Quant à l'émotion qui l'agitait, elle était presque palpable. Elle en eut mal pour lui — et pour Hank qui, à l'évidence tirait les mêmes conclusions qu'elle. En trahissant Eric, il l'avait blessé, et il le savait.

— Comment va-t-elle, Eric ? s'enquit-il en descendant du pick-up.

D'un mouvement du menton, il venait de montrer sa maison. Il parlait donc de Sally, ce que son ami comprit tout de suite.

— Je crois qu'elle a passé la journée au lit, sauf pendant la visite de la police.

Oh ! ce ton froid… Eric n'était pas encore prêt à accorder son pardon.

— Quand la police est-elle venue ? s'enquit Brette. J'ai appelé Sally à midi, et elle m'a dit avoir essayé en vain de joindre le shérif. Apparemment, au poste, il n'y avait personne capable de lui répondre.

— L'inspecteur est venu il y a à peu près un quart d'heure et n'est pas resté bien longtemps : elle lui a claqué la porte à la figure.

— Seigneur… On se croirait dans un film à suspense.

Elle remit bien en place sa casquette sur sa tête, comme elle aurait réajusté le heaume d'une armure : une bataille s'annonçait, et elle doutait qu'il soit judicieux que les garçons y assistent. Malgré tout, ç'aurait été absurde de demander à Hank de rester à l'écart : c'était quand même à cause de lui que Sally pétait les plombs. Quant à Eric, il comprendrait mal qu'elle le laisse sur la touche.

— Bon, on y va, déclara-t-elle finalement.

Flanquée des deux adolescents, les bras passés autour de leurs épaules, elle traversa la route.

— Ecoutez-moi bien, les enfants : quoi qu'il arrive, quoi que vous entendiez, gardez votre sang-froid. Et si ça tourne au vinaigre, esquivez-vous et revenez ici. Evitez par-dessus tout de vous disputer avec Sally. Peu importe que vous la jugiez responsable de ceci ou cela. Gardez seulement présent à l'esprit le fait qu'elle vient de traverser une terrible épreuve et…

— Qu'est-ce qu'il veut, *celui-là* ?

Surprise autant par l'interruption que par la hargne qui transparaissait dans la voix de Hank, elle suivit le regard de l'adolescent. Sam courait vers eux. Habillé de pied en cap, Dieu merci. Veste en denim sur chemise bleue, jean… Il était parfaitement décent. Et pourtant, elle sentit son pouls s'emballer.

— Bon sang, Hank, ça fait plaisir de te voir ! s'écria-t-il quand il fut à leur hauteur. Tout va bien ?

Comme le garçon baissait les yeux sans répondre, Eric s'empressa de préciser :

— Nous allons rassurer Sally. Et c'est drôlement bien que vous soyez là aussi, monsieur Knight. J'ai l'impression qu'en face de vous, elle fait moins de cinéma.

Se détournant, il ajouta :

— Tu sais, Hank, il n'y a pas que ma mère qui a passé la nuit à te chercher. M. Knight aussi.

— Personne ne le lui a demandé…

Sa rudesse étonna Brette.

— Hé ! doucement, Hank ! murmura-t-elle en resserrant son étreinte.

Sam ne semblait pas avoir noté quoi que ce soit de spécial dans le comportement de l'adolescent. Mais il gardait le silence, un silence qui aurait pu devenir insupportable si Sally n'avait pas soudain ouvert sa porte.

Elle posa des yeux écarquillés sur son fils, puis plaqua ses deux mains sur sa bouche quelques secondes avant de les laisser glisser vers son cœur.

— Oh… Oh ! Je n'arrive pas à y croire ! Mon… mon bébé !

Hank serra si fort les lèvres qu'elles ne formèrent plus qu'une fine ligne.

— Merde ! Aujourd'hui, elle se prend pour Meryl Streep…

Eric luttait contre l'hilarité tandis que Brette cherchait désespérément une remarque appropriée. Hank avait raison. L'astrologie seule pouvait donner la clé de l'attitude de Sally — du genre, la lune influait sur le signe du Lion, ou un truc comme ça. Quoi qu'il en soit, la jeune femme était née comédienne et dramatisait tout à plaisir. Lorsqu'elle ne jouait pas Blanche DuBois, l'héroïne d'*Un tramway nommé Désir* au moment où elle ouvrait la porte à un galant, elle peaufinait le rôle de Scarlett dans *Autant en emporte le vent*... dans une mise en scène de bas étage. Pourtant, jusqu'à maintenant, jamais Hank n'avait paru aussi gêné par ce travers. Peut-être réagissait-il mal à cause de la fatigue. Ou parce que Sam était témoin du spectacle...

— Mon chéri, ça va ? lança Sally en dévalant les marches du perron, aveuglant kaléidoscope de couleurs, avec sa robe de chambre vert fluo, ses chaussettes violettes et ses cheveux aubergine coiffés en pétard.

Elle enlaça son fils et le serra contre elle.

— As-tu la moindre idée de ce que j'ai subi, Hank ? Oh ! Sam, merci... Merci d'avoir retrouvé mon enfant !

Les yeux au ciel, Hank grommela :

— Faux, m'man : c'est Brette qui m'a récupéré.

Sally resta un instant interdite, puis éclata de rire tout en tendant les bras, afin de bien placer son fils face à elle.

— Incroyable, hein ? Mon petit a traversé les pires épreuves, et malgré ça, il a gardé tout son cran et son sens de l'humour ! Et toi, Brette...

Sa voix devint plus grave et tremblotante.

— Toi, Brette, mon amie. Ma chère amie... Tu ne m'as pas abandonnée... L'inébranlable pilier sur lequel je m'appuie toujours n'a pas cédé... C'est grâce à toi que je ne perds pas l'esprit !

Hank avait bien analysé le rôle que jouait sa mère : elle donnait dans le sirupeux, l'étouffant à force de larmoiements.

— Oublie ça, Sally. Hank est de retour, sain et sauf, et j'en suis heureuse.

Le regard de Sally resta mouillé jusqu'à ce qu'elle le baisse sur son fils.

— Où étais-tu ?

La question avait claqué comme un coup de fouet. Brette, qui s'attendait à ce changement d'attitude, s'empressa d'étouffer dans l'œuf la scène imminente.

— Il faut que nous appelions Cudahy.

Une lueur inquiétante s'alluma dans les yeux verts de Sally.

— Jamais de la vie ! Il m'a traitée comme si j'étais de la merde ! S'il veut avoir de mes nouvelles, qu'il se donne la peine de me joindre ! Cette brute ignore les souffrances d'une mère seule et en détresse ! Tu sais que son inspecteur était ici il y a un moment ? Il m'a demandé si j'avais du nouveau. A moi ! Au lieu de chercher mon enfant ! Et après, il a eu le culot de m'ordonner d'aller à Quitman signer le mandat de déclaration de personne disparue !

Son visage se décomposait ; les larmes menaçaient. Parfaitement conscient de la crise à venir, Hank proféra quelques paroles indistinctes, se dégagea des bras de sa mère et, la bousculant au passage, se rua dans la maison.

La porte claqua si fort derrière lui qu'Eric, Sam et Brette échangèrent des coups d'œil navrés. Tout en reniflant, Sally agita le bras en direction de l'entrée.

— Faites donc des enfants ! Je l'ai porté neuf mois dans mon ventre, je me suis échinée à lui faire comprendre à quel point son père était un type minable, et voilà ma récompense !

C'en était trop pour Brette. La réalité que fuyait si prestement Sally devait lui tomber sur la tête à un moment ou l'autre. Et ce moment était arrivé.

— Tais-toi, et écoute-moi, déclara-t-elle sèchement. Il ne t'est jamais venu à l'esprit que tu n'étais peut-être pas la seule victime, que Hank avait subi un terrible traumatisme ?

Tout d'abord, Sally ouvrit la bouche, prête à protester. Puis elle resserra sa robe de chambre autour d'elle et fit la moue.

— Qu'est-ce que tu veux dire ? demanda-t-elle après un temps. Hank va bien. Il n'a pas une tête à avoir participé à une bagarre ou un sale truc. Il a juste cherché à me punir de lui avoir fait je ne sais quelle épouvantable offense…

— Faux. Il s'est méchamment fait rouler.

Maintenant, Sally paraissait confuse. Mais pas du tout désireuse de poursuivre la conversation. Son regard dévia vers Sam, quémandant son secours. Qu'il l'emmène donc loin d'ici et de toute cette histoire…

Il ne se proposa pas. Mais se tourna vers Brette, en quête d'informations.

— Qu'est-ce qu'il s'est passé ?

— Quelqu'un l'a appâté sur Internet.

De nouveau, Sally endossa le rôle du martyr.

— Je hais les ordinateurs ! gémit-elle. Je n'ai pas eu un seul jour de paix depuis que ce môme a branché cette machine ! Qu'est-ce qu'il a fait, Brette ? Aide-moi ! Il n'est pas question que je m'endette pour le sortir du pétrin. Je sais ce que vous pensez tous, mais vous avez tort ! Vous ne savez pas ce que ce gosse a dans la tête ! Il est capable d'avoir acheté Haïti ou la statue de la Liberté ! Oh ! Brette, je te jure : si le tribunal des mineurs veut l'inculper, qu'il ne se gêne surtout pas !

— Allons, Sally, tu ne penses pas ce que tu dis…

Brette la connaissait suffisamment pour savoir qu'après cet éclat, elle allait se calmer. C'était le moment de lui remettre les idées en place.

— Sally, tu es plus raisonnable que tu le crois. Il y a au fond de toi assez de bon sens pour que tu comprennes que Hank est crevé et bouleversé. Il a vraiment vécu une horrible expérience.

— Mmm… Où était-il ?

— A Saint Louis.

Il y eut un silence, très long, que Sally rompit enfin, mais d'un murmure.

— Si loin ? Mais… comment ? Et pourquoi ?

— Il te l'expliquera lui-même plus tard. Ce que je peux te dire, c'est qu'il a cru avoir rencontré par le biais du Net une fille qui s'est révélée être… de sexe masculin.

— Quoi ? Répète ça ?

— Flirt on-line. Téléphone rose. Ce genre de truc. Tu vois ce que je veux dire, non ?

Du bout de l'index, Sally se tapota la lèvre inférieure.

— On parle souvent de ça, aux infos…

— Exactement. Hank s'est fait piéger, et le type qui avait monté le coup a essayé de le kidnapper.

— Je ne comprends pas. Hank sait parfaitement qu'il faut se méfier des étrangers.

Réprimant l'envie de jeter un regard à Sam, Brette répliqua :

— Cet homme a prétendu être l'oncle de la jeune fille. Il lui avait envoyé des photos d'elle. Ecoute, je ne connais pas tous les détails de l'affaire, mais il s'agit d'un pédophile qui a gagné la confiance de Hank en se faisant passer d'abord pour une adolescente, puis pour un gentil membre de sa famille.

Aussitôt, Sally secoua la tête.

— Oh ! je t'en prie, Brette ! Tu ne veux quand même pas que j'avale ça ! Hank ne serait pas capable de faire la différence entre une gamine et un vieux saligaud ? A son âge ? Non. Pas mon fils. Il te raconte des craques, c'est tout.

Un geai poussa son cri aigu dans un arbre voisin. Brette se sentit presque réconfortée : l'oiseau partageait sa colère.

— Je me rends bien compte à quel point tout ça est déplaisant pour toi, Sally, mais tu oublies une chose : je connais Hank aussi bien que toi.

— Super ! Maintenant, tu me jettes à la figure, devant Sam, que tu es davantage la mère de Hank que moi !

— Pas du tout, se défendit-elle, mal à l'aise.

L'échange ne partait pas dans le sens espéré. Elle changea donc de tactique.

— Sally, je voulais seulement dire que j'ai souvent parlé à Hank, je l'ai écouté. Je l'ai bien observé tout à l'heure pendant qu'il me racontait ses mésaventures. Et je peux t'assurer que jamais je n'avais vu ce gosse aussi humilié et blessé. Probablement qu'il te le cachera, mais il est vraiment bouleversé.

Evidemment, Sally ne parut pas ébranlée.

— Regardons les choses en face : je ne serai jamais une mère aussi parfaite que toi. Considère donc que tu as transmis le message, que ta mission est accomplie, et n'en parlons plus.

Brette encaissa avec peine. Ce n'était pas la première fois que Sally l'envoyait promener. Mais ce coup-ci, cette dernière semblait profondément amère. Elle vivait mal les critiques sous-entendues. Leurs dix années d'amitié paraissaient soudain très compromises.

— Aide ton fils, Sally.

— Je croyais qu'il allait bien.

— Je songeais à une vraie thérapie. Un monstre l'a approché, peut-être au point de détruire son avenir. Un monstre qui se balade dans la nature, libre comme l'air. As-tu songé combien cette idée devait perturber Hank ? J'espère que la police mettra la main sur ce salaud, mais…

— Je ne peux pas prendre ça en charge, Brette ! s'écria-t-elle en se passant une main dans les cheveux. Je n'ai pas un rond. Et puis il faut que j'aille travailler. Alors, je ferais mieux d'essayer de me retaper avant de partir à l'hôpital. Je n'ai pas les moyens de payer une psychothérapie. L'échéance de l'assurance de ma voiture tombe le mois prochain et je n'ai pas un sou pour la payer. Comment je pourrais régler les honoraires d'un psy, hein ? Tu t'es posé la question ?

— Je pourrais te prêter l'argent.

Brette n'avait pas eu une seconde d'hésitation. Même si Sally n'avait jamais de problème pour s'acheter des cigarettes ou de l'alcool, ou encore s'offrir des futilités sans doute destinées à lui rendre la vie plus supportable. Mais l'heure n'était pas à la morale. Elle n'allait pas tenter de lui remettre les idées en place. Seul importait l'adolescent qui avait si mal commencé son existence et s'était livré à elle, lui montrant ses profondes fêlures. Seule comptait cette tragédie naissante qui risquait de saccager définitivement son avenir et faire de lui une créature perdue.

Elle s'aperçut brusquement que Sally l'observait. Et hochait lentement la tête.

— Tu sais ce qui est le plus triste dans tout ça, Brette ? Ce n'est pas le fait que je vais te laisser nous sortir du... de ce merdier. Mais de savoir que j'en suis, moi, incapable.

Brette sentit son cœur se serrer. Elle détestait le défaitisme.

— C'est faux, Sally. D'ailleurs, tu n'es pas seule dans l'épreuve. Allez, appelle Cudahy. Je resterai avec toi.

Le regard de Sally dévia vers Sam. Dans ses yeux brillait encore une lueur provocante quand elle lui demanda :

— Vous restez, vous aussi ?

— Je ne suis plus d'aucune utilité, maintenant. Et puis Hank se sentira très mal à l'aise quand il faudra qu'il raconte son histoire à la police. Ma présence n'arrangerait rien, au contraire.

— Pas s'il pense que vous êtes là pour le protéger, pour empêcher Cudahy de l'humilier. Vous avez bien vu comment Cudahy le considère ! Vous savez quelle opinion il a de lui !

Elle fourrageait dans sa tignasse et l'ébouriffa tant et si bien que ses mèches se hérissèrent sur son crâne, telles des épines géantes scintillant dans le soleil de l'après-midi.

— S'il vous plaît, Sam, insista-t-elle. Ça signifierait tant pour moi...

Brette ressentait des émotions contradictoires tandis qu'elle assistait aux manœuvres de Sam pour fuir le regard de Sally... et le sien. Une partie de son cerveau aspirait à l'entendre énoncer ses quatre vérités à Sally, et l'autre à ce qu'il s'en aille pour de bon.

— D'accord, lâcha-t-il, visiblement à regret. Je ferai ce que je pourrai.

— Super ! Je vais rentrer et essayer de reprendre figure humaine, annonça Sally en peignant du bout des ongles les mèches gominées sur sa nuque. Je dois admettre que ça me prendra un bout de temps, Brette, et… Brette ?

Mon Dieu… ! Comment résister à l'envie de rire ? Toute la scène était pitoyable. Mais l'hilarité était interdite quand on avait affaire à une personne aussi paumée, aussi perdue dans son monde de rêves avortés que Sally… Donc, mieux valait hocher la tête d'un air sérieux…

— Va, Sally. Occupe-toi de toi. J'appellerai Cudahy de mon portable. Ensuite, j'informerai Keith et les Ponder de l'heureux dénouement de l'affaire. Et aussi mes collègues de la Poste.

Sally disparut dans la maison. Pourtant, Brette ne rejoignit pas tout de suite sa voiture où se trouvait son téléphone. Elle se tourna vers Sam.

— Vais-je être obligée de vous poser la question, ou bien parlerez-vous de vous-même ?

— Quelle que ce soit cette question, le moment est mal choisi.

Sam Knight… Sa seule circonstance atténuante, c'était l'air malade qu'il affichait. Elle ignorait pourquoi il semblait si mal et ne tenait pas vraiment à élucider le mystère. Mais elle ne le laisserait pas s'en tirer sous prétexte qu'il subissait une baisse de forme.

— Ce serait reculer pour mieux sauter, fit-elle. Alors, autant vider votre sac maintenant. Le rejet qu'a manifesté Hank quand il vous a vu était flagrant. Et ce regard qu'il vous a lancé… Je veux savoir ce qu'il exprimait, ce qu'il y avait derrière. Je veux le savoir… avant que mon fils s'attache davantage à vous !

16.

Au grand étonnement de tous, Cudahy revint en personne.

— J'ai trois inspecteurs occupés à droite et à gauche, un autre à l'hôpital qui attend la naissance de son premier petit-fils, et le reste au repos, après la nuit blanche qu'ils ont passée, expliqua-t-il. Je m'occupe donc moi-même de votre affaire. Il m'a d'ailleurs semblé que vous apprécieriez.

Brette, peut-être, mais pas Sam qui s'efforçait de cacher son mécontentement : si le shérif s'adressait aux autres, c'était sur lui que restait rivé son regard. S'éclipser était impossible. Cudahy avait été très clair : si Sam Knight prenait la tangente, il aurait tôt fait de venir chez lui afin de l'interroger.

Pour l'instant, en dépit de l'intérêt qu'il lui portait, le shérif écoutait l'histoire de Hank, prenant des notes, faisant répéter deux fois à l'adolescent ce qui s'était passé, lui demandant le nom du site Internet sur lequel il avait « rencontré » cette Michelle, combien de mails ils avaient échangés et où Mel, le prétendu oncle, lui avait donné rendez-vous.

A plusieurs reprises pendant que son fils parlait, Sally disparut dans la maison. Probablement pour fumer une cigarette ou boire un petit verre. Apparemment, Brette ne remarqua pas ces absences. Son fils auprès d'elle, elle ne quittait pas Hank du regard, l'encourageant de ses sourires et de petits gestes affectueux. Puis elle obligea Cudahy à ralentir le rythme de l'interrogatoire quand il le pressa de lui fournir des détails. Pendant tout ce temps, elle ignora totalement Sam. Qui en profita pour se reculer insensiblement, jusqu'à se placer à l'écart, d'où il observa avec fascination la façon dont la jeune femme manœuvrait le policier.

— C'est une blague ? demanda finalement Cudahy.

— Comment ça ?

— Parce que vous voulez que je croie ce gamin assez crédule pour tomber dans un panneau pareil ?

Avec la férocité d'une mère grizzly protégeant son petit, Brette s'interposa entre le policier et Hank.

— Tenez-vous-en aux faits, shérif, et laissez Hank tranquille. Vous en savez désormais assez pour agir. Si, ultérieurement, il vous faut d'autres témoignages, ils vous seront donnés, mais devant un greffier ou un magnétophone, et en présence d'un avocat qui garantira les droits de cet enfant. Je ne veux pas qu'il y ait de fuites et il n'est pas question qu'il raconte jusqu'à plus soif son histoire à une meute de journalistes ! Ils en feraient leurs choux gras au point de la publier en première page !

Pendant quelques instants, Cudahy la fixa avec tant d'animosité que Sam l'imagina rêvant de coincer son cigare dans la bouche de la jeune femme pour la faire taire. Finalement, il se borna à le mâchouiller et grommela :

— Je m'en vais.

L'interrogatoire n'avait pas duré plus de vingt minutes, mais Sam eut l'impression qu'il avait commencé une éternité plus tôt. Il perçut le soupir de soulagement de Hank quand le shérif referma son calepin et replaça son stylo dans sa poche de poitrine. Le gosse allait pouvoir respirer. Que grâces soient rendues à Brette…

— C'est fini ? Je peux partir ? demanda l'adolescent, le pied déjà posé sur la première marche du perron.

— Ouais, grogna Cudahy. Je ne voudrais pas indisposer Mme Barry plus longtemps. Mais laisse-moi quand même ajouter ceci, Hank : tu es un veinard. Tes chances de revenir ici intact étaient minces.

Le garçon jeta un coup d'œil à Brette puis hocha la tête.

— J'espère que la prochaine fois, tu y réfléchiras à deux fois avant de te lancer dans une autre aventure de ce genre. Parce que l'épilogue me semble trop beau pour être vrai.

— Oui, monsieur.

Des larmes, dues à la fatigue et à l'humiliation, brillaient dans ses yeux. Il gravit les marches deux à deux et s'engouffra dans la maison. Brette effleura l'épaule de son fils, qui comprit tout de suite : il suivit Hank.

— Je rends hommage à votre capacité à contrôler la situation, madame Barry, fit Cudahy, manifestement plus admiratif que rancunier.

— Shérif, cet enfant n'a dormi que deux ou trois heures en quarante-huit heures. Il est exténué. Il vous en dira davantage plus tard, mais pas s'il a la sensation de subir une inquisition, ni d'être traité comme un coupable.

— Quand vous songerez à changer de boulot, madame Barry, envisagez donc une activité de conseillère, plaisanta le policier avant de se détourner : Sally venait de s'asseoir sur la rambarde de la terrasse. Tous mes vœux, madame Jamison. Il semble que votre fils et vous-même bénéficiiez d'une deuxième chance. Ne la gâchez pas.

— Vous allez chercher ce type, hein ? Et vous l'attraperez ?

Les cernes sous les yeux du shérif trahissaient sa fatigue croissante. Cet homme prendrait bientôt sa retraite, songea Sam. Mais pas assez tôt à son goût.

— Je ferai mon possible, madame Jamison. Je vais passer le dossier à l'un de mes adjoints, qui le communiquera à la police d'Etat et au FBI. C'est la procédure, dans la mesure où ce qui est arrivé implique un mineur et qu'il a franchi les limites du Texas. L'ennui, c'est qu'en dépit de tous les détails que nous a fournis Hank, il est possible qu'on n'arrive pas à prouver quoi que ce soit. Après tout, votre fils a admis n'avoir pas eu sous les yeux la moindre pièce d'identité du prétendu oncle. Donc, il n'a pas pu donner l'adresse de cette Michelle Selby, en fait Mel Selby… Seul le temps nous permettra de faire le tri entre le vrai et le faux.

Une pause, puis il ajouta :

— J'aimerais que Hank laisse son ordinateur éteint pendant un moment. Au moins jusqu'à mon retour.

— Qu'est-ce que vous craignez, shérif ? s'enquit Sally en se mordillant furieusement l'ongle du pouce. Que ce type essaye de nouveau de le joindre ?

— D'une part. Mais d'autre part, j'ai peur que votre fils soit tenté par l'idée de jouer au détective. Ou bien qu'il efface quelque donnée importante qu'il nous aurait cachée parce qu'il a honte. Mettez cet engin sous clé, madame Jamison.

— Je m'en occupe tout de suite ! s'écria Sally en se ruant dans la maison.

Cudahy se retourna vers Sam. Et lui intima du regard de le suivre jusqu'à sa voiture.

Et voilà…

— Shérif, si vous pensiez qu'il y avait le moindre danger, vous nous en feriez part, n'est-ce pas ? s'enquit Brette.

— Que voulez-vous dire, madame Barry ?

— Cet homme… Il sait où habite Hank. Qu'est-ce qui l'empêche de venir ici ?

Cudahy prit le temps de réfléchir avant de répondre.

— Je ne crois pas qu'il y ait le moindre risque, non. Les pédophiles sont fuyants comme des serpents et très discrets. L'agression physique ne fait pas partie de leur comportement.

— C'est-à-dire qu'ils sont lâches ?

— Mmm, il ne faut jamais sous-estimer personne. Mais il y a des centaines de Hank Jamison. Pour l'oncle Mel, il sera plus facile de se trouver une autre proie que de harceler celle qui lui a échappé.

Son regard se porta sur Sam pendant qu'il poursuivait :

— Maintenant, si vous le permettez, madame Barry, il faut que je m'entretienne avec M. Knight. En privé.

Sam sentit un nœud se former dans son estomac.

— Très bien, s'entendit-il répondre. Mais vous n'allez pas colporter dans tout le comté ce que je vous aurai raconté, n'est-ce pas, shérif ?

Brette s'était arrêtée, comme pétrifiée. Elle fixait le profil de Cudahy, ses lèvres serrées, sa mine sévère.

— Je ne suis pas sûr d'aimer cette restriction, monsieur Knight, mais il en sera ainsi… dans la mesure du possible. Sachez toutefois que si vous aviez été honnête avec votre employeur, cette conversation n'aurait pas été nécessaire.

— Cette affaire ne concerne que moi, et moi seul ! Mais vous avez mis mon nom dans l'ordinateur et interrogé votre fichier, hein ?

— Bon sang, mais que se passe-t-il ? s'écria Brette.

— Vous étiez tous les trois inscrits au sommier, monsieur Knight, fit remarquer Cudahy, ignorant l'interruption de la jeune femme. J'ai besoin d'être rassuré.

Elle se plaça devant lui.

— Qu'est-ce que ça veut dire « tous les trois » ? Vous avez enquêté sur Sally et moi ?

Cudahy la repoussa.

— Madame Barry, je vous en prie… Monsieur Knight, vous êtes enseignant, vous vous occupez d'enfants dont certains sont encore plus instables et impulsifs que le jeune Jamison. Je n'aime pas l'idée qu'une personne représentant l'autorité, censé être le mentor de ces gamins mal dans leur peau, ait autrefois essayé de tuer son propre père !

Pendant quelques instants, le seul son perceptible fut le souffle saccadé de Brette.

— C'était il y a vingt ans, lâcha enfin Sam. Et il s'agissait de légitime défense.

— C'est effectivement ce qui est écrit dans votre dossier. Votre père a été jugé pour le meurtre de votre mère et de votre jeune frère.

— Soyez précis, shérif : il les a massacrés.

— Et il n'a pas caché que vous deviez faire partie du lot. Mais il n'en a pas eu la possibilité et l'a regretté. L'autobus de la marine qui vous ramenait pour une permission a été retardé. Quand vous êtes arrivé, il était trop tard. Ensuite, il s'est jeté sur vous et il a fallu quatre hommes pour le neutraliser et six pour vous empêcher de commettre ce qui vous aurait à votre tour conduit devant un jury.

A quoi bon commenter ce qui avait été rapporté ? Le cauchemar resterait à jamais gravé dans sa mémoire. Le problème, c'était la présence de Brette. Et sa réaction. Mieux valait qu'il se détourne d'elle. Il ne supportait pas la frayeur qui habitait son regard.

— Ne vous imaginez pas que votre histoire m'indiffère, reprit Cudahy en hochant gravement la tête. Mais ce que je ne comprends pas, c'est comment votre père s'est débrouillé pour faire retarder son exécution aussi longtemps.

Sam attendit. Le shérif n'allait pas tarder à émettre des réserves, il le sentait.

— Mon problème, monsieur Knight, c'est le fils survivant de cet homme... Ce fils qui a été arrêté dix ans plus tard pour tentative de meurtre sur la personne de *son* épouse.

Salope de Deirdre...

— Les soupçons ont été très rapidement levés et les charges abandonnées, répondit-il. J'ai été relaxé.

— J'ai parlé à votre ex-belle-mère ce matin, monsieur Knight. Et elle prétend que votre femme...

— Ex-femme.

— Si vous voulez... Elle prétend que votre ex-femme n'a demandé le retrait des charges que parce qu'elle craignait des représailles contre son fils et elle-même.

Sam avala avec peine le flot de bile qui lui était monté à la bouche. Il contenait difficilement sa rage, cette rage qui l'habitait depuis le jour où la mère de Deirdre avait déposé contre lui.

— Mon ex-belle-mère est une sale mégère vindicative. Une garce, énonça-t-il d'un ton neutre. Jamais elle n'a demandé son avis à Deirdre sur quoi que ce soit. Elle lui dictait tous ses faits et gestes, jusqu'à la couleur des sous-vêtements qu'elle devait porter. A votre place, je ne croirais pas plus à ce qu'elle raconte que je ne la sélectionnerais pour le prix de la Grand-Mère de l'année.

— C'est votre opinion.

— Pas tout à fait. Je me suis modéré, voyez-vous. Si j'allais au bout de ma pensée, ce serait bien pire.

— N'empêche, le résultat est là : vous êtes fiché. Il existe un rapport mentionnant votre arrestation.

— Ecoutez, shérif, je reconnais avoir perdu mon sang-froid une fois. Une *seule* fois. J'ai balancé un chariot à alcools dans une baie vitrée. Mais cette baie était dans ma maison, et le chariot était à moi, okay ?

Il s'obligeait à s'exprimer clairement et calmement, détachant les syllabes avec soin.

— Avez-vous demandé à mon ex-belle-mère la raison de mon geste, Cudahy ? Sa dernière version doit être passionnante. D'année en année, elle en rajoute. Mais quoi qu'elle ait dit, mettez-vous bien ça dans la tête : je n'ai jamais touché à un seul cheveu de ma femme, même lors de mes pires colères, et le jour où le chariot a fait son vol plané, mon fils n'était pas présent.

— Vous avez signé les documents accordant la garde exclusive de l'enfant au nouveau mari de votre ex-femme.

Sa véhémence reflua comme une marée qui se retire en accéléré, laissant derrière elle la souffrance à vif, causée par des rêves saccagés.

— C'était mieux ainsi. Je ne voulais pas que mon fils soit élevé dans un environnement défavorable. Mes ex-beaux-parents ont été très clairs : si je refusais d'abandonner mes droits, ils feraient jouer leurs relations politiques de façon à ce que je ne trouve plus jamais de travail à Houston. Dans l'enseignement encore moins qu'ailleurs.

— Cela pourrait être corroboré par votre ancien employeur ?

— Oui. Et aussi par mon avocat, Paul Fain.

Il attendit. Cudahy allait-il baisser pavillon ? Non, manifestement pas. Et cette évidence le désespérait.

— Je vois… Vous n'avez pas l'intention d'appeler Houston, n'est-ce pas ? Ce que vous comptez faire, c'est balancer cette histoire au proviseur de mon collège.

Ce collège où il se sentait si bien. Où il avait établi un si bon contact avec ses élèves. Entre autres, Hank et Eric…

— C'est donc bien ce que je pensais, déclara Cudahy. Le proviseur Glick n'est pas au courant de votre histoire.

— De la mienne ou de celle de mon père ?

— Ah ! un point pour vous. ! Je ne suis pas en position de discuter et encore moins de laisser tomber.

Sam eut un sourire forcé. Il avait déjà entendu tout ça. Par exemple, lorsqu'il avait lancé son atelier de design. Sa belle-mère lui avait donné un coup de main en s'assurant que sa société ait un petit contrat pour exécuter la ferronnerie extérieure de la nouvelle salle de concert… moyennant des mesures de sécurité, compte tenu de ses prétendues tendances criminelles. Cette précision avait bien sûr ruiné sa réputation avant même qu'il n'ait eu le temps de s'imposer dans le métier.

— Faites ce que vous voulez, shérif. Les juges vous approuveront, je le sais bien.

— Les temps sont durs, monsieur Knight, répliqua Cudahy, plus navré que déterminé. Les enfants sont facilement influencés et…

— Je vous en prie, inutile de commencer une conférence sur le « politiquement correct ». Mais vous pourrez me couvrir de boue tant que vous voudrez, les faits sont là : ma réputation en tant qu'enseignant pour les cours d'été et de professeur-remplaçant est excellente. Personne n'arrivera à m'enlever ça.

— Sans doute, mais songez au dilemme que le collège va devoir affronter. Vos cours attirent des gamins réputés pour être rétifs à toute discipline. Ils sont souvent à la limite du renvoi.

— Moins on en fait, moins on a de résultats. Ça s'est passé de la même façon pour moi. Les enfants en sont conscients. Ils se rendent compte que je les motive, et ils aiment ça. Est-ce que votre dossier me concernant mentionne le fait que, contrairement à d'autres professeurs au casier blanc comme neige, je n'ai jamais perdu un seul élève en route ?

Cudahy eut l'air embarrassé. Il posa les mains sur ses hanches.

— Ce qui importe, c'est que vous avez gardé pour vous une information très grave, que la population était en droit de connaître. Bon sang, Knight, ne me dites pas que vous n'avez pas lu les gros titres des journaux ces dernières années ! Les gosses deviennent des bombes ambulantes et personne ne sait quoi faire pour les désamorcer. Découvrir que ceux d'ici ont un professeur qui est peut-être dans un état psychologique pire que le leur serait…

— Ça suffit ! le coupa Sam d'une voix coupante.

Ses yeux luisaient comme l'acier poli d'une lame, ce que Cudahy parut remarquer.

— Vous avez raison, monsieur Knight. J'ai dépassé les bornes. Excusez-moi.

Des excuses ? Elles venaient un peu tard.

— Shérif, dites-moi seulement si vous comptez tout raconter à Glick.

— Eh bien… Peut-être que le mieux serait que vous vous en chargiez.

Oh ! bon sang… Fallait-il rire ou pleurer ?

— Mieux ?! s'écria-t-il, écœuré. Dans quel sens ? Pensez-vous qu'à la suite de mes aveux, Glick me délivrera une magnifique lettre de référence pour mon prochain poste d'enseignant ? Et, même dans ce cas, où irais-je ? Vous croyez vraiment que j'aurais un entretien d'embauche après avoir été fichu à la porte ? Non, shérif, ne comptez pas sur moi. Faites le sale boulot vous-même.

Les deux hommes s'affrontèrent du regard pendant quelques secondes. Jusqu'à ce que Cudahy capitule. Les narines gonflées comme un taureau prêt à charger, il se détourna et monta dans sa voiture.

Sam attendit que le véhicule ait disparu après le premier virage pour affronter Brette. Qui semblait avoir reçu un coup de poing au creux de l'estomac. Pas étonnant. Il n'avait que trop souvent éprouvé cette affreuse sensation.

— Je vous écoute, marmonna-t-il.

— Je… je ne sais pas quoi dire.

— Pourtant, vos pensées tournent à plein rendement.

— Evidemment… Je ne vois pas comment il pourrait en aller autrement.

Il la sentait perdue, emportée par les révélations et le dégoût qu'elles avaient suscité.

— C'est une histoire horrible, commenta-t-elle enfin. Votre mère et votre frère ?

Il ferma brièvement les yeux. Et la scène se joua de nouveau sous ses paupières closes. Aussi atroce que le jour où il était rentré chez lui, juste avant que la police n'intervînt et l'empêchât de commettre le pire.

— Kell n'avait que onze ans. Il était plutôt petit pour son âge. Un peu comme Eric. Mon salaud de père venait de se faire renvoyer de son dernier job. Cette fois, les choses se présentaient mal pour lui : il avait frappé son patron au point de l'envoyer à l'hôpital. Au lieu de rentrer directement à la maison pour prévenir ma mère que la police allait venir le chercher, il est entré dans le premier bar venu, et pendant tout le temps qu'il y a passé à se soûler, il s'est persuadé qu'il n'était en aucune manière responsable de tout ce qui lui arrivait. La faute en incombait toujours à quelqu'un d'autre, bien sûr…

Il s'arrêta un moment, pour tenter de maîtriser son émotion.

— Si Dieu existait, reprit-il, il aurait fait en sorte que ce salaud se plante en voiture, au lieu de lui permettre de rentrer à la maison.

17.

Partagée entre l'envie de s'enfuir à toutes jambes et le besoin d'entendre la suite, Brette croisa les bras sur sa poitrine.

— Que s'est-il passé, après ?

— D'après ce que l'on a pu reconstituer, il est rentré à la maison, déterminé à ce que personne ne soit en mesure de témoigner contre lui par la suite. Il… il s'en est pris à ma mère en premier. Je pense que c'est à ce moment-là que Kell est entré dans la cuisine. Il a attrapé un hachoir à viande et a commencé à frapper mon père. Mais il n'a pas frappé assez fort. Au lieu d'arrêter mon père, les coups ont fini de le rendre fou. Il a pris un maillet et…

Sam s'interrompit, les yeux emplis de larmes. Le cœur brisé, Brette songea à ce que sa famille avait subi en ce jour fatidique. La scène qu'il venait de lui décrire était traumatisante, même après tant d'années. Sans doute, au plus profond de lui-même, s'était-il préparé et résigné, afin de tenir bon chaque fois que sa mémoire lui imposerait ces horribles images. Mais Brette, non. Pour elle qui avait été élevée dans la confiance et l'amour, ce récit la frappait de plein fouet.

Elle ne savait que faire. S'écarter, mettre de la distance entre cet homme hanté et elle ? Sauf que le moindre mouvement de sa part pourrait être interprété comme un signe de rejet ou de condamnation… Elle s'interrogeait quand elle l'entendit grommeler :

— Bon sang de bois…

Interdite, elle le vit se précipiter vers sa maison. Il courait les poings serrés, les muscles du dos bandés. D'instinct, elle s'élança à sa suite, puis s'arrêta.

Qu'est-ce qui lui prenait ?

N'avait-elle rien appris au cours des dernières quarante-huit heures ? D'abord, l'épreuve qu'avait subie Hank, et maintenant, grâce au flair du shérif pour les problèmes, *ça*. Alors ?

Comme un automate, elle rebroussa chemin et se rendit chez Sally.

On parlait dans la cuisine. Elle entra dans la pièce alors que son amie s'apprêtait à raccrocher le téléphone.

— Pas de problème, assurait cette dernière. A bientôt !

Qui espérait-elle voir bientôt ?

— Hé ! tu ne le croiras jamais ! C'était…

Aussi rouge qu'une écolière prise en plein flirt, la jeune femme suspendit son geste, gardant le combiné à la main.

— Que se passe-t-il, Brette ?

— Une chose à la fois. Commence, toi.

— D'ac'. Où est Sam ?

— Il a dû partir. Raconte.

Sally ramassa son sac abandonné sur une chaise, l'ouvrit et en vérifia le contenu.

— Il est parti ? Bah ! de toute façon, je m'en vais aussi.

Brette fronça les sourcils. Ouh ! elle n'aimait pas ça. Mais alors, pas du tout ! Cela ressemblait bien trop à une dérobade.

— Où comptes-tu aller, Sally ?

— Travailler. Mais ne t'inquiète pas, je viens de parler à Keith. Il veut bien s'occuper de Hank ce soir, et d'Eric aussi si tu veux. Comme ça, tu pourras te reposer. Incroyable, hein ? Quand je pense qu'il y a quatre mois, je n'intéressais même pas le vieux Clovis… et maintenant, il y a deux gars pendus à mes basques ! La chance est en train de tourner, on dirait.

Bien qu'énervée par ce babillage inepte, Brette essaya de n'en rien laisser paraître.

— Tu ne peux pas partir, Sally. Du moins, pas ce soir.

— Mais je viens juste d'avoir l'hôpital ! Ils ont besoin de moi !

— C'est Hank qui a besoin de toi. Et de calme pour se remettre de ses mésaventures. Et… Oh ! tu n'as pas tout raconté à Keith, n'est-ce pas ?

Sally, toujours en quête de sollicitude et de sympathie, était bien capable d'avoir narré ses malheurs à l'informaticien.

— A Keith ? Pour que Hank me tombe dessus ? Tu crois vraiment que j'ai besoin d'aggraver sa mauvaise humeur ?

— Non, certainement pas. Et c'est bien pour éviter ça que tu ne dois *rien* raconter à Keith, insista Brette. Rappelle-toi que Hank lui en veut de n'avoir pas été gentil avec toi. Donc, pour le moment, laisse le fort en thème de côté, ça vaudra mieux. D'autant que Cudahy a insisté pour que tu veilles à ce que Hank ne touche pas à l'ordinateur. Or, tout ce que fera Keith, si tu envoies ton fils chez lui, ce sera de le laisser jouer sur Internet. Pas plus Hank qu'Eric ne laisseront l'écran éteint. Au contraire, ils voudront en savoir davantage. Il est donc hors de question qu'ils aillent chez Keith.

— Dans ce cas, à toi de les surveiller.

De la main, Sally montra la porte de sa chambre.

— Viens avec moi pendant que je me prépare.

Brette la suivit à contrecœur

— Sally…

— Quand j'ai appelé l'hôpital, on m'a dit qu'il n'y avait que deux employées à leur poste. Une à la réception, l'autre dans la cuisine. Si je joue bien mon coup, je devrais être en mesure de récupérer ma paye d'hier.

— Je comprends. Mais tu n'as pas pris une seule seconde de ton temps pour parler avec Hank. Tu dois lui parler ! Il en a besoin !

— Fais-le à ma place. De toute façon, tu es bien meilleure psy que moi.

Brette contempla la porte fermée de l'autre côté du couloir, et tira celle de la chambre de Sally. Elle devait à tout prix lui faire passer un message. Un message clair et impérieux, en dépit de la fatigue qui l'accablait. Quelle inconscience !… Sally n'avait même pas songé que son fils pouvait entendre ses paroles de sa chambre !

— Sally, commença-t-elle d'une voix douce, Hank n'est pas mon fils. Peu importe que je m'occupe de lui et que je l'aime. Ce dont il a besoin, c'est que *toi*, tu lui dises que tu l'aimes.

La jeune femme retira sa robe de chambre et commença à fouiller dans un tiroir de sa commode.

— On parie combien que ça ne changera rien que je lui parle ? De toute façon, il faut qu'il apprenne à attendre, à se calmer et à réfléchir.

Elle sortit des sous-vêtements noirs et les enfila.

— Eh ! un instant ! s'écria-t-elle, l'index levé. Sam pourrait se charger de parler à Hank, non ? Il est doué pour communiquer avec les ados. Et Hank et Eric l'aiment beaucoup… Euh, non, finalement, ne lui demande rien. C'est moi qui le ferai. Je l'inviterai à boire un verre demain et je lui parlerai dans le creux de l'oreille…

Pendant qu'elle gloussait, Brette se massa les tempes. Il fallait qu'elle se reprenne et apaise cette colère qui bouillait en elle jusqu'à la faire trembler.

— Sally, arrête. Je… je suis désolée de te contredire, mais il n'y a rien qui t'autorise à croire que Hank est en bons termes avec Sam.

— Non ? Eh bien, fais en sorte que ce soit le cas, trancha la jeune femme en décrochant d'un cintre son uniforme, une robe-chemise noire.

Elle prit le temps de l'examiner sous toutes les coutures, avant d'ajouter :

— Brette, je ne me trompe pas quand je dis que Sam ne t'intéresse pas, hein ? Tu m'as raconté qu'il tenait à sa solitude et qu'il t'avait ôté tout espoir de… Bref, tu as laissé tomber l'idée de sortir avec lui, n'est-ce pas ?

Non, elle n'avait rien dit d'aussi clair. Et que Sally ait interprété ses paroles de la sorte l'ennuyait. Comme le fait qu'elle se montre si peu intuitive.

— J'ai dit que ça n'avait pas d'importance, et que je ne voulais pas qu'un homme pense que je le draguais.

— Moi, je m'en fous. Ça m'arrangerait bien que Hank l'aime. Je t'en prie, Brette, débrouille-toi pour que ce soit le cas !

Elle resta impassible lorsque Sally l'embrassa sur la joue avant de se ruer dans la salle de bains où elle entreprit de se brosser les cheveux. Il était inutile d'essayer de la ramener à la raison. En esprit, la jeune femme était déjà loin de la maison, en route pour l'hôpital. Autant, donc, aller frapper à la porte de Hank.

— Entrez, lança une voix triste à travers la porte.

L'adolescent était assis sur son lit, Eric par terre, adossé à la commode. Leurs regards s'éclairèrent à sa vue.

— Mauvaises nouvelles, Hank, annonça Brette. Ta maman a un problème au boulot. Il faut qu'elle aille travailler. Crois-moi, elle est désolée. Elle aurait vraiment aimé avoir le temps de parler avec toi, mais…

— Pas la peine de te fatiguer, Brette. Je crois plutôt qu'elle a supplié le directeur de la laisser venir bosser et de lui payer des heures sup'. Et elle t'a chargée de me prendre en charge. Elle t'a demandé de faire la sale besogne à sa place.

Que de cynisme…

— Il n'y a pas de sale besogne, Hank. J'aime parler avec toi. Je t'aime.

Il lui décocha un coup d'œil rapide.

— Reçu cinq sur cinq, maman numéro deux, murmura-t-il.

Ce nouveau surnom la toucha. Elle le vit sauter à bas du lit et visser sa casquette sur sa tête.

— Si on allait chez toi, Brette ? Plus vite je sortirai d'ici, mieux je me porterai.

Le soulagement visible d'Eric la décida.

— Excellente idée. Apparemment, vous vous êtes réconciliés.

— Tu veux savoir si j'ai reconnu m'être conduit comme un salaud avec mon pote ? demanda Hank. Affirmatif. Et je commence à m'habituer à en être un.

Eric fit mine de jouer du violon.

— *Mon cœur pleure pour toi*… Maman et moi, on est bouleversés, Hank. Bravo pour la performance !

Ravie que les deux adolescents plaisantent de nouveau ensemble, malgré un certain embarras chez Hank et un peu de réserve chez Eric, elle se dirigea vers la porte.

— Emporte quelques vêtements, Hank, et déménage de l'autre côté de la route.

Moins que jamais elle ne voulait perdre l'un ou l'autre des garçons de vue.

— Okay, Brette. Mais… tu es sûre qu'il n'y a pas autre chose qui te brûle les lèvres et que tu gardes pour toi ?

— Non. Je pensais simplement que si nous décidions d'aller quelque part demain, ce serait mieux que tu n'aies pas à revenir ici pour te changer, et donc réveiller ta maman.

Apparemment satisfait par sa réponse, Hank fourra quelques affaires dans son cartable. Eric scruta sa mère, l'air inquiet.

— Maman, qu'est-ce qui ne va pas ? s'enquit-il après un moment. Tu as l'air… malade.

Elle rit en plissant le nez, une main plaquée sur l'estomac.

— Je viens de me rendre compte que je n'avais rien avalé aujourd'hui. Ça me perturbe, c'est tout.

L'explication parut lui suffire. Les deux adolescents sortirent de la chambre en discutant avec animation du menu du dîner. Hank s'abstint de dire au revoir à sa mère, ce que Brette ne lui reprocha pas, pour une fois. Toutefois, en passant dans le couloir, elle jeta un coup d'œil dans la chambre de Sally. En dépit de ses propres problèmes, elle s'inquiétait à l'idée que son amie prenne le volant et retrouve l'atmosphère brûlante et poisseuse des cuisines de l'hôpital.

— Tu es sûre que ça ira, Sally ?

— Ouais. Je n'ai pris qu'une seule pilule ce matin.

— C'était suffisant. Tu as dormi toute la journée à cause des cachets que tu as avalés hier. Du Prozac en plus de toutes les cochonneries que tes copains à l'hôpital te donnent.

— Oh ! mets un bémol, tu veux ? répondit Sally. J'ai passé l'âge d'être maternée. Je t'ai promis de respecter les limites de vitesse en voiture, de regarder des deux côtés de la rue avant de traverser et de ne pas attraper les casseroles sans gant de protection. C'est bon, maintenant. Va exercer ta magie sur les gosses.

Brette était dans la cuisine quand elle entendit démarrer la voiture de Sally. Elle cessa de battre les œufs et poussa un profond soupir. Hank la rejoignit à ce moment-là.

— Elle n'est contente de me voir que quand c'est dans son rétroviseur.

— Mais non, ce n'est pas vrai, assura-t-elle, espérant ne pas mentir. Hank, ça te va, des côtes de porc, de la purée et une salade ?

Elle tenait à préparer un dîner qui plût aux deux garçons.

— Sûr. C'est même pour ça que je voulais venir ici, répondit-il, les yeux brillants de convoitise.

— Très bien. Pendant que je cuis la viande, va te laver les mains et sors la salade du frigo. Eric, des biscuits au fromage, ça te dirait ?

— Impec'… Oh ! voilà Sam !

Jetant un regard par la fenêtre, elle vit son voisin se diriger vers son atelier.

— Pourquoi on ne l'inviterait pas à dîner avec nous, maman ?

— Pas question ! s'écrièrent en chœur Brette et Hank.

Eric eut un petit rire, sans doute destiné à cacher son embarras.

— Génial… Tout le monde se ligue contre moi et M. Knight.

Elle chercha fébrilement une raison qui justifiât son refus.

— Désolée, mon chéri, mais je… je suis vraiment très fatiguée. Et je n'ai pas envie de faire la conversation ce soir.

Eric pivota sur ses talons et gagna la cuisine.

— Tu sais, Hank, tu as raté quelque chose en partant. Figure-toi que maman était paniquée parce que le panneau « Impasse » de chez les Pugh avait un drôle de dessin dessus.

— Comment ça ? répliqua son ami en fronçant les sourcils.

— Il y a un nouveau panneau à l'entrée du chemin de la ferme. D'après maman, un blagueur y avait peint une empreinte de main rouge sang. Elle croyait que c'était pour Halloween. Et puis, quand on s'est aperçu que tu avais disparu, on a cru que Pugh t'avait fait ton affaire !

— Montre-la-moi.

— Impossible : l'empreinte a été effacée.

— Ça ne peut pas…, commença Hank d'une voix aussi ténue qu'un murmure.

— Demande à ma mère. Elle m'a envoyé là-bas nettoyer. Pour rien. Il ne restait pas la moindre trace. Ça fout les jetons, hein ?

Sans répondre, Hank courut jusqu'à la baie du salon et regarda Sam qui ouvrait la porte de son atelier.

— Bon sang…

De nouveau, Brette constata l'animosité qu'il éprouvait vis-à-vis de leur voisin.

— Qu'est-ce que tu as ? s'enquit-elle.

Du menton, il désigna Sam.

— C'est lui qui a fait ça. Il a collé cette empreinte là-bas !

— Impossible. Sa main est bien plus large que l'empreinte du panneau. Je dirais qu'elle avait à peu près la taille de la tienne. En tout cas, ce n'était pas une main d'adulte.

— Elle était petite… Petite comment ? Comme une main de femme ?

Brette ressentit un désagréable frisson courir le long de son échine.

— Hank…

— As-tu revu Tracie Pugh après avoir découvert l'empreinte ?

Jamais il n'avait paru aussi sérieux. Ni aussi mal à l'aise. Même pas ce matin, quand il s'était assis dans sa voiture et lui avait raconté ce qui lui était arrivé à Saint Louis.

— Je t'avoue n'avoir pas songé à Tracie une seule seconde, répondit-elle. Je m'inquiétais trop à ton sujet.

— Moi, j'ai vu Tracie la nuit où je suis parti. Elle courait en direction de la maison de Knight. Alors… alors, je crois que cette empreinte, c'était celle de Tracie. Sam Knight… l'a tuée !

18.

Aller se coucher se révéla difficile. La préparation du repas et le dîner lui-même avaient pris un temps fou. D'autant que Brette avait veillé à ce que les garçons mangent copieusement et s'était démenée pour les amener à parler, allant jusqu'à confectionner des glaces aux fruits dans le seul but de les garder à table. Pendant tout le repas, elle n'avait cessé de regretter que les fenêtres donnant sur la maison de Sam ne soient pas équipées de volets.

Elle s'efforçait de ne pas laisser la suspicion l'envahir, mais quelle gageure, compte tenu des accusations de Hank ! Elle avait eu beau lui répéter, Eric lui faisant écho, que Cudahy avait vu les Pugh la veille et qu'aucun d'eux n'avait mentionné la disparition de Tracie, l'adolescent n'en démordait pas : il persistait à soupçonner Sam.

— Il n'est pas comme les autres profs. Il ne dit rien tant qu'on ne l'a pas tanné pour qu'il parle. Ce type a des secrets, croyez-moi !

Et il avait raison. Mais Brette ne comptait pas le lui révéler, du moins pas pour l'instant. Trop d'épreuves avaient marqué sa jeune vie depuis quarante-huit heures, et elle voulait qu'Eric et lui passent une nuit paisible. Elle leur raconterait tout le lundi avant qu'ils reprennent les cours. Ce serait bien assez tôt.

A 21 heures, les deux adolescents s'effondrèrent et gagnèrent leurs chambres, la laissant seule. Afin de réfléchir en toute tranquillité, elle éteignit les lumières et se mit à faire les cent pas dans le salon, se repassant en esprit les paroles de Hank, Cudahy… et Sam.

Il se trouvait toujours sous les néons de son atelier, porte grande ouverte, et bougeait d'un établi à l'autre. Manifestement, il s'activait. Pour s'occuper, sans doute. A sa place, elle aussi aurait eu du mal à s'installer sagement dans un fauteuil ou à se mettre au lit. Après tout, il avait reçu un sacré choc, aujourd'hui. Perdrait-il son emploi si Cudahy dévoilait le pot aux roses à Glick ? Vraisemblablement. Dans les établissements scolaires, on n'appréciait guère les éventuels fauteurs de troubles. Lorsqu'un enseignant posait problème, on le renvoyait tout simplement. Si cela n'était encore jamais arrivé au collège de Sandy Springs, en revanche, à Split Creek, si. L'année précédente, le proviseur avait été poussé à démissionner à cause de son attitude ambiguë avec les élèves et ses collègues. Que Sam Knight soit réellement dangereux ou non importerait peu aux membres du conseil d'administration. On sanctionnerait sa duplicité : personne n'approuverait le fait qu'il ait caché son passé. Et c'était compréhensible. Cela dit, comment ne pas comprendre que Sam ait tu les drames qui l'avaient marqué plus profondément qu'un fer rouge ? S'il s'était épanché, on l'aurait sans doute obligé à répéter jusqu'à plus soif son histoire par simple curiosité. Personne ne pouvait subir tel supplice sans devenir fou.

La sonnerie du téléphone l'arracha à ses réflexions. Elle entrait dans la cuisine pour prendre le combiné quand son regard tomba sur l'heure : même pas 22 heures.

— Allô ?

— Ça va, chez toi ?

Tucker. Quel soulagement !…

— Oui, ça va. Les enfants sont allés se coucher il y a une demi-heure.

— Tout s'arrange, alors ?

— On fait en sorte que ce soit le cas, oui. Mais je m'inquiète pour Sally. Elle est allée travailler.

— Ça, c'est bien d'elle. Quand on ne peut pas se cacher, on file… Elle était claire, au moins, lorsqu'elle a pris le volant ?

Tucker connaissait bien Sally. Grâce aux récits de Brette, mais aussi à ce qu'il avait pu constater de lui-même lors de ses visites.

— Puisque les nouvelles sont bonnes, pourquoi n'es-tu pas au lit, à rêver de Leonardo DiCaprio ou d'un irrésistible facteur dans mon genre ?

— C'est tout ce que tu as à me proposer ? Un jeunot ou un homme des cavernes ?

— Ce serait mieux que Terminator.

Le téléphone sans fil à l'oreille, Brette était revenue devant la baie du salon. Elle fixait l'atelier de Sam, songeant combien ce surnom de Terminator lui allait bien — ce soir, du moins.

— Hé ! Barry, ici la Terre. Qu'est-ce qu'il se passe ?

— Le shérif a obtenu des renseignements sur Sam et a lâché la bombe cet après-midi.

— Il me semblait bien que tu étais inquiète. Allez, raconte tout à tonton Tucker, fillette.

Elle savait son collègue digne de confiance. Et avait besoin d'un avis éclairé. Alors, après avoir pris une profonde inspiration, elle lui raconta tout par le menu.

— Nom de Dieu ! s'exclama-t-il quand elle eut achevé.

— Attends, Tucker, l'histoire du père assassin, ce n'est pas tout. Sam a aussi été arrêté pour tentative de meurtre sur la personne de son épouse et…

A la fin de l'histoire, Tucker décréta :

— Je t'avais bien dit de te méfier de ce type.

— Il jure n'avoir pas touché sa femme.

— Non ? Combien de temps est-elle restée à l'hôpital ?

— Je ne sais pas. Mais elle a laissé tomber les accusations. D'après Sam, elle est sous la coupe d'une mère aussi féroce qu'une hyène, opposée depuis le début au mariage de sa fille avec lui. Une mésalliance, selon elle. Apparemment, Deirdre — c'est le prénom de l'ex-épouse — et Sam ne sont pas issus du même milieu.

Pendant que Tucker marmottait quelques remarques, Brette appuya son front à la vitre. La fraîcheur du verre lui fit du bien.

— Ce qui me trouble, reprit-elle, c'est que Sam ait renoncé à la garde de son fils. Le nouveau mari de Deirdre l'a adopté.

— Personne ne renonce à la chair de sa chair sans de bonnes raisons. Surtout pour l'offrir au type qui a pris sa place dans le lit conjugal. Knight est coupable jusqu'à la moelle, Brette, tu ne m'enlèveras pas ça de l'esprit. Quand je pense que tu es seule chez toi. Et que Superwoman Sally n'est même pas là en cas de besoin… Ne bouge pas, j'arrive !

— Tucker, Sam habite à côté depuis six mois et il est le voisin rêvé : soigné, silencieux, et quasiment invisible.

— Je parie que c'était grâce à ces références-là que Ted Bundy, le fameux tueur en série, avait réussi à louer un appartement.

Merci pour la comparaison. Voilà qui était tout à fait réconfortant…

— Voyons, le shérif m'aurait avertie s'il avait jugé Sam potentiellement dangereux ! Et puis à quoi bon nous inquiéter maintenant ? Si tu veux mon avis, Sam ne va pas traîner longtemps dans le coin. Cudahy va mettre le proviseur du collège au courant lundi. Tu te doutes bien de ce qui arrivera ensuite.

— Parfait. Qu'on le vire. Le plus tôt sera le mieux !

Pourquoi donc ne partageait-elle pas cet enthousiasme ?

— Il y a autre chose, Tucker…

— Une autre bonne blague ? Puis-je te rappeler que c'est Halloween et non pas le 1er avril ? lança-t-il de sa voix aussi grondante que le vent qui venait de se lever.

— Hank prétend avoir vu Tracie Pugh se rendre chez Sam l'autre nuit, quand il s'est enfui.

— Voilà qui prouve à quel point ce type est con : il aurait choisi Tracie plutôt que toi ?

A sa grande confusion, elle prit conscience qu'elle se posait la même question.

— Tucker, ce n'est pas à cause de ce… détail que je te parle de ça. C'est à cause d'une empreinte sanglante que j'ai vue sur le panneau « Impasse ». Hank pense que la marque était celle de la main de Tracie.

— Nom d'un chien ! J'arrive tout de suite !

— Allons, Tucker, du calme ! Ecoute-moi : il ne peut pas s'agir de l'empreinte de Tracie. Le shérif est allé voir les Pugh. Si Tracie avait disparu, ils le lui auraient dit !

— Cudahy l'a vue ?

— Je ne sais pas. Mais il me semble que le cher Truman n'aurait pas fermé sa grande bouche si…

— Bien sûr que si, Brette, il l'aurait fermée ! la coupa-t-il. J'imagine que s'il savait que sa belle-fille quitte son nid dès que la lune se lève, il aurait plutôt honte. Et il n'aurait sûrement pas envie que tout le monde soit au courant.

Elle entendit le grincement des ressorts du fauteuil quand il se mit debout.

— Il me faut quelques minutes, le temps de tout verrouiller, et…

— Non, Tucker. Je ne veux pas que tu viennes, surtout si tu comptes emporter tout un arsenal avec toi. Pas d'armes chez moi, compris ? Et puis tu réveillerais les enfants. Qu'est-ce que je leur dirais, alors ? De toute façon, ta présence ne servirait à rien, à moins que tu n'envisages de rester chez moi jusqu'à ce que Sam ait… décampé définitivement.

— Et pourquoi pas ? J'aime ta cuisine.

La vérité, c'est qu'il était incapable de vivre avec qui que ce soit au-delà d'un certain temps. Brenda Freese, leur directrice, avait une fois énoncé une remarque intéressante sur son amitié avec Brette : « Elle est son cobaye. S'il se rend compte qu'à la longue, elle ne lui claque pas dans les doigts, il envisagera de prendre un chat ou un chien. »

— Ecoute, Tucker, je t'ai entendu ronfler dans mon jardin après un pique-nique. Plus personne ne fermerait l'œil dans cette maison si tu y posais tes pénates !

Elle marqua une pause avant de reprendre plus sérieusement :

— C'est très gentil de ta part de me proposer ton aide, mais je ne t'ai pas raconté toute cette histoire pour que tu paniques. Je voulais juste avoir ton opinion.

— Et tu l'as eue. Je persiste à croire que tu as besoin que quelqu'un veille sur toi et les gosses.

— Je fais ça très bien moi-même. J'ai l'habitude.

— Ouais, je sais.

Un silence, puis il ajouta :

— Où est l'autre salaud, en ce moment ?

— Dans son atelier.

— Et toi ?

— Devant la baie du salon.

— Tu es habillée comment ?

— Oh ! Tucker, petit coquin…

— Ravi que tu aies encore le cœur à rigoler. Mais tu sais très bien pourquoi j'ai posé la question. Tu as verrouillé les portes ?

— Bien sûr.

— Tu te doutes que je vais veiller sur toi. Je ferai des rondes.

— En silence, s'il te plaît. Je ne veux pas être réveillée. Mais je t'appellerai demain matin à la première heure, d'accord ?

— J'y compte bien. Et garde ce téléphone près de toi en permanence : en cas d'urgence, je peux être là en dix minutes, ce qui ne sera jamais le cas des flics. Il leur faut des heures pour se bouger les fesses. Donc tu m'appelles avant de faire le 911, compris ?

— Tu es vraiment un ami, Tucker. Le meilleur.

— Ouais. Fais attention à toi, bon sang !

A l'instant où elle raccrocha, les lumières s'éteignirent dans l'atelier de Sam.

19.

Afin de rester invisible de l'extérieur, Brette se plaça entre la fenêtre et le buffet. Pressant le téléphone contre son cœur battant, elle se demanda si elle n'avait pas trop tardé à se dissimuler. Pouvait-elle prendre le risque d'espionner de nouveau ? Bon sang, dès demain, elle irait à Tyler acheter des stores pour ses fenêtres.

Elle mesurait approximativement leur dimension du regard quand elle entendit un craquement aigu. Le vent. Qui semblait avoir brisé quelque chose à l'arrière de la maison, mais quoi ?

Inquiète, elle essaya d'apercevoir à travers les vitres ce qui s'était cassé.

C'est Sam qu'elle aperçut en premier. Il était sorti de l'atelier et regardait dans la même direction qu'elle. Puis il se mit à marcher. Elle suivit sa progression en traversant le salon, contourna la table en silence (elle était en chaussettes) et s'arrêta devant la porte de style hollandais, à moitié vitrée. Là aussi, il faudrait installer un store.

L'idée de se calfeutrer de la sorte lui déplaisait. D'autant qu'elle avait acheté ces dix acres de terrain précisément pour jouir d'espace et de liberté. Devenir prisonnière de sa propre maison, très peu pour elle, songea-t-elle en s'immobilisant. Les mains sur les hanches, elle leva les yeux vers le treillis de la tonnelle. Voilà d'où provenait le bruit. Le treillis s'était effondré. Ses magnifiques belles-de-nuit n'auraient rien pour s'accrocher au printemps !

Elle commençait à tourner la poignée quand elle se ravisa.

Qu'était-elle en train de faire ?

Non, elle ne devait pas sortir. Cudahy ne lui avait-il pas amplement démontré qu'elle ne connaissait pas du tout son voisin ? Et puis il y avait les enfants…

Résignée à la prudence, elle se contenta d'observer les dégâts puis regagna son poste de guet, près de la baie. Elle vit son voisin entrer dans sa véranda, où il laissait la lumière allumée en permanence pour ses gigantesques plantes tropicales.

Elle attendit que le reste de la maison s'illumine, en vain. Sam montait-il à l'étage dans le noir ? Il fallait l'espérer. Dès qu'elle serait sûre qu'il était au lit, elle irait se coucher. Peut-être ne s'endormirait-elle pas, mais elle se sentirait quand même plus rassurée…

La sonnerie du téléphone la fit sursauter, ses vibrations se répercutant dans sa poitrine. Elle décrocha fébrilement, et faillit lâcher le combiné en cherchant la touche de connexion.

— Allô ? fit-elle enfin.

— Je vous réparerai ça.

Sam ? De toutes les voix qu'elle s'était préparée à entendre, la sienne était bien la dernière à laquelle elle eût songé. Qu'il l'appelle n'avait qu'une explication : il l'avait remarquée pendant qu'elle l'épiait, alors qu'elle se croyait parfaitement discrète.

— Très bien, capitula-t-elle d'une voix un peu tremblante. Vous marquez un point, Sam : vous avez réussi à me faire peur. Satisfait ?

Il resta un long moment silencieux, puis lança :

— Vous vous imaginez que mon objectif est de vous effrayer ?

— Ce n'est pas le cas ?

Il n'y eut pas de réponse mais un déclic. Il avait raccroché. Cela l'agaça. Au moins autant que l'appel.

Mais qu'avait-il espéré en lui téléphonant ? Qu'attendait-il d'elle ? Tantôt, il lui conseillait de le fuir ; tantôt il essayait de la retenir avec des remarques énigmatiques et le magnétisme de ses yeux gris. A force, elle n'y comprenait plus rien. Mais il était hors de question qu'elle le laisse jouer plus longtemps avec ses nerfs !

Tremblante d'indignation, elle gagna sa chambre, ferma sa porte et alluma la lumière. Puis elle attrapa son journal intime et se jeta sur le lit.

C'était sa mère qui lui avait inculqué ce rituel. Sa mère qui, lors de son vingt et unième anniversaire, avait prononcé des paroles qui ressemblaient maintenant à une prémonition : « Je sais que tu penses tout gérer, être maîtresse de ta vie et de tes sentiments. Tu es foncièrement droite et très équilibrée, Brette. Mais je pense que tu confonds bonne conscience et lucidité. N'oublie pas que je ne serai pas toujours là pour te conseiller. Tu vivras entourée de gens qui t'aiment, mais le réconfort, l'aide et le soutien que l'on attend de l'amitié, tu n'en bénéficieras peut-être pas tout le temps. Alors, confie-toi à ton journal, ma chérie. Ecrire t'aidera à comprendre, à trouver le bon chemin. A mûrir. »

Que de subtilité et de sagesse... Quelles que soient les épreuves, son journal intime lui tenait lieu de thérapeute et de miroir à la fois. Ce soir, il serait également confessionnal.

Tout d'abord, elle y nota sa discussion avec les garçons.

— Es-tu ami avec M. Knight, Hank ?

— Tu rigoles ! C'est un prof !

— Il prétend que c'est lui que tu irais voir si tu avais des problèmes.

— Conneries. Désolé, mais c'est non.

— Il ne t'a pas dit que tu serais le bienvenu ?

— Pas à moi. Tout ce qu'il fait, c'est me répéter que j'ai tout faux. Pour qui il se prend ? Pour quelqu'un de supérieur ? Non. Il s'accroche à ses règles et, à ses yeux, celui qui ne les respecte pas est nul.

Qu'est-ce que cela signifiait ? Hank avait donc peiné ou blessé Sam comme il l'avait fait avec Eric ? Celui-ci était resté bouche bée en l'entendant, puis il s'était disputé avec lui. Jusqu'à ce que Hank finisse par exploser.

« Pourquoi tu défends ce type ? On ferait tous mieux de changer de trottoir quand on le croisera ! Je t'ai dit, pour Tracie. Tu veux que ta mère soit la suivante sur sa liste ? »

Lentement, les deux adolescents s'étaient calmés. Mais Brette s'était rendu compte que Hank ne faisait que feindre. Son envolée théâtrale ne tendait pas seulement à détourner l'attention d'un sujet bien précis : il y avait autre chose.

Mais elle-même ne dissimulait-elle rien ? Par instants, il lui arrivait de défendre Sam, comme l'avait noté Hank. Pour cela, il lui suffisait de revivre en pensée les moments passés en sa compagnie devant chez lui ou chez Sally. Sa curiosité naturelle envers cet homme s'était muée en véritable attirance. Il l'avait séduite.

— Oh ! Brette, tu t'es mise dans un drôle de pétrin, murmura-t-elle après s'être adossée contre ses oreillers, les yeux fixés au plafond.

20.

Où est la vérité ? Est-ce ce que mes yeux me montrent, ce qu'entendent mes oreilles ? Fais-je confiance à mon instinct… ou aux soupçons des autres ?

Tout ce en quoi j'ai cru jusqu'à aujourd'hui est remis en question.

Je me sens si seule. Et accablée de trop de responsabilités.

Journal intime.

Dimanche 31 octobre

Les enfants dormaient encore quand Brette alla frapper à la porte de Sally. En ce 31 octobre, elle avait revêtu un jean et un sweat-shirt orné d'une scène d'Halloween : un chat aux yeux vert jade face à un petit enfant à moitié aveuglé par la capuche de son costume trop grand dans lequel il s'était manifestement pris les pieds. Elle l'avait acheté trois ans auparavant lors de la foire d'automne. En ce qui la concernait, célébrer Halloween ne l'intéressait guère, mais les garçons auraient été déçus qu'elle ne le fasse pas. Voilà donc pourquoi elle portait ce fameux sweat-shirt aujourd'hui.

Ses yeux étaient rougis et elle ressentait des élancements dans la tête. Elle avait trop écrit, et veillé trop tard. Pourtant, quand Sally ouvrit la porte, elle s'aperçut que son amie avait encore plus mauvaise mine qu'elle.

— Eh bien, c'est étonnant que tu ne sois pas rentrée dans un poteau en revenant, Sal. Tu as une tête de déterrée.

— Je me suis presque endormie en conduisant.

Elle tapotait son grand sac en canevas.

— Tu n'as pas vu hier si j'ai coincé mon sac dans la portière de ma voiture ? J'ai cassé mon miroir. Bon sang, je n'aime vraiment pas ça ! Sept ans de poisse. Juste ce dont j'ai besoin. Mais finalement, qu'est-ce que ça changera à ma vie, hein ?

— Si c'est ce que tu crois, répliqua Brette, fataliste. Je peux entrer ? J'aimerais te préparer un petit déjeuner avant que tu t'effondres.

— Pfff… Jamais je n'aurai la force de mâcher. Comment va, à part ça ?

— Bien.

Du moins en irait-il ainsi si elle pouvait peser sur le cours des choses. C'était d'ailleurs là son principal engagement personnel. Juste après sa détermination à protéger Eric de tout et de tous.

— Brette, tu me traiteras de mère indigne si je te demande de garder Hank jusqu'en fin d'après-midi ?

— Pas du tout. C'est même pour ça que je suis venue : je comptais accompagner les enfants au cinéma à Tyler.

— Super. Attends, je vais te donner de l'argent.

— C'est moi qui invite, précisa Brette en la retenant par la main.

Sally eut un sourire vaguement mélancolique.

— Je ne mérite vraiment pas une amie comme toi. Comment… comment va Hank ? Toujours aussi bougon ? Renfermé ?

— Non, non. Pour quelqu'un qui a eu la peur de sa vie et perdu foi en l'humanité, il va aussi bien que possible. On ne peut quand même pas espérer qu'il soit dans une forme éblouissante. Il a reçu une sacrée leçon, tu sais.

— Peut-être est-il préférable qu'il prenne les baffes en pleine figure pendant qu'il est jeune. Il s'en sortira mieux que moi, qui me bats encore contre les coups du destin…

Le regard de Sally se déplaça du visage de son amie vers un point éloigné, au-dessus sa tête.

— Sam a parlé à Hank ?

— Non.

— Non ? Et pourquoi pas ?

— Eh bien… Je suppose qu'il était occupé. Rappelle-toi qu'il a perdu presque deux jours à chercher Hank. Ensuite, il a sans doute été accablé de travail.

— Du travail ? Des clous ! Il n'est qu'un petit prof de travaux manuels. Et en plus, il a dit…

Brette l'interrompit. Etouffer dans l'œuf la litanie de réflexions acerbes à venir lui paraissait impératif.

— Sally, Sam est un artiste. Et il restaure sa maison tout seul.

Malheureusement, sa remarque n'eut pas l'effet escompté.

— Il a pourtant assuré qu'il serait toujours présent pour les enfants ! s'écria Sally.

— Les gens disent des choses et puis… Bah ! laisse tomber.

Elle n'avait pas voulu se montrer brutale. Et pourtant, elle avait dû l'être, songea-t-elle en voyant Sally froncer sévèrement les sourcils.

— Brette, est-ce que tu me caches quelque chose ?

Ce qu'elle cachait, elle ne l'aurait même pas touché avec des pincettes…

— Bien sûr que non, Sally. Ecoute, le mieux que tu aies à faire, c'est de prendre soin de toi. Tu travailles de nouveau ce soir ?

D'ordinaire, elle ne travaillait pas le samedi soir.

— Non, et il faut que je me repose. Je crois que je couve un virus. Il paraît que cette année, la grippe sera très mauvaise. Sûr que je serai le premier cas du comté et la preuve vivante de la virulence de cette saleté… Brette, je peux te demander un autre petit service ? Garder Hank cette nuit ? Peut-être que ma grippe ne durera que vingt-quatre heures, mais je ne veux pas le contaminer. Il ne peut pas s'offrir le luxe de manquer de nouveau l'école.

Souci maternel, vraiment ? Ou désir d'éviter un face-à-face avec son fils ? La deuxième option semblait la bonne.

— Bien sûr, répondit Brette, malgré tout. Mais ne perds pas de vue qu'à un moment ou un autre, il te faudra parler à Hank.

— Pas avant que je me sente plus calme, gémit Sally avec un soupir spectaculaire. Brette, je sais que je te dois déjà beaucoup, mais…

— Entre amis, il n'y a pas de dettes de ce genre.

— Pourtant, j'ai besoin de le reconnaître à haute voix. Parce que mieux que personne, tu es au courant de ma capacité à me montrer parfaitement infecte.

Brette faillit approuver. Heureusement, elle se reprit et simula un frisson.

— Brrr… Il gèle, Sally. Si tu es malade, va donc te mettre au chaud. Tu n'es pas assez habillée compte tenu de la température.

Assure-toi que le thermostat de ton chauffage fonctionne et qu'il se déclenchera en temps voulu. A mon avis, il va faire zéro cette nuit.

Sally se recula dans l'embrasure de la porte.

— Tout ce qui est susceptible de garder les casse-pieds chez eux sera le bienvenu. Qu'il gèle ! Parce que je déteste Halloween. Quand je pense à ces pauvres papys qui font la queue à la cafétéria avec des gamines pendant que le grand frère est aux urgences à se faire mettre des agrafes sur le crâne, tout ça parce que des punks lui ont balancé des bouteilles de bière sur la tête…

— Que s'est-il passé, hier soir, au boulot ?

Sally assurait un emploi qui présentait un défaut : il la mettait en contact avec une population noctambule guère attrayante. Toute société est composée de plusieurs couches, mais elle n'avait quasiment droit qu'à la plus basse. Pour le supporter jour après jour, il fallait une personnalité autrement plus solide que la sienne.

— Tu devrais peut-être postuler pour la cafétéria de l'école, Sal. Ce serait sans doute moins payé, mais l'économie de temps et d'essence compenserait le manque à gagner.

— Il y a une liste d'attente plus longue que tes cheveux.

Brette leva la main et feignit de tourner un bouton.

— Stop ! Le bureau des pleurs est fermé pour aujourd'hui. Y a-t-il quelque chose que tu veux que je fasse, une fois que tu te seras couchée ?

— Ouais. Que tu glisses un mot gentil sur moi à Sam quand tu le verras.

Oh ! non ! Elle ne voulait pas entendre prononcer son nom, et encore moins le voir !

— Je te répète que je ne vais pas lui parler de sitôt, Sally. Je veux que les enfants changent d'ambiance.

— Oui, mais si l'occasion se présente… Bon sang, cette Tracie Pugh est fichue de le coincer avant que j'aie une chance de lui mettre la main dessus !

Un instant, Brette crut qu'elle était en train de rêver… Pourquoi Sally mentionnait-elle Tracie en particulier ?

— Qu'est-ce que tu racontes ?

— Je l'ai rencontrée un peu partout. En ville et au Wally World de Mineola, expliqua Sally. Elle passe son temps à draguer. A mon avis, ce vieil Albert ne lui suffit pas et elle se renseigne pour savoir si l'herbe n'est pas plus verte ailleurs.

Brette eut soudain l'impression de se retrouver sur un bateau coulant qui se précipiterait vers les abysses. La sensation la laissa muette. Tracie Pugh… Une fille accorte, plus jeune que Sally et elle, dotée d'une poitrine arrogante. Et d'une chevelure fraise écrasée — enfin, rousse. Accorder le moindre crédit aux allégations de Hank concernant Sam et la rouquine ne lui avait pas effleuré l'esprit. Mais là… Sally était, quant à elle, infiniment plus crédible que son fils de quatorze ans.

— Ah ! les mecs ! fit-elle en gémissant. Dans ma prochaine vie, c'est juré, je ne jetterai plus les yeux sur eux. Mais dans celle-ci… J'ai besoin que tu m'aides, Brette.

— Mmm. Allez, repose-toi, Sal. On en reparlera demain.

Sur ces mots, Brette tourna les talons, mais, une fois sur le trottoir, elle ne traversa pas la route vers chez elle. Vérifiant que Sally ne l'épiait pas, elle poursuivit son chemin, passa devant chez Sam et marcha jusqu'au panneau « Impasse », devant le chemin des Pugh.

Le panneau brillait comme un diamant jaune dans la brume glacée du matin. Propre. Anormalement propre, en fait, comme s'il était neuf.

Impossible. Elle avait bel et bien vu l'empreinte.

Elle s'approcha du poteau et scruta le sol autour. Des traces de pas. Bien nettes. Avec un peu de chance, la personne qui avait marché là avait laissé une preuve de sa présence.

Voyons… Des dessins de pneus dans l'herbe rare sur ce terrain sablonneux. Les roues de son pick-up et celles de la camionnette des Pugh. Elles étaient si familières qu'elle les aurait reconnues entre mille. Mais les marques de chaussures, c'était une autre affaire. Il devait y avoir celles d'Eric, partiellement masquées par les siennes. Et d'autres aussi…

Elle s'accroupit.

Qui d'autre avait marché là ?

— Que diable faites-vous ici ?

21.

Surprise, Brette voulut se retourner et se redresser en même temps. Résultat, elle perdit l'équilibre et tomba sur le côté en claquant des dents si brusquement qu'elle se mordit la langue. Son cri se bloqua dans sa gorge.

Sam se tenait à quelques mètres, aussi impressionnant que le chêne séculaire qui ombrageait sa cour.

Brette laissa glisser son regard vers ses pieds chaussés de baskets. Celles-ci avaient-elles des semelles en caoutchouc ? Oh ! qu'il était difficile de réfléchir quand on avait l'estomac retourné et le goût du sang dans la bouche…

Comme il approchait, elle plaqua sa main bandée sur ses lèvres.

— Faites-moi voir, ordonna-t-il en s'agenouillant devant elle. Vous vous êtes mordue, n'est-ce pas ?

Elle secoua la tête tout en testant les sensations de sa langue contre ses dents. Dommages minimes. Rien qui méritât tant de sollicitude.

Sam s'excusa pourtant avec gravité. Ses yeux étaient rouges, et ses joues bleuies par une barbe naissante. Brette en vint à le plaindre, tellement il était émouvant.

Un sentiment qui ne dura pas. A la seconde où le souvenir

de Tracie lui revint à la mémoire, son attendrissement laissa place à une sourde colère. Tracie dans les bras de Sam…

Balayant ses excuses d'un geste de la main, elle entreprit de masser sa hanche contusionnée. Et frémit à la perspective d'arborer un superbe hématome, tel un rappel incessant de son voisin.

— Que voulez-vous ? lâcha-t-elle.

Il se raidit.

— Une réponse, pour commencer : que faites-vous ici ?

— Je n'ai aucun compte à vous rendre. Et puis pourquoi passez-vous votre temps à m'espionner ? Vous n'avez rien de mieux à faire ? Je me promenais, c'est tout ! Pour réfléchir en paix.

— Mais le problème de Hank a été réglé, Brette. Vous feriez mieux de vous reposer, plutôt que de vous balader la nuit… à chercher les traces que j'aurais pu laisser.

Il s'interrompit et, le regard soudain chaleureux, poursuivit :

— Sachez ceci, ma chère : lorsqu'on est aussi blonde que vous et qu'on habite une maison dépourvue de stores ou de volets, on est extrêmement bien visible de l'extérieur. Aussi visible qu'avec des projecteurs braqués sur la tête.

Comme en réponse, une soudaine rafale de vent rabattit les longues mèches dorées de Brette sur son adorable visage. D'une main, Sam les lui repoussa avec douceur derrière les oreilles.

Le geste était trop familier. Trop intime.

Elle se recula vivement.

— Qu'est-ce que vous faites ?

— La même chose que vous. J'essaie de m'y retrouver. Je suis dévoré par la tentation. Et indécis.

Il s'exprimait d'un ton neutre, comme s'il s'adressait à une étrangère. Pourquoi ? Pour faire croire à sa loyauté et à sa sincérité, lui qui ne répondait jamais précisément aux questions ?

— Je commence à regretter que vous ayez emménagé à côté de chez moi, Sam.

Voilà une phrase qu'elle n'aurait jamais dû prononcer. Trop tard.

— Je comprends, Brette. Je ne suis honnête ni avec vous ni avec les garçons.

— Ce sont eux qui me préoccupent. Vous soufflez le chaud puis le froid sur ces gosses. C'est mauvais. Surtout avec Eric. Pour lui, ce que disent les adultes est important.

— J'en suis conscient.

— Quant à Hank, il prétend n'avoir jamais discuté avec vous.

— Ça ne m'étonne pas.

Et zut ! Voilà que le sphinx était de retour.

— Sam, vos remarques sont trop obscures. Je n'ai que faire de ce que vous prétendez comprendre. Ce que je veux, c'est savoir ce qui se passe.

— Vous croyez donc Hank incapable de mentir ? répliqua-t-il. Lui dit vrai, et moi, faux ? Si c'est le cas, Brette, je ne peux pas vous aider. Sauf à secouer les puces de Hank pour qu'il vous avoue la vérité. Mais je ne me querelle pas avec des gamins de quatorze ans. Et si vous me connaissiez un peu mieux, vous comprendriez qu'en ce moment, je ne veux me disputer avec personne. Pas plus avec des jeunes qu'avec des adultes.

Elle attendit, espérant qu'il se livrerait plus avant, mais il garda le silence. Frustrée, elle le relança :

— A quand remonte votre dernière vraie conversation avec quelqu'un ?

— Il me semble qu'à chaque fois que nous nous rencontrons, nos discussions sont… vraies.

C'est qu'il gardait en réserve des réponses percutantes ! En avait-il pour tous les sujets ?

— Est-ce que cette technique marche avec Tracie ? s'enquit-elle.

Il parut étonné, puis contrarié.

— Que voulez-vous dire ?

— Oh ! laissez tomber ! J'en ai assez vu et entendu pour aujourd'hui.

Elle se releva. A peine eut-elle fait quelques pas que Sam la retint par le coude.

— Tracie… Vous l'avez vue venir chez moi, l'autre nuit ?

— Peut-être.

Il la regarda bien en face, les yeux plissés.

— Peut-être. Ou peut-être pas. Attendez… C'est Eric qui l'a vue, n'est-ce pas ? Ou Hank. Oui, Hank. Alors, il a dû vous apprendre qu'elle était repartie au bout de cinq minutes.

— Comment aurait-il pu, Sam ? Il était au diable vauvert !

— Nous avons un problème, Brette.

Elle l'entendit à peine. Son esprit s'était focalisé sur la remarque précédente : Tracie était bien venue chez lui. Mais n'était pas restée.

— Oui, nous avons un problème, continua-t-il à voix basse. Je ne suis qu'un homme, Brette. Vous ne pouvez pas attendre de moi que je reste de bois quand vous posez les yeux sur moi.

— Je… je suppose que non, en effet.

— Ah ! vous supposez ! Et auriez-vous par hasard une idée de ce que j'éprouve en voyant que vous avez peur de moi ? Tous ces soupçons…

— C'est pour ça que vous m'avez raccroché au nez ?

— Parler aurait servi à quoi ? A ce que surgissent d'autres questions, d'autres doutes… Je suis le fils de mon père, c'est indiscutable. Et pourtant, je ne lui ressemble en rien. Sauf en ce qui concerne l'héritage génétique qu'il m'a légué, les racines et les ancêtres qui me lient à ceux qui m'ont précédé.

Il soupira, puis reprit à voix basse :

— Tout ce que je viens de vous dire, Brette, c'est du vent. Parce que j'ai envie de vous, et que ce désir domine tout. Pourtant, il ne se passera rien entre nous, car je vais perdre mon boulot, et la rumeur fera le reste : vous entendrez des horreurs sur mon compte. Votre suspicion n'en sera que confortée.

Probablement. Mais de toute manière, la situation était d'ores et déjà invivable. En effet, quelle que fût son envie de lui accorder le bénéfice du doute, elle ne parvenait pas à oublier l'empreinte sanglante.

Comme s'il avait lu dans son esprit, il se tourna vers le panneau, et son regard se durcit.

— Oh ! je comprends, maintenant… C'est à cause de ça que vous avez amené le sujet « Tracie » sur le tapis. Parce qu'elle est venue chez moi. D'après vous, que lui ai-je fait, Brette ? Dites-le-moi !

Une sensation de flottement s'empara d'elle. Du genre de celle que l'on éprouve devant son écran de télévision, quand le héros d'un film reste sur place alors qu'il devrait s'enfuir en courant et qu'on a envie de lui crier : « Fiche le camp, sauve-toi ! » Mais comment s'échapper quand on vous serre le bras aussi fort qu'un boa étouffe sa proie ?

— Ce n'est pas possible, murmura Sam d'une voix tremblante.

Ses yeux allaient et venaient de la ferme des Pugh à elle.

— Vous avez averti la police, Brette ?

Seigneur… Allait-il laisser éclater sa fureur ? La frapper, peut-être ?

Elle recula prudemment d'un pas, puis de deux. S'il lui arrivait quelque chose, que deviendraient les enfants ? Elle devait songer à Eric et Hank en priorité. Garder son sang-froid pour eux.

— Vous vous emballez, Sam.

— Ah oui ?

Il pointa son index sur elle.

— Restez où vous êtes et répondez à cette question : me soupçonnez-vous d'avoir assassiné Tracie Pugh ?

— Ne soyez pas ridicule ! Si sa femme avait disparu, Albert s'en serait aperçu !

— Vous croyez ? fit-il en s'approchant d'elle jusqu'à la toucher. Vous avez peut-être raison. L'ennui, c'est que l'autre soir, quand Tracie est venue, elle avait un œil au beurre noir et elle m'a annoncé qu'elle quittait son mari.

22.

— Je… je n'en savais rien !

— Evidemment pas. Et c'est pour ça que vous jouez les Sherlock Holmes et que vous sursautez comme une biche traquée chaque fois que je vous approche. Et ce, tout en continuant à me jeter des regards languides… Vous êtes vraiment bizarre, Brette Barry. Ça ne vous suffit pas qu'un homme perde le sommeil à cause de vous ; vous en voulez un qui risque de vous tordre le cou après avoir couché avec vous.

Nom d'un chien ! Jamais personne ne lui avait parlé de la sorte ! Eh bien, il n'allait pas s'en tirer comme ça, même s'il était le premier. Pas de prime pour le pionnier !

Furieuse et blessée, elle se jeta sur lui. Mais il était trop fort. Trop grand. De sorte qu'il n'eut aucun mal à la contenir.

Il lui saisit les poignets, les lui bloqua derrière le dos, puis l'attira à lui.

— Merci d'avoir chassé mes scrupules, Brette…

Et il posa ses lèvres sur les siennes.

Le choc qu'elle ressentit à être blottie contre sa poitrine et la pression de ses lèvres lui firent d'abord perdre le souffle. Puis vint l'ivresse du baiser. La langue de Sam dispensait des saveurs ensorcelantes, et Brette oublia jusqu'aux principes les plus élémentaires d'autodéfense. Juchée sur la pointe des pieds, elle s'agrippa à son cou et lui rendit son baiser avec fièvre.

Jamais elle n'avait été embrassée de la sorte. Avec autant de passion. Cela existait donc ? Même lors de la conception d'Eric, elle n'avait pas vécu aussi intensément. Et pourtant, quelle folle nuit… Riche de tendresse, de beauté. De gaieté aussi. Mais rien qui ressemblât à ce qu'elle éprouvait en cet instant. Une folie du corps, du cœur. Qui l'emportait au-delà des frontières de la raison.

Sam l'embrassait comme un affamé, dévorant sa bouche avec tant d'ardeur qu'elle eut de nouveau le goût du sang sur la langue. Il poussa une sorte de grognement et l'obligea à incliner la tête de façon à lui offrir son cou.

Elle crut entendre son nom. Prononcé comme une prière… ou une malédiction ? Puis, brusquement, un grondement envahit ses tympans. Tel un moteur de camion vrombissant… Oh ! mais il était bien réel, ce camion ! Et il klaxonnait avec fureur !

Sam la projeta sur le bas-côté. Le camion-citerne de la laiterie passa en trombe devant eux, les gratifiant de nouveaux coups de Klaxon. Brette sentit son souffle la gifler de la tête aux pieds, en même temps qu'elle apercevait le visage de l'homme au volant : il était hilare. Elle eut un frisson. Ce n'est que quelques secondes plus tard qu'elle comprit pourquoi : avec son sweat-shirt remonté jusque sous ses seins, elle offrait un spectacle intéressant. Elle se hâta de rabattre son sweat-shirt sur son ventre nu et essuya ses lèvres humides.

Voyant que Sam était sur le point de parler, elle secoua la tête.

— Non, ne dites rien. Pas un seul mot, ajouta-t-elle dans un murmure.

Sur cet ordre lâché avec autorité en dépit du trouble qui l'animait encore, elle s'éloigna. Comment elle réussit à regagner sa maison, mystère. En tout cas, cela représenta une vraie victoire à ses yeux, au vu de ses jambes vacillantes et de son cœur battant à tout rompre. Non sans mal, elle parvint à verrouiller la porte derrière elle, puis tenta de rejoindre sa chambre à pas de loup. Si l'un des garçons la surprenait ainsi... Mais non. Il y avait apparemment un dieu pour les femmes perdues : Eric ne lorgna pas par l'entrebâillement de sa porte. Elle put donc poursuivre son chemin en silence dans la maison endormie, se réfugier dans sa chambre puis dans la salle de bains.

Où elle prit conscience de l'ampleur de son trouble.

Cherchant à fuir son reflet, elle s'assit sur la coiffeuse, à côté du lavabo, et se rencogna entre le porte-serviette et le robinet d'eau froide. Quelle détresse !... Elle ne s'était pas sentie aussi malheureuse depuis le jour où elle avait appris que le train de ses parents avait été pris dans une avalanche. L'envie de pleurer lui brûlait le cœur. Et bientôt, les larmes affluèrent, plus grosses les unes que les autres — des larmes générées par la fatigue, l'inquiétude et la tristesse. Tracie qui avait disparu, Hank dont l'avenir semblait si sombre auprès de sa mère...

Etait-ce vraiment pour cela qu'elle pleurait ?

A quoi bon se mentir... Elle pleurait d'avoir été faible, bouleversée par le baiser de ce salaud de Sam Knight. Il ne la respectait pas. Pire, il se jouait d'elle. Pas question qu'elle continue à se laisser manœuvrer ! Elle devait à tout prix recouvrer sa lucidité.

Cette même lucidité qui lui disait que Sam avait trouvé une habile parade pour l'empêcher de faire ce pour quoi elle était venue jusqu'au panneau.

Réfléchis.

L'empreinte… Savait-il qu'il s'agissait de sang ? Le sang de Tracie ?

Cudahy devait être mis au courant, décida-t-elle brusquement tout en pressant la serviette humide sur son visage enflammé. De la vapeur en serait sortie qu'elle n'eût pas été étonnée.

Elle se releva et se rinça la bouche à l'eau froide.

Bien. Contrôle repris. Action !

Le téléphone. Voilà. Le numéro du poste de police ? Dans le carnet. Quelques tapotements sur les touches et…

Flûte ! Cudahy n'était pas là. Evidemment. Et comme de bien entendu, personne ne pouvait lui dire où ni comment le joindre. On comprenait l'urgence mais on ne pouvait pas y remédier ; on était désolé.

— Le shérif me connaît, insista-t-elle. Je suis Brette Barry. Je l'ai vu hier. Il s'est occupé de faire rechercher le fils de ma voisine, Hank Jamison.

— Votre nom m'est familier, madame, concéda le standardiste.

— Dans ce cas, vous devriez savoir que je ne cherche pas à déranger le shérif pour rien.

— Laissez-moi vos coordonnées, et il vous rappellera.

— Va-t-il venir au poste aujourd'hui ?

— Madame, il est le shérif. Par conséquent, toujours joignable.

— Oui, mais quand ?

— Ecoutez, ces derniers jours, il a été très occupé. Ne comptez pas sur moi pour le déranger, sauf si vous m'annoncez qu'il y a un groupe de terroristes armés sur votre perron ou qu'un avion est passé à travers votre toit.

Et un meurtre ? Est-ce que ce serait suffisant ?

Oh ! et puis zut ! Elle en avait assez. Et l'énergie commençait à lui manquer.

— D'accord, d'accord. Communiquez le numéro de mon portable au shérif.

— Bien. Et votre numéro personnel ?

— Je ne serai pas chez moi.

Elle raccrocha puis s'approcha de la fenêtre, une main sur sa hanche douloureuse. Avait-elle eu raison d'appeler le shérif ? Et quand il rappellerait, que lui révélerait-elle ?

Et s'il ne rappelait pas ?

Elle posa les yeux sur la maison de Sally. Sally. Il fallait qu'elle sache, au sujet de Tracie. Mais pour l'instant, elle dormait, et sans doute était-ce mieux ainsi. Brette ne la mettrait au courant, ainsi que les garçons, que lorsque ses hypothèses seraient confirmées.

Quelqu'un frappa à la porte.

— Maman ? lança une voix. Tu es réveillée ?

Elle prit une profonde inspiration et traversa la pièce pour ouvrir la porte. Son fils se tenait sur le seuil, les yeux encore embués de sommeil.

— Bonjour, mon chéri. Bien dormi ?

— Ouais. Qu'est-ce que tu fais là ? D'ordinaire, à cette heure, tu es en train de préparer un méga petit déjeuner.

Sauf qu'aujourd'hui, c'était tout, excepté un dimanche ordinaire.

— Je… euh… je viens de jeter un coup d'œil au jardin. Pour voir si le vent avait fait des dégâts. La tonnelle n'est plus qu'un souvenir.

— Ah ! mince ! Je n'ai rien entendu.

— Tu avais besoin de te reposer. Et Hank ? Toujours au royaume des songes ?

— Tu ne vas pas me croire : il m'a gagné de vitesse à la salle de bains. Il est en train de tourner la page, non ?

Brette appréciait son attitude positive. Décidément, elle avait plutôt bien réussi son fils.

— Hank a eu la peur de sa vie. Une sacrée leçon.

Du moins, l'espérait-elle.

— Alors, qu'est-ce qu'il y a pour le petit déj' ?

Une question primordiale. Aucun des deux garçons ne restait longtemps sans penser à ce qu'ils allaient manger.

— J'ai pensé qu'on pourrait faire quelque chose de spécial, aujourd'hui. Peut-être aller au centre commercial voir un film, puis prendre un lunch en ville.

— Alors, on ira manger des gaufres !

— Hé ! J'ai le droit de donner mon avis, non ?

— Ça, c'est bon pour la fête des Mères. La règle, c'est de te faire plaisir ce jour-là.

— D'accord, monsieur le Comédien. Tu choisis… Mais sois raisonnable.

— Je dois dire à Hank d'en parler à Sally ?

— Pas la peine. Je m'en suis déjà chargée. En fait, ce que je propose est plus ou moins son idée, mais elle ne viendra pas avec nous. Elle est crevée.

Eric prit la précaution de vérifier que la porte de la salle de bains était bien fermée avant de demander à voix basse :

— Elle n'a pas avalé d'autres trucs, hein ?

— Non. Va te servir un jus de fruits, je te rejoins.

Une sonnerie retentit dans la pièce. Son portable. Elle le chercha du regard, alla le prendre, puis referma la porte derrière son fils.

— Allô ? fit-elle dans un souffle.

Elle avait l'étrange impression d'être hors d'haleine. Comme quand elle avait regagné sa maison après son baiser avec Sam.

— Ici le shérif Cudahy, madame Barry. Le standard m'a communiqué votre message. Vous êtes inquiète ? A quel propos ?

Extraordinaire. Jamais il n'avait été aussi poli !

— Merci de me rappeler, shérif, déclara-t-elle dans un quasi-murmure afin qu'Eric ne puisse pas l'entendre. Navrée de vous déranger un dimanche.

— Si le fait d'arriver à me joindre pendant le week-end peut vous ramener à de meilleurs sentiments envers ma brigade et moi-même, il n'y a pas de problème. Qu'est-ce qu'il se passe ? Le jeune Jamison s'est rappelé certains détails concernant son petit voyage à Saint Louis ?

— Non. Je... je voulais vous entretenir de cette mystérieuse empreinte sur le panneau.

Un silence, qui s'éternisa. Apparemment, Cudahy attendait qu'elle avance ses pions.

— Je sais ce que vous pensez, shérif. Personne à part moi ne l'a vue. Mais j'ai procédé à quelques vérifications et...

— Voilà des nouvelles qui ne me rassurent pas, madame Barry.

— Quelque chose de bizarre s'est passé la nuit où Hank s'est enfui, débita-t-elle d'une traite.

— Oui ?

— Tracie Pugh a été vue à proximité du panneau.

— Donc il s'agissait bien d'une blague pour Halloween ? Tracie a fait des siennes ?

— Shérif, je suis sérieuse. Je ne vous aurais pas appelé pour vous annoncer qu'elle s'était amusée.

— Oh !… Si je comprends bien, ce que vous allez me révéler ne va pas égayer ma journée. Allez-y, je suis tout ouïe.

Elle eut un instant d'hésitation. Ce qu'elle s'apprêtait à raconter risquait d'être lourd de conséquences.

— Madame Barry, je vous sens prête à formuler de simples hypothèses. Si aucun fait concret ne les appuie, il ne s'agira que de ragots, fit remarquer Cudahy, accentuant son trouble.

— Shérif, ne pourriez-vous pas simplement aller voir comment va Mme Pugh ? Si elle est chez elle et en pleine forme, alors il ne me restera plus qu'à vous prier de m'excuser, et je ne vous embêterai plus avec cette histoire.

Malheureusement, il n'était pas d'humeur à prendre la tangente.

— S'il faut que j'envoie une voiture chez les Pugh et que je pose des questions, je le ferai. Cependant, j'aimerais bien savoir pourquoi le fait que Mme Pugh se soit trouvée à l'entrée de sa propriété vous turlupine.

— Mais parce qu'à cause de ça, tout prend son sens ! Quand j'ai parlé de l'empreinte à Hank, il…

— Minute ! la coupa-t-il. D'après ce que j'ai constaté, ce gamin est du genre tordu. Il ment et n'a aucun respect à votre égard. Il se fiche comme d'une guigne de la confiance que vous lui accordez. Alors, comment le croire ? Ne voyez-vous pas qu'il cherche à noyer le poisson ? En vous parlant de ce panneau, il espère que vous détournerez votre attention de lui et de ses manigances.

— Votre hypothèse tiendrait debout si Hank était le seul à avoir vu Tracie, shérif, et si je n'avais pas vu cette empreinte. Quelque chose ne tourne pas rond là-dedans !

— Ce qui ne tourne pas rond, c'est que vous avez oublié que j'ai parlé à Truman Pugh, hier soir. A aucun instant, il ne m'a laissé entendre que sa belle-fille s'était volatilisée. Je vous signale au passage que cet homme est aussi celui que vous considériez comme responsable de la disparition du fils Jamison !

Du bout de l'ongle, Brette suivit la longue ligne rouge qui traversait sa paume. Un nouveau pansement serait superflu. Et puis cette coupure bien en évidence lui servirait de pense-bête. Grâce à elle, elle n'oublierait pas ce qui s'était passé entre Sam et elle, et encore moins les conséquences.

A l'autre bout du fil, Cudahy attendait. Mais elle n'ajouterait rien. Il n'avait qu'à raccrocher ou décider de la mettre sous les verrous. Puis à aller questionner Sam. Sam… D'accord, il l'avait bouleversée. Mais était-il juste de l'envoyer en première ligne, connaissant la situation dans laquelle il se débattait déjà ?

Allons… Quels que fussent ses soucis, il les subissait parce qu'il n'avait pas su choisir ses confidents.

— Madame Barry, reprit le shérif d'un ton rogue, d'ordinaire, je manque de patience mais pas quand j'affronte un petit joueur à une table où les mises sont de plusieurs zéros. Vous n'avez pas la carrure du gros joueur, alors abattez vos cartes, sinon vous ou l'un de vos proches y laisserez des plumes.

Il avait raison. Elle devait parler.

— Sam Knight… Il a confirmé la venue de Tracie chez lui. Comme Hank l'a dit.

— Mmm.

— Vous comprenez maintenant pourquoi je me sens concernée, shérif ?

— Ce que je comprends, c'est que je vous ai rendu un fier service.

— Comment ça ?

— Au risque de vous embarrasser, madame Barry, je vous avouerai avoir flairé quelque chose entre Knight et vous. Et ça m'embêtait de vous imaginer impliquée avec un type qui traîne autant de casseroles derrière lui. Vous élevez un enfant seule et tout ça… Bref, j'aurais mis ma main au feu que vous alliez droit vers un méchant coup au cœur.

— Une minute, shérif, l'interrompit-elle, estomaquée. Vous avez vérifié le passé de Sam dans le seul but de jouer les parrains de substitution ?

— J'ai vérifié parce que Russell et moi avions des doutes à son sujet. Si vous aviez ôté vos lunettes roses, vous aussi vous seriez montrée plus méfiante. Et maintenant, vous m'apprenez que Knight, non content de chercher à vous séduire, a une aventure avec Mme Pugh !

— Il ne m'a pas séduite, shérif ! Et personne n'est sûr qu'il ait eu une aventure avec Mme Pugh !

— Objection retenue. Disons alors que Tracie Pugh préparait le gâteau favori de son mari au beau milieu de la nuit et que, tout d'un coup, elle s'est aperçue qu'il lui manquait un moule. Donc elle a couru chez Knight pour lui en emprunter un, suggéra-t-il, sarcastique. Ah ! madame Barry, votre instinct de survie n'est pas très performant ! Je vous suggère donc d'ouvrir grand vos mirettes et de sortir votre gamin des pattes de ce type. Plus vite vous le ferez, mieux ce sera.

Cudahy faisait en sorte qu'elle se sente parfaitement idiote. Dans quel but ? D'accord, elle n'avait fourni aucune preuve, mais rien non plus qui permît de penser qu'elle se trompait.

— A propos, madame Barry, comment se fait-il que Knight ait avoué avoir reçu Mme Pugh ?

— Eh bien, je… je l'ai interrogé.

Elle perçut un grattement. A l'autre bout du fil, Cudahy se frottait la barbe, sa manière à lui de se maîtriser. Sans doute ce geste le retenait-il de lui dire vertement ses quatre vérités.

— Essayons de mettre toutes ces pièces en place, voulez-vous, madame Barry ? Voyons… Nous savons que Knight a un casier, qu'on l'a accusé de tentative de meurtre sur la personne de son père, puis sur son épouse… Et, malgré cela, vous vous amusez à le défier ? A l'amener à vous parler d'une femme qui aurait disparu ?

Sa sécheresse la fit sortir de ses gonds.

— Mais non ! s'exclama-t-elle. Je n'ai pas procédé comme ça, bon sang ! J'ai tenté le coup avec prudence, c'est tout. Et ce, parce que vous avez refusé de vous intéresser à mon histoire d'empreinte !

— Est-ce que ça méritait que vous risquiez votre vie ? Ainsi que celle de votre fils, peut-être ? Madame Barry, nous venons juste d'expédier au pénitencier de Huntsville un gars qui, non content d'avoir assassiné sa concubine, a également liquidé les deux gamines de cette dernière. Et tout ça parce que la dame en avait assez de le voir. Dans le même genre d'idées, peut-être avez-vous lu l'histoire de ce jeune homme qui a abattu son ex-compagne enceinte de cinq mois sous prétexte qu'elle venait de se fiancer avec un autre type ?

Un nouveau grattement, et il poursuivit :

— Dans votre tête, ces gens appartiennent à la couche la plus basse de la société. Un autre monde pour vous. Inconnu. Mais avez-vous oublié ce qui s'est passé l'année dernière à Split Creek ?

— Shérif, croyez-vous vraiment que Sam soit un meurtrier ?

— Vous, en tout cas, pas le moins du monde. Sinon, vous seriez un peu plus prudente !

— Répondez à ma question.

— Je ne peux pas — et je ne le ferai pas parce que je n'ai pas plus de meurtre à me mettre sous la dent que de preuve d'une éventuelle disparition. Suis-je clair ?

— Selon Sam, Tracie avait un œil au beurre noir. Et s'était décidée à quitter Albert.

— S'il l'a frappée et qu'elle veuille filer, elle a raison. Qu'un conjoint laisse tomber l'autre, ce n'est pas contraire à la loi.

— Mais la marque de coup…

— Une chute, ou quelque chose de ce genre, l'interrompit-il. Ou encore une histoire que Knight aurait inventée dans le but de vous convaincre qu'il n'y avait rien entre Tracie et lui. Vous prétendez qu'elle quittait Albert ? Elle avait une valise ?

— D'après ce que je sais, non. Mais elle a peut-être décidé de s'en aller définitivement pendant qu'elle se rendait chez Sam. Elle a réfléchi en chemin.

— Et Knight, pour le plaisir de se compliquer un peu plus la vie, la tue…

— Je… je songeais à Albert.

— Pfff… Madame Barry, quand il y a violences domestiques, les flics sont toujours les premiers informés parce qu'ils sont appelés à chaque bagarre. Que l'un des deux membres du couple règle son compte à l'autre n'intervient que plus tard. Or, dans le cas des Pugh, jamais nous n'avons eu à intervenir. Jamais, vous m'entendez ? Elle ne nous a pas téléphoné. Pas une seule fois.

Il se tut, le temps de s'éclaircir la gorge, puis reprit :

— Selon moi, Knight veut faire de vous son alliée. Vous êtes une femme séduisante. Largement au-dessus de la moyenne, croyez-moi. De tous les habitants du coin, vous seule sortez du lot. Les gens comme Knight sont prudents, calculateurs. Ils songent toujours à l'avenir, veillant à ne pas brûler les ponts derrière eux. En cas de besoin, votre témoignage en sa faveur serait de poids. Imaginez donc : la sublime blonde et son fils à la figure de chérubin… En plus, vous vous exprimez bien. Un mot de vous en faveur de Knight, et n'importe quel jury serait de votre avis à l'unanimité.

Quelle tristesse !… Cudahy ne voyait l'existence qu'à travers le prisme déformant de la duplicité et de la dépravation.

— Je vous déprime, fit-il en s'apercevant qu'elle ne répondait pas. Je suis désolé, mais dans la mesure où vous échafaudez des théories particulièrement inquiétantes, je me sens obligé de noircir encore le scénario. Néanmoins, je suis soulagé de vous dire que vous manquez de matière pour aller plus loin dans vos spéculations.

— Pas de matière… Donc vous n'allez rien faire.

— Je vous l'ai dit hier : je ne m'occupe que de cas avérés. Je n'ai pas le temps, ni le droit, de fourrer mon nez dans les affaires de Pugh sans motif valable. Il le prendrait si mal que comparé à ça, une crise d'hémorroïdes me semblerait un vrai délice… si je puis me permettre cette charmante comparaison.

Une pause, encore, cette fois pour rendre sa voix grave et sérieuse.

— Madame Barry, je sais que vous avez passé de sales moments et vous êtes fait un souci monstre. Mais — et je ne vous le répéterai plus — bornez-vous à distribuer le courrier et à élever votre gamin. Et laissez ceux dont c'est le boulot s'occuper du côté sombre de l'être humain. Au revoir, madame Barry.

Sur ces mots, il raccrocha.

Incroyable ! Bon sang, s'imaginait-il que cela suffirait à la rassurer ? Il ne lui avait fourni aucune des réponses qu'elle attendait !

Fallait-il donc qu'elle les cherche elle-même ?

23.

Je ne me suis jamais sentie aussi seule. Je ne sais pas quoi faire maintenant.

Quoique… Il n'y a qu'une seule et unique chose à faire.

Journal intime.

Lundi 1er novembre

Le lundi matin, Brette arriva au travail l'esprit troublé et le cœur lourd. La veille, elle était restée à Tyler avec les garçons le plus longtemps possible, jusqu'au moment où Eric s'était rappelé que son survêtement était sale et qu'il en avait besoin le lendemain. Brette s'était donc résignée à rentrer à la maison avec les garçons. Elle s'était occupée du survêtement, puis avait jeté quelques idées dans son journal intime et, finalement, ne s'était couchée qu'à minuit. Résultat : en poussant la porte du bureau de poste, elle ressentit encore plus intensément le manque de sommeil.

A peine eut-elle franchi le seuil que Tucker apparut, vêtu d'une chemise de flanelle verte sur un T-shirt à l'emblème des Hooters.

— Tu n'as pas écouté un seul mot de ce que je t'ai dit hier, hein ? attaqua-t-il.

Elle lui avait téléphoné la veille depuis la galerie du centre commercial, pendant que les garçons jouaient aux jeux vidéo. Comme Cudahy, Tucker était resté de marbre quand elle lui avait fait part de ses soupçons concernant Tracie. Et ce matin, il entonnait son refrain habituel : elle ne devait pas se mêler de cette histoire. Jusqu'au moment où elle en eut assez.

— Je t'en prie, Tucker, nous avons suffisamment parlé de tout ça.

— Tu crois, Brette ? Moi, j'ai plutôt l'impression que notre conversation ne t'a servi à rien. Tu as passé la nuit à gamberger, hein ?

Lorsqu'elle lui avait demandé de téléphoner chez les Pugh afin de découvrir si Tracie était ou non à la ferme, il avait refusé tout net.

« C'est ça. Pour que mon numéro s'affiche sur l'écran du téléphone et qu'on sache qui a appelé ? Tant que tu y es, pourquoi ne pas m'envoyer frapper à la porte pour que je me retrouve face à un Albert furibard qui brandirait un fusil à canon double sous mon nez ? »

Du coup, elle s'était chargée elle-même de cette initiative.

— J'ai fait plus que gamberger, Tucker, répondit-elle. J'ai appelé les Pugh depuis Tyler.

Il la rejoignit aussitôt, prétextant avoir besoin de son aide pour déchiffrer une adresse manuscrite sur une enveloppe.

— Brette, c'est écrit 37 ou 22 ? demanda-t-il d'une voix forte afin qu'on l'entende jusqu'au quai de chargement.

Puis, dans un halètement de bête traquée :

— Et alors ? Que s'est-il passé ?

— Arrête ton cinéma, Tucker ! J'ai besoin d'un coup de main, pas qu'on se moque de moi, répliqua-t-elle en lui expédiant un coup de coude dans les côtes.

— Tu aurais plutôt besoin de te remettre les idées en place. Tiens, par exemple, en contenant ta respiration. Peut-être que ça aidera le caillot qui te bloque le cerveau à se liquéfier… Sérieusement, Brette, cette fois, je suis d'accord avec Cudahy. Tu te démènes pour un truc qui te conduira soit dans une cellule capitonnée, soit devant un tribunal.

Mais non. Il n'y aurait pas de conséquences aussi funestes !

— J'ai appelé trois fois chez les Pugh, à partir de trois cabines différentes. Et chaque fois, j'ai eu le répondeur.

— Il y a plein de gens qui filtrent les appels.

— Tucker, mes appels se sont échelonnés sur dix heures et on ne m'a pas répondu ! *Personne* ne laisse sonner dans le vide aussi longtemps.

— Peut-être qu'ils ont pensé que l'appel provenait d'un solliciteur quelconque et qu'ils n'avaient pas envie d'être embêtés.

— Un dimanche ?

— Les vaches produisent du lait même pendant les week-ends et les jours fériés, ce qui justifie l'absence d'Albert : il s'occupait des bêtes. Quant à Tracie, elle pouvait être à l'église. Ou bien en train de faire le ménage chez son beau-père. Je l'ai souvent entendue se plaindre d'être traitée comme une bonniche.

Possible, mais pas sûr, songea-t-elle. Or, elle avait besoin d'une certitude. L'ennui, c'est qu'il n'y avait pas beaucoup de cabines téléphoniques sur le chemin de sa tournée.

— Tu ferais mieux de te soucier de Knight, Brette. Quand on l'aura chopé à cause de toi, il t'en voudra drôlement.

Oh ! elle y avait songé ! La veille, en rentrant chez elle, elle avait constaté que la propriété de son voisin était plongée dans l'obscurité, en dépit de la Suburban garée dans l'allée. Une fois dans sa cuisine, elle avait continué à surveiller la maison voisine, consciente que Sam pouvait l'observer à loisir à longueur de journée.

— Et ces stores que tu devais acheter à Tyler ? s'enquit Tucker.

— Je me suis rendu compte que pour les mettre, il faudrait que j'enlève les étagères de verre.

La baie était entourée de tablettes sur lesquelles elle avait installé sa collection de pâtes de verre colorées et ses plantes avides de soleil.

— Tu comprends, poursuivit-elle, avec ces stores, j'aurais dû renoncer à ce que j'aime. Et tout ça pour quoi ? Pour me cacher de quelqu'un qui essaie de m'intimider ? Je refuse d'entrer dans ce genre de schéma. On commence comme ça, en se laissant bouffer le bout du doigt, et après, c'est tout le bras qui y passe. On a peur de son ombre et on vit cloîtré, tremblant à la seule idée de sortir dans le jardin.

— Exact. Mais c'est mieux que de laisser ce type t'espionner pendant que tu te balades en chemise de nuit.

Tucker avait l'esprit déformé. Et ce à cause de sa voisine, mère de deux enfants, qui se promenait dans sa maison en tenue plus que légère et hyper-sexy. Rien à voir avec elle, en réalité : elle portait des T-shirts qui lui arrivaient à mi-cuisses et, quand la température chutait, enfilait en plus un pantalon de survêtement.

— Que me suggères-tu, alors ? demanda-t-elle, pressée d'en finir : Desiree poussait vers elle un nouveau chariot de courrier.

— Si tu veux un avis en quelques mots, le voici : mêle-toi de tes affaires.

Facile à dire pour quelqu'un qui avait pour plus proche voisin, en dehors d'une exhibitionniste, le cimetière de Cedar Cove.

— Ecoute, Tucker, je sais ce que j'ai vu sur ce panneau. Hank m'a confié une information que Sam a confirmée. Je ne peux tout simplement pas prétendre que tout est normal quand je sens jusqu'au fond de mes tripes que c'est faux.

— Tu as toujours des ennuis ? s'enquit Desiree en lui passant gentiment la main dans le dos. Appelle les flics. Ils aideront.

— Je m'efforce toujours d'élucider le mystère caché sous cette empreinte, avoua Brette après avoir jeté un coup d'œil d'avertissement à Tucker.

— Tu veux les dernières nouvelles, petit brugnon d'Asie ? Brette l'a déjà résolu, ce mystère, lança Tucker tout en retirant les derniers sacs du chariot.

La jeune Viêtnamienne s'éloigna vers le fond de la salle avec son chariot, en maugréant pour elle-même.

— J'ai une idée, reprit Tucker à voix basse, mais il faudra que ça reste un secret entre toi et moi, okay ?

Sur ces mots, il chercha E. J. et Wally du regard, puis, d'un air martial, plongea la main dans la pile de courrier, en sortit les lettres adressées aux Pugh et déchira la couverture d'un magazine de mode.

— Voilà ! Maintenant, mets ça dans ton sac et apporte-le aux Pugh. Tu leur diras que tu es désolée pour ce qui est arrivé au cours du transport, et tu profiteras de cet excellent prétexte pour faire ton inspection. Sûr que tu verras Tracie. Ce journal est sûrement pour elle. Ensuite, tu pourras dormir sur tes deux oreilles.

Brette fixa la couverture déchirée.

— Tu me fous la trouille, Tucker, mais c'est pour ça que je t'aime ! Le seul ennui, c'est que je ne suis pas censée remettre ce journal en main propre. Tout ce que j'ai à faire, c'est de le glisser dans la boîte avec un petit mot d'explication.

— Bah ! les Pugh ne le savent pas. Va donc leur coller tout ça dans les pattes, et ensuite, sors toute cette affaire de ton esprit, d'accord ?

Il avait raison. Entrer chez les Pugh était la meilleure solution. Même si, ensuite, il lui faudrait sortir de chez eux… Mais avait-elle le choix ?

24.

Le seul problème — auquel elle n'avait pas songé —, ce fut le nombre de gens qui l'arrêtèrent au cours de sa tournée afin de prendre des nouvelles de Hank. Certains ignoraient qu'il était revenu et désiraient apprendre toute l'affaire ; d'autres voulaient plus de détails. De fait, lorsqu'elle s'engagea sur la route qui menait chez elle, elle était très en retard.

Keith se rua hors de chez lui quand elle approcha de sa boîte aux lettres, brandissant une grosse enveloppe et un formulaire.

— Ça doit partir en recommandé ! s'écria-t-il. Je voulais l'apporter moi-même, mais…

— Vous n'avez pas l'air en forme. Qu'est-ce qui ne va pas ?

— J'ai dû choper un rhume ou quelque chose dans le genre.

Malgré ses crampes d'estomac, elle se força à sourire chaleureusement. Sans doute n'avait-il pas les mêmes symptômes qu'elle.

— Vous ne vous nourrissez pas bien quand vos délais de remise sont trop courts. Avec quoi avez-vous tenu le coup, ces derniers temps ?

— Pop-corn et parmesan, répondit-il tout en repoussant ses lunettes sur son nez.

— C'est tout ?

— Non. Du soda Dr Pepper sans sucre pour faire descendre.

— Doux Jésus ! Je vais vous envoyer Eric avec ma soupe au poulet-légumes-orge. Tout ce que vous aurez à faire, ce sera de la décongeler.

— Mes placards étant vides en ce moment, j'accepte humblement. Que puis-je faire en retour ? Est-ce qu'Eric a besoin de disquettes, d'un CD de jeux, ou de…

— Stop ! Vous n'avez pas à me rembourser systématiquement par des cadeaux. Quant à votre enveloppe, je m'en occupe. Je vous donnerai le reçu demain.

— Oh ! merci ! Dites-moi, comment ça va, de votre côté ? Vous me semblez plutôt en forme, pour quelqu'un qui n'a pas beaucoup dormi.

Elle avait revêtu intentionnellement son chandail bleu par-dessus son col roulé blanc. Deux couleurs qui lui donnaient bonne mine… Et mettaient en valeur ses yeux bleus et ses cheveux blonds. Dans son esprit, même un mauvais coucheur de la trempe d'Albert Pugh ne saurait être désagréable envers une jeune femme à l'air aussi doux et inoffensif. Nul doute qu'il la trouverait désarmante.

Elle s'abstint de partager cette théorie à deux francs avec Keith, sûre qu'il aurait éclaté de rire.

— Je suis contente parce qu'Eric et Hank sont de nouveau amis et que l'escapade à Saint Louis n'a pas trop mal tourné.

— Et entre Hank et sa mère, comment ça se passe ?

— Eh bien, comme vous, elle croit qu'elle couve quelque chose. Mais à mon avis, ce n'est qu'un prétexte pour éviter un tête-à-tête avec Hank. J'ai bien peur qu'à la longue, elle se persuade que rien n'est arrivé.

Elle avait conclu sa remarque sur un sourire triste.

— Ça, ce n'est pas bon, commenta Keith. En plus, c'est vous qui vous retrouvez avec toutes les responsabilités sur les épaules.

— Bah ! ça m'est égal ! Ce qui m'ennuie, c'est que l'attitude de Sally n'est saine ni pour elle ni pour Hank.

— J'aimerais vraiment pouvoir vous aider, Brette. Ce gosse est brillant, vous savez. Il a du potentiel. Mais tous ces atouts disparaîtront si personne ne le guide. Pourquoi Sally pense-t-elle que… que parce qu'entre nous, ça n'a pas marché… Bref, pourquoi pense-t-elle que je ne peux pas épauler son fils ?

A aucun prix Brette ne voulait se mêler de leur histoire. Et pourtant, elle aimait beaucoup les deux protagonistes.

— Pour le moment, Hank croit que si ça n'a pas marché entre sa mère et vous, c'est votre faute. Et Sally, vous la connaissez, préférerait se faire hacher menu plutôt que d'endosser le mauvais rôle. Mais ne vous inquiétez pas, Keith. Laissez faire le temps. A nous deux, nous finirons bien par amener Hank à changer d'idée.

Tout en parlant, elle avait jeté un coup d'œil en direction de la ferme des Pugh.

— Vous n'auriez pas vu passer Tracie, par hasard ?

— Quand ? Ce matin ?

— Oui. J'ai quelque chose à lui donner et je déteste devoir aller jusqu'à la maison et me retrouver nez à nez avec l'un des hommes de la famille.

— Je n'ai pas fait attention. La seule personne que je guettais, c'était vous.

— Tant pis…

Regardant par-dessus l'épaule du jeune homme, elle aperçut Clovis Ponder qui se dirigeait vers eux avec son déambulateur.

— Prenez garde à Clovis, Keith, lui conseilla-t-elle. A mon avis, il a dans l'idée que vous l'emmènerez en promenade.

— Bon sang, il se débrouille de mieux en mieux avec ce truc… Bon, je file avant qu'il n'arrive : j'attends un coup de fil longue distance très important. Merci, Brette. Et… criez si vous avez besoin de moi.

Sur ces mots, il retraversa la route en courant et disparut à l'intérieur de son mobile home. Brette déplaça son pick-up de façon à se garer le long de l'entrée des Ponder, puis sortit du véhicule. Le courrier à la main, elle s'avança vers Clovis, qui avait déjà parcouru la moitié de la longue rampe d'accès — laquelle avait été fabriquée gratuitement par Sam, ainsi qu'elle l'avait appris avec stupeur.

— Alors, Clovis, comment va ? lui lança-t-elle en le regardant marcher.

Ses mouvements étaient instables et imprécis, mais que pouvait-on attendre de mieux chez ce pauvre homme depuis son attaque ? Ses pas n'étaient pas bien solides, mais il méritait quand même des félicitations : six semaines auparavant, il ne pouvait pas tenir debout sans l'aide de deux personnes. Une semi-paralysie faciale affectait le côté droit de son visage. Par moments, son expression trahissait un profond désarroi, comme si son cerveau enregistrait de nouvelles données, oubliées lors de son accident cérébral. Pourtant, son regard fané se riva avec précision à celui de Brette.

Il essaya de parler. Et n'émit qu'un son plaintif qu'elle traduisit aussitôt, pour l'avoir si souvent entendu précédemment : il tentait de prononcer son prénom.

— Ça fait plaisir de vous voir, Clovis. Est-ce que Bertrice sait que vous êtes dehors ?

L'une de ses mains se détacha du déambulateur et s'agita en direction du mobile home de Keith.

— Je sais, fit-elle. Keith culpabilise d'avoir dû filer au pas de course, mais il devait rentrer : il attend un appel longue distance. Vous savez combien il est occupé, Clovis.

Elle lui tendit le sac plastique dans lequel elle avait mis le courrier.

— Tenez, Clovis. Et n'oubliez pas de dire bonjour à Bertrice de ma part, d'accord ? Il faut que je m'en aille, et vous, que vous rentriez : vous êtes en chaussettes !

Bertrice apparut, s'essuyant les mains à son tablier. Elle ouvrit tout grand la porte et secoua la tête d'un air désapprobateur.

— Je l'ai laissé devant l'une de ces vidéos que vous avez enregistrées pour lui… Vous savez, celles des vieux shows de Carol Burnett. J'avais les mains dans la farine jusqu'aux poignets quand j'ai entendu la porte se fermer. Heureusement qu'il n'est pas parti loin… Comment vont les enfants, Brette ?

— En classe. Nous sommes de retour à la normale, j'espère.

— C'est ce qu'il faut souhaiter, n'est-ce pas ? Parce que peu d'entre nous sont prêts à assumer ce qui sort de la norme.

Vrai, songea Brette en regardant la vieille dame remettre en place une mèche grise dans son chignon. La simple vue de ce lourd chignon sur sa nuque lui donnait mal au cou. Bertrice était aussi forte que patiente, et cela faisait chaud au cœur de constater qu'elle gérait parfaitement la situation et que, quoi qu'il advienne, elle aimerait toujours son mari. Tout en le soutenant, elle l'aida à regagner leur petit cottage de plain-pied.

Prenant mentalement note d'aller bientôt leur rendre visite, Brette remonta dans le pick-up.

Les Ponder n'avaient pas de voisins immédiats, mis à part Keith. Bien sûr, on pouvait compter sur lui en cas de coup dur, mais le reste du temps, il fuyait Bertrice autant que son mari. Selon lui, elle ne lui apportait des petits plats qu'en échange d'une oreille attentive et compatissante — ce pour quoi il n'avait pas le temps, bien sûr. Et pour ne rien arranger, il jugeait sa cuisine, à l'ancienne et rustique, lourde et peu appétissante.

Arrivée devant sa propre boîte aux lettres, Brette déposa un magazine d'informatique destiné à Eric et diverses factures pour elle.

Un coup d'œil de l'autre côté de la route lui apprit que Sally n'était pas encore levée. Elle déposa son courrier dans sa boîte, puis se dirigea vers la maison de Sam. Son courrier contenait lui aussi plusieurs factures, des publicités émanant de fournisseurs du bâtiment, ainsi qu'une grande pochette en papier kraft expédiée par une firme d'avocats de Houston. En temps normal, elle aurait manifesté un certain intérêt envers son contenu. Pas aujourd'hui. L'inquiétude avait pris le pas sur la curiosité.

Remontant dans son pick-up, elle vit un camion de lait sortir du chemin des Pugh. Elle lui laissa le passage, tout en réfléchissant à ce qu'elle allait faire. Albert et Truman Pugh possédaient des gènes de la suspicion particulièrement développés et risquaient d'éventer son stratagème en quelques secondes. Malheureusement, elle n'avait pas imaginé d'autre moyen de vérifier la présence — ou l'absence — de Tracie.

— Allez, on y va, Barry ! lança-t-elle à haute voix.

Elle franchit le portail. Dans cinq minutes grand maximum, elle le franchirait en sens inverse. Alors, pourquoi s'inquiéter ? Cinq minutes, ce n'était rien.

Le domaine des Pugh comprenait quelque cent onze acres de prairies cernées par la forêt, laquelle protégeait les bâtiments : on ne les voyait pas de la route. La ferme même était cachée par une petite éminence. A sa base, environ à quatre cents mètres de là où se trouvait actuellement Brette, se dressait une vieille caravane cabossée, le foyer d'Albert et Tracie depuis cinq ans. La laiterie était en contrebas, sorte de grande dépendance de briques jaunes abritant les réservoirs, les pompes, les compresseurs et autres équipements, extrêmement bruyants quand on les mettait en marche. Derrière le bâtiment se trouvaient les trayeuses. Brette distingua des vaches blanches et noires agglutinées les unes contre les autres, tels des invités qui auraient refusé d'admettre qu'il était temps de prendre congé.

Le camion venant de partir, elle pouvait donc espérer que les ouvriers étaient en train de nettoyer les lieux. Bien. Leur tapage lui permettrait de passer inaperçue.

Elle se gara devant la caravane et, laissant tourner le moteur, alla frapper à la porte. Elle avait l'impression que les coups faisaient écho aux battements effrénés de son cœur. Quelqu'un jura à l'intérieur, puis le battant s'ouvrit à la volée, révélant un Albert furibard.

— Qu'est-ce que vous voulez ?

Aussi lourd et trapu que son père, il possédait une masse de cheveux époustouflante. En fait, il semblait avoir des poils partout, notamment sur sa poitrine musculeuse que révélait sa chemise déboutonnée. En cas de calvitie, il pourrait être son propre donneur…

— Bonjour, Albert. Je… je cherchais Tracie.

Il la regarda comme si elle s'était exprimée dans quelque idiome inconnu. Mal à l'aise, elle lui tendit le paquet de courrier.

— Il y a eu un problème lors de l'acheminement, et je tenais à ce que Tracie sache combien le service des postes est désolé.

— Pfff ! Tous de foutus bons à rien. Donnez-moi ça.

Se gardant de relever l'insulte, elle risqua un coup d'œil derrière lui.

— Elle s'occupe de votre petit déjeuner ? Ça sent bon, ici. Salut, Tracie ! C'est Brette !

— Elle n'est pas là, répliqua-t-il en agitant la main avec agacement. Allez, filez : mes tartines vont brûler.

— Navrée. Dites-lui bien que je regrette, pour le magazine.

Le visage fermé, il lui arracha le courrier des doigts, le jeta dans la caravane, puis, se reculant à l'intérieur, lui claqua la porte au nez.

Choquée, Brette remonta dans son pick-up et démarra.

— Une bonne à rien ? marmonna-t-elle. C'est ça que je suis, d'après lui : une bonne à rien ?

Tout à sa rancœur, elle ne remarqua pas un nid-de-poule. Le pick-up passa en plein dedans et rebondit joyeusement. Bousculée, Brette se mordit la langue une nouvelle fois.

— Et merde !

Alors qu'elle quittait la ferme, elle sentit des larmes de frustration lui brûler les paupières.

Tout ça pour rien, songea-t-elle, la vision brouillée. Pas la moindre réponse à ses questions, et encore moins le début d'une idée sur ce qu'elle pourrait faire ensuite.

25.

J'ai besoin de réponses...
Journal intime.

Mercredi 3 novembre

Pendant les deux jours suivants, Brette eut l'impression de vivre dans le brouillard. Tucker lui répétait sans arrêt que le fait de n'avoir pas vu Tracie dans la caravane ne prouvait rien. Ce qui ne l'empêcha pas de continuer à s'imaginer la jeune femme courant désespérément dans la forêt, à la recherche d'un endroit où se cacher. Bien que Tucker lui eût conseillé de ne pas rappeler les Pugh, Brette essaya quand même à deux reprises à partir d'un taxiphone, sans résultat. Elle n'obtint que le répondeur.

En ce qui concernait Hank, en revanche, il y avait quelques progrès. Cudahy avait fait savoir à Sally que le FBI souhaitait parler à l'adolescent, et rendez-vous fut pris au bureau du shérif, à Quitman. Bien entendu, Sally se déroba, suppliant Brette d'accompagner Hank, sous prétexte qu'elle en savait plus sur l'affaire que quiconque. Devinant que le garçon préférerait effectivement que ce soit elle qui l'escorte plutôt que sa mère, Brette accepta. Mais Cudahy se montra inflexible.

— Vous ne faites pas partie de la famille de ce gosse. Et même si vous étiez sa tutrice légale, ça ne vous donnerait pas le droit d'être présente. Mais si cela peut vous rassurer, je vous promets que Hank sera traité avec la plus grande délicatesse. Quant à ce Mel, qui n'est hélas ! pas le seul à sévir sur Internet, si Hank nous donne un coup de main, nous le coincerons.

Le mercredi après-midi, Brette se débrouilla pour rentrer avant le bus scolaire. Arrivée chez elle, elle constata avec amertume l'absence de la Ford Taurus dans l'allée de Sally… A la place se trouvait la Suburban de Sam ! Avec lui assis dedans.

Quelque chose dans son attitude lui donna à penser qu'il attendait depuis longtemps. D'ordinaire, il ne quittait l'école qu'une demi-heure après la sonnerie et rentrait directement chez lui, allant sans détour du point A au point B comme s'il accomplissait une mission. Mais aujourd'hui, il semblait avoir modifié ses habitudes. Pourquoi ? Peut-être parce que les révélations de Cudahy produisaient déjà leurs fruits empoisonnés.

Brette récupéra son propre courrier, puis gagna son cottage tout en observant son voisin. Il ne bougeait pas.

Une fois à l'intérieur, elle se posta derrière la fenêtre de la cuisine. Sam allait bien renoncer à guetter Sally pour rentrer chez lui. Ensuite, il ne remettrait pas plus le nez dehors qu'il ne l'avait fait le lundi et le mardi.

Mais non. Il restait pétrifié dans la voiture.

Et… et s'il ne respirait plus ? S'il avait fait une bêtise ?

Un coup d'œil à sa montre, vite ! Eric ne serait pas là avant une bonne heure. Contrarié. Les rumeurs qui avaient commencé à courir à l'école au sujet de Sam le touchaient profondément.

« Il est déjà jugé et condamné, maman ! s'était-il insurgé. Alors que personne ne sait vraiment ce qui s'est passé ! Les autres profs le fuient comme s'il avait la peste. Il vaudrait mieux qu'il soit renvoyé tout de suite. Ça lui ferait moins mal que ce qu'il subit. »

Peut-être le renvoi avait-il été prononcé ? Voilà qui aurait expliqué pas mal de choses.

Il fallait qu'elle agisse. Mais avec prudence. Elle jugea ridicule de prendre son spray de défense, d'autant plus que tout ce qu'elle risquait, c'était qu'il l'embrasse… Un baiser, aussi délicieux que le précédent, dont le souvenir la hantait délicieusement. Malgré tout, elle se munit de la bombe et la serra dans sa poche tout en sortant de la maison.

Les feuilles mortes crissaient sous ses pas, impuissantes à couvrir le vacarme des oiseaux migrateurs en vol, le crépitement du feuillage agité par le vent et le grondement d'un bulldozer creusant une piste pour les bûcherons quelque part dans la forêt. En tout cas, Sam ne paraissait pas l'entendre approcher.

Mais il la vit. Lorsqu'elle s'approcha de sa voiture, il riva son regard sur elle. Un regard noir qui l'effraya : allait-il démarrer et lui passer sur le corps ? Peut-être la jugeait-il responsable de ce qui lui arrivait. Comment savoir s'il n'allait pas brusquement brandir un revolver et tirer sur elle à travers la vitre ?

Stop ! Elle devait absolument changer le cours de ses pensées ou, lorsqu'elle arriverait jusqu'à lui, son sang-froid ne serait plus qu'un souvenir.

Elle s'immobilisa devant la portière. Sam ne la regardait plus. Elle attendit quelques secondes avant de frapper à la vitre.

— Ça va, Sam ?

Pas de réponse.

Elle se pencha légèrement. Ses mains… où étaient-elles ? Ouf ! posées à la base du volant. Pas sur le contact ni sur la crosse d'une arme.

Rassurée, elle fit jouer la poignée de la portière, qui s'ouvrit.

— Ne vous gênez pas, fit-il, les yeux toujours braqués droit devant lui.

— Je pensais que, peut-être… Sam, que s'est-il passé ?

Lentement, il tourna la tête et la fixa sans ciller, l'air moqueur.

Elle comprit qu'il ne voulait pas discuter avec elle. Peut-être Eric lui avait-il appris qu'elle faisait partie du comité de parents d'élèves et, qu'à ce titre, elle avait reçu nombre d'appels de parents inquiets et curieux : tous demandaient si la rumeur était fondée et si leurs enfants couraient un danger. Elle leur avait répondu le plus honnêtement possible.

« Tout ce que je peux dire, c'est que jusqu'ici, M. Knight est un voisin modèle. »

Ce qui s'était révélé insuffisant pour dissiper les craintes de certains. La veille, Eric lui avait rapporté que deux élèves avaient été retirés du collège par leurs parents.

— On ne vous a pas renvoyé, n'est-ce pas ? Je ne crois pas que le proviseur puisse le faire sans réunir au préalable le comité d'éducation, devant lequel vous aurez le droit de parler.

— A quoi bon ? Le résultat sera le même. Et puis pourquoi vous occupez-vous de ça ? Vous devriez être contente de me voir partir.

Elle s'attendait à cette réflexion.

— Je le serai si je découvre que votre expulsion est justifiée. Mais dans le cas contraire, j'exigerai que l'on vous présente des excuses, croyez-moi !

— Pfff ! ça ne servira pas à grand-chose... Le prochain gosse qui se comportera mal et qui se jettera dans la bagarre me ramènera au point zéro : les parents demanderont au gamin ce que je lui ai fait pour qu'il soit devenu aussi méchant. Ils penseront que je l'ai rudoyé, et feront un scandale.

— Un raisonnement idiot qui ne fait que vous conduire à baisser les bras. A tort, parce que des situations comme celle que vous venez de décrire arrivent tout le temps, et n'ont rien à voir avec les professeurs en place. Si vous prenez un poste ailleurs...

— Vous croyez donc que je vais postuler dans une autre école ?

— Oui, parce que vous faites bien votre travail, que vous l'aimez et que vous aimez les enfants.

— Ah non ! s'exclama-t-il en jaillissant de sa voiture.

Il vint se placer devant Brette qui, surprise, recula d'un pas.

Dans son blazer de daim marron, il avait l'air sérieux et très professionnel. Une illusion que contredisaient ses yeux cernés et injectés de sang. Dans son regard brillait une lueur inquiétante, comme un avertissement. Qu'on le laisse tranquille, sinon...

— Non, Brette, vous n'allez pas prétendre être de mon côté ! J'avais déjà du mal à le gober quand Cudahy a soutenu devant vous que j'étais capable de battre une femme et un enfant… Mais maintenant que vous me soupçonnez en plus d'avoir tué Tracie Pugh, non, je ne marche pas !

Elle grimaça, l'image de Tracie massacrée lui traversant l'esprit.

— C'est normal que j'essaie de découvrir ce qui s'est passé ! se défendit-elle. Je ne vais pas vous présenter des excuses pour ma curiosité !

— *Il ne s'est rien passé !* Tracie est chez elle !

— Elle n'y est pas.

Il eut une hésitation.

— Comment ça, elle n'y est pas ?

— Je suis allée à la ferme lundi, et…

Elle s'interrompit. Sam avait levé les yeux au ciel, l'air excédé, et marmonnait :

— Incroyable… Vous vous êtes arrogé le droit d'aller fourrer votre nez chez les Pugh…

— Dans le cadre de mon travail !

— Quel prétexte votre imagination hyperactive a-t-elle trouvé ? Vous avez balancé le courrier des Pugh dans le ruisseau et ensuite demandé pardon parce qu'il était trempé et illisible ?

Seigneur ! il n'était pas loin de la vérité ! songea-t-elle, les joues en feu d'avoir été confondue.

Mais le pire, c'est qu'il sentit son trouble.

— Ça suffit, grommela-t-il en remontant dans sa voiture.

Il claqua la portière, démarra et braqua en direction de sa maison. Il s'arrêta au bout de quelques mètres.

— Vous n'avez pas vu Tracie ? demanda-t-il par sa vitre baissée.

— Non. Albert est resté sur le seuil et a pris le courrier.

— Alors, vous n'avez rien trouvé de mieux que de revenir me tanner avec vos questions. Vous avez prétendu être de mon côté… Une charmante comédie destinée à me caresser dans le sens du poil pour que je parle, hein ?

La remarque la blessa. Pourtant, elle ne tenta pas de le persuader du contraire. Il était normal qu'il interprète mal ses faits et gestes. Sur la défensive, il voyait désormais des ennemis partout.

— C'est vous qui avez mis le sujet « Tracie » sur le tapis, Sam, lui rappela-t-elle d'une voix aussi posée que possible compte tenu de son énervement. Il se trouve que Tracie Pugh fait partie de mes clients. Après avoir vu cette empreinte, je me serais fait du souci pour n'importe qui ayant disparu. Mais il se trouve que personne d'autre ne manque à l'appel. Sam, s'il vous plaît, dites-moi au moins ceci : cette nuit-là, avez-vous remarqué si elle s'était blessée à la main ? Et cet œil au beurre noir… La peau était-elle entaillée ? Peut-être Tracie était-elle en plus mauvais état que ce que vous avez vu.

Il secoua la tête d'un air incrédule puis redémarra.

— Sam ! Attendez !

— Appelez mon avocat ! cria-t-il par la vitre.

26.

— Un mot en cinq lettres pour « triste » ?

Hank faisait les mots croisés du supplément dominical du *Sandy Springs Signal* que Brette avait rapporté à la maison. Le dimanche, tous les trois remplissaient les cases, usant chacun d'un stylo de couleur différente. Celui qui avait rempli le plus de cases avait le droit de choisir le dessert et était dispensé de vaisselle.

— M.O.R.N.E. Enfin, j'espère, lâcha-t-il en écrivant le mot dans les cases.

— Essaie M.A.M.A.N, suggéra Eric. Cinq lettres aussi.

Brette, qui découpait un bon de réduction, resta les ciseaux en l'air.

— Excuse-moi ? D'où te vient cette idée, Eric ? Bon, d'accord, je suis désolée que Hank ait à subir des interrogatoires aussi monotones. Mais il n'y a rien de triste là-dedans, surtout que la police semble décidée à attraper ce type…

Une fois de plus, Sally lui avait laissé son fils. Anormalement tôt pour un dimanche, mais compréhensible si l'on considérait que Hank venait de subir un nouvel interrogatoire.

Il s'était retrouvé devant quatre personnes : un agent du FBI, un inspecteur mandaté par la police d'Etat, un détective envoyé par le comté et, pour faire bonne mesure, un pédopsychiatre.

Très intimidé, Hank avait vécu un moment difficile, surtout quand on lui avait demandé de fournir des détails précis et explicites. Néanmoins, après coup, il se sentait fier de lui, c'était manifeste. Un bon signe. Son amour propre était intact.

— Je parlais d'autre chose, maman.

Peu avant l'arrivée de son ami, Eric lui avait révélé que l'on racontait que Sam allait sans doute prendre un congé sans solde. Les spéculations allaient bon train — justifiées par le principe que seuls les coupables courbent l'échine et fuient. Eric, indigné, avait voulu aller chez Sam afin de lui assurer qu'il ne faisait pas partie des diffamateurs, mais Brette l'avait retenu. La situation était déjà assez compliquée comme ça. Le téléphone n'arrêtait pas de sonner : depuis qu'ils avaient entendu Eric prendre la défense de Sam, les parents d'élèves l'appelaient les uns après les autres.

— Maman, reprit-il, je t'ai bien vue épier M. Knight par la fenêtre. Tu l'observes de plus en plus souvent.

Prise en flagrant délit. Elle s'était pourtant crue discrète. Et tranquille. Les deux garçons parlant de l'agent du FBI, elle avait cru qu'ils ne s'intéressaient pas à elle.

Elle prit le temps de réfléchir avant de répondre.

— Sam est très énervé, et il se sert d'un tas d'outils dangereux. Il pourrait se blesser, argua-t-elle, espérant que son fils en déduirait qu'elle espionnait leur voisin pour la bonne cause.

— Mauvaise excuse.

Et zut ! Il n'était pas dupe.

— Pourquoi tu t'inquiètes pour lui ? s'enquit Hank. Ce type est peut-être un deuxième Hannibal Lecter. Plus tôt il décampera d'ici, mieux ce sera.

Sa réaction n'étonna pas Brette. Ni le fait qu'il mélangeât réalité et fiction.

— Hank, tu ne dois pas faire le vide autour de toi chaque fois qu'il arrive quelque chose qui ne te plaît pas. De plus, je te rappelle que M. Knight a été parfaitement honnête avec le shérif quand celui-ci a mentionné son passé.

— Ouais. Une fois qu'il a été démasqué.

— Peut-être, mais il n'a pas bouclé ses valises. Ce qu'il aurait fait s'il cachait quoi que ce soit, observa-t-elle en s'asseyant devant lui. Sa réputation à l'école est sans tache. Allons, Hank, admets que tu ne le détestais pas.

— Je ne l'aimais pas non plus. Je l'ai toujours trouvé bizarre.

— Pourquoi ?

Comme il se renfonçait dans son fauteuil, les bras sur la poitrine, Eric lui lança un coup d'œil.

— C'est toi qui as commencé, Hank, alors maintenant, finis. Dis-lui. Elle ne répétera rien à ta mère.

Brette se crispa. Qu'allait-elle entendre ?

Hank s'accouda à la table, l'air accablé, et se mit à jouer avec son crayon.

— J'ai fait un sale truc, au début de l'année. Knight m'a attrapé, mais il ne m'a pas dénoncé.

Brette jeta un regard à Eric qui faisait semblant d'être absorbé par la grille de mots croisés. Apparemment, il n'était pas décidé à aider son ami à avouer la vérité.

— Je suis supposée deviner ?

— Je… j'ai dégonflé les pneus de M. Glick, répondit Hank.

— Tous ?

Eric réprima un sourire.

— Oui.

— Pourquoi ?

— Il m'avait collé parce que j'avais tapé un gamin qui m'avait flanqué un coup de pied au… Bref, un coup de pied.

— L'as-tu dit au proviseur ?

— Non. Il ne m'écoute jamais.

— En revanche, M. Knight, si. Il me paraît même très compréhensif et indulgent.

— Mais c'était exactement ce qu'il voulait que je pense ! s'insurgea Hank. Sûr qu'il attendait quelque chose en retour. Par exemple, que je l'aide à se rapprocher de ma mère ou de toi.

— Maman, tu te rends compte de ce que je dois entendre ?

— Tu parles ! Tu te laisses entortiller aussi facilement que ta mère et la mienne !

— Tu es un drôle d'oiseau, mon pote.

— Ça suffit, vous deux ! lança Brette d'un ton sévère. Hank, je vais oublier ce que tu as fait à M. Glick. Et aussi te remercier de vouloir me protéger. Mais te rends-tu compte de ce que tu viens de dire ? Tu te méfies d'un homme qui t'a tiré d'un mauvais pétrin !

Si Hank évitait toujours son regard, il semblait s'être radouci. Devinant qu'il avait besoin de souffler un peu, elle se tourna vers Eric.

— La grille a l'air d'être terminée. Qui a gagné ?

— Moi. Je veux des beignets à la cannelle et du chocolat chaud.

Elle alla s'occuper des pâtisseries pendant que les deux garçons passaient en revue leur collection de vidéos. Elle revint bientôt dans le salon, un plateau bien garni dans les mains, alors qu'apparaissait sur l'écran le générique des *Dents de la mer.*

Les beignets furent avalés de bon appétit. Négligeant de signaler à Hank qu'il était de corvée de vaisselle avec elle, elle regagna la cuisine et se mit devant l'évier. Elle récurait le dernier plat quand elle aperçut Sam par la fenêtre.

Il était assis dans son atelier, la tête entre les mains, vivante image du désespoir. A cause d'elle. Et de lui-même : il payait le prix fort pour sa sincérité. Quelle injustice !...

Obsédée par les mots qu'il lui avait lancés à la figure, elle posa deux beignets et un pot de café sur un plateau et sortit par la porte de derrière. Le temps qu'elle gagne l'atelier, Sam avait éteint le néon du plafonnier. Elle s'arrêta sur le seuil, indécise : son voisin se tenait devant un établi, silhouette imprécise dans la faible clarté d'une lampe à pétrole. Ce n'est que lorsqu'elle se racla la gorge qu'il prit conscience de sa présence.

— Je... euh... Vous travaillez tard, bredouilla-t-elle. J'ai pensé... Est-ce qu'un beignet vous ferait envie ?

Il la fixa longuement avant de tendre la main vers l'interrupteur. Qu'il n'actionna pas.

— Que voulez-vous ?

— A vrai dire, je ne sais pas. Vous offrir ceci, sans doute, déclara-t-elle en lui tendant le plateau. Les beignets sortent juste du four, et le café est chaud si vous l'aimez fort.

Il huma l'air, puis prit le plateau en hochant la tête.

— Ça sent bon.

Il s'assit sur un tabouret, le plateau sur les genoux, et posa le café sur l'établi.

— Souvent, les repas sont meilleurs quand on est dehors, observa-t-il en attrapant un beignet.

— Oui, surtout en automne, enchaîna-t-elle, plus à l'aise qu'à son arrivée. J'aime cette saison. Autrefois, avec mon père, on ratissait les feuilles mortes et on les faisait brûler avec des pommes de terre pour le dîner. Enfin, c'était notre intention, mais la plupart du temps, on les dévorait sur place. L'extérieur était complètement carbonisé et le cœur, dur comme de la pierre. Elles avaient cuit trop vite… Pourtant, ma mère était ravie quand on lui en rapportait.

Ce souvenir avait amené un sourire sur ses lèvres. Et le plaisir manifeste de Sam savourant les beignets achevait de la réjouir.

Regardant autour d'elle, elle s'aperçut qu'il avait beaucoup avancé depuis sa dernière incursion dans l'atelier. Se côtoyaient des grilles, de superbes rampes de fer forgé, une girouette encore inachevée, et les bases de quelque chose qui ressemblait à un râtelier de boulanger.

— Vous avez été sacrément occupé, Sam.

— Pourtant, il me semble avoir de plus en plus de temps libre.

Décidant qu'il valait mieux éviter le sujet, elle ne releva pas.

— Ces rampes, vous comptez les poser à l'intérieur ?

— C'était le plan de départ. Il ne vaut plus rien, maintenant.

— Ne dites pas ça. Elles sont magnifiques ! L'effet sera vraiment réussi. Vous aurez assez de longueur ? Je ne suis jamais entrée chez vous, mais il me semble que l'escalier et les balcons sont particulièrement longs…

— Ça ira. Le but était de reproduire ce motif. Je le ferai… si je reste ici.

De nouveau, Brette s'abstint de relever et continua à examiner l'atelier. Sam se remit à manger les beignets avec tant de voracité qu'elle supposa qu'il avait sauté plusieurs repas.

Elle s'approcha d'une longue racine de cyprès, de forme phallique. Décidément, quelles surprenantes créations l'on trouvait dans la nature…

— J'avais pensé m'en servir de socle pour un jardin de cactus miniatures, expliqua-t-il, serrant sa tasse entre ses doigts comme pour les réchauffer. C'est un cadeau.

Un cadeau ? Alors, il devait s'agir d'une personne dotée d'un solide sens de l'humour, songea Brette en examinant la racine. Une femme, peut-être, à qui l'on faisait passer un message par le biais de ce bois malicieusement sculpté par la nature ?

— Merci pour ce délicieux en-cas, Brette… et pour l'attention.

La douceur de son intonation la troubla. Au lieu de se tourner vers lui, elle jugea plus sage de regarder de près une pièce de bois flotté.

— Ceux qui me connaissent savent que mon cerveau se bat en permanence avec mon estomac, ajouta-t-il. Vous avez eu une bonne idée, mais je crois que vous devriez partir, maintenant.

— Finissez votre café.

— Les garçons vont vous chercher.

— Ils sont devant une vidéo. A propos des garçons, Hank m'a appris que vous ne l'aviez pas dénoncé, après cette histoire de pneus dégonflés.

— Oh ! lâcha-t-il dans un soupir. Je prie le ciel de ne jamais me retrouver devant vous lors d'un interrogatoire.

— Il pense que vous n'êtes gentil avec lui que dans le but d'approcher sa mère, poursuivit-elle, imperturbable.

— C'est ce dont elle rêve.

Cette fois, l'intonation était moqueuse. Brette ressentit un frisson de plaisir. Elle serra les bras contre sa poitrine, afin qu'il croie qu'elle avait froid.

— Hank manque d'attention. Et Sally lui accorde si peu de temps… Si elle recevait quelques parcelles de tendresse, cela l'équilibrerait peut-être.

— Je ne veux pas d'elle, Brette. Cette femme n'accorderait pas une minute de plus à son fils même si elle disposait de l'éternité.

Il posa la tasse sur une étagère, puis s'approcha de Brette. Malgré l'obscurité, il avait l'impression que son visage, exempt de tout maquillage, rayonnait. Comme s'il possédait sa propre source de lumière intérieure. Quant à son parfum de cannelle pétrie dans la pâte à beignets… Manifestement, elle n'était pas venue à lui pour le séduire. Et pourtant, il la regardait de façon à ce qu'elle perçoive le pouvoir qu'elle exerçait sur lui.

— Sally est une femme bien, fit-elle sans conviction. Ce qui ne va pas chez elle, c'est…

— … un déséquilibre évident. Exactement ce dont j'ai besoin, hein ?

Il se tenait maintenant si près d'elle que sa respiration faisait bouger les petites mèches blondes autour de son front.

— Vous avez raison. Il faut que je m'en aille.

Elle reculait d'un pas quand il tendit la main et la referma sur sa nuque.

— Trop tard, madame Barry. Vous auriez dû partir au moment où je vous l'ai dit…

Elle plongea ses yeux dans les siens, apparemment en proie à une soudaine et délicieuse faiblesse. Et lorsqu'il posa ses lèvres sur les siennes, il crut qu'elle allait défaillir.

Ce baiser, comprit-il, elle l'attendait. Sa bouche était prête. Brûlante, avide. Il sentit le désir sur sa langue, la ferveur d'une amante retrouvée. Le premier baiser était resté comme imprimé dans leur mémoire sensuelle commune. Celui-ci n'était qu'une suite normale, inéluctable.

Brette l'enlaça, tout en se répétant que ce n'était que folie, que les doutes, les craintes, demeuraient. Mais qu'importait ? Elle n'aspirait qu'à s'enivrer des caresses de cet homme, qu'à assouvir ce désir qui la faisait trembler.

Les mains de Sam se glissèrent sous ses hanches. Il la souleva tout en la pressant contre lui, pour qu'elle prenne la mesure de son excitation.

Une folie... C'était de la folie... Mais elle avait envie de cet homme depuis si longtemps — trop longtemps. Tant pis si tout se déroulait trop vite. Elle ne demandait qu'à être couchée sur cet établi et déshabillée, là, dans l'atelier. Elle ne protesterait pas, oh non ! Sauf s'il tardait à lui arracher ses vêtements...

Soudain, la porte claqua contre la cloison.

— Salaud ! hurla une voix.

27.

Le cri de Hank rejeta Sam et Brette loin l'un de l'autre, tels des adolescents pris en faute.

Le garçon se tenait sur le seuil, les traits contractés de douleur, les yeux brillant de chagrin et de colère. Brette s'avança vers lui.

— Hank, murmura-t-elle d'un ton apaisant, que fais-tu ici ?

— Laisse-moi parler, Brette, intervint Sam. Tout est ma faute.

— Ça, on peut le dire, espèce de fumier ! Laissez-la !

Brette passa devant Sam. C'était à elle de s'occuper de Hank.

— Je vais bien, Hank. Tout va bien. Arrête d'injurier M. Knight.

— Mais tu es folle, Brette ! Tu sais qui il est, non ? Tu veux être la prochaine sur sa liste ?

— *Hank, ça suffit !*

L'expression de l'adolescent s'assombrit encore. Les poings serrés, il tourna les talons en criant :

— Va te faire foutre !

Elle essaya de le rappeler, en vain. Il courait vers la maison, et elle devinait pourquoi.

— Il faut que j'y aille, Sam. Il va bouleverser Eric.

— Je t'accompagne.

— Ce n'est pas une bonne idée.

Pour la première fois depuis l'irruption de Hank, elle le regarda. Elle lut sur son visage le regret qui avait marqué sa voix, mais aussi une colère rentrée. Elle tendit la main et lui caressa la joue. Puis se précipita chez elle.

Elle entra par la porte de derrière. Hank était au téléphone, parlant précipitamment. Sans chercher à savoir ce qu'il disait ni qui il appelait, bien qu'elle eût parié qu'il s'agissait de l'hôpital, elle appuya sur le bouton qui coupait la tonalité. L'adolescent resta figé, la main serrée sur le combiné.

— Tu ne peux pas m'arrêter, Brette ! Je vais utiliser mon portable !

— Hank, tu ne dois pas parler à ta mère. Tu veux la mettre dans tous ses états ?

— Qu'est-ce que ça peut te faire ? Tu n'es pas son amie ! Tu n'as pas le droit de m'empêcher de téléphoner !

A cet instant, Eric pénétra dans la pièce. Il se figea en voyant l'expression de Hank.

— Qu'est-ce qu'il se passe, ici ?

— Demande à ta mère !

Brette croisa les bras et lui fit face.

— Hank, je sais que tu as passé une mauvaise journée. Que ta vie n'est pas rose. Mais ça ne te donne pas le droit de te comporter comme tu le fais. Si ce que tu as vu t'a bouleversé, tu m'en vois désolée. Cependant, note que tu n'avais pas à me suivre.

— Je ne t'espionnais pas ! La porte de derrière était ouverte et tu n'étais nulle part. Alors, je me suis inquiété. Quelle connerie, hein ?

— Zéro pointé pour ton vocabulaire. Cela mis à part, je te répète que je suis désolée de t'avoir choqué, mais M. Knight et moi sommes des adultes et nous n'avons aucun compte à te rendre.

Eric fronçait les sourcils à tel point qu'ils se rejoignaient presque sur son front.

— Qu'est-ce que vous avez fait, maman ?

— Ils n'avaient encore rien fait, railla Hank. Ils commençaient juste.

Brette jugeait n'avoir pas à se justifier. Mais elle devait quand même expliquer la situation à son fils, avant que Hank ne lui en donne une description répugnante.

— M. Knight et moi nous sommes embrassés.

— Ah ouais ? Que ça ? jeta Hank. Il lui avait mis la main aux fesses !

Elle sentit la moutarde lui monter au nez.

— Est-ce que tu as oublié qui je suis ? Je te signale que je me bats pour toi depuis que je te connais ! Je t'ai serré la main pendant qu'on te posait des agrafes au genou. Je t'ai tenu la tête au-dessus du lavabo pendant des heures le jour où tu as avalé cette glace au ver de terre suite à un pari… Est-ce que je t'ai jamais fait des reproches ? Est-ce que je t'ai jamais manqué de respect et traité aussi mal que tu me traites maintenant ?

Il haussa les épaules.

— Personne ne t'a demandé de t'occuper de moi. Tu fais semblant de te soucier de moi, mais c'est pour avoir l'air mieux que ma mère. Alors que tu ne l'es pas du tout ! Elle, au moins, elle admet être une merde !

— Boucle-la, Hank ! hurla Eric en le frappant à l'épaule.

Avant que Hank ait eu le temps de rendre le coup, Brette s'interposa entre eux.

— Ça suffit, vous deux ! Arrêtez immédiatement !

De la main, elle montra le vestibule sur lequel donnaient les portes des chambres. Hank ne se laisserait pas raisonner maintenant. Il ne réfléchirait même pas à la portée de ses paroles et de ses actes.

— Pourquoi ne pas aller t'étendre un peu pour te calmer, Hank ? Nous discuterons de tout ça demain.

— C'est ce que tu crois, marmonna-t-il.

Elle lui attrapa le bras avant qu'il s'esquive.

— Si tu songes à partir d'ici, j'appelle le shérif. Ce n'est pas une menace, Hank, mais une promesse !

Il dégagea son bras et s'engouffra dans le couloir. Eric soupira, visiblement écœuré.

— Quel pourri !…

— Il se sent trahi. Il est très difficile d'accepter que ceux que l'on prend pour modèles ne sont que de simples êtres humains.

— Moi non plus, je ne savais pas que tu étais sortie. Hank est allé chercher quelque chose à boire et quelques minutes après, il rentrait comme un dingue.

Il marqua un temps, posant sur sa mère un regard malicieux.

— C'était aussi chaud que Hank le dit, avec Sam ?

Elle soupira.

— Eric, il est hors de question que je discute de ça avec toi ! Rends-moi service, s'il te plaît : va retrouver Hank et essaie de l'empêcher d'appeler Sally. Ce sera déjà assez pénible quand elle sera au courant. Pas la peine que ce soit ce soir.

— Okay, j'y vais, mais… maman, sache que moi, ça ne me fait ni chaud ni froid.

Sur ces mots, il gagna sa chambre. Restée seule, Brette baissa les épaules. Qu'allait-il arriver d'autre, après cet épisode ?

Elle s'approcha de la fenêtre qui lui offrait une vue en cinémascope sur l'arrière de la maison voisine.

Sam se tenait devant la porte et semblait attendre qu'elle réapparaisse. Elle agita la main. En retour, il lui montra sa cour et fit semblant de boire. Elle hocha la tête. Message reçu. Il avait posé le plateau sur le petit perron, côté cuisine.

Elle alla le récupérer et le contempla quelques instants en songeant combien cette tasse de café et cette assiette à dessert étaient lourdes de sens. Il avait suffi d'un geste amical pour que sa vie se retrouve en un clin d'œil sens dessus dessous.

La sonnerie du téléphone l'obligea à rentrer. Elle attrapa le combiné avec appréhension. Hank avait-il déjà appelé Sally… qui se manifestait, au bord de l'hystérie ?

Non, il s'agissait de quelqu'un d'autre.

— Allô, Brette ? Ici Monica Selby. Que se passe-t-il avec Sam Knight ? Pourquoi ne pas m'avoir prévenue ?

Bon. Ce n'était pas Sally, mais guère mieux. Monica Selby avait assumé la présidence du comité de parents d'élèves l'année précédente, et elle estimait qu'on devait toujours lui rendre des comptes. Epouse du seul dentiste de Sandy Springs, elle se comportait comme si les diplômes de son mari équivalaient à un titre nobiliaire qui lui aurait valu des prérogatives. A ce titre, elle donnait son avis sur tout et n'importe quoi, et attendait des autres qu'ils l'écoutent religieusement. Entre autres, ce qu'elle pensait de tel ou tel professeur et de l'intérêt de les garder dans l'organigramme du collège de Sandy Springs.

— Qu'étais-je supposé vous dire, Monica ?

— Allons, ma chérie, ne faites pas l'innocente... Vous habitez à côté de cet homme et Eric vous a certainement répété ce qu'on raconte à l'école. Mon Dieu ! comment arrivez-vous à dormir ? Moi, à votre place, je serais terrifiée.

— Jusqu'à maintenant, Sam Knight s'est montré aussi bon voisin que bon professeur.

— Peut-être. Mais Lillian Osgood, au bureau, m'a tout appris sur son histoire familiale. Je prépare une pétition, Brette. Il faut que tous les membres du comité la signent de façon à ce que je la soumette aux responsables la semaine prochaine. M. Knight saura vite que nous n'avons pas besoin d'un homme de son espèce parmi nous !

Brette se passa la main sur les yeux.

— Monica, fit-elle en articulant lentement, je ne signerai pas cette pétition.

— Grand Dieu ! Et pourquoi non ?

— Parce que M. Knight a le droit de faire entendre sa version des faits.

Il y eut un silence, puis Monica reprit la parole.

— Très bien, qu'il le fasse. Mais le résultat sera le même, je vous le garantis. Parce qu'un type qui trimballe autant de cadavres que Sam Knight ne s'approchera plus jamais de mon Sawyer et de mon Ashley. D'ailleurs...

— Monica, navrée de vous interrompre, mais il faut que je vous quitte : ma maison brûle et je dois appeler les pompiers.

Brette raccrocha, mais au lieu de reposer le combiné sur son socle, elle le pressa contre son front en murmurant :

— Mon Dieu… Oh ! mon Dieu…

28.

Tout ce qui arrive, vraiment, c'est trop. D'autant plus que le pire est à venir.

Journal intime.

Vendredi 4 novembre

— Je vais prendre la moitié de ton courrier, décréta Tucker tout en chargeant son pick-up.

Brette secoua la tête avec un sourire.

— Merci, Tucker. C'est gentil, mais non. Ce n'est pas ma tournée qui me pose un problème. Le temps que je rentre, Sally sera endormie. Si elle fait une scène, ce sera en fin d'après-midi.

S'il ne s'était pas avisé de sa mauvaise mine, elle ne lui aurait parlé de rien. Mais il l'avait interrogée, et bien qu'elle ait minimisé ses soucis, il la connaissait trop bien pour ne pas additionner deux et deux.

— Bon. Mais attends-moi ici quand tu auras fini. Je te raccompagnerai chez toi.

— Pas la peine. Je sais ce qui me guette. Sally sera furieuse, gesticulera dans tous les sens, hurlera… Ça ne servirait à rien de retarder l'échéance. Plus tôt je la verrai, mieux ce sera. Je veux me débarrasser du problème sans délai.

— Dis, tu parles bien de Sally Jamison, hein ? La charmante tigresse qui, le jour où elle a vu tout le matériel et les outils que Terminator installait dans son atelier, a entouré d'une belle faveur rose un bidon d'huile D-W 40 et s'est empressée d'aller le lui offrir comme cadeau de bienvenue ?

— Merci de me rappeler cet épisode. Voilà qui me rassure.

— Je voudrais que tu ouvres les yeux, Brette. Que tu te rendes compte à quel point ça va tourner au vinaigre maintenant que son fils s'est jeté dans la mêlée. Hank vient de découvrir que la mère de ses rêves est en parfait état de fonctionnement. Qu'elle n'est pas une poupée Barbie. Cette découverte, pour lui, c'est un pousse-au-crime. Il va te la faire payer. Et cher. Avaler un bol de céréales au lait tourné t'aurait sans doute filé moins de crampes à l'estomac qu'affronter maman Jamison et Fiston.

D'ordinaire, les extrapolations imagées de Tucker l'amusaient, d'autant plus qu'elle faisait la part des choses. Seulement, aujourd'hui, elle n'y arrivait pas. Son collègue avait raison en tout point sur l'ampleur du mélodrame qui l'attendait.

— Même avec ces seize colis en supplément, je devrais pouvoir rentrer à la maison juste après Eric. Et Sam sera là aussi.

— Comment se fait-il qu'une petite futée de ton espèce ait loupé la livraison des produits Survival Instincts de Toys R Us ? Je vais y remédier en t'achetant une belle poupée gonflable — modèle pour femme, bien sûr. Un superbe bonhomme en Vinyle… très généreusement pourvu de ce qu'il faut là où il faut. Ça t'aiderait à rester loin de Knight. Parce que ta mémoire flanche, Brette. Tu ne te souviens pas que tu devrais avoir peur de ton voisin ?

Oh ! si ! elle se le rappelait. Et elle avait bel et bien peur de Sam. Peur des émotions qu'il suscitait en elle, peur de tout ce qu'il avait réveillé dans son cœur. Mais le pire provenait du fait qu'en dépit de son attirance envers lui, elle ne le connaissait pas. Et cela, elle ne pouvait l'avouer à Tucker. Vraie tête brûlée, son collègue était capable de mettre son travail en péril dans le but de la protéger.

— J'ai mentionné Sam parce que devant lui, Sally ne pètera pas les plombs, le rassura-t-elle. Et puis je ne lui ai pas dit tout ce que je t'ai raconté ; elle a assez de soucis comme ça à cause de Hank. Bah ! finalement, elle ne doit pas se sentir si mal que ça. Elle n'a dû retenir qu'une chose : que ce n'est pas plus mal que l'histoire ait tourné court entre Sam et elle, vu que son fils le déteste.

— Mais bien sûr ! Même qu'elle va te préparer un beau gâteau pour te remercier ! Fais attention, avant de le manger. Pense à enlever les lames de rasoir qu'elle aura glissées dedans.

Il posa le dernier colis sur la banquette de sa Toyota et claqua si fort la portière que le véhicule trembla sur ses roues. Puis, voyant Desiree sortir du centre de tri, il se pencha vers Brette et chuchota :

— J'ai vu Albert au supermarché, hier.

Elle sursauta. Que lui arrivait-il ? Il jouait les vicieux, maintenant ? A aucun prix elle ne voulait qu'on lui parle des Pugh ! Elle refusait de penser à Tracie, à l'empreinte. Elle n'aspirait qu'à une chose : que cette affaire sorte de sa mémoire !

— Albert a acheté une douzaine de plats congelés, de la lessive et ce qui se rapproche le plus d'un magazine coquin compte tenu de la moralité baptiste du coin. Oh ! bien sûr, il avait le droit d'acheter tout ça ! Il n'y a rien de bizarre là-dedans.

— Ne me dis pas que tu l'as suivi comme un chien de meute trace un renard ? Mais enfin, il te connaît !

— Pas vraiment. Son vieux, oui, et Tracie aussi, mais pas lui. Ça fait au moins un an qu'il ne m'a pas vu. Et puis, dans la queue à la caisse, il y avait deux personnes entre nous. C'était la caisse rapide. Albert ne tenait pas en place. Pressé comme un lavement, qu'il était. Il n'a même pas jeté un coup d'œil à la caissière, c'est dire. Alors à moi, encore moins.

— Mmm... Il devait avoir des trucs à faire en ville et s'est chargé en vitesse des courses pour Tracie.

Tucker la regarda comme si elle avait perdu la raison.

— Brette, tu dérailles. Tu es tombée sur la tête ou quoi ? Je te demande ça parce que d'abord tu me racontes que tu as gentiment fait des beignets pour Terminator et...

— J'avais cuit ces beignets pour les garçons !

— ... et ensuite, tu trouves des excuses à la conduite d'Albert Pugh !

— Je ne comprends pas. C'est toi qui m'as conseillé de laisser courir cette histoire, non ? Alors, pourquoi ce soudain revirement ? Qu'est-ce que tu insinues ? Qu'Albert a liquidé sa femme ? Sam serait innocent ?

— Si Albert a fait ça, c'est parce qu'il a surpris le type qui ne va pas tarder à te déflorer, en train de butiner dans son jardin personnel...

— Tucker, j'ai un fils de treize ans ! s'exclama-t-elle. J'ai perdu ma virginité il y a des lustres !

— Peut-être. N'empêche, tu es toujours vierge au fond de toi, ma belle. Ce n'est pas parce que tu as eu un gamin que tu es une femme. Tu as couché avec un type que tu aimais bien et…

— Pouce, Tucker. Adam, je l'aimais. Tout court.

— Pas passionnément. Tu n'as jamais été folle amoureuse. Tu attends encore l'amour avec un grand A… Oh, oh ! nous ferions mieux d'y aller, sinon E. J. va nous tomber sur le poil !

Il détacha son téléphone portable de sa ceinture et le mit en service.

— Voilà. Tu peux démarrer, Barry. Je prendrai régulièrement de tes nouvelles.

Brette émit quelques protestations de pure forme, sachant que son collègue les attendait. Puis elle sortit de sa poche de poitrine son propre téléphone et l'alluma.

— Un dernier détail, fit Tucker alors qu'elle ouvrait la portière de son pick-up.

— Quoi ?

— Albert n'est pas rentré directement à la ferme.

— Seigneur… Tu l'as vraiment suivi !

— Ouais. Il est allé chez le marchand de légumes et il a acheté une centaine de kilos de citrons.

— Je ne te comprends pas.

— Du jus de citron. De l'acide citrique. C'est avec ça que les Viets accéléraient la décomposition des cadavres.

29.

La sensation de nausée ne survint qu'un long moment après que Brette eut quitté la Poste. Le temps que la remarque de Tucker fasse son chemin dans son esprit. Grand Dieu, non, il ne pouvait avoir raison à propos des citrons… Et pourtant, l'hypothèse tenait debout. Albert vivait assez à l'écart pour se débarrasser du corps de sa femme avec de l'acide citrique. Il avait un mobile pour la tuer — l'adultère —, et son très mauvais caractère l'avait fait passer à l'acte. Son expression, l'autre jour, lorsqu'elle était allée frapper à la porte de la caravane… Que de haine ! Et ce, simplement parce qu'il ne l'aimait pas. Qu'est-ce que cela devait être quand il était vraiment furieux ! Par exemple, après avoir découvert que sa femme le trompait…

Il fallait prévenir Cudahy. L'ennui, c'est que ce dernier ne verrait pas le rapport entre une épouse aux abonnés absents et l'achat de cent kilos de citrons. Il ne se donnerait pas la peine de questionner Tucker. Et même s'il essayait, Tucker refuserait de lui parler. Il détestait tout ce qui portait uniformes, badges et armes. D'ailleurs, il détestait tous ceux qui arboraient des signes distinctifs, les prêtres comme les femmes dotées d'une alliance.

Il ne lui restait donc plus qu'à parler elle-même à Cudahy, songea-t-elle.

Ou à découvrir ce qu'Albert projetait de faire avec tous ces citrons.

Perdue dans ses pensées, elle ne vit Sally qu'au tout dernier moment, à l'instant où elle s'arrêtait devant sa boîte aux lettres. La jeune femme courait en vacillant sur ses hauts talons, sa main maintenant à grand-peine sa courte robe de chambre fermée. Elle se précipita vers le pick-up. Lorsqu'elle arriva près de la portière, Brette comprit que Hank avait raconté à sa mère tout ce qu'il avait vu la veille : le visage de son amie affichait une belle hargne.

Pourtant, elle l'accueillit en souriant.

— Salut ! Je pensais que tu dormais à cette heure-ci.

— Tu l'espérais, hein ? éructa Sally en prenant son courrier. Comment as-tu pu imaginer que j'arriverais à trouver le sommeil en sachant que ma soi-disant amie m'a poignardée dans le dos ?

— Je ne pense pas avoir fait ça, Sally.

— Non ? Et d'après toi, c'est quoi, de courir te jeter sur Sam à la minute où je pars travailler ? Et de t'exhiber devant mon fils de quatorze ans, hein ?

— Hank se trouvait dans la maison avec Eric. J'ignorais qu'il allait me chercher, et encore plus que quelque chose se passerait avec Sam. Mais…

— Oh ! épargne-moi tes excuses vaseuses ! Je me doute bien que tu vas finir par dire que tout est de la faute de Sam et aucunement celle de madame Perfection.

— Je me borne à raconter ce qui est arrivé, c'est tout.

— Si Hank avait surgi deux minutes plus tard, il aurait eu droit au spectacle complet, pas vrai ? s'insurgea-t-elle en poussant un soupir mélodramatique. Tu devrais avoir honte de toi ! Je te faisais confiance ! Et voilà que tu me brises le cœur en embarquant Sam ! Tu savais que lui et moi…

— Arrête, Sally ! la coupa Brette. Bon sang, tu fantasmes sur tous les hommes ! Keith, les toubibs de l'hôpital, même le livreur d'UPS ! Tu n'avais pas de liaison avec Sam, que je sache !

— C'était en bonne voie ! Je m'y employais !

— Désolée. Sincèrement désolée.

Fallait-il lancer crûment que jamais Sam ne lui avait accordé ne fût-ce qu'un coup d'œil intéressé ? Non. Ç'aurait été par trop méchant.

— Tu es désolée, Brette ? La bonne blague… L'es-tu aussi pour avoir bouleversé mon fils ? Il te prend pour une belle hypocrite, maintenant, tu sais !

La flèche était destinée à blesser, et elle fit son ouvrage.

— Moi, hypocrite ? Oh ! Sally…

— Si, tu l'es ! Tu te fais passer pour celle que tu n'es pas.

Brette capitula. Tenter de rectifier cette navrante opinion exigeait du temps et de la patience qu'elle n'avait pas.

— Pourquoi nous ne reparlerions pas de ça plus tard, Sally ? Quand tu auras dormi et moi, fini ma tournée ?

— Je n'aurai pas envie de t'écouter. Surtout pas ta version de l'histoire. Tu as l'art de tout justifier avec ta propre logique, et j'en ai marre que tu m'entortilles. En plus, j'ai faim !

— Il faut que je distribue le courrier. Ensuite, nous discuterons… si tu veux bien te conduire en adulte responsable.

— Espèce de garce ! s'écria Sally, rouge d'indignation. Tu me trouves immature, c'est ça ? Non, mais, regarde-toi ! Tu t'habilles comme un garçon manqué et tu joues au basket avec les gamins ! Comme ça, ils te trouvent plus marrante que moi !

Bon sang, c'est toi qui devrais grandir. Mais ça ne t'intéresse pas, du moment que les garçons ne jurent que par toi. Pas étonnant que ça tourne tout le temps au vinaigre entre mon fils et moi : tu consacres un temps fou à me dénigrer à ses yeux !

Et voilà. De nouveau, Sally était en plein délire.

La première fois que Brette y avait eu droit, elle avait envisagé d'appeler le 911 afin de demander une ambulance. Le mot « bizarre » lui avait semblé trop faible pour décrire le comportement de son amie ; « épouvantable » aurait mieux convenu. La jeune femme discourait de façon fébrile, incohérente, se contredisant sans arrêt. Et puis, brusquement, ses nerfs l'avaient lâchée, et elle s'était prostrée, tel un jouet mécanique détraqué.

Il n'était pas question qu'elle laisse la situation prendre de telles proportions, songea Brette, affolée par ce souvenir. Encore moins qu'elle courbe l'échine et joue les cibles inertes sous les traits meurtriers de Sally.

Elle secoua la tête avec véhémence.

— Non, Sally, nous n'allons pas poursuivre cette discussion maintenant. Plus tard. Quand j'aurai fini mon travail.

Elle remit le contact du pick-up et passait la première quand elle reçut un violent coup sur le coude.

— Non, mais ça ne va pas ? cria-t-elle.

La douleur l'élançait dans tout son bras. Il fallait remonter la vitre, vite.

— Salope ! Ne me fais plus ce coup-là ! Je ne veux pas que tu fiches le camp quand je te parle ! Pour qui tu te prends, hein ? Pour qui ?

Les coups se mirent à pleuvoir sur elle, l'empêchant de remonter la vitre. Sally se servait de son paquet de courrier comme d'un fouet.

— Lâche ! Trouillarde ! Tu t'arranges toujours pour qu'on te plaigne ! La gentille petite Brette ne fait jamais rien de mal, elle a toujours raison… C'est ce que les gens croient, alors qu'elle se débrouille pour me prendre ce que j'ai de plus cher et me faire passer pour une dingue ! Mais c'est fini, ça ! Je ne la laisserai plus faire, la douce Brette ! Plus jamais !

Elle criait et frappait comme une démente, heurtant indifféremment le toit du pick-up et la tête de Brette, qui se protégeait de ses mains levées.

Le pick-up continuait à avancer au ralenti. Jusqu'au moment où le pied de Brette glissa vers l'accélérateur. Le véhicule bondit puis s'immobilisa brutalement.

Les coups avaient fait basculer sa casquette sur son front, de sorte qu'elle ne voyait plus rien. Lorsqu'elle la repoussa, elle découvrit Sam en train de ceinturer Sally. Une Sally hurlante, déchaînée, qu'il écartait à grand-peine du pick-up.

— Bon Dieu ! mais qu'est-ce qui vous arrive, Sally ? Arrêtez !

— Qu'est-ce qui m'arrive ? Demandez-le à votre bonne femme ! Et enlevez vos sales pattes de moi !

Après une dernière contorsion, elle se libéra. Sa robe de chambre béait, livrant aux regards des dessous de satin noir.

— Connard ! Je suis bien contente qu'on vous vire du collège ! Ravie que votre réputation soit bousillée et que vous perdiez tout ! Vous n'avez que ce que vous méritez, espèce d'ordure !

Elle recula d'un pas, puis darda sur Brette un regard assassin.

— Quant à toi, garce, ne t'approche plus jamais mon fils !

— Sally, je t'en prie... Calme-toi. Tu n'as aucune raison d'être en colère contre moi. Et tu as tort de mêler les enfants à tout ça. Hank et Eric ne...

— Ne prononce plus jamais le nom de Hank ! Il en a marre que tu lui fasses la charité ! Si tu continues à le harceler, je te préviens : j'appelle Cudahy pour lui dire que tu abuses de mon fils !

Dieu du ciel... Comment pouvait-elle tomber si bas ? Ce n'était plus une perte d'esprit momentanée, mais un vrai naufrage.

— C'est moche, ce que tu dis, Sally. Et faux. Un répugnant mensonge !

— Ouais ? Tu verras ce que ça fait d'être l'accusée. Ça te changera un peu.

— Bon, ça suffit maintenant ! décréta Sam en s'interposant. Fermez-la, Sally, et rentrez chez vous, sinon c'est moi qui appellerai Cudahy. Pour vous accuser de violences à l'encontre de Mme Barry.

— Pfff... Il ne vous croira pas. Pas vous, Knight. Vous êtes trop mal placé.

Drapant sa robe de chambre autour d'elle, la jeune femme pivota sur ses talons et se dirigea à grands pas vers sa maison.

Brette s'adossa à son siège, les paupières baissées. Elle tremblait de tout son corps et ses yeux étaient noyés de larmes. Le chagrin la faisait pleurer. Le chagrin, mais aussi la fureur et la honte.

Une caresse sur son bras, aussi douce qu'un souffle, l'aida à se ressaisir.

— Ton coude en a pris un sacré coup, remarqua Sam. Cette folle n'y est pas allée de main morte. Je me demande si tu ne devrais pas faire une radio.

— Pas la peine. Il n'y a qu'une égratignure et un bleu.

— Viens. Je vais mettre de la glace dessus.

— Merci, mais je n'ai pas le temps.

Dommage. Parce que son bras l'élançait vraiment.

— Brette, je… je suis désolé. Tout ça s'est passé à cause de moi.

— Mais non. Sally a seulement besoin d'évacuer la pression de temps à autre.

— Pourquoi lui chercher des excuses ? Tu as entendu ce qu'elle a dit. Elle va s'arranger pour que Hank te déteste.

— Oh ! elle n'aura pas besoin de le pousser beaucoup ! C'est déjà fait, Hank est furieux contre moi.

— C'est un idiot. Grâce à toi, ce gamin avait une chance de bien démarrer dans la vie. Il aurait dû le comprendre.

Elle hocha la tête. Sam la troublait. Elle percevait dans sa voix trop de fébrilité. Manifestement, il se faisait du souci à son égard. Trop de souci. Par ricochet, elle éprouvait une émotion profonde, qui l'inquiétait : il ne fallait pas laisser Sam occuper trop de place dans sa vie.

— Je dois m'en aller, murmura-t-elle. Merci d'être intervenu.

— Brette, regarde-moi.

L'ordre chuchoté la toucha comme une caresse. Seigneur ! comme elle avait envie de lui…

Elle ferma les yeux.

— Bon, d'accord, tu ne veux pas me regarder. Mais tu vas m'écouter, reprit-il d'un ton presque hypnotique. J'aimerais en faire bien davantage pour toi. Je voudrais que tu puisses compter sur moi. Tant que je serai ici, s'il te plaît, accepte mon aide…

Ces mots la perturbèrent, dévoilant ce qu'elle refusait d'admettre jusqu'à maintenant : qu'elle était lasse de la solitude, lasse d'élever Eric sans homme auprès d'elle. Voilà que Sam la mettait au pied du mur. Oui, ce serait bon d'être deux. D'avoir un soutien quand elle se sentait au trente-sixième dessous. De faire partie d'un couple…

Un grondement de moteur vint à point la distraire de ses réflexions. Elle tourna la tête et reconnut la camionnette d'Albert Pugh.

30.

Sam grimaça en voyant Albert Pugh venir dans leur direction. Impossible de l'éviter. Qu'allait-il se passer ? Rien, peut-être. Si Tracie ne lui avait pas parlé. Mais à quoi bon rêver ? Elle se confiait à tout le monde. Alors, *a fortiori* à son mari.

D'ailleurs, Pugh ralentissait. Il lui lança un de ces regards qui en disaient long. Bon sang, Tracie avait lâché le morceau !

Sam sentit une goutte de sueur froide descendre le long de son dos. Brette… Que pensait-elle ? Elle fixait Albert, une expression de dégoût sur le visage.

La camionnette accéléra et les dépassa.

Avec un profond soupir, Brette se pencha en avant, jusqu'à ce que son front touche le tableau de bord. Sam vit ses épaules se soulever par saccades.

Grand Dieu, elle sanglotait ! Bouleversé, il posa une main sur son épaule afin de lui apporter un peu de réconfort, et lui demanda ce qui lui arrivait.

— Ce n'est rien, Sam… Juste une sale matinée.

— Tu tombes en miettes. Jamais je ne t'ai vue comme ça !

Ouvrant la portière, il la poussa doucement sur le siège du passager et passa la première. Une fois le pick-up bien garé, il coupa le contact, puis tendit la main vers sa joue. Une caresse du bout des doigts, une question posée à mi-voix…

— C'est le fait d'avoir revu Albert si tôt après que… Bref, ça m'a secouée. Ce n'est rien. Je suis une idiote, c'est tout.

— Si tôt… après quoi ?

Il savait que derrière ses mots se cachait une information importante, primordiale. Sinon, pourquoi aurait-elle blêmi à ce point en voyant Albert ?

— Brette, que s'est-il passé ? insista-t-il. Il t'a menacée ?

— Non. C'est Tucker qui… qui m'a dit quelque chose d'effrayant. D'après lui, Albert a… Oh ! c'est monstrueux !

Tucker ? Ah oui ! Ce colosse qui passait de temps à autre chez elle et le regardait avec autant de mépris que s'il l'avait surpris en train d'uriner sur l'une des plates-bandes de sa collègue.

— Ton ami juge les gens à travers un miroir déformant. Il croit que tout le monde est bizarre, excepté lui. Il devrait se regarder dans une glace !

— Peut-être qu'il ne se trompe pas, cette fois. Il a surpris Albert en train d'acheter des plats surgelés et un magazine de charme.

— Et alors ?

— Alors, je me doutais bien que tu ne tiquerais même pas devant cette information ! D'ailleurs, moi-même, dans un premier temps, je n'ai pas bougé un cil. Puis j'ai réfléchi : si tu travaillais seize heures par jour, est-ce que tu serais content que ta femme te propose des plats tout faits ?

— Mon ex pouvait me servir en plat de résistance un sandwich au beurre de cacahuète sans sourciller, et j'ai bien l'impression que Tracie n'a rien à lui envier. Qu'est-ce que ça prouve ? Peut-être qu'Albert raffole des plats surgelés.

— Sam, ne tourne pas autour du pot. Tu dois connaître les habitudes de leur couple. Si tu avais une liaison avec elle, ça ne me regarde pas.

Il garda le silence un instant, l'observant tandis qu'elle rivait son regard sur la boîte à gants.

— D'accord, admit-il. Tu as raison, inutile que je fasse semblant de ne rien savoir du mode de vie des Pugh. Tu es assez bouleversée comme ça. Pas la peine que j'en rajoute en te mentant. Mais pour ce qui est de l'hypothèse de Tucker, non, vraiment, je ne suis au courant de rien. Toutefois, ça n'a pas de sens. Albert n'a rien fait d'anormal…

— Ce ne sont pas ses achats au supermarché qui ont intrigué Tucker, mais les citrons.

— Quels citrons ?

— Il a acheté une centaine de kilos de citrons !

— Et alors ? Moi aussi, j'achète des citrons de temps à autre. En fait, je viens juste d'aller en chercher. Est-ce que ça fait de moi un meurtrier ?

31.

Oh ! cette expression… Sam semblait tellement concerné par ce qu'elle lui racontait et malheureux pour elle…

Hélas ! elle n'avait pas de temps à lui consacrer. Elle était définitivement en retard.

— Il faut vraiment que je parte, Sam. Mme Petrie doit s'impatienter. Elle a déjà dû appeler le bureau de poste pour demander où je suis.

Déclenchant de la sorte une réaction en chaîne qu'elle ne voulait surtout pas subir.

— Nous discuterons plus tard, Sam.

— Comme tu veux. Je vais essayer d'arranger les choses avec Sally.

— Merci, fit-elle en démarrant.

Lorsqu'elle arriva devant chez les Pugh, une demi-heure plus tard, elle constata que Sam était reparti. En revanche, Sally l'épiait de derrière sa fenêtre. Sam lui avait-il parlé ? Elle le saurait à son retour chez elle. Mais elle ne se faisait pas d'illusions. Raisonner Sally relevait de l'utopie. Sans doute n'avait-il obtenu qu'un enterrement de première classe de l'amitié qui avait lié Brette Barry et sa voisine pendant dix ans.

C'est avec cette certitude chevillée au corps qu'elle retourna à la Poste. Où elle trouva Tucker qui faisait les cent pas en l'attendant. Manifestement, il s'était inquiété.

Il lui offrit tout de suite son aide pour décharger le pick-up, ainsi que son avis sur son allure — ce dont elle se serait volontiers passée.

— On dirait que tu t'es fait tabasser par des clientes en folie lors d'une distribution d'échantillons gratuits ! Regarde-moi ton bras !

Inutile de revenir sur l'histoire : elle la lui avait racontée par téléphone quand il l'avait appelée, quelques minutes après son altercation avec Sally. C'était d'ailleurs à cause de cette prise de bec qu'il l'avait attendue.

— Je ne peux pas laisser courir, Tucker. Cette fois, elle a dépassé les bornes.

— Eh bien, rentre-lui dedans. Cette bonne femme mérite une leçon.

— Mauvais plan. Une grosse dispute, c'est ce qu'elle espère. Pour se défouler à fond. Si je fais ça, ça reviendra à dire adieu à Hank.

— Tu crois que tu as le choix ? Tu t'imagines qu'elle va te laisser approcher son gosse ? Elle préférera plutôt l'enfermer dans une maison de redressement ! Je ne suis qu'un pauvre type, Brette, mais une garce de l'envergure de cette Sally me fout les jetons.

Elle secoua la tête tristement.

— Hank ne sera pas le seul à souffrir. Eric aussi. Ils sont les meilleurs amis du monde.

— Invite-moi à dîner et je réglerai le cafard de ton fils en lui racontant de belles histoires de guerre.

— Tu n’aimes pas parler du Viêt-nam.

— Vrai. Mais je trouverai autre chose.

— Tucker, ce que tu veux, c’est garder un œil sur Sam.

— Ouais.

Un silence, puis il ajouta :

— Je n’aurais pas dû te raconter cette histoire de citrons… Quoique, c’est mieux que tu sois au courant. Je n’aurais pas aimé que les flics te retrouvent sous un massif d’azalées dans six mois, en compagnie de plusieurs autres cadavres de femmes…

— Tucker, tu en rajoutes ! Personne ne soupçonne Sam d’être un tueur en série !

— Pas encore. Mais ne perds pas cette possibilité de vue. Albert y pense, lui. Sinon il n’aurait pas regardé Knight comme il l’a fait.

Brette haussa les épaules puis affecta de se concentrer sur le tri du courrier à expédier. Une fois sa tâche terminée, elle pointa et sortit du bâtiment, Tucker sur ses talons.

— On dirait bien qu’Albert est au courant de ce qui se passe entre Tracie et Terminator, hein ? lança-t-il.

Bon, il n’allait pas laisser tomber. Mais elle non plus. La preuve, une pensée irritante occupait son esprit : comment se faisait-il qu’elle n’ait jamais vu Tracie chez Sam si cette dernière lui rendait fréquemment visite ?

— Peut-être qu’il n’y avait rien entre eux. Si ça se trouve, elle a prononcé une fois de trop le nom de Sam devant son mari, ce qui a fichu ce dernier en pétard. Imagine qu’elle se soit extasiée sur la belle figure de mon voisin… Aucun homme n’aimerait entendre ça. Albert encore moins qu’un autre.

— N’importe quoi… Terminator n’est pas si beau que ça !

Brette le rasséréna avec un sourire et les mots qu'il attendait.

— Qu'est-ce que tu veux pour le dîner ? Car je suppose que tu n'as pas l'intention de rentrer chez toi, n'est-ce pas ?

— Allume ton barbecue, je me charge des steaks. Tu as des patates douces ?

— Bien sûr. Tu les veux au four, en purée ou bouillies ?

— Au four, répondit-il tout en tapotant ses clés de voiture dans sa poche. Plus tard, j'irai faire un tour à Pughville…

— Ça, c'est hors de question. Si tu n'oublies pas cette idée, je retire mon invitation.

— Pourquoi ? Tu crois que le soldat Tucker est incapable de mener à bien cette mission ?

Sous le ton de la plaisanterie, il masquait un véritable projet.

— J'ai perdu assez d'amis en l'espace d'un week-end, Tucker. Je ne veux pas t'ajouter à la liste. Si tu viens à la maison, il faut que ce soit pour qu'Eric arrête de penser à Hank.

— Et toi à Terminator ?

Oh, oh ! Il ne fallait décidément pas le sous-estimer…

— Tu as des tendances sadiques, répliqua-t-elle. Une bonne dose de médecine de grand-mère t'en guérirait.

— Foutaises. Tout ce que je veux dire, c'est qu'il faut te vider l'esprit de ce type… ou le vider d'ici, lui. Et je suis sûr d'y arriver.

Aucune chance. Pas en une seule séance… euh, soirée, en tout cas.

— J'y vais, déclara-t-elle, pressée de fuir cette pression psychologique. Je m'occupe des patates. Quant à toi, ne songe même pas à apporter de la bière, sinon tu seras obligé de dormir chez moi, privé de clés de voiture, compris ?

— Bébé, c'est une caisse entière de bière que je vais apporter.

Fidèle à sa promesse, il arriva les bras chargés d'un pack de six cannettes. Mais il n'en ouvrit pas une seule avant que la braise soit parfaite pour les steaks. Entre-temps, il avait parlé avec Eric. De l'école. De Hank. Mais aussi, au grand étonnement de Brette, de Sam. La soirée étant douce, elle avait pu laisser la fenêtre de la cuisine ouverte, et donc écouter tout à loisir… et en secret.

Eric venait de confirmer ce qu'elle appréhendait : Hank s'était montré glacial avec lui. A l'évidence, il avait prêté une oreille compatissante et compréhensive aux doléances de sa mère. Tous les deux étaient même partis ensemble quelque part : la Ford Taurus avait disparu pendant un bon moment avant de revenir se garer dans l'allée. Peut-être le FBI avait-il voulu interroger Hank une nouvelle fois ?

Une fois les patates douces cuites, Brette quitta la cuisine et sortit dans le jardin. Elle proposa une autre bière à Tucker, du soda à Eric et se servit un verre de vin. Le soleil commençait à disparaître derrière le rideau d'arbres, de sorte que de longues traînées d'ombre s'étendaient sur la pelouse. Tout en écoutant son fils raconter sa stressante rencontre avec un rottweiler amateur de roues de vélo, elle gardait un œil sur la maison voisine. Sam n'était pas encore rentré.

— Eric, tu as vu M. Knight au collège aujourd'hui ?

— Non. Mais j'ai entendu M. Glick et Sandler, le prof de gym, raconter qu'il avait été vu en ville. Il allait chez un avocat.

Tucker, qui montait la garde devant le barbecue, releva la tête, l'air sarcastique.

— Ben, ça alors… Je me demande bien pourquoi il a besoin d'un bavard.

— Peut-être pour savoir quels sont ses droits par rapport à son emploi, avança Brette. Ou dans le but de connaître la marche à suivre pour intenter un procès en diffamation.

Tout en parlant, elle avait regardé son fils. Il fixait les gouttelettes de condensation qui perlaient sur sa bouteille de soda.

— Est-ce que quelqu'un a rencontré Tracie ? s'enquit-il après un temps.

— Non, je ne crois pas.

— Mais si elle avait disparu, on l'aurait signalé, pas vrai ? Albert Pugh l'aurait dit, non ?

— A mon avis, oui.

— Donc Hank a eu tort d'accuser Sam.

— Evidemment.

— Alors, pourquoi le shérif ne pose-t-il pas de questions à Albert ?

Tucker émit un grognement tout en retournant les steaks.

— Personne n'a signalé la disparition de Tracie, Eric, fit remarquer Brette en s'efforçant de réprimer son émotion.

Elle ne voulait pas défendre Sam. Son fils devait trouver tout seul des arguments en sa faveur. Et tirer ses propres conclusions.

— Dieu merci, Cudahy n'a pas pris pour argent comptant les allégations de Hank, reprit-elle. Et Albert n'a pas bougé. Pour le moment, tout ce qui intéresse le shérif, c'est le passé de Sam. Le reste, il n'en tient pas compte.

— Mais, maman, Tracie a complètement disparu de la circulation ! C'est quand même bizarre que tout le monde s'en moque !

— Sherlock, ce n'est pas parce que les gens n'ont pas l'air de s'inquiéter qu'ils n'ouvrent pas l'œil.

— Ouais, peut-être. En tout cas, moi, j'aimerais bien avoir un satellite pour espionner la ferme des Pugh. Eh ! pourquoi on n'irait pas faire un petit tour par là-bas ?

— Ah ! si j'étais ta mère, je serais fier d'avoir un fils comme toi, Eric ! s'extasia Tucker.

Brette ignora la réflexion. Les louanges de ce genre, il pouvait les garder pour lui.

— Eric, promets-moi que tu ne mettras pas les pieds chez les Pugh. Je suis très sérieuse : si tu y vas, nous vivrons un enfer jusqu'à la fin de nos jours. Nos voisins nous le feraient payer très cher.

— Bon, d'accord… Je réfléchissais tout haut, c'est tout. Mais ç'aurait été bien pour Sam qu'on éclaircisse cette histoire. Il a plein de problèmes à cause de Hank. S'il avait eu le temps de prouver qu'il est un type bien, il n'en serait pas là. A subir cette… cette inquisition, conclut-il avec écœurement. Maman, quand le conseil se réunira la semaine prochaine, est-ce que tu vas… comment on dit, déjà… témoigner en sa faveur ?

Quel bonheur que son fils ne parle pas comme ceux de son âge ! Il ne s'exprimait pas dans ce langage navrant fait d'argot et d'onomatopées qui laissait la plupart des parents perplexes. Mieux encore, il ne remettait pas en cause à tout bout de champ l'adulte qu'elle était, avec ses principes et ses convictions.

— Je n'y ai pas encore réfléchi.

— Quoi ? Tu plaisantes ? Tu es la seule qui puisse raconter qu'il nous a aidés à chercher Hank et combien il s'est démené pour lui donner un coup de main, au collège. Sam n'est pas le dingue que décrivent les gens ! Jamais il n'a engueulé un élève. Et tu sais pourquoi ? Parce qu'il connaît les effets dévastateurs de la colère. C'est comme toi vis-à-vis des armes, oncle Tucker. Tu as fait le Viêt-nam, alors tu crains les armes plus que n'importe qui.

Avec un air de bête traquée, Tucker balaya les environs du regard et souffla :

— Fais gaffe, petit. Ne m'appelle pas « oncle » en public ! Je ne voudrais pas ficher en l'air ma réputation !

Brette rit, tout en ressentant un certain malaise. S'il plaisantait de la sorte, c'était dans un seul but : éviter de défendre Sam. Très habile, comme méthode.

Sauf que cela ne suffirait pas à faire dévier la conversation. Elle entendit un bruit de moteur se rapprocher, puis vit des phares illuminer l'allée de la maison voisine. Après s'être garé, le conducteur descendit de voiture.

Sam.

Manifestement ravi, Eric sauta sur ses pieds.

— Salut, Sam ! cria-t-il avant de se tourner vers Brette. Il peut nous rejoindre, maman ?

32.

— Mais, Eric…

— On a tout ce qu'il faut à manger !

— D'accord, mais Sam ne veut peut-être pas…

Sans écouter la fin de sa phrase, l'adolescent traversa le jardin en courant.

— Sam ! M. Knight ! cria-t-il.

De loin, Brette vit Sam écouter Eric, puis passer affectueusement un bras autour de ses épaules. Après quoi, tous les deux revinrent d'un même pas.

— Regarde-moi ça, grommela Tucker. Une carte postale idéale pour la fête des Pères ! Cela dit, je dois reconnaître que ce mec en a…

— Je t'en prie, Tucker, tiens-toi bien ! lui intima-t-elle à voix basse. Je sais bien qu'à la seconde tu te moques des sentiments d'Eric, mais par pitié, essaie d'en tenir compte !

Il écarta les bras, une torche dans une main, la fourchette pour les grillades dans l'autre.

— Est-ce que je me plains ? Pas du tout. En plus, ça peut être marrant d'avoir Terminator ici.

Sam et Eric étant maintenant à portée de voix, elle ne répondit pas. Elle attendit un instant avant d'accueillir poliment son nouvel invité, lui assurant qu'il était le bienvenu.

— J'espère que tu n'as pas encore dîné ?

Elle le détailla avec gourmandise. Il était vêtu avec une certaine recherche : pantalon gris, blazer bleu marine, chemise blanche… Son col était un peu relevé, montrant qu'il avait retiré sa cravate à la va-vite. Pourtant, quelle élégance ! Et quelle séduction ! Comparés à lui, Tucker et elle devaient avoir piètre allure. A l'instar de son collègue, elle portait encore sa tenue de travail. Seul effort notable : elle avait enlevé sa casquette et passé un coup de brosse dans ses cheveux.

— Non, je n'ai pas dîné, répondit-il. Ni déjeuné, d'ailleurs. J'ai été occupé tout l'après-midi.

— Bien. Dans ce cas, joins-toi à nous. Il y a largement de quoi manger pour quatre, et les steaks sont prêts.

Tucker retira du barbecue une tranche carbonisée.

— Ce morceau de charbon, c'est pour moi. Comment voulez-vous le vôtre, Knight ?

— A point, merci.

Tucker posa la viande sur un plat et se dirigea vers la maison. Brette lui emboîtait le pas quand Sam la retint par le bras.

— Tu es sûre que cette invitation est une bonne idée ?

Elle eut un bref étourdissement. Le parfum viril qui lui chatouillait les narines la troublait.

— Je ne crois pas qu'elle soit mauvaise.

— Bon. Comment vas-tu ?

— Pas mal.

Réponses bien évasives, compte tenu de ses questions précises. A l'évidence, il s'inquiétait pour elle. Et était déçu par sa froideur. Mais que pouvait-elle y faire ? Après l'épisode de la matinée, elle ne s'était pas préparée à le revoir si tôt. Ni à se trouver aussi près de lui.

— Que veux-tu boire ? demanda-t-elle vivement après avoir refermé la porte derrière lui.

Il regarda la bouteille de merlot entamée.

— Voilà qui me convient parfaitement. Mais je me servirai. Tu as assez à faire comme ça.

Il appréciait le merlot. Evidemment. Il avait eu une femme de la haute société, songea-t-elle avec une amertume qui l'étonna. Pourquoi cette jalousie ? Elle-même venait d'une famille tout à fait respectable. Son père était vice-président d'une banque de Dallas et sa mère, excellente horticultrice et décoratrice. Les différences de classes n'avaient jamais été un problème. Sauf en cet instant où elle brûlait d'être mal élevée, de jurer comme un charretier. Et tout ça pourquoi ? Par frustration. Trop de questions sans réponses flottaient dans son esprit, la mettant à cran.

Dieu merci, elle avait son devoir d'hôtesse à assurer — idéal pour chasser ses troublantes pensées. Retendre la nappe brodée, achever de mettre la table, placer ses invités, leur donner les serviettes, faire passer la corbeille garnie de petits pains chauds... Elle mena tout cela à bien en quelques minutes. Et s'assit enfin.

— Ta maison est encore plus jolie dedans que dehors, commenta Sam après avoir regardé autour de lui.

— Merci. Nombre d'accessoires et d'objets en fer forgé viennent de la boutique de ma mère : elle était jardinier-paysagiste. Elle s'occupait aussi des salles à manger d'été. Elle aurait adoré la véranda de ta maison.

— Tu peux venir la visiter quand tu veux.

Elle sentit ses joues s'empourprer.

— Ta mère était donc jardinier, enchaîna-t-il. Voilà qui explique ton talent magique pour les plantes.

Ouf, ! un sujet anodin sur lequel elle pouvait parler sans risque…

— Une chance que je n'aie qu'un fils, répondit-elle en riant. Je pourrai l'inscrire à l'université sans me ruiner et continuer à me consacrer à mon passe-temps favori : ces petites merveilles vertes…

Tout en parlant, elle s'était levée et se dirigeait vers une plante luxuriante, installée devant la baie de la salle à manger.

Là, elle se figea.

— Sally est rentrée. Sa voiture est là. Eric, elle ne devait pas travailler, ce soir ?

— Je ne sais pas. Apparemment, non. Mais elle reste peut-être à la maison pour surveiller Hank.

Il attrapa le saladier que lui tendait Tucker, se servit, puis le passa à Sam. Alors qu'il tendait la main vers la vinaigrette, leurs doigts se rencontrèrent. Eric retira sa main aussitôt en faisant une petite grimace. Aussi fugace fût-elle, Brette la remarqua, et son cœur se serra. Hank avait semé le doute et la graine poussait…

— Après vous, monsieur Knight, lâcha-t-il d'un trait avant de se tourner vers sa mère. Sally est venue prendre Hank au collège de bonne heure. Tu crois que le FBI voulait de nouveau lui parler ?

Ses yeux brillaient d'excitation. Les agents du FBI, ses héros… Le problème, c'est que les fédéraux n'étaient pas infaillibles et risquaient bien de le décevoir. Brette savait qu'il en ressentirait une déception excessive. De façon générale, son fils, hypersensible, encaissait mal les coups lorsque les événements ne se déroulaient pas comme il l'espérait.

Elle posa les épis de maïs et les patates douces sur la table puis se rassit entre ses deux invités.

— Peut-être bien, avança Sam. Les gens du FBI sont très consciencieux. Ils vont certainement trouver une solution pour Hank.

— Vous croyez ça, vous ?

Brette frémit en entendant le sarcasme qui pointait dans la voix de Tucker. Avant que Sam ait le temps de répondre, elle suggéra :

— Ils vont peut-être lui conseiller une psychothérapie.

— Pour lui ? s'écria Eric. Et pour Sally, alors ? Monsieur Knight, vous avez vu ce qu'elle a fait à ma mère ? Maman, montre-lui ton coude !

— Je… Euh… Sam était là quand c'est arrivé, mon chéri, expliqua-t-elle en manifestant brusquement un intérêt démesuré pour la salade. C'est même lui qui a arrêté Sally.

Elle ne lui avait raconté la scène que succinctement.

Eric se tourna vers Sam et lui adressa un regard admiratif. Tiens, Sam gagnait un bon point, apparemment.

— Merci d'avoir défendu ma mère, monsieur Knight.

— Appelle-moi Sam. Et ne me remercie pas : n'importe qui aurait fait de même.

— Peut-être. N'empêche, c'est vous qui l'avez fait. Si j'avais été là, je l'aurais assommée !

— Certainement pas. Ta maman t'a trop bien élevé pour que tu te comportes comme un voyou.

A ces mots, Sam la fixa. Et tout à coup, ce fut comme s'ils étaient seuls dans la pièce. Ses yeux la caressaient d'une telle façon qu'elle devinait qu'il avait envie de l'embrasser. Si elle n'avait pas été assise, elle aurait flageolé sur ses jambes.

Un grognement dissipa la magie de l'instant. Tucker s'éclaircit la gorge tout en repoussant sa chaise.

— Je meurs de soif. Je vais me chercher une autre bière.

— Je m'en occupe, Tucker, proposa-t-elle, trop heureuse d'avoir un prétexte pour quitter la table.

— Mais non, laisse-moi faire.

Il la suivit jusqu'à la cuisine. Elle ouvrit la porte du réfrigérateur et chuchota à l'abri du battant :

— Sois gentil, Tucker.

— Et toi, ne sois pas stupide.

A partir de ce moment-là, l'ambiance se dégrada. Tucker mangea en silence mais en buvant. De fait, lorsque Brette servit le dessert — une tarte aux poires nappée de crème anglaise —, il avait terminé le pack de bières et semblait sur le point de dégringoler de sa chaise. Inquiète, Brette pointa son fils du doigt.

— Au boulot, mon garçon. Va faire tes devoirs.

Eric se retira en rechignant. Une fois qu'il eut disparu, elle effaça le sourire qu'elle avait plaqué sur ses lèvres et se leva. Son colosse de collègue commençait à somnoler. Alors qu'elle s'approchait de lui, Sam lui toucha le bras.

— Tu veux que je t'aide à le porter sur le canapé ? Même s'il se réveille, il sera incapable de conduire.

— On va le mettre dans son pick-up dont je garderai les clés, déclara-t-elle. Tucker est un chic type, mais parfois il n'est pas plus futé qu'un gamin de dix ans. Il sait très bien que je ne veux pas de lui dans la chambre d'amis quand il est dans cet état. A cause du mauvais exemple qu'il donnerait à Eric.

Allez, direction le pick-up. Demain matin, je le réveillerai assez tôt pour qu'il ait le temps de passer chez lui se doucher avant d'aller au boulot.

— Tu es un vrai adjudant.

— Ouais. Et il va me détester comme si j'en étais un.

— Je ne crois pas. Il se rappellera s'être fichu tout seul dans cette situation. Ouvre la porte, je vais le porter.

Tucker pesait au moins trente kilos de plus que Sam. Pourtant, celui-ci le porta jusqu'à son véhicule, l'y installa et le recouvrit d'un sac de couchage déniché sous le siège arrière. Brette lui glissa un oreiller sous la tête puis empocha les clés de voiture.

— On dirait que tu as l'habitude, constata Sam.

— Si c'était devenu une habitude, Tucker ne mettrait plus les pieds chez moi depuis belle lurette et nous ne serions plus amis. Il a fait l'idiot parce que je t'ai invité à dîner. C'était sa façon de protester.

Sam, qui s'apprêtait à gravir le perron, s'arrêta en bas des marches.

— T'est-il jamais venu à l'esprit qu'il était amoureux de toi ?

— Non. Il ne l'est pas — du moins, pas comme tu l'imagines. Le Viêt-nam l'a complètement détruit. Eric et moi sommes sa famille de substitution. Il est incapable d'avoir une relation affective plus poussée. Et j'ai peur que ça ne change jamais.

— Alors, je lui ai fait mal en m'imposant dans cette « famille ». Tout ça parce que je voulais recoller les morceaux avec Eric.

— Il y a été très sensible, tu sais. Tu comptes beaucoup à ses yeux.

Sam lui prit la main.

— Il compte aussi beaucoup pour moi.

Sans hâte, il lui déboutonna sa manche de chemise et la fit glisser de façon à dénuder son bras. Puis, à la lumière du porche, il examina les dégâts causés par Sally.

— Je t'ai souvent observée de chez moi, quand tu étais avec les garçons ou toute seule. Et ce que j'ai vu m'a fait envie. Brette, merci de m'avoir permis de m'approcher de toi ce matin… De ne pas avoir eu peur.

Il porta sa main à sa bouche et la baisa. Avant de reboutonner la manche.

— Que fais-tu, Sam ? Tu veux me montrer une nouvelle facette de ta personnalité ?

— Je voudrais que tu gardes un bon souvenir de moi après mon départ.

Oh non !… Elle s'était pourtant préparée à cette annonce, mais l'entendre de la bouche même de Sam la bouleversa.

— Tu… tu vas t'en aller ?

— Je ne pense pas avoir le choix.

— Si. Tu peux te battre. N'est-ce pas dans ce but que tu es allé voir un avocat aujourd'hui ?

Lentement, il laissa retomber sa main.

— Comment sais-tu ça ?

— Quelqu'un t'a vu en train d'entrer dans un cabinet d'avocats en ville. Dans une petite communauté comme la nôtre, il n'en faut pas plus pour que tout le monde soit au courant. Ici, personne ne peut garder un secret bien longtemps.

Elle le fixait, dans l'espoir d'arriver à déchiffrer son expression. En vain.

— Alors ? Tu as vraiment consulté un avocat ?

— Oui. Et ça s'annonce mal. Je suis trop nouveau dans le coin. Personne ne me protégera. En plus, je traîne trop de casseroles derrière moi. Cudahy avait raison. J'aurais dû d'emblée annoncer la couleur.

— Mais tu vas quand même affronter le conseil d'administration, la semaine prochaine ?

— Je ne pense pas, avoua-t-il en enfonçant les mains dans ses poches.

— Quoi ? Tu vas déclarer forfait sans te battre ?

Elle frissonna. La fumée du barbecue planait encore dans l'air, tel un fantôme. Dans le lointain, un coyote se mit à hurler.

Sam la considéra avec attention.

— Que veux-tu de moi, Brette ? Un jour, tu cherches à mettre le plus de distance possible entre nous, et le lendemain, tu me regardes comme si tu m'imaginais en train de te faire l'amour.

Tant de franchise lui fit monter le rouge aux joues. Mais finalement, n'était-ce pas mieux ainsi ? Parler sans détours résolvait bien des problèmes.

— Tu inverses la donne, Sam. Depuis que tu as emménagé, tu n'arrêtes pas de m'envoyer des signaux contradictoires. Un jour, tu ne me dis pas bonjour, et le lendemain, tu déploies des trésors de charme !

Il hocha la tête imperceptiblement.

— Touché. Je plaide coupable. Depuis le début, tu représentes la tentation avec un grand T. Tu me donnes la force et le désir de vivre le jour suivant. Je me suis servi de toi pour faire un voyage dans le temps, pour me retrouver dans la peau de celui que j'étais… Que j'aurais été si ma mère et Kell avaient vécu. Mais je t'ai menti. Je t'ai juré ne pas être l'homme dépeint par

Cudahy. Or, après avoir perdu ma famille, j'ai commencé à descendre une pente fatale. Même quand je me suis marié, j'étais au fond du trou. Pourtant, Dieu sait que je me suis battu. J'ai travaillé dur, obtenu mes diplômes, mais dans un seul but : avoir quelque chose à faire au lieu de dormir. Je fuyais la nuit et ses cauchemars. Sous une apparence lisse, à l'intérieur de moi grondait un volcan. J'attendais l'occasion, le coup de chance qui me permettrait de me débarrasser enfin de mon père.

— Et qu'est-ce qui t'a finalement retenu ?

— Ce bar roulant que j'ai précipité dans une baie vitrée. A cet instant, j'ai compris que j'étais en train de devenir aussi ignoble que mon père. Et cette évidence m'a rendu malade.

Il s'interrompit, le temps de soupirer.

— J'ai préféré perdre ma femme et mon fils. Anticipant ainsi sur l'avenir : ma belle-mère se serait de toute façon débrouillée pour que ça finisse comme ça. L'important, c'est qu'à partir de là, j'ai commencé à remonter la pente et à recoller les morceaux de ma personnalité qui valaient encore la peine de l'être.

— Je dirais que tu as fait un sacrément bon travail.

— Alors, pour ton propre bien, ne te demande pas combien de fois j'ai voulu résoudre un problème en usant de la violence. Comme quand Cudahy m'a jeté à la figure qu'il savait tout de moi. Ou quand Glick m'a regardé comme si j'avais détourné le budget de l'école.

— N'importe qui aurait eu la même réaction.

— Admettons. Mais ces « n'importe qui » se seraient bornés à rentrer à la maison et à casser des bûches à coups de hache pour se calmer les nerfs.

Il secoua la tête.

— Je ne peux pas continuer, Brette. Je ne vais pas perdre mon temps à essayer de garder un boulot où personne ne me veut. Et je vais aussi arrêter de me dire que si je ne fais plus de faux pas, la récompense au bout du chemin s'appellera Brette Barry.

Un sourire sans joie se dessina sur ses lèvres quand il tendit l'index et le lui posa en travers de la bouche.

— Chut… Ne dis rien, murmura-t-il.

Elle recula d'un pas.

— Tu aimes ça, n'est-ce pas ? demanda-t-elle, la gorge serrée.

— Te toucher ? Oui. Enormément.

— Non, je pensais à… Oh ! laisse tomber !

— Si tu veux… Finalement, tout était bien plus facile quand tu me soupçonnais d'être un meurtrier.

Elle ne parvint pas à refouler ses larmes, seulement à les bloquer sous ses paupières. Aussi prestement qu'elle le put, elle le contourna et gravit les marches du perron. Arrivée sur la terrasse, elle se réfugia derrière la rambarde qu'elle attrapa à deux mains, et lança :

— Le diable t'emporte, Sam Knight !

33.

— Tu as couché avec lui ?

— Oh ! la ferme, Tucker !

Brette était en colère. La veille, après le départ de Sam, elle avait réussi à retenir ses larmes, mais pas à trouver le sommeil. Elle s'était alors attelée à son journal intime, persuadée que cela lui ferait du bien. Erreur. Elle n'avait pas réussi à écrire une seule ligne. Ce qui expliquait sa fatigue et son irritabilité actuelles.

— C'est comme ça que tu remercies le brave type qui t'a apporté de superbes steaks hier ? grommela Tucker.

— Si tu ne t'étais pas soûlé, tu te serais aperçu que j'avais glissé dans ta poche l'argent de la viande. Sors les billets de là avant de mettre ton jean dans la machine à laver.

— Tu m'as remboursé ? Pourquoi ? C'est pas pour ça que je me plaignais !

Il s'approcha d'elle afin de l'aider à charger les colis dans le pick-up, mais elle le repoussa.

— Eh ! c'est moi qui ai la gueule de bois, ce matin. Alors, ne me bouscule pas ! Et dis-moi ce qui ne va pas.

— Ce qui ne va pas, c'est que tu aies bu devant Eric, sans te soucier de lui. De plus, si tu ne t'étais pas endormi comme une souche, tu m'aurais épargné d'entendre… ce que j'ai entendu.

Elle sortit du centre de tri, Tucker sur ses talons.

— Qu'est-ce que tu as entendu, Brette ? Dis-moi.

— Non. Occupe-toi de tes livraisons, sinon tu ne finiras pas avant 14 h 30.

Le vendredi était toujours une dure journée pour eux, *a fortiori* quand on approchait des vacances de Noël. A cause du surcroît de travail qui les attendait, elle avait réveillé Tucker à 5 heures au lieu de 5 h 30, afin qu'il ait le temps de passer chez lui prendre une douche. Malgré cette précaution, il venait juste d'arriver.

— Je veux savoir ce qui s'est passé, Brette. Est-ce que Knight a essayé de…

— Je n'ai pas envie de parler de ça, le coupa-t-elle en charriant une grosse boîte jusqu'au pick-up.

Que lui raconter ? En l'espace d'une soirée, elle était passée du bonheur à la suspicion, doutant de tout et de tous. Et pourquoi ? Pour avoir tenté de faire ce qu'il fallait, au mieux des intérêts de son entourage.

Résultat, elle avait échoué sur toute la ligne.

Mais tout cela était fini, et bien fini. A partir de maintenant, elle se comporterait comme tout le monde, c'est-à-dire en ne se souciant plus que de son fils et d'elle-même. Regarder chez les voisins, terminé. Désormais, son horizon se limiterait à Eric. Il avait envie de faire du patin à glace ? Eh bien, le lendemain, elle l'emmènerait à la Galleria de Dallas après sa tournée. Puis ils iraient au cinéma et dormiraient à l'hôtel. Un plan parfait pour le week-end.

Sauf que Hank resterait tout seul…

Zut ! L'idée de l'abandonner lui était insupportable. D'accord, elle était fâchée avec Sally. Mais ce n'était pas une raison pour laisser tomber son fils.

Elle rentra dans la salle de tri où s'activait Tucker. Desiree se dirigea droit sur elle avec un chariot croulant sous les colis.

— Désolée, mais tout ça, c'est pour toi.

En triant les colis, Brette en découvrit un pour Sally — en recommandé, bien sûr, donc à remettre en main propre —, et un autre adressé à Tracie Pugh. Décidément, les dieux n'étaient pas de son côté, aujourd'hui…

— Attends, Brette, fit Tucker après avoir regardé les noms des destinataires. Je vais demander à E. J. de nous laisser permuter nos tournées.

— Non, ça ira.

Elle se sentait pleine de détermination. Quelque chose en elle avait changé. Certes, la veille, elle était descendue au fond du trou, mais peut-être était-ce pour mieux remonter aujourd'hui. Le ciel, au lieu de lui jouer un mauvais tour, lui envoyait peut-être l'occasion de régler ses problèmes. Sally ferait amende honorable, et Tracie… Eh bien, Tracie lui ouvrirait sa porte en personne.

Une hypothèse réconfortante, songea-t-elle une demi-heure plus tard en s'engageant sur la route qui conduisait chez elle… ainsi que chez les Jamison et les Pugh.

Elle arrivait à la hauteur de la maison des Ponder quand Bertrice se planta au bord du chemin, agitant une serviette de toilette pour l'arrêter. Brette se gara à côté d'elle en souriant.

— Bonjour, Bertrice ! Quelle belle journée, hein ? On dirait l'été indien.

La vieille dame pressa la serviette contre sa forte poitrine.

— Si seulement j'avais une minute pour en profiter… Brette, auriez-vous par hasard un timbre sur vous ? Il faut que je paie ma facture de téléphone. Je l'avais oubliée et je déteste être en retard. L'échéance tombait aujourd'hui.

— Donnez-moi votre enveloppe. Je la posterai.

— Vraiment ? Oh ! merci ! Attendez, je crois que j'ai la monnaie…

— Oubliez ça. Je garde des timbres dans ma boîte à gants en cas d'urgence.

— Vous êtes trop gentille. Mais prenez quand même ce billet et rapportez-moi un carnet de timbres demain.

— Entendu. A part ça, quoi de neuf ? Clovis va bien ?

— Oui. Il suit des cours de rééducation de la parole. Incroyable, hein ? Dire que pendant des mois, il a refusé de suivre mes conseils et de s'y mettre… Il se comportait comme notre vieux chien, à rester dans son coin en attendant la fin. Vous n'avez pas idée à quel point il peut se montrer têtu. Et voilà que tout d'un coup, il se raccroche à la vie !

— C'est formidable ! Il utilise les cassettes que lui a laissées l'orthophoniste ?

— Oui. Même que j'en ai mal aux oreilles à force de les entendre. Bon, ce n'est pas tout : il faut que je rentre. J'ai un gâteau aux carottes dans le four. Dites, pourquoi ne feriez-vous pas un saut après le travail, avec votre fils ? Vous mangeriez un morceau de mon gâteau.

— J'adorerais, et Eric aussi, mais ce serait mieux en fin de soirée. Nous pourrions faire quelques parties de Parcheesi tout en savourant ce gâteau.

Les yeux de Bertrice s'illuminèrent.

— Vraiment ? Vous feriez ça ? Oh ! c'est merveilleux ! Clovis sera ravi.

— Dites-lui qu'Eric et moi viendrons ce soir. Comme ça, il économisera un peu ses forces et laissera vos oreilles tranquilles.

— J'en rêve. Tenez, encore un billet pour acheter une glace. C'est délicieux avec le gâteau aux carottes.

— Gardez votre argent. J'apporterai la glace. Aux alentours de 19 heures ?

— Les lumières seront allumées et la porte grande ouverte ! Oh ! Brette, je suis ravie !

Eric, qui souffrait de ne pas avoir de grands-parents, le serait également, songea-t-elle en reprenant le volant. Bertrice et Clovis étaient de bons substituts. Non seulement l'adolescent adorait les gâteaux de la vieille dame, mais il devait à Clovis d'excellents moments, dont ses premières parties de pêche.

Brette poursuivit sa route, rassérénée. Finalement, il suffisait de peu de chose pour chasser le découragement. De bons souvenirs, des pensées positives, et on repartait gonflé à bloc.

C'est donc le cœur léger qu'elle se gara devant chez les Jamison. La Taurus était là. « Pourvu que Sally ne se soit pas couchée immédiatement après son retour », pria-t-elle, espérant de toutes ses forces que la jeune femme serait encore debout. Malheureusement, il y avait peu de chances. D'autant qu'elle n'avait quitté le centre de tri qu'à 8 h 30.

Elle sonna néanmoins. A trois reprises. Sans résultat. Sally avait dû prendre un somnifère.

Brette se décida alors à frapper fort contre le battant. Et se mit à crier.

— Sally ! J'ai un recommandé pour toi !

Elle entendit un craquement suivi d'un juron. Puis les verrous claquèrent et la porte s'ouvrit.

— Pourquoi n'as-tu pas posé ce fichu machin sur le perron ? aboya Sally.

Eh bien, ses pensées positives en prenaient un coup, remarqua Brette à part elle, tout en souriant avec chaleur.

— Sally, c'est un recommandé. Je ne pouvais pas le laisser là. Il faut que tu signes… et que tu paies. Attends, je regarde. Vingt et un dollars quatre-vingt-quinze.

— Et merde !

Sally recula, sans doute pour aller chercher son chéquier, et la porte se referma devant Brette. Quelques jours auparavant, Brette se serait fait un plaisir de lui avancer l'argent pour ne pas la déranger pendant son sommeil. Mais aujourd'hui, pas question. Sally était bien capable de lui reprocher plus tard cette entorse au règlement.

Ah ! elle revenait ! Lui tendait le chèque par l'entrebâillement, raflait le colis… et refermait la porte.

— Une signature ! s'écria Brette, le stylo au-dessus du bordereau.

Sally condescendit à réapparaître. Les sourcils froncés, l'air sombre, elle griffonna sa signature pendant que Brette déclarait vivement :

— Eric et moi allons chez les Ponder à 19 heures prendre le dessert et jouer un peu au Parcheesi. Qu'est-ce que tu dirais si nous prenions Hank avec nous ?

Sally lui adressa un regard noir avant de lui claquer la porte au nez.

Au moins, elle ne l'avait pas insultée, se dit Brette en regagnant son pick-up.

Elle ouvrait la portière quand elle aperçut Sam devant son atelier. Il la regardait et s'anima quand il fut certain qu'elle l'avait vu. Il lui envoya un petit salut de la main puis s'effaça derrière la porte entrouverte.

« Mes maudits amis… Ah ! mes damnés amis… A cause d'eux, je passe des nuits blanches à arpenter le plancher de ma chambre… »

— Ce bon vieux président savait ce qu'il disait, murmura-t-elle en remontant dans son pick-up.

Pour un peu, elle aurait ri. Nul doute que Harding avait eu une amie comme Sally Jamison pour avoir écrit cela dans son autobiographie.

Non, en définitive, il n'y avait pas de quoi rire.

Elle déposa son courrier et celui de Sam dans leurs boîtes aux lettres respectives, puis, avec un profond soupir, s'engagea sur le chemin des Pugh.

Le spectacle qui s'offrait à elle aurait dû l'apaiser. Il faisait beau ; le vert tendre des prairies scintillait sous le soleil, de même que les feuillages de la futaie qui cernait le domaine, riche palette de vert bronze et d'ambre. Bien sûr, les couleurs de l'automne n'étaient pas aussi somptueuses qu'en Nouvelle-Angleterre ou dans le Colorado, mais cette année, le Texas soutenait fièrement la comparaison. Et puis, bientôt commenceraient les traditionnelles fêtes et foires d'automne. Il y avait largement de quoi être heureux, songea-t-elle, plus pour se persuader elle-même que par réelle conviction.

Elle reprit le chemin qui menait à la caravane d'Albert et Tracie. Le pick-up n'était pas là.

Une fois le pick-up garé, elle mit pied à terre, attrapa le colis destiné à Tracie et s'approcha de la porte.

A cette heure-ci, la traite était terminée, et les vaches paissaient tranquillement dans les prés environnants. De là où elle était, Brette entendait vaguement un moteur de machine, mais le son était plus étouffé que la dernière fois où elle était venue. L'engin était donc loin.

Elle frappa à plusieurs reprises à la porte. En vain. Que devait-elle faire ? Laisser un mot signalant qu'elle rapporterait le colis le lendemain ? Ou aviser Tracie que le colis resterait à sa disposition à la Poste ?

Ou encore aller jusqu'à la ferme ? Peut-être Tracie s'y trouvait-elle…

Oui, mais elle y verrait certainement Truman. Et aussi Albert… En revanche, il n'y avait personne dans la caravane. Et la porte n'était pas verrouillée, ainsi qu'elle put s'en apercevoir en actionnant la poignée.

Il fallait saisir les occasions quand elles se présentaient, n'est-ce pas ?

Elle ouvrit… et retint un sursaut.

Quel capharnaüm ! Cela ne ressemblait pas au désordre habituel d'une mauvaise maîtresse de maison. Certes, Tracie n'était pas une fée du logis, mais de là à laisser son intérieur dans cet état… On aurait dit que les occupants préparaient leur déménagement. La caravane disparaissait sous un amas de cartons manifestement remplis à la va-vite, et d'affaires gisant un peu partout dans un désordre indescriptible.

Des affaires consistant essentiellement en effets et accessoires féminins : vêtements, chaussures, sacs à main…

— Qu'est-ce que vous foutez là ?

Brette sursauta si violemment qu'elle perdit l'équilibre. Elle se retint au montant de la porte et retomba sur la dernière marche du petit escalier métallique. La porte rebondit contre la tôle de la caravane.

— Albert ? Je… je suis désolée… J'ai un… un colis pour Tracie et…

Il ferma la porte à la volée.

— Remportez-le !

— Mais…

— Remportez ce truc, je vous dis ! Je n'en veux pas !

— Mais Tracie l'a commandé…

— Tracie n'est pas ici.

Comme dans un film en accéléré, elle vit en esprit Albert se plaindre à la direction de la Poste.

— Je… je suppose que je peux garder le paquet quelques jours encore. Jusqu'au retour de Tracie, fit-elle après avoir prudemment battu en retraite vers son pick-up.

— Elle ne reviendra pas.

Oh ! Seigneur… Sentant ses jambes la trahir de nouveau, elle s'agrippa à la poignée de sa portière.

— Je ne comprends pas.

— On s'est séparés. Elle est partie.

— Je vois… Est-ce que, par hasard, vous sauriez où elle…

— Non, et je m'en fous. Je ne sais pas où elle est, mais ce que je sais, c'est que je ne veux pas de ce paquet. Je ne donnerai pas un centime pour la merde qu'il y a dedans, compris ?

— Oui, oui, j'ai compris, fit Brette en se juchant en hâte sur son siège. Mais je pourrais… euh… vous apporter un formulaire pour sa nouvelle adresse.

— Non.

— Non ? Mais il faut faire suivre son courrier !

— M'en fous.

— Peut-être, mais enfin… vous allez continuer à recevoir ses lettres alors qu'elle n'est plus domiciliée ici. Ce n'est pas légal, vous comprenez ? Il vaudrait mieux que je réexpédie tout… dans sa famille par exemple.

— Elle n'a pas de famille. Maintenant, tirez-vous.

— Mais la loi…

Les yeux exorbités, elle vit Albert ramasser un parpaing posé à côté de l'escalier et le soulever au-dessus de sa tête.

34.

— Oh ! Tucker, je n'ai jamais eu aussi peur de ma vie ! Sauf, peut-être, la semaine dernière quand j'ai vu cette empreinte sur le panneau.

Elle entendit son collègue souffler dans le téléphone.

— Alors, comme ça, Albert et Tracie se sont vraiment séparés.

— C'est ce qu'il a dit. Mais s'il mentait ?

— Tu viens de me raconter qu'il emballe ses affaires. Tu verras, lundi ou mardi, le camion de déménagement d'UPS passera récupérer tout le barda et ira le livrer à la nouvelle adresse de Tracie. Où habite sa famille, déjà ? J'ai oublié.

— Tu n'as pas pu oublier ce que je ne t'ai pas dit. Tracie n'a jamais mentionné d'où elle venait. Et Albert prétend qu'elle n'a personne.

— Le salaud, il a de la veine ! Pas de belle-mère…

— Tucker ! Où est Tracie, d'après toi ?

— Sais pas. Demande à Albert. Ou à ton petit ami Knight.

Elle serra si fort son portable dans sa main que ses phalanges blanchirent.

— Tu cherches à me faire raccrocher ?

— Non, non. Laisse-moi réfléchir… Peut-être qu'on devrait appeler Cudahy.

— Pour lui dire quoi ?

— Qu'Albert a reconnu que sa femme s'était barrée.

— Le shérif ne fera pas rechercher une femme qui veut divorcer.

— Sans doute pas. Mais il pourra aller secouer un peu les puces d'un type qui t'a menacée avec une saloperie de parpaing.

Non, ça ne suffisait pas. Albert était connu pour son caractère de cochon. Et elle était entrée chez lui sans autorisation. Le shérif ne lèverait pas le petit doigt.

— Je vais réfléchir, Tucker. La nuit porte conseil. Je t'ai simplement appelé pour te mettre au courant.

— Ah ouais ? Sympa… Maintenant, je vais me ronger les sangs.

— Albert ne fera rien, lui assura-t-elle tout en chassant de ses genoux les miettes de son sandwich. D'accord, je suis allée chez lui, mais dans le cadre de ma fonction… Même si j'ai un peu outrepassé mes droits. Et puis il sait très bien que tout le monde lui tomberait dessus s'il s'en prenait à moi.

— Et s'il essaie de mêler ton cher voisin à tout ça ? Rappelle-toi la façon dont il a regardé Terminator. Je suis sûr que Knight ment quand il jure ses grands dieux qu'il n'y a rien entre Tracie et lui.

Elle se remémora les paroles de Sam. S'il était l'amant de Tracie, alors c'était à elle qu'il mentait. Or, son instinct lui affirmait qu'il n'avait jamais couché avec la jeune femme. Peut-être était-elle une idiote de le croire. D'autant qu'elle ne convaincrait pas Tucker. Tant pis. Elle s'était fait son opinion. Et n'en démordrait pas.

— Brette ? Pourquoi ce silence ?

— Hein ? Oh ! je réfléchissais ! Ecoute, Tucker, Eric et moi allons chez les Ponder ce soir. Je t'en informe au cas où tu essaierais de me joindre. Reste sagement chez toi, d'accord ? Ne fais pas de vagues avant qu'on ait discuté un peu plus longuement de tout ça.

— Pas de problème. Je vais m'acheter une pizza, rentrer à la maison et ensuite glisser ma délicate personne entre les draps.

— Tucker, sois chic, ne me fais pas fantasmer…

Le reste de la journée s'écoula sans incident notable. Brette rentra chez elle à l'instant où le bus scolaire déposait Eric et Hank. Si tous les deux faisaient semblant de ne pas se voir, Hank marqua un temps d'arrêt quand il l'aperçut, elle. Puis il tourna les yeux en direction de sa maison : Sally se tenait sur le perron, tel un chien de garde. Il se dirigea aussitôt vers elle.

Intéressant, songea Brette. Apparemment, l'adolescent manifestait quelque envie de mettre fin à la guerre froide. Ce qui signifiait qu'il ne gobait pas tout rond les âneries de sa mère.

— Quelles nouvelles ? demanda-t-elle à Eric tout en rentrant chez eux.

— Si tu veux parler de Hank, mauvaises. Il parle de nouveau de fuguer.

— Pas pour repartir à Saint Louis, j'espère ?

— Non.

— Bien. Mais son père ne veut pas de lui. Où pourrait-il aller ?

— Oh ! je crois que c'est de la blague ! A mon avis, il espère que je vais aller tout répéter à sa mère, qu'elle aura la trouille qu'il s'en aille et que, du coup, elle lui permettra de revenir ici.

— Mmm. Si c'est ça, il a tout faux. Le pauvre Hank ne connaît vraiment pas Sally.

Du bout des doigts, elle ébouriffa les cheveux de son fils, regrettant brusquement l'époque où il préférait les garder longs.

— J'ai l'impression que tu deviens un fin psychologue, jeune homme.

— Règle du Bon Sens selon Barry, numéro 101.

— Ah ! la numéro 101…

De retour dans la maison, elle posa la glace et le courrier sur le comptoir de la cuisine.

— Eric, j'ai une suggestion à te faire ainsi qu'une question à te poser concernant la soirée.

— Je te vois venir ! La question, je la devine. Et la réponse est, non, je n'irai pas en face apporter de quoi dîner à Hank quand Sally sera partie bosser. Il sait où nous habitons. Il n'a qu'à savoir ce qu'il doit faire.

— Oh ! pitié, Eric Barry… Ta grande sagesse m'anéantit.

Ils éclatèrent de rire.

— Voilà la suggestion, déclara Brette, après avoir repris son sérieux. J'ai proposé à Bertrice que nous fassions un saut chez eux après dîner. Pour jouer au Parcheesi.

— Après dîner ? Donc je ne serai pas obligé de manger son plat de foie à moitié cru. Super !

— Comme autrefois, quand la viande n'était pas bourrée de stéroïdes et autres saletés. On n'en mangeait pas souvent parce que c'était un luxe, mais elle était excellente pour la santé. Tu le veux saignant, ton steak ?

— A point. Bertrice va faire un gâteau ?

— Aux carottes. C'est pour l'accompagner que j'ai acheté la glace.

— Je peux avaler ça.

— Brave homme !

— Vous avez deux six, Clovis. Allez-y.

Frémissant d'excitation, le vieil homme prit un jeton et le fit courir sur les cases.

— Un vrai gosse ! s'exclama Bertrice, amusée. Je suis si contente que vous soyez venus, tous les deux. Votre présence est plus efficace pour Clovis que tous les médicaments du monde.

— Nous sommes très contents aussi, n'est-ce pas, Eric ?

L'air faussement contrarié, celui-ci était en train de regarder Clovis attraper les dés et les secouer dans sa main.

— Je crois qu'il triche !

Le vieil homme éclata de rire et ouvrit la main. Dans sa paume, les dés montraient deux six.

— Vous voyez ? s'écria Eric.

La partie continua dans la gaieté. Brette savourait ces instants de bonheur. Lorsque vint le moment de manger le gâteau, les Ponder posèrent des questions à Eric, s'intéressant à ses cours ainsi qu'à ses autres activités. Dieu que ce moment de paix faisait du bien au milieu de tous les soucis !

— Un autre morceau ? proposa Bertrice quand l'ambiance commença à retomber.

Brette secoua la tête.

— Merci, mais non. Il était excellent, mais je n'en peux plus. Et puis il se fait tard. Nous allons rentrer nous coucher.

— Moi, j'aimerais bien emporter une part pour le petit déjeuner, intervint Eric.

— Bien entendu, mon chéri. J'avais déjà prévu de...

La vieille dame s'arrêta net : on frappait à la porte. Ils échangèrent des coups d'œil en silence. Il était 22 heures passées. Trop tard pour une visite de courtoisie.

— J'y vais, fit Brette en se levant.

A peine eut-elle mis le pied dans le vestibule qu'elle reconnut la haute silhouette derrière les carreaux de la porte d'entrée.

Sam. Que faisait-il là ? Elle ouvrit la porte, le cœur battant à tout rompre, d'émotion et d'inquiétude à la fois. L'expression de Sam était sombre.

— Que se passe-t-il ? s'enquit-elle aussitôt.

— Je rentrais chez moi quand j'ai vu ton pick-up devant la maison des Ponder. Sais-tu que tu as un pneu à plat ?

— Mais c'est impossible : mes pneus sont neufs ! J'ai fait changer les quatre le mois dernier.

— Pourtant, je t'assure que la roue avant droite est à plat. Et... on dirait que quelqu'un s'est amusé à la taillader.

Sam sur ses talons, elle sortit en hâte et se mit à courir le long de la rampe aménagée pour Clovis. Un pneu tailladé ? Bon sang...

La Suburban de Sam était garée quasiment au milieu de la route, derrière le pick-up. Ses feux de détresse clignotaient.

Immédiatement, elle vit la roue. Un vrai désastre. Les mains sur les hanches, elle laissa échapper un soupir d'exaspération.

— Le salaud...

— Tu sais qui a fait ça ?

— Evidemment. Ça ne peut être qu'Albert. Il est en colère contre moi, et ce genre de truc sournois et méchant est tout à fait dans ses cordes. Ce mec est vraiment très inquiétant. Je devrais avoir peur de lui.

Sam se raidit. Elle comprit qu'il s'efforçait de garder son sang-froid.

— Que s'est-il passé chez lui ? Je savais que tu étais allée à la caravane, mais je croyais que tout s'était bien passé.

— Si on veut.

— Dans ce cas, pourquoi n'es-tu pas allée te plaindre à la police ?

— Me plaindre de quoi ? J'ai ouvert sa porte. Mes empreintes sont partout : sur la poignée, le battant… Tu penses que Cudahy aurait apprécié ça ?

— Oh ! Brette ! gémit-il. Que vais-je faire de toi ?

— Tu n'as pas à te poser cette question. Je ne suis pas ton problème, il me semble.

Du moins, c'était ce qu'elle avait déduit de ses paroles.

— Tu crois vraiment ?

Avant qu'elle ait pu répondre, Eric apparut, talonné par Bertrice.

— Qu'est-ce qu'il y a, maman ?

Il vit le pneu.

— Oh ! la vache ! Comment c'est arrivé ?

— Tu n'as pas besoin de le savoir.

— Je vais changer la roue, proposa Sam. Tu en as une de secours, au moins ?

— J'en ai même deux. La plus facile à sortir est à l'intérieur. Mais ce n'est pas la peine, Sam.

— Mais si.

Elle ne voulait pas se disputer avec lui devant Bertrice, et surtout pas devant Eric. Celui-ci voulut savoir pourquoi Albert lui en voulait au point d'en arriver là. Elle finissait de lui expliquer que ce n'était pas grave quand Keith les rejoignit à son tour.

— Eh bien ! s'exclama-t-il en découvrant la roue crevée. Vous avez pris un sacré clou !

— Ce n'était pas un clou mais un coup de couteau, rectifia Eric. Albert Pugh essaie de faire peur à maman.

La colère faisait trembler sa voix juvénile. Keith passa un bras autour de ses épaules, tout en gardant son regard fixé sur Brette.

— Vous pensez qu'il est très contrarié à cause de ce qui s'est passé ce matin ?

Sam lui décocha un regard luisant comme du métal poli. Compréhensible si l'on considérait que Keith était au courant de l'histoire et pas lui. Après son altercation avec Albert, Brette avait déboulé à toute vitesse sur la route, où Keith l'avait arrêtée en agitant une enveloppe. Il lui avait sufi de poser les yeux sur elle pour comprendre que quelque chose n'allait pas. Très inquiet, il l'avait interrogée, et elle lui avait tout raconté.

— Vous devez appeler le shérif ! s'écria-t-il.

— Impossible.

— Pourquoi ?

Parce qu'elle s'était introduite dans la caravane sans autorisation, voilà pourquoi. Mais cela, elle ne voulait pas le mentionner devant les Ponder.

— Ce serait une mauvaise tactique, Keith. Albert serait encore plus furieux et n'en finirait pas de me faire payer. Non, ce ne serait pas malin.

Keith prit le temps de remonter ses lunettes sur son nez avant de remarquer :

— Vous êtes restée très jeune, Brette. Vous raisonnez comme si Albert et vous étiez des gosses dans une cour d'école.

— C'est monstrueux ! s'exclama soudain Bertrice. Avant, tout était si tranquille le long de cette route. Si seulement ce maudit Albert pouvait déménager… Je l'ai toujours soupçonné d'avoir écrasé notre chatte, Butterball.

Brette la prit dans ses bras pour la rassurer et lui conseilla de rentrer chez elle.

— Ne restez pas là, Bertrice. Il fait humide. Allez-y. Sam s'occupe de ma roue. Il aura fini dans une minute et je pourrai rentrer chez moi.

Bertrice regagna sa maison, escortée par Eric qui comptait bien emporter une part de gâteau. Brette profita de son absence pour interroger Keith.

— Avez-vous entendu passer des voitures sur la route au cours des deux dernières heures ?

— Quelques-unes, oui.

— Un moteur Diesel ?

La camionnette d'Albert émettait un cliquètement très caractéristique.

Pensif, Keith rentra la tête dans les épaules comme une tortue.

— C'est gentil de me créditer d'une quelconque connaissance en moteurs… Ai-je entendu un Diesel ou pas ? Je ne sais pas. Je n'ai pas fait attention.

— Parmi les voitures qui sont passées, il y avait la mienne, intervint Sam. Je suis allé à Mineola chercher du papier de verre et de la peinture pour demain. Mes achats sont sur le siège avant, si tu as envie de vérifier, Brette.

L'ironie de son intonation était presque palpable.

— Je suis sûr qu'il y a eu plusieurs voitures, assura Keith. Mais… oh ! je suis navré d'insinuer ça, mais Hank… enfin, vous voyez ce que je veux dire…

Tout d'abord, elle ne comprit pas. Puis la lumière se fit dans son esprit.

— Oh ! mon Dieu… Je n'avais pas pensé à… Non, Hank ne ferait pas une chose pareille. Me crever un pneu… Et puis il ne savait pas où je serais ce soir. Il aurait fallu qu'il sorte de chez lui et rôde dans le coin… Or, il a peur, la nuit. Pour qu'il se balade dans le noir, il faut qu'il ait une sacrée bonne raison.

— Vous ne m'avez pas dit qu'il envisageait de partir de nouveau de chez lui ? s'enquit Keith. De plus… Hé ! mais vous tremblez !

Il s'approcha d'elle et lui entoura les épaules de ses bras.

— Je suis désolé. Jamais je n'aurais dû envisager cette possibilité. C'était maladroit de ma part.

— Voilà enfin de sages paroles, railla Sam à voix basse.

Une fois le pneu changé, il retira le cric. Il le remettait en place dans son compartiment quand Eric réapparut. Brette s'empressa de faire monter son fils dans le pick-up et souhaita une bonne nuit à Keith.

— Ne vous inquiétez pas : je sais que vous voulez m'aider, et j'apprécie.

— Non. J'aurais mieux fait de me taire.

— Pas du tout. D'ailleurs, je vais essayer de voir où se trouve Hank en rentrant. Je le connais : quand il dit qu'il fera ceci ou cela, ses projets restent lettre morte. C'est quand il ne dit rien qu'il faut se méfier. Mais peut-être ce qui lui est arrivé lui a-t-il mis un peu de plomb dans la cervelle.

Keith se pencha par la vitre baissée et lui posa un baiser sur la joue.

— Prenez soin de vous. Et appelez-moi en cas de besoin.

Là-dessus, il partit au petit trot en direction de son mobile home, sous le regard attendri de Brette. Sam avait tort de se moquer de lui ; c'était vraiment un chic type.

— Je t'accompagne jusque chez toi, décréta Sam tout en s'essuyant les mains avec du Sopalin trouvé dans sa Suburban. Je veux m'assurer que Hank ne traîne pas autour de ta maison.

— Je suis sûre que ce n'est pas la peine.

— Je ne suis pas Keith Daggett, moi. Je ne vais pas attendre pas que tu me téléphones pour t'aider.

Il jeta le Sopalin roulé en boule dans le coffre de sa voiture puis se mit au volant.

A l'évidence, il était jaloux. Et elle aurait dû se sentir flattée. Au lieu de cela, son cœur se serrait de dépit : quoi qu'il ressente pour elle, il ne le lui avouerait jamais franchement.

— Quel merdier ! murmura Eric quand ils reprirent la route.

— Je suis bien d'accord.

— Dire que la soirée avait si bien commencé…

— Je suis contente que tu te sois amusé, mon chéri. Essaie de ne pas l'oublier et relativise tout le reste.

— Tu penses vraiment que Hank a… Oh ! la la ! Qu'est-ce que c'est que cette odeur ?

Brette renifla. Effectivement, cela sentait mauvais. Et plus ils approchaient de la maison, plus le remugle s'amplifiait. Un sconse devait se promener dans le coin.

— J'espère qu'on ne va pas se retrouver nez à nez avec lui dans l'allée, grommela Eric.

Brette se gara et coupa le contact. Bien qu'elle ait laissé les lumières extérieures allumées en quittant la maison, par prudence, elle attrapa la torche qu'elle gardait toujours dans la voiture.

— Voilà les clés, Eric. Avance-toi. Pendant ce temps, je ferai courir le faisceau sur le jardin. Si le sconse est encore là, il prendra la poudre d'escampette.

— On dirait qu'il s'est baladé juste devant le perron.

Se pinçant le nez d'une main, tenant le gâteau et les clés dans l'autre, Eric descendit du pick-up. A peine eut-il fait quelques pas que Sam accourait de son jardin, lui aussi muni d'une puissante torche.

— C'est probablement de l'eau croupie, lança-t-il. Ça arrive souvent après de fortes pluies. Je ne vois pas d'autre explication.

— Bizarre. Nous n'avons aucune nappe d'eau en putréfaction par ici…

— Maman ! Maman, viens vite ! hurla Eric en jaillissant de la maison.

35.

Eric toussait derrière sa main, l'air éperdu. Brette s'élança à sa rencontre.

— Que se passe-t-il ?

— C'est… c'est dans la maison !

— *Le sconse ?*

— Non ! L'odeur ! Ça sent encore plus mauvais dedans que dehors !

Sam attrapa Brette par le bras.

— L'air conditionné est en marche ?

— Oui. Il fait trop humide pour laisser les fenêtres ouvertes. Pourquoi ?

— Je n'entends pas tourner le compresseur. Ce qui explique peut-être l'odeur. Reste où tu es. Je vais mettre des gants et me protéger. Si le sconse est toujours coincé dans l'appareil, il risque de m'asperger et de me mordre.

— Sam, je…

— Laisse-moi faire. Je n'ai pas envie qu'Eric ou toi attrapiez la rage.

Elle comprit enfin : il croyait que le sconse était coincé dans le compresseur !

— Eric, tu ne bouges pas d'ici, ordonna-t-elle quand Sam revint de son atelier.

Il avait enfilé des gants et tenait dans les mains un grand sac poubelle ainsi qu'une pelle à long manche.

— On y va, fit-il.

Elle essaya de le retenir.

— Attends, Sam, c'est mon problème et je peux...

— Non. Tu travailles demain matin. Si ça tourne mal, moi j'aurai tout le temps de me récurer et de me mettre du déodorant.

— Bon. Mais sois prudent.

— Tu devrais sortir les vêtements que tu comptes porter demain et après-demain et ouvrir toutes les fenêtres. Après, prépare-toi à mettre en route le ventilateur de la clim' quand je te le dirai.

— Très bien. Je... Hé ! attends. Pourquoi des vêtements ?

— Tu as entendu ce que disait Eric. Si le sconse est dans le compresseur, toute la maison sera empuantie. Pas question d'y dormir. Où iras-tu ? Chez Sally ? Les Ponder ? Ou chez ce si compréhensif Daggett ?

— Pas la peine de te montrer aussi agressif...

— Brette, quelqu'un s'en est pris à toi ce soir, martela-t-il. Ça ne me rend pas très sociable ni aimable, vois-tu. Bon, tu viens chez moi. Ou suis-je toujours en tête de liste des suspects ?

Il lui décocha un regard de défi qu'elle soutint fermement.

— Si tu penses ça, alors tu ne me connais vraiment pas, Sam Knight !

— Mmm. Va chercher tes vêtements, fit-il d'un ton radouci.

Elle s'exécuta, ainsi qu'Eric. A l'intérieur de la maison, l'odeur était aussi épouvantable que son fils le lui avait annoncé. Elle ouvrit toutes les fenêtres, ramassa vêtements et affaires de toilette et ressortit, tout ça en quatrième vitesse. Pourtant, lorsqu'elle revint dans le jardin, elle se sentait nauséeuse.

Eric était déjà dehors, près du pick-up. Stupéfaite, elle découvrit Hank à côté de lui.

— Salut, maman numéro deux, murmura ce dernier timidement. Désolé de ce qui t'arrive. Eric vient de me raconter.

— Merci, Hank. Mais… tu es sûr de ne pas prendre de risque en venant ici ? Ta mère te surveille peut-être.

Cela n'aurait pas été la première fois. Sally avait souvent espionné son fils par le passé. Non parce qu'elle s'inquiétait pour lui mais parce qu'elle ne lui faisait pas confiance.

— Tu m'en veux toujours, Brette ?

— Pour l'autre soir ? Non. Je te comprends. Mais j'ai passé une mauvaise journée, et la dernière chose dont j'ai besoin, c'est de me retrouver face à ta mère.

Hank montra la maison de Sam d'un mouvement du menton.

— Eric m'a dit que vous alliez vous installer chez lui. Je crois qu'il vaudrait mieux que vous veniez chez moi. Maman ne le saura pas. Tu te lèves de bonne heure et Eric pourra partir en même temps que toi.

— Pour aller où, Hank ? Non, ce n'est pas une bonne idée. Mais je te remercie de la proposition.

Cette solution aurait impliqué une bonne heure de rangement et de nettoyage avant de se mettre au lit : il était hors de question que son fils ou elle se couchent dans le capharnaüm des Jamison.

— Tu n'as rien remarqué de spécial un peu plus tôt dans la soirée, Hank ? s'enquit-elle.

— Tu veux savoir si j'ai entendu passer la camionnette d'Albert ? Non. Je regardais la télé, mes écouteurs aux oreilles.

Elle lui effleura l'épaule du bout des doigts.

— Tu m'as manqué, mon garçon.

— Tu m'as manqué aussi.

Elle s'attendait à ce qu'il s'en aille, mais non. Apparemment, il cherchait à lui dire quelque chose.

— Tu sais, Brette, je crois que… que maman commence à regretter.

Bon. Ce n'était qu'un début, mais positif tout de même.

— J'en suis contente, Hank.

Il jeta un coup d'œil empreint de méfiance à Sam, qui venait de s'engouffrer dans la maison.

— Je ne l'aime toujours pas, lui, décréta-t-il.

— Dommage. Parce que je suis sûre qu'en d'autres circonstances, tu l'aurais beaucoup aimé. Vous avez beaucoup en commun, tous les deux.

Hank garda le silence, mais ne parut pas choqué par sa remarque.

Tandis qu'il rentrait chez lui, Brette et Eric attendirent le retour de Sam pendant ce qui leur sembla durer une éternité. Enfin, il sortit du local abritant le système de climatisation, le sac poubelle à la main, la pelle plaquée sur l'ouverture. Tenant la… chose à bout de bras, il partit vers la forêt et s'enfonça dans les bois.

Quelques minutes plus tard, il revenait et s'arrêtait pour déposer la pelle dans son atelier. Brette et Eric l'y rejoignirent.

— Alors ?

— Le pauvre animal s'était introduit dans le système de ventilation. Quand le ventilateur s'est mis en marche, il s'est fait électrocuter. J'irai constater les dégâts demain matin.

— Oh ! je n'avais pas pensé à ça… Le climatiseur est peut-être fichu.

Tout en suivant Sam jusque chez lui, elle s'efforça de calculer mentalement combien il lui faudrait débourser pour remplacer le climatiseur. Certes, il datait de dix ans, mais avait très bien fonctionné jusqu'à présent.

Bien sûr, elle avait de quoi assumer la dépense. Mais ce nouveau souci s'ajoutait à tous les autres, et elle s'en serait bien passé.

— Ne t'inquiète pas, Brette, fit Sam comme s'il avait lu dans ses pensées.

Il ouvrit la porte de la véranda, puis s'effaça sur le seuil.

— Tout ce qui m'intéresse pour le moment, déclara-t-elle en entrant, c'est de prendre une douche et de dormir.

— Ça sent drôlement meilleur ici, lança Eric.

— Oui. Et en plus, c'est superbe !

Au milieu d'une douzaine d'espèces de plantes aussi extraordinaires les unes que les autres se trouvaient un canapé et un fauteuil à bascule assortis. Et, un peu plus loin, près de la porte qui communiquait avec la partie habitation de la maison, un établi couvert d'outils. Brette aurait aimé avoir le temps d'examiner les plantes une à une et d'interroger Sam sur ses talents. Par exemple, ce ficus de trois mètres de haut… Il ne l'avait quand même pas acheté si grand. Et ces bananiers qui touchaient la voûte, allaient-ils produire des fruits ? La plus importante source de la lumière provenait de lampes équipées de ces ampoules spéciales qui dupent les plantes, leur faisant croire qu'elles sont au soleil. Comme ces petits cactus, prêts à être mis en terre.

— Tu comptes les placer avec tes plantes grasses, Sam ?

— S'ils s'adaptent, oui. J'en ai déjà perdu plusieurs. Je me demande s'ils passeront l'hiver dehors.

Tout en parlant, il avait ouvert la porte d'accès à la partie habitable.

— Super ! s'écria Eric qui regardait autour de lui avec autant d'avidité que Brette.

Si l'extérieur du château dément nécessitait encore bien des travaux, en revanche, l'intérieur semblait achevé. La cuisine et la salle à manger ne faisaient qu'une pièce immense, très décorée, à l'inverse de celle de Brette. Mais il s'agissait d'une décoration chaleureuse, absolument pas pesante : placards de bois massif, ustensiles en cuivre étincelants, sol de tommettes… Un vrai havre.

— Je t'ai vu apporter ça, remarqua-t-elle en montrant du doigt une table entourée de quatre chaises anciennes à haut dossier. Mais tout était dans un état… bon à brûler. Et voilà ce que tu en as fait !

— C'était une affaire. L'ensemble avait été partiellement brûlé puis abîmé par l'eau. Je l'ai eu pour une bouchée de pain.

Il posa un regard attendri sur le vieux mobilier qui entre ses mains s'était mué en antiquités. La plupart des pièces qui garnissaient la maison, il les avait apportées une à une et restaurées, mis à part les quelques éléments retirés de son garde-meuble, à Tyler.

Brette se rappela que c'était là une des raisons qui l'avaient poussée à tenter d'approcher son nouveau voisin : il aimait les vieux meubles malades, comme elle. A l'époque, elle s'était dit qu'il apprécierait peut-être un coup de main de la part d'Eric pour charrier sièges, armoires, tables et montants de lit.

— J'ai hâte de voir le reste de la maison, Sam.

— Tu seras déçue. Cette partie exceptée, rien n'est vraiment terminé. Enfin, les chambres sont peintes. Eric, monte au premier et installe-toi donc dans celle qui est à gauche. La première porte. Quant à toi, Brette, prends ma chambre, au fond du couloir à droite.

— Mais non. Je ne vais pas te déloger. Et puis je me lève tôt demain. Je ne veux pas te réveiller.

— La plupart de mes affaires sont dans mon bureau, ici, au rez-de-chaussée. J'aime bien dormir près de mes plantes. Ou même carrément avec elles, dans la véranda.

Il traversa la salle de séjour et fit coulisser la porte vitrée qui donnait sur un vestibule. Brette y pénétra. Une baie ménagée dans la quasi-totalité d'un pan de mur donnait sur une immense pièce au fond de laquelle se dressait une gigantesque cheminée. A gauche se trouvait l'escalier conduisant à l'étage.

— Eric, fais attention en montant : la rampe n'est pas solide. Tu trouveras des draps propres sur le lit et ce qu'il faut dans la salle de bains. Vas-y. Fais comme chez toi.

— Impec' ! s'exclama l'adolescent tout en s'élançant à l'assaut des marches.

Brette resta en bas.

— Sam, tu es vraiment gentil.

Elle parlait à voix basse pendant qu'au premier, son fils criait de plaisir et d'excitation.

— Tu ne seras pas nerveuse ?

La souffrance était perceptible dans son intonation. Seigneur ! combien elle l'avait blessé avec ses doutes, ses soupçons…

— Je serai très bien, Sam.

Elle attendit, persuadée qu'il allait ajouter autre chose, mais il dit seulement :

— Repose-toi bien.

Et il s'en alla.

Elle inspira profondément. Que s'était-il passé ? Elle avait l'impression qu'il avait emporté tout l'oxygène avec lui. Bah ! cela valait mieux comme ça. Quelques instants encore avec lui, et des fantasmes l'auraient assaillie.

Bon. Au lit, sinon elle n'arriverait pas à se lever le lendemain.

Avec un nouveau soupir, elle commença à gravir l'escalier. Comme Sam l'avait prévenue, il restait beaucoup à faire. Mais il n'habitait là que depuis six mois. En si peu de temps, il avait accompli des prodiges. Une laque blanche habillait les murs et les vieilles marches de bois brillaient de cire.

— Tout va bien, là-dedans ? demanda-t-elle en frappant doucement à la porte d'Eric.

Il lui ouvrit et lui montra du doigt la fenêtre occultée par un simple store.

— Vue imprenable sur la maison des Jamison. Pour changer.

— Ferme les yeux et elle disparaîtra.

L'aspect de cette chambre était bien en-deçà de la description qu'en avait faite Sam. Le lit double était magnifique, et la lampe de chevet, mélange de cuivre poli et de bois, semblait l'œuvre du maître de maison.

— Ça ne m'embête pas de voir la maison de Hank, maman. Je plaisantais. Dis, qu'est-ce que je vais faire demain matin quand tu seras partie au boulot ? Tu crois que l'odeur se sera dissipée, chez nous ?

Non, vraisemblablement pas. Mais elle ne pouvait pas demander à Sam de veiller sur son fils pendant qu'elle faisait sa tournée.

— Je pense que je te réveillerai et t'emmènerai avec moi. C'est le plus raisonnable, avec Albert dans les parages.

— Oh ! la, la !… Il fera encore nuit !

— Raison de plus pour te coucher tout de suite. Bonne nuit, mon chéri.

Elle referma la porte et se dirigea vers la chambre principale, son petit sac de voyage à la main. La pièce qu'elle découvrit n'était guère plus aménagée que celle dévolue à Eric, mais beaucoup plus spacieuse. Ses grandes dimensions offraient une infinité de possibilités pour un décorateur amateur.

Quant au lit de deux mètres de large, il convenait parfaitement à un homme de la stature de Sam, songea-t-elle en tapotant la courtepointe brodée. Mais elle, elle s'y sentirait bien seule…

— Chasse ce genre d'idée de ton esprit, ma vieille, murmura-t-elle tout en se dirigeant vers la salle de bains.

Après une bonne douche, les cheveux encore mouillés, elle redescendit au rez-de-chaussée. Il fallait qu'elle parle à Sam. Mais il ne se trouvait pas dans la cuisine, et la porte de la véranda était fermée à clé.

— Quelque chose ne va pas ? entendit-elle alors qu'elle s'efforçait une nouvelle fois de faire jouer la poignée.

Elle pivota sur ses talons. Dans la faible clarté, Sam n'était qu'une ombre chinoise. Pourtant, elle devina qu'il sortait de la douche. L'odeur de savon qui émanait de lui lui monta aux narines, enivrante.

Il l'observait. Et le T-shirt qu'elle portait lui sembla tout à coup indécent. S'empêcher de croiser les bras sur sa poitrine exigea toute sa volonté.

— Sam, je sais que je n'ai pas le droit de te pourrir la vie avec mes problèmes, mais j'ai besoin de toi. Eric… Je ne peux pas le réveiller avant l'aube et l'obliger à m'accompagner pendant ma tournée ! Il n'y a quasiment pas de place sur le siège à cause des colis… Et la maison… embaumera sans doute encore. Est-ce qu'il pourrait rester avec toi ? Je sais que c'est beaucoup demander mais, quoique j'aie prétendu hier, je me fais beaucoup de souci à cause d'Albert. J'aurais l'esprit plus tranquille si tu gardais un œil sur mon fils.

— Tu me fais donc confiance ?

Hochant la tête, elle plongea son regard dans le sien.

— J'admets que je ne l'ai pas volé… Sam, tu m'as fait peur, au début. Mais je crois que tu voulais qu'il en soit ainsi. Oui, je te fais confiance. Plus qu'à qui que ce soit d'autre.

Pendant un long moment, le seul son audible fut le ronronnement de la climatisation.

— Eric sera en sécurité avec moi, lâcha-t-il enfin.

Elle dut résister à l'envie de s'attarder. Dieu que c'était bon de se débarrasser de son stress… Mais quelle excuse trouver pour rester là à ne rien faire, sauf goûter le plaisir de la décontraction, alors que les minutes passaient inexorablement ?

Elle se résigna à remercier Sam.

Et ne bougea pas d'un pouce.

Le silence s'installa, pesant, lourd de signification. Jusqu'à l'instant où Sam lança :

— Ce n'est pas une bonne idée.

Donc, il savait ce qu'elle éprouvait. Et lui renvoyait l'écho de ses émotions.

Elle se sentit vulnérable, disponible. Et se reprocha de l'être, se traitant à part elle de folle.

Sans pour autant amorcer le moindre mouvement vers la porte.

— Bon sang, Brette, je ne t'ai pas invitée ici pour… pour ça !

Non. Elle n'en doutait pas. La preuve, il comptait dormir au rez-de-chaussée, la reléguant au premier étage, avec Eric pour chaperon.

Mais il allait capituler. Ce petit hochement de tête, ce soupir…

— Viens, chuchota-t-il en lui ouvrant les bras.

36.

A ses mots, son intonation presque suppliante, Brette ressentit comme une décharge électrique. Le choc la ramena sur terre en une seconde. Non, elle ne voulait pas de ça. Et lui non plus ! Trop dangereux. Trop lourd de conséquences. Franchir ce cap représenterait l'acte le plus grave de sa vie — du moins, le deuxième, le premier ayant été de faire un enfant.

— Sam, il ne faut pas… Tu m'as dit…

— Je sais ce que je t'ai dit ! Bon sang, j'ai l'impression que si je ne t'embrasse pas, je vais mourir… Pourquoi, Brette ? Pourquoi ?

Elle traversa la pièce et s'approcha de lui. Il respirait trop fort, trop vite, et sa poitrine se soulevait par saccades.

Se nichant contre lui, elle pressa son cœur contre le sien et lui offrit sa bouche.

Leur baiser lui fit l'effet d'une déflagration. Son corps vibra, comme si des ondes de choc couraient le long de ses nerfs, aiguisant ses sensations, enflammant tout sur leur passage. Une passion dévorante terrassa sa volonté. Et elle s'agrippa au cou de Sam qui l'étreignait à lui couper le souffle. Il lui rendit son baiser avec tant de fièvre qu'une image de lave en fusion traversa ses pensées en déroute.

— Oh ! Brette… J'ai tellement envie de toi, lui murmura-t-il à l'oreille, hors d'haleine.

Ses lèvres glissèrent vers son cou puis son épaule que dévoilait l'échancrure du T-shirt.

— Alors, va jusqu'au bout, répondit-elle d'une voix enrouée.

Il recula et plongea ses yeux dans les siens.

— Mon Dieu ! Brette, je… je ne peux pas résister.

— Chut ! fit-elle en lui effleurant les lèvres. Ne parle plus et fais-moi l'amour.

Quelques instants plus tard, ils étaient dans la chambre. Le lit les accueillit, encore frais. Seule une douce lumière diffusée par une lampe de verre dépoli les éclairait. Suffisamment pour qu'ils puissent se contempler en se déshabillant. Le T-shirt de Brette parut se dissoudre dans l'air chargé du parfum de leurs corps. Sam se dépouilla comme par magie de tous ses vêtements, puis se planta devant elle, lui offrant sa nudité tout en se gorgeant du spectacle de la sienne.

— Dieu que tu es belle…

S'agenouillant, il caressa de sa joue sa poitrine, son ventre tendu et sa toison dorée. Ensuite, ses mains et sa bouche se déchaînèrent, lui déclenchant des spasmes de plaisir. Gémissante, elle s'abandonna à la hardiesse de ses doigts, de sa langue, avide de rendre la pareille mais incapable d'en prendre l'initiative : il lui ôtait toute force physique. Ne lui restait qu'une énergie sexuelle dévorante, focalisée dans l'intimité de son sexe prêt à recevoir le sien. Elle noua ses jambes autour de ses reins et se hissa vers lui, enserrant sa taille de ses mains tremblantes. Les longs préliminaires ensorcelants, ce serait pour une autre fois ; elle attendait ce moment depuis trop longtemps. Et Sam aussi.

Déjà, il venait en elle. Il se mit à bouger, exhalant contre son oreille un souffle rauque entrecoupé de petits mots tendres.

L'ascension vers la jouissance fut telle qu'elle l'avait imaginée. Sans commune mesure avec ce qu'elle avait connu dans le passé. Etourdissante, presque effrayante par sa puissance. Tous les deux se retrouvèrent au paroxysme du plaisir. Leurs cris se mêlèrent, chant d'amour et de passion qui, pendant quelques minutes, les emporta hors de la réalité, au paradis des corps et des cœurs.

Une fois le calme revenu, Brette se refusa à ouvrir les yeux. Elle ne voulait pas que ce qu'elle venait de vivre ne devienne plus qu'un souvenir. Les sensations qui l'avaient bouleversée, elle tenait à les garder vivaces, tel un trésor rare et infiniment précieux. Elles étaient si nouvelles pour elle… Des années durant, elle s'était crue peu sensuelle, à peine réceptive. Or, il avait suffi d'un homme qui, paradoxalement, se refusait à elle, pour lui prouver le contraire. Sam, elle le savait, lui avait donné son corps mais pas son âme. Et il ne ferait rien pour qu'une intimité autre que celle induite par l'amour physique s'installe entre eux.

— Des regrets, déjà ? entendit-elle.

La voix venait d'au-dessus de sa tête. Il avait dû se redresser sur un coude pour la regarder.

Il ne lui restait plus qu'à ouvrir les yeux et à réintégrer le monde réel. A répondre à la question, aussi. Mais elle avait la gorge si sèche… Comme si toute l'humidité que recelait son corps s'était concentrée dans son ventre.

— Jamais je ne regretterai, Sam.

— Vraiment pas ? Pourtant, je n'ai pas été aussi attentionné que je l'avais projeté.

Elle lui décocha un sourire rayonnant.

— Attends une minute ou deux et tu pourras me le prouver. Laisse-moi d'abord me remettre.

Il attendit en la caressant jusqu'à ce qu'elle s'embrase de nouveau. Et il la pénétra, lentement cette fois, à l'écoute de ses réactions.

Lorsque le plaisir reflua pour la deuxième fois, se contraignant à garder ses paupières closes, elle sentit Sam remuer contre elle.

— Qu'est-ce qu'il y a ?

— J'aimerais que tu m'expliques quelque chose.

— Si je le peux, volontiers.

— Pourquoi n'as-tu pas épousé le père d'Eric ?

— Comment le sais-tu ?

— Ton fils porte ton nom. Je l'ai découvert grâce à son bulletin d'inscription à l'école.

Un instant, Brette s'était raidie : elle avait eu peur de la question. A tort. Elle pouvait y répondre sans problème.

— Je ne l'ai pas épousé pour plusieurs raisons. Tout d'abord, je voulais un enfant, pas un mari. Ensuite, Adam était mon meilleur ami et, le connaissant parfaitement, je savais qu'il n'avait aucune envie de renoncer à sa liberté. Ensuite, je ne me faisais pas d'illusions : entre nous, l'amitié n'aurait jamais évolué vers l'amour. Et pour finir… Eh bien, Adam est mort. Avant que nous ayons eu le temps de voir quelle orientation prendrait notre… expérience.

— Expérience ?

— Oui. Ce que nous vivions n'était pas, je le répète, une histoire d'amour. Oh ! j'étais très attachée à lui ! A sa personnalité, son humour, sa rage de vivre. Mais je n'étais pas amoureuse de lui. Lorsque nous nous sommes mis d'accord pour faire un bébé, nous ignorions si cela marcherait du premier coup — donc si nous ne serions pas obligés de renouveler l'expérience. Les dieux ont été de notre côté : je suis tombée enceinte tout de suite.

— C'est dingue ! Pourquoi n'es-tu pas simplement allée dans l'une de ces cliniques qui…

— Réfrigérant. Débilitant, répondit-elle, laconique.

— Si Adam avait vécu, aurais-tu souhaité qu'il prenne part à l'éducation d'Eric ?

— S'il l'avait voulu, oui. Mais il venait de passer de durs moments. Non seulement son père était mort des suites d'une terrible maladie, mais sa mère était partie avec son amant. Une vraie débâcle qui remettait tout en question dans son esprit. Son concept de la famille ne correspondait plus au mien.

— Eric est-il au courant ?

— Oui. Et il est fier d'avoir Adam comme deuxième prénom. Il a aussi compris que si je lui avais donné mon nom, c'était dans le but d'ôter à la mère d'Adam toute possibilité d'avoir un droit sur lui dans l'avenir. Ce choix a été fait à la demande d'Adam lui-même.

— Et tes parents ? Ils ont apprécié ton… expérience ?

Brette sourit.

— Sur le moment, pas tant que ça. Sous le coup de l'émotion, mon père a cassé sa meilleure pipe, et ma mère… Oh ! elle ne me désapprouvait pas ouvertement mais elle n'en pensait pas moins ! Mais en fin de compte, elle m'a fait confiance, convaincue que je me débrouillerais bien. Tout ce qu'elle espérait, c'est que je sois heureuse et ne regrette jamais mon choix.

— Et c'est le cas ?

La question semblait anodine, mais sa nervosité presque palpable prouvait l'importance qu'il accordait à la réponse.

— Eh bien… je le pensais. Au vu du résultat : Eric est…

— Super.

Touchée par la lueur de tendresse qui venait de luire au fond de ses yeux, Brette lui caressa la joue.

— Merci. Tu sais, j'aime le foyer que j'ai construit pour mon fils, mais… j'ai appris que rien n'était jamais parfait.

— Par exemple, on peut tomber sur une voisine du genre de Sally.

— Amie ou voisine, peu importe : Sally est pénible, oui.

— Tu ne la supportes que pour Hank.

— C'est un gamin que tu adorerais si tu le connaissais.

— Mais je l'aime bien. C'est avec sa mère que j'ai des problèmes. Toi aussi, tu en as. Et pas seulement avec elle.

Le regard dans le vide, il devait penser à ce qui s'était passé dans la soirée. La roue crevée. Et le sconse. Peut-être était-ce quelqu'un de malintentionné qui avait coincé l'animal dans le climatiseur. Sally n'était pas la seule à lui en vouloir.

— Sam, je sais à quoi tu penses. Et la réponse est non, je n'appellerai pas Cudahy.

— A cause de moi, c'est ça ? Tu penses qu'Albert m'accusera d'être l'amant de sa femme ?

— Même si Albert t'accuse de manger dans son râtelier, rassure-toi, je n'en crois rien : je sais que tu ne couches pas avec Tracie.

— Je me demande si ce ne serait pas moins grave que ce que tu crois par ailleurs.

— Quoi ?

— Qu'elle est morte.

Brette qui jusque-là lui caressait le torse, enleva sa main.

— S'il te plaît, ne gâche pas ce moment.

— Si seulement je pouvais t'emmener loin d'ici… Mais pour l'instant, je suis coincé. Brette, passe la nuit avec moi.

Il se colla à elle de façon suggestive.

— Ma douce Brette, si enthousiaste et idéaliste…

Idéaliste, elle ? Non. Bah ! il était inutile de le lui préciser ; il le découvrirait lui-même tôt ou tard. Au lieu de le détromper, elle se serra contre lui et murmura :

— Oui, Sam.

37.

Lundi 8 novembre

Sam se sentit presque soulagé quand Brette et Eric rentrèrent chez eux. Quel mauvais samedi ! A la place de l'habituelle sérénité du week-end, il s'était rongé les sangs en attendant que Brette rentre de sa tournée. Il n'avait pas cessé de consulter sa montre tout en installant la nouvelle rampe d'escalier avec Eric, puis s'était torturé l'esprit afin de deviner quelle serait la réaction du garçon quand il découvrirait qu'il couchait avec sa mère.

Décidément, en l'espace de vingt-quatre heures, il était devenu maso : il se posait question sur question en sachant qu'il ne pourrait obtenir les réponses. Il fallait absolument qu'il arrête d'y penser. Car la réalité le rattrapait, sinistre : ce soir, il passait devant le conseil d'administration de l'école. Il avait demandé à Brette de se tenir à distance. Qu'elle le laisse se débattre seul avec ses ennuis. D'ailleurs, qu'elle le laisse définitivement seul !

Mais comment pourrait-il respecter ses propres diktats alors qu'il ne pensait qu'à faire de nouveau l'amour avec elle ? Pire : il le lui avait dit. Bon sang !

Il l'avait suivie des yeux à l'aube, lorsqu'elle s'était dirigée vers son pick-up. Dévorée du regard quand elle s'était mise au volant. A peine s'était-elle assise dans la voiture qu'il avait perçu les plaintes de son corps, déjà en manque. Elle avait démarré en trombe, pris le premier virage sur les chapeaux de roues… Désireuse de rentrer tôt, elle était partie aussi vite que le permettait sa voiture. Mais ne faisait-elle pas tout en hâte ? Le jardinage, par exemple. Ce qui lui valait d'arborer des pansements sur les mains en permanence. Oui, Brette était une femme pressée… excepté quand elle faisait l'amour. Là, elle savait merveilleusement se concentrer et prendre son temps. Oh ! oui !… Et il en avait eu la preuve trois nuits d'affilée.

Il appuya son front contre le verre glacé de la fenêtre. Comment allait-il se sortir de là ? Renoncer à une femme pareille… et à Eric, cet enfant merveilleux qui lui offrait une deuxième chance d'être père ?

Eh bien, mais qu'il se lance donc ! Un peu de courage, que diable !

Pour leur bien à tous les trois, il devait trouver la force de briser net cette relation encore embryonnaire. Ils auraient tous mal, bien sûr, mais la blessure serait légère. Mieux valait tailler dans le vif tant que l'épine n'était pas enfoncée trop profondément. Ainsi, il laisserait derrière lui deux créatures meurtries mais qui guériraient. Pas comme sa propre mère, Kell et lui-même, rendus fous de douleur par un mari, un père ignoble.

Le fait d'assister au départ d'Eric et de Hank pour le collège le conforta dans sa décision. Leur amitié leur avait permis de surmonter bien des épreuves. Elle les aiderait encore.

Un peu plus tard, il décida de joindre l'agent immobilier qui lui avait vendu la maison. Faisant appel à tout son courage, il décrocha le téléphone.

Et replaça immédiatement le combiné sur son socle quand il aperçut un camion-citerne sortir de la propriété des Pugh : Brette avait-elle raison ? Peut-être que Tracie n'était pas repartie dans sa famille. Et qu'Albert était plus qu'un salaud : un assassin.

Abandonner Brette et les enfants à leur sort face à un sale type était une chose, mais les laisser affronter seuls un voisin enragé capable de commettre le pire, une autre.

Allons, il délirait ! Tracie avait pu s'en aller de son propre chef. Elle avait toutes les raisons de penser qu'elle serait plus heureuse loin d'Albert. Et avec un autre compagnon.

L'ennui, c'est qu'Albert semblait croire que c'était lui, ce nouveau compagnon. Ce regard qu'il lui avait jeté l'autre jour… Nul doute que, contrairement à ce qu'imaginait Tracie, il avait bien remarqué ses escapades nocturnes. La question était de savoir ce qu'il pouvait endurer et jusqu'où : pour certains hommes, un coup, c'était un coup, toujours bon à prendre. Peut-être Tracie en avait-elle eu assez de n'être bonne qu'à ça et lui avait-elle jeté ses quatre vérités en face. Et dans ce cas, qui sait comment Albert avait réagi…

Mystère. Ne pas trouver la réponse lui mettait les nerfs à vif. Le seul moyen de se calmer, c'était de gagner l'atelier et de passer sa colère sur du bois ou du métal.

Il travailla jusqu'au déjeuner. Lorsqu'il rentra dans la maison, il trouva deux messages sur son répondeur. Le premier émanait de Glick, qui lui rappelait la réunion à 19 h 30, et précisait qu'il aurait le loisir d'exprimer son point de vue… s'il estimait que cela lui serait profitable.

Sous-entendu : il était sûr que Sam n'oserait pas dire la vérité. Salaud de Glick…

— Merci de me faciliter la tâche, grommela-t-il.

Le deuxième message était de Brette. Il se raidit en entendant sa voix chantante s'élever.

— Salut, Sam. Tu sais quoi ? J'ai vu trois dindes sauvages près de la vieille chapelle. Incroyable, non ? Avec tous les coyotes et les sangliers qui se baladent dans le coin, je n'aurais jamais cru que les dindes survivraient.

Attendri, il sourit. Elle adorait la nature. La flore et la faune la ravissaient, mis à part les serpents venimeux et les sangliers. La saison de la chasse au daim avait commencé ce week-end et il l'avait vue rentrer la tête dans les épaules à chaque coup de fusil. Le spectacle de ces trois dindes, espèce en voie de disparition, avait dû l'enchanter. Dieu qu'il aurait aimé être là… Il gémit en songeant à ce qu'il ne connaîtrait jamais, à ce qu'il perdait en renonçant à la mère et au fils.

Le temps que le message se termine, et il sentit son courage s'envoler. Non, il ne se montrerait pas à la réunion. La force lui manquait pour subir l'inquisition des bonnes gens du comté de Wood.

Il quitta la maison et roula au hasard jusqu'à 20 heures. A son retour, il se crut sauvé. De Glick. Des membres du conseil d'administration.

En passant devant la maison de Brette, il chercha le pick-up des yeux. En vain. Non ! Brette n'avait tout de même pas osé aller au collège !

Si. Il en aurait mis sa tête à couper. Il ne lui restait plus qu'à faire marche arrière et à apporter cette tête à Glick sur un plateau.

38.

Le regard du superintendant Jack Percy balaya l'assemblée, puis s'arrêta sur Glick.

— Nous avons terminé, n'est-ce pas ?

Assise au premier rang dans la cafétéria de l'école, Brette tapota le genou d'Eric. Pour le rassurer, mais surtout pour se rassurer, elle. Jamais il n'y avait eu autant de participants à une réunion de parents d'élèves. Le dernier record d'affluence remontait au jour où le professeur de psychologie avait fait un sondage sur la pratique de l'onanisme chez les élèves... Ce soir-là, les discussions avaient été brèves et la conclusion n'avait pris qu'une minute. Vu la mine maussade des participants, il en irait de même aujourd'hui.

— La présidence est donc accordée au proviseur Glick, conclut Percy d'un ton autoritaire avant de se radosser à sa chaise.

Glick, un homme de haute taille et affligé d'un long nez, réunit les dossiers éparpillés devant lui, puis s'empara du micro.

— Est-ce que tout le monde m'entend ?

— Ouais, ouais, feu ! lança quelqu'un.

Il y eut des rires, vite étouffés. Une fois la salle silencieuse, Glick s'éclaircit la gorge.

— Bien. Comme vous le savez à peu près tous, le shérif Cudahy nous a communiqué une information très importante.

Au point que le superintendant Percy et moi-même avons jugé nécessaire d'y accorder la plus grande attention.

Eric se tortilla sur son siège et Brette se retint à grand-peine de l'imiter. Elle jeta un coup d'œil par-dessus son épaule. Où était Sam ? Il l'avait prévenue qu'il ne viendrait pas, sous prétexte que ce serait du temps perdu, que tout était joué d'avance. Il lui avait même expressément demandé qu'elle n'y participe pas non plus. Ce qu'il avait oublié, c'est qu'elle ne laissait personne décider à sa place. D'où sa présence. Comment aurait-il pu en être autrement dans la mesure où on le mettait sur la sellette ? Son nom et son histoire allaient être jetés en pâture à l'assemblée.

Glick semblait ravi d'être le centre de l'attention de tous ces adultes — une fois n'est pas coutume… Des adultes qui ne s'esquiveraient pas. Et pourtant, l'homme était ennuyeux à périr, Brette en savait quelque chose. Quand il la coinçait dans les couloirs du collège, elle manquait invariablement de s'endormir debout.

Le proviseur annonça qu'il donnerait en priorité la parole aux personnes assises au fond de la salle.

— Il le fait exprès, maman, lui souffla Eric. Il sait que tu es là, au premier rang, pour défendre Sam.

Au grand étonnement de Brette, seule une poignée de gens manifesta l'intention de s'exprimer. Il y eut quelques questions, des remarques sur les risques que prenait l'école en gardant en son sein un enseignant avec un casier judiciaire, puis Brette leva la main. Imitée par Rachel Durban, le professeur d'histoire. Un autre défenseur pour Sam ? Formidable ! Poliment, Brette la laissa parler en premier. Malheureusement, Mme Durban voulait qu'on expédie le sujet Sam Knight pour se consacrer à ce qui l'intéressait : la participation de ses élèves à un concours national qui se déroulerait à Anaheim.

— Procédons par ordre, madame Durban ! intima Glick.

— Je n'ai pas l'intention de perdre mon argent durement gagné pour une tripotée de gosses qui ne voudront aller à Anaheim que parce que c'est à côté de Disneyland, grommela un homme assis derrière Brette.

— Ça vole bas, chuchota-t-elle à Eric.

— Madame Barry ? Nous vous écoutons ! lança Glick.

Il était presque 21 heures, et elle se sentait démoralisée. Les gens commençaient déjà à s'éclipser, satisfaits de ce qu'ils avaient entendu. Bon sang, ils n'allaient quand même pas lui couper l'herbe sous le pied !

Elle se tourna vers l'audience et prit la parole d'une voix sonore, bloquant ainsi toute velléité de fuite.

— Toute cette affaire, c'est de la désinformation ! Nous devrions tous avoir honte d'avoir prêté une oreille complaisante aux sottises. Pire, aux calomnies !

Un murmure de désapprobation s'éleva, ponctué d'exclamations scandalisées.

— Jusqu'à ce soir, poursuivit-elle, imperturbable, la plupart d'entre vous ne connaissait même pas l'existence de Sam Knight. Moi, si. Il fait partie de mon voisinage. Et à ce titre, je peux vous dire qui il est : un professeur modèle, et un voisin sur lequel je peux compter. Je ne vais pas contester les faits énoncés par le proviseur Glick, notre nouveau président. Il a rapporté les événements tragiques qui marquent le passé de Sam Knight. Sans les déformer, je le lui concède. Mais s'il avait été honnête, il aurait aussi parlé de ce qu'a fait Sam pour la communauté : très fréquemment, il s'est porté volontaire pour surveiller l'embarquement des enfants à bord du bus scolaire. Il s'est aussi toujours montré disponible chaque fois qu'un élève en difficulté a eu besoin d'aide. Et il n'a pas ménagé sa peine afin de rendre service aux personnes âgées, travaillant gracieusement pour elles.

Elle rapportait là des informations que lui avait fournies Eric pendant le trajet.

— Il a également eu à cœur de s'occuper de jeunes rejetés par d'autres enseignants. Il les…

— Ce type, c'est une mauvaise graine ! lança une voix, lui coupant la parole. Moi, c'est tout ce que je constate.

— Vraiment ? Prouvez-moi que les enfants sont toujours le parfait reflet de leurs parents. Qu'une brute engendre toujours une brute, un voleur un autre voleur, un assassin… Mais je m'égare. Ce que j'aimerais savoir, c'est combien d'entre vous ont eu la chance d'avoir des parents unis, et combien ont échappé au divorce.

Elle balaya l'assemblée du regard.

— Je vous connais tous. Et je peux d'ores et déjà calculer que plus de cinquante pour cent des personnes assises dans cette salle sont soit issues de parents séparés, soit elles-mêmes divorcées.

— Peut-être ! Mais au moins, nous, nous avons essayé, déclara une femme. Ce n'est pas votre cas, madame Barry.

L'intervenante avait effectivement été mariée, puis abandonnée par son mari. Sa seule ambition — voire obsession — consistait à faire de sa fille la future Miss Texas.

— Ce que je veux que vous admettiez, tous autant que vous êtes, c'est qu'il serait abominable de faire payer à Sam Knight les crimes de son père !

— Et cette arrestation dont a parlé M. Glick ? demanda un homme dans les derniers rangs.

Ah ! Charlie Howard, commissaire de police à la retraite... Qui venait de chercher le bâton pour se faire battre.

— Et votre condamnation pour conduite en état d'ivresse, Charlie ?

Les gens s'entre-regardèrent, manifestement ébranlés, mais pas convaincus.

— Bien, reprit-elle. Nous sommes tous fatigués ; nous avons tous envie de rentrer chez nous et d'oublier cette déplaisante affaire. Mais avant de partir, faites un effort. Essayez de comprendre combien la perte d'un professeur comme M. Knight serait dommageable pour nos enfants. S'il est renvoyé, ils en pâtiront. C'est un merveilleux artisan ! S'il enseigne, c'est par plaisir, et non par besoin ; il gagnerait mille fois mieux sa vie en se mettant à son compte. Est-ce que vous lui donnez tort de ne pas donner prise à votre suspicion ? Il a choisi de changer, de refuser le passé. Que voulez-vous d'autre ? Qu'il devienne finalement celui que vous l'accusez d'être ? Je vous en prie, ne vous laissez pas guider par la méfiance. Ne faites pas payer à vos enfants votre étroitesse d'esprit. Et... ne renvoyez pas Sam Knight.

Dans l'agitation qui s'ensuivit, Brette ne releva que deux détails : son fils qui applaudissait... et Sam qui se glissait discrètement hors de la salle.

39.

Brette prit la première route à droite, laissant le plus gros de la circulation derrière elle.

— Tu crois qu'il va être en colère, maman ? s'enquit Eric.

— Voilà une bonne question.

Le silence retomba.

— Je ne veux plus aller chez lui, lâcha soudain l'adolescent.

— Chez Sam ?

— Non. Chez M. Lemeki. Il y a d'autre coiffeurs. Je n'ai pas aimé ce qu'il a raconté sur Sam. Qu'il serait bientôt à la une des journaux, qu'il deviendrait le nouveau psychopathe à la mode. Quel culot ! La dernière fois qu'il m'a coupé les cheveux, il disait qu'il était vachement content des cours de travaux manuels que Sam donnait à son fils Cory !

— Je vois. Ce cher monsieur pratique à la perfection le retournement de veste… Je suis d'accord avec toi, Eric. Si tu veux aller chez un autre coiffeur, pas de problème. Nous en trouverons un qui ne dise pas une chose et son contraire selon son interlocuteur.

— Merci. Tu sais quoi ? Je pense que les élèves auraient dû pouvoir s'exprimer à la réunion. Tous disent que Sam va se faire renvoyer et que ce n'est pas juste.

— Je suis bien d'accord avec toi, mon chéri. Peut-être pourraient-ils demander au groupe de délégués d'écrire une lettre de protestation et de l'envoyer à M. Glick ainsi qu'au conseil d'administration.

Elle s'interrompit, le temps de doubler un cycliste, puis s'engagea sur la route qui menait à sa maison.

— Eric, il faut que je parle à Sam. Tu vas rentrer à la maison et m'attendre, d'accord ? J'en ai pour une minute.

— Et si je t'accompagnais ? Devant moi, il n'osera peut-être pas montrer qu'il est en colère.

Décidément, Eric grandissait vite. Il raisonnait déjà comme un adulte, songea-t-elle en lui étreignant la main

— Tu dois te coucher tôt, mon chéri. Tu as cours demain. Mais merci pour l'offre.

Ils étaient arrivés. Aucune lumière ne brillait dans la maison voisine et les vantaux de l'atelier étaient clos. Toutefois, la Suburban garée dans l'allée prouvait qu'en dépit des apparences, Sam n'était pas loin.

Brette tendit à son fils les clés de leur maison, puis se dirigea vers celle de Sam.

Fait rarissime, même la véranda était plongée dans l'obscurité. D'ordinaire, Sam tenait à ce que ses plantes profitent le plus possible de la lumière artificielle. Brette s'approcha de l'un des panneaux vitrés et dut presser son front contre la vitre pour scruter l'intérieur du jardin d'hiver : les voyants de l'alarme se reflétaient sur le verre, brouillant sa visibilité.

Sam était là. Sur l'une des chaises longues, bras croisés sur la poitrine. Comme s'il l'attendait.

Elle poussa la porte.

— Tu as suivi ton idée, hein ? lança-t-elle sans préambule. Tu n'es pas venu. Tu as juste écouté caché au fond de la salle, comme un voleur, au lieu de venir te défendre haut et fort ! Oh ! Sam, j'espérais tant que tu aurais changé d'avis…

— Et moi, que tu tiendrais ta promesse.

A l'évidence, l'homme qui se tenait là n'était plus l'amant passionné et tendre des nuits précédentes. A la place se trouvait un étranger glacial. Avec lequel elle n'avait pas très envie de discuter.

— Je ne t'avais rien promis. Qu'est-ce que tu avais imaginé ? Que j'allais rester tranquillement chez moi sans rien faire ?

— Bon sang, Brette, je t'avais *demandé* de ne rien faire !

S'il cherchait la bagarre, il allait l'avoir, foi de Barry !

— C'est vrai, tu me l'avais demandé. Ordonné, même. Tu ne sais donc pas que chacun est libre de ses décisions ? J'ai fait ce que je voulais faire !

Il jaillit de sa chaise longue et se mit à arpenter la véranda tout en vociférant.

— Pour qui te prends-tu, Brette ? Tu te mêles de ma vie privée, comme si tu avais tous les droits…

— Je m'inquiète pour toi, répliqua-t-elle d'autant plus calmement qu'elle ne faisait qu'énoncer une vérité. Je déteste te voir rester là les bras ballants à attendre que tombe le couperet. Navrée, mais regarder ailleurs m'est impossible. Je me sens trop concernée. Parce que, vois-tu, dans mon esprit, tu n'es désormais plus seul à te débattre dans toute cette boue. Nous sommes deux !

— Faux. Il n'y a pas de « nous ».

La phrase était meurtrière, et Brette la reçut comme une flèche empoisonnée.

— Tu… tu ne penses pas ce que tu dis…

— Détrompe-toi et fais appel à tes souvenirs. Je t'avais prévenue que coucher ensemble ne signifiait rien. Alors pourquoi t'imaginer le contraire ? Parce que tu as eu un orgasme pour la première fois de ta vie ?

Devant ce nouveau coup, elle se raidit, décidée à tenir bon. Il jouait le rôle du goujat, du salaud, mais ce n'était qu'un rôle, justement. Pas question qu'elle se laisse entraîner dans ce mauvais film. S'il choisissait de fuir la réalité, de fouler aux pieds ce qu'ils avaient vécu ensemble, libre à lui. Mais qu'il ne compte pas sur elle pour lui rendre coup bas pour coup bas. En aucun cas, elle ne l'aiderait à justifier sa propre stupidité.

Elle tourna les talons.

— Bonne nuit, Sam. Et… adieu.

Comment elle réussit à rentrer chez elle sans se prendre les pieds dans une racine ni s'affaler sur une plate-bande, mystère. Elle marcha en vacillant, telle une somnambule, la vue brouillée par les larmes. Cependant, la détermination qui l'animait prenait le pas sur le chagrin, la mettant dans un état second où la maîtrise de soi domine les émotions. Elle ne leur lâcherait la bride qu'une fois à l'abri des regards, sous une douche pour noyer ses sanglots. Elle ne ferait pas souffrir son fils. Et ne se laisserait pas humilier.

Elle commençait à gravir le perron quand une voiture de police s'arrêta devant le cottage. L'inspecteur Russell en sortit.

Oh non… Pas maintenant… Elle n'avait pas le cœur à s'occuper de Hank. Mais n'aurait-elle pas dû vérifier qu'il était bien chez lui avant de se précipiter chez Sam ?

Comme le policier approchait, elle tenta de déchiffrer son expression. Sombre. Grave. Seigneur !… Voilà que son cœur, déjà très endommagé par Sam, achevait de se briser. Russell apportait de très mauvaises nouvelles, c'était évident. Mais lesquelles ? Quelle énième catastrophe allait encore s'abattre sur elle ? Elle avait eu sa dose, depuis ce matin…

Pas en totalité, apparemment.

— Madame Barry, désolé de vous déranger mais… Hank Jamison est-il avec vous ?

— Non. Ne me dites pas qu'il a encore fugué !

Russell se rapprocha encore, mettant le pied sur la première marche du perron.

— Non, madame Barry. Hank n'est pas parti. Mais sa mère… Sally Jamison… Elle est morte.

40.

Sally… morte ? Non. Ce n'était pas vrai ! Mais dans ce cas, pourquoi Russell serait-il resté planté là, avec cette tête d'enterrement, l'air de quelqu'un qui aurait donné cher pour se trouver n'importe où sauf là ?

— Co… comment ? bredouilla-t-elle, la main plaquée sur sa bouche. Sally est partie travailler il y a… trois ou quatre heures…

— Accident de voiture, madame Barry. Il y a une heure, un chauffeur de camion s'est arrêté pour cause de crevaison sur la nationale 14. C'est comme ça qu'il a remarqué la Taurus en contrebas, dans le lit d'une rivière à sec. Sans lui, la voiture aurait pu rester là une éternité sans qu'on la remarque. Et… Madame Barry, je crois que vous devriez vous asseoir.

Elle secoua la tête.

— Non, ça va.

Evidemment pas. Ses pensées battaient la campagne. Totalement désorientée, elle avait l'impression d'être aspirée par un trou noir traversé de météorites fulgurants.

— Madame Barry, s'il vous plaît…

Elle fit « non » de la main et inspira profondément. Enfin, la réalité reprit forme autour d'elle et, libéré du trou noir, son esprit se remit à fonctionner normalement.

Alors seulement, l'ampleur de l'horreur la submergea jusqu'au fond d'elle.

Pauvre Sally. Pauvre Hank...

— Inspecteur Russell, je ne comprends pas : si Sally n'est pas arrivée à l'hôpital, comment se fait-il que personne n'ait appelé chez elle ? Hank était... Oh !... Les écouteurs... Il n'a pas dû entendre...

Elle regarda sa montre. Quand Hank irait-il consulter le répondeur ? Dès qu'il le mettrait en marche, il entendrait le responsable du personnel de l'hôpital se plaindre du retard de Sally. Puis il y aurait un autre message. Où la même personne dirait combien elle était navrée pour la malheureuse Mme Jamison. Le choc serait terrible.

— Maman ?

Elle sursauta. La tête penchée dans l'entrebâillement de la porte, Eric posait sur elle des yeux interrogateurs. Comprenant tout de suite sa détresse, il se précipita vers elle et se jeta dans ses bras grands ouverts.

— Maman ? Que se passe-t-il ?

Seigneur ! qu'il était bon de serrer cet enfant si beau, si vivant, contre elle...

— Mon chéri, commença-t-elle avec gravité, il était dit qu'aujourd'hui serait à marquer d'une pierre noire... Il faut que... que tu sois fort. Quelque chose de terrible est arrivé.

— Hank ? C'est Hank ?

— Non. Sally. Elle... elle est morte.

Elle attendit quelques instants afin de lui laisser le temps d'encaisser le choc et de se ressaisir, et ajouta :

— Il faut que nous accompagnions l'inspecteur Russel. Pour annoncer ce... ce qui s'est passé à Hank.

— Oh ! maman…

Elle le sentait trembler contre elle. Doucement, elle posa un baiser sur ses cheveux puis redressa la tête. Le policier la fixait, visiblement ému.

— Hank n'avait que sa mère au monde, vous savez.

— Oui. J'en ai déjà parlé avec le shérif Cudahy. Légalement, nous devons joindre le père, mais le shérif pense que vous pouvez vous occuper de Hank cette nuit. Ensuite, nous lui chercherons un foyer d'accueil, en accord avec les services sociaux.

— Hank n'ira pas chez des étrangers ! Sally m'avait désignée comme tutrice… en cas de malheur. Elle voulait que son fils habite avec moi si… si… besoin était.

Grâce au Ciel, Sally avait eu cette idée. Prémonition ? En tout cas, deux ans auparavant, elle avait signé un testament devant notaire, stipulant cette volonté.

— Cette maison est désormais celle de Hank, inspecteur.

Sauf si Sally avait changé d'avis et signé un testament annulant le précédent. Ou si Hank refusait cet arrangement.

Quoi qu'il en soit, elle ne tarderait pas à le savoir.

— Allons-y, inspecteur.

Ils traversaient la route quand Sam les héla.

— Attendez !

En quelques foulées, il les rejoignit. Son expression trahissait son inquiétude.

— La mère de Hank est morte, lui lança Eric sans préambule.

Un gémissement étouffé franchit les lèvres de Sam, soudain réduites à une fine ligne.

— En quoi puis-je être utile ? murmura-t-il en regardant Brette.

— En nous laissant seuls.

Le bras autour des épaules de son fils, elle reprit sa marche. Elle luttait contre l'étau qui enserrait douloureusement son cœur. Sam… Quelle torture de devoir le rejeter ainsi ! Mais avoir mal à cause de lui en cet instant était indécent.

Son index lui parut de glace lorsqu'elle frappa à la porte des Jamison.

C'est Hank qui ouvrit, les cheveux en bataille. Il semblait étonné et curieux à la fois. Son regard passa de l'un à l'autre des visiteurs avant de s'arrêter sur Brette. C'était toujours à la gent féminine d'annoncer les mauvaises nouvelles, se dit-elle tristement. Peut-être s'imaginait-on qu'elles seraient plus tolérables dans leur bouche… Malheureusement, il n'existait aucune recette permettant d'adoucir l'intolérable.

— C'est maman, hein ? fit-il.

Elle hocha la tête.

— Et c'est grave ?

Incapable de parler, elle lui ouvrit les bras. Hank se réfugia contre elle, heurtant la porte au passage, tel un gros chiot innocent et inoffensif.

— Je suis désolée, articula-t-elle avec peine.

— Oh ! Brette… Ce n'est pas vrai… Dis-moi que ce n'est pas vrai !

— Je suis désolée, Hank… Moi aussi, je n'ai pas pu y croire. Laisse-nous entrer et nous asseoir. L'inspecteur Russell va t'expliquer ce qui s'est passé.

Ils pénétrèrent dans la maison et allèrent s'installer dans le salon. Où le policier raconta les circonstances de l'accident une nouvelle fois.

Après un long moment, Hank parut recouvrer ses esprits. Brette se leva et, lui serrant la main, proposa qu'ils se rendent tous chez elle. Russell acquiesça. Ainsi que Hank. Elle avait l'impression qu'il l'aurait suivie jusqu'au bout du monde sans poser de questions.

Alors qu'ils quittaient la maison des Jamison, le policier s'approcha de Brette.

— Madame Barry, j'aimerais voir le… euh… vous savez.

Elle lui sut gré de ne pas prononcer le mot « testament » devant Hank.

— J'en ai une copie chez moi.

— Peut-être devriez-vous me montrer l'original, insista Russell.

Elle alla chercher le document rangé dans un tiroir de la cuisine. Il n'avait pas bougé depuis le jour où Sally l'y avait mis. Le cœur lourd, Brette se rappela l'avoir bien sermonnée à ce sujet.

— Tenez, inspecteur… Hank, allons-y.

Ils traversèrent la route, laissant le policier derrière eux. Elle avait compté envoyer les garçons à l'intérieur afin de pouvoir discuter sans témoins avec Russell, mais Sam se tenait là, au bas du perron. Et s'avançait vers l'adolescent.

— Hank, je voulais que tu saches que je suis désolé.

Le premier réflexe de Hank fut de détourner la tête. Puis il opina en silence.

— Les garçons, allez donc attendre l'inspecteur dans la maison, d'accord ?

Ils s'éclipsèrent, la laissant seule avec Sam.

— Brette, laisse-moi t'aider.

— M'aider ? En quoi m'aiderais-tu ? Et jusqu'à quand ? Il y a un vieux dicton qui s'applique parfaitement à notre situation : « Tu m'abuses une fois, honte à toi. Tu m'abuses deux fois, honte à moi. » J'ai bien reçu la leçon. Tu ne me duperas pas de nouveau ; je ne suis pas idiote. Alors, merci pour ton offre, mais je ne veux pas de ton aide.

Sur ces mots, elle tourna les talons et disparut dans la maison, sans un regard en arrière. Elle fit asseoir Hank sur le canapé du salon et lui raconta le peu qu'elle savait. Il l'écouta sans manifester d'émotion particulière, aussi calme que lorsqu'on le sanctionnait en classe. Pour ce qu'elle en savait, il ne l'écoutait même pas.

Il fallait à tout prix abattre ces murailles derrière lesquelles il s'était caché et lui montrer qu'il existait une famille normale, où il avait sa place.

Elle s'assit à côté de lui et passa un bras autour de ses épaules.

— Ça va aller, Hank. Tu n'es pas seul.

Tout d'abord, il resta de marbre. Puis elle vit s'amorcer un changement. Peut-être percevait-il qu'Eric et elle lui ouvraient vraiment leur cœur. Sans restriction, avec sincérité. Il cilla, s'efforçant d'écraser les larmes qui affluaient sous ses paupières, avant d'éclater carrément en sanglots, niché contre la poitrine de Brette.

L'inspecteur Russell les trouva ainsi, liés l'un à l'autre par l'amour et le chagrin. Du menton, il montra à Brette son répondeur. Elle comprit qu'il avait écouté celui des Jamison, et qu'y était enregistré un message émanant de l'hôpital. On s'était enquis de Sally, surpris par son absence.

Doucement, elle repoussa Hank. Elle voulait qu'il se ressaisisse avant de subir l'interrogatoire de Russell.

— Va dans la salle de bains, et passe-toi de l'eau sur le visage, mon chéri.

Ensuite, elle se tourna vers son fils qui, jusque-là, était resté assis sur une chaise, accablé.

— La nuit risque d'être longue, Eric. Pourrais-tu aller préparer du café pour l'inspecteur et moi ? Et puis donne donc un soda à Hank.

Il sortit de la pièce à la suite de Hank. Dès qu'elle perçut le léger claquement du pêne de la porte de la salle de bains, Brette se tourna vers Russell.

— Inspecteur, y a-t-il autre chose susceptible de perturber Hank ?

— Non. Des messages de curieux, qui voulaient tous les détails… Dans les jours à venir, essayez donc de garder ce gamin à l'écart de l'agitation. Et s'il veut aller récupérer des affaires chez lui, accompagnez-le.

— D'accord.

Russell marcha jusqu'à la baie et observa quelques instants la maison voisine.

— Vous avez eu une drôle de réaction vis-à-vis de M. Knight, tout à l'heure.

— Oubliez ça.

— Madame Barry, ce n'est pas parce que je porte ce badge que je me pose des questions. Je m'en serais posé de toute façon. Il se passe quelque chose, je le sens. Si vous pensez que je dois être mis au courant, je vous écoute. Je suis là pour vous aider.

Sa subtilité la toucha, de même que sa délicatesse. Il n'abordait pas le problème de front.

— J'ai réglé les problèmes les plus importants, mais merci quand même pour votre sollicitude, inspecteur.

— Bien. Revenons donc à Mme Jamison. Euh…

Il jeta un coup d'œil en direction du couloir.

— Vous pouvez parler, inspecteur. Hank n'entend pas.

— C'est préférable. Voyez-vous, la suite des événements peut se révéler compliquée. Par exemple s'il y a une assurance-vie.

Brette en doutait. Sally avait déjà trop de peine à payer les assurances de sa voiture et de sa maison pour en assumer une de plus.

— L'autre problème, poursuivit-il, ce sont les circonstances de l'accident. Il n'y avait apparemment aucune raison pour que Mme Jamison quitte la route. La chaussée est droite à cet endroit ; aucun autre véhicule n'arrivait en face, et votre amie n'était pas en excès de vitesse. Cependant, je sais que Mme Jamison commettait quelques… abus. A votre avis, était-elle sous l'influence de quelque chose, hier soir ?

L'idée de ternir la réputation de Sally ne lui plaisait pas, mais elle n'avait pas le choix. Désormais, elle ne devait se soucier que de Hank. Dans un premier temps, pourtant, elle tenta quand même d'enjoliver le tableau.

— Sally assumait seule la responsabilité de son fils, inspecteur. Et c'était difficile pour elle.

— Je sais. Mais ce qui importe, c'est de découvrir si elle avait ou non avalé quelque chose avant de prendre le volant.

— Eh bien… Je l'ignore. Je me suis absentée toute la soirée, et à mon retour, elle était déjà partie.

— On a trouvé des médicaments dans son sac. Du Zoloft, un diurétique et des cachets contre l'hypertension. Des échantillons médicaux.

Le Zoloft ? Un antidépresseur que Sally gobait avidement quand ses réserves de Prozac et le Valium étaient taries. Les diurétiques, elle les avalait pour perdre un surplus de poids dû à l'abus d'alcool. Quant à l'hypotenseur, il était censé calmer son état de stress permanent. Toutefois, son armoire à pharmacie recelait peut-être d'autres produits qu'elle mélangeait sans discernement, qu'elle soit ou non en congé.

— Ce sont les internes qui lui donnaient ces échantillons, mais je ne connais pas leurs noms. Sally ne consultait aucun médecin. Elle faisait de l'automédication. J'ai essayé plusieurs fois de lui expliquer que c'était dangereux, mais elle ne voulait rien entendre.

— Mmm. Dans son sac, il y avait aussi une flasque de vodka. Pleine. Ce qui n'exclut pas qu'elle n'ait pas été ivre. Il est possible qu'elle ait bu chez elle, juste avant de partir au travail.

Quelqu'un se moucha dans la salle de bains. Hank. Qui avait fini de pleurer et n'allait pas tarder à réapparaître.

— S'il vous plaît, inspecteur, essayez de ménager le fils de Sally. Il savait que sa mère avait des problèmes, mais il est inutile d'en rajouter, d'accord ?

— Je ferai en sorte de le laisser en dehors de tout ça. Heureusement, aucun autre véhicule n'a été impliqué dans l'accident, sinon, je n'aurais pas pu... Savez-vous quel était l'état d'esprit de Mme Jamison quand elle est partie de chez elle ?

Avant que Brette ait pu répondre, Hank revint dans la pièce. Il s'assit et demanda à Russell :

— Qu'est-ce que je suis censé faire, maintenant ? Aller reconnaître le... le... Enfin, identifier ma...

Horrifiée, Brette le fit taire d'un geste de la main. Pitié, non, pas ça ! Hank à la morgue, devant un casier métallique

que l'on ouvrirait pour qu'il voie le cadavre de sa mère ? Hors de question !

De toute façon, Sally n'était plus ici, se rappela-t-elle avec soulagement. On envoyait les corps à Dallas pour les autopsier.

— Tu t'occuperas avec moi des funérailles, Hank, mais ce sera ta seule contribution. Nous en reparlerons demain. Quoi qu'il advienne, Eric et moi serons auprès de toi. Mais si tu préfères que je me charge de tout, je le ferai.

L'adolescent parut soulagé.

— J'aimerais te poser quelques questions, intervint Russell après s'être assis en face de lui. Je sais que tout ça doit être très pénible pour toi, et le mot est faible… mais tu es assez grand pour comprendre que mes services auront des tonnes de rapports à remplir.

— Je vous écoute.

— Ta maman t'a-t-elle paru différente de d'habitude avant de partir pour l'hôpital, hier ?

— Différente ? Comment ça ?

Brette devina aussitôt que Hank mentait — ou s'apprêtait à le faire. Elle le connaissait trop bien. Aussi bien que s'il avait été son propre fils.

A cet instant, Eric fit son apparition dans la pièce, les mains chargées d'un plateau. L'émotion le faisait trembler et il renversa du café sur les petites serviettes posées à côté des tasses. Le sucre manquait, de même que les cuillères et le lait.

— J'aime le café bien noir, déclara Russell en réponse à la question muette de Brette, qui avait montré la cafetière du doigt.

Eric ayant aussi apporté deux sodas, l'inspecteur attendit que Hank ait ouvert sa cannette avant de revenir à la charge.

— Alors, Hank, tout était normal quand ta maman a quitté la maison, hier ?

— Oui, monsieur.

— Vous ne vous étiez pas disputés ?

— Non, monsieur.

— Et elle n'a pas reçu de coups de fil ou de visites avant de s'en aller ?

— Non, monsieur.

Russell referma son carnet et but son café tout en énumérant la liste des formalités à accomplir au cours des jours suivants. Après quoi, il posa sa tasse sur le plateau et se leva. Brette jeta un coup d'œil aux papiers qu'il souhaitait qu'elle remplisse, puis le raccompagna jusqu'à la porte.

— Merci d'avoir été aussi gentil avec Hank.

— Oh ! je savais qu'il ne me dirait rien ! Entre sa mère et lui, c'était la bagarre en permanence, hein ?

— J'ai bien peur que oui.

Il hocha la tête d'un air entendu.

— Dorénavant, Hank va faire partie de vos problèmes personnels, madame Barry. Une situation beaucoup plus difficile à gérer que celle que vous viviez jusqu'à maintenant. Etes-vous sûre de bien comprendre la portée de votre décision ?

Oh oui ! Elle était probablement plus lucide que la plupart des gens dans les mêmes circonstances. Et elle savait l'avantage qu'il y aurait à garder Hank en permanence.

— Inspecteur, avoir cet enfant définitivement avec moi me permettra de faire ce qui m'était impossible auparavant, c'est-à-dire lui apporter une aide psychologique par le biais d'un professionnel.

— Donc vous comptez vraiment prendre Hank en charge.

— A moins d'un miracle, son père ne voudra pas entendre parler de lui. La dernière fois que Sally lui a parlé, il a prétendu que l'enfant n'était pas de lui ! Eric et moi sommes sa seule famille, et je vais demander la garde par les voies légales.

Le sourire qui se dessina sur les lèvres de Russell n'était plus celui d'un policier poli en plein exercice de ses fonctions, mais d'un homme heureux.

— Ce gosse a bien de la chance, madame Barry.

Il s'en alla après lui avoir souhaité bonne chance.

Elle se préparait à rentrer quand son regard dévia vers la maison de Sam. Il l'observait. De son poste habituel, derrière la fenêtre du salon. Découvrir qu'il s'intéressait à elle fit montrer son taux d'adrénaline. Mais pour le moment, elle devait laisser de côté ses émotions. Quelqu'un l'attendait, qui ressentait une bien plus grande souffrance qu'elle. Quelqu'un qui avait besoin de soins affectifs urgents.

A l'instant où elle pénétra dans le salon, les deux garçons cessèrent net leur conversation. Eric regarda Hank avec insistance.

— Dis-lui, fit-il en montrant sa mère du doigt.

Brette vint s'asseoir avec eux, attendant que Hank se décide à parler. La tête baissée, il faisait tourner sa cannette entre ses doigts.

— Maman et moi, commença-t-il d'une voix incertaine, on avait… J'ai menti, tout à l'heure, quand j'ai dit que tout allait bien. Je… je lui avais balancé à la figure que si elle ne me laissait pas habiter ici, je me barrerais. Elle s'est mise dans une colère noire. Je ne l'avais jamais vue comme ça. Brette. Tu… tu penses que l'accident, c'est ma faute ?

Elle le prit dans ses bras.

— Non, Hank, il ne faut pas croire ça. Jamais. Si ta maman était en colère, ce n'était pas à cause de ce que tu lui avais dit. Il y avait autre chose. Peut-être qu'elle songeait à sa vie et aux mauvais choix qu'elle avait faits. Elle s'en voulait et sombrait de plus en plus dans la dépression. Tu sais, elle était consciente que s'en sortir exigeait trop d'énergie et de volonté de sa part.

Elle marqua une pause, afin que Hank assimile bien ses paroles, et poursuivit :

— Nous aurons tout le temps d'évoquer ça, désormais. Tu viens de recevoir le choc le plus dur qui soit pour un enfant. Comprendre ce qui s'est passé cette nuit et apprendre à vivre avec sera long, alors il faut te ménager. Commence par aller te coucher et essaie de dormir un peu.

— Est-ce que je peux aller dans ta chambre d'amis ?

Elle comprit qu'il voulait être seul afin de pouvoir pleurer tout son soûl. Partager la chambre d'Eric l'aurait bloqué, or, il devait libérer le flot de douleur qui grondait en lui.

— Bien sûr, mon chéri. Cette chambre t'attend depuis longtemps, tu sais. Elle était prête pour le jour où tu aurais besoin d'un espace bien à toi. Vas-y, Hank. Je vais passer quelques coups de fil, mais si tu as besoin de moi, n'hésite pas. Quelle que soit l'heure. D'accord ?

Il quitta le salon à pas lents. Une fois qu'il eut disparu, Brette se tourna vers son fils.

— Comment vas-tu, mon chéri ?

Cette petite mine, ce regard lourd de chagrin…

— Je n'arrive pas à y croire, maman. Dans mon esprit, ce qui arrivait à Sam était moche, mais en comparaison, Sally… Je ne sais pas ce que je ferais à la place de Hank.

Sa voix se brisa. Voyant ses yeux se remplir de larmes, Brette le serra contre elle.

— Je comprends, mon bébé, je comprends. Mais je suis là, et nous allons tous nous en sortir. Il faut juste du temps et...

Elle s'interrompit.

— A propos, Eric, j'ai besoin d'une bonne heure de tranquillité. Ça ne te dérange pas d'aller dans ta chambre écouter un peu de musique ? Je préférerais que tu n'entendes pas ce que je vais dire au téléphone.

Il se retira, marchant comme un vieillard. Brette alla ranger le plateau dans la cuisine, puis revint dans le salon et s'installa devant le téléphone. Elle composa le numéro de Tucker.

— Dieu Tout-Puissant ! s'écria-t-il quand elle eut achevé de lui raconter les événements de la journée. Pour un sale coup, c'en est un... Mais je vais te dire, Brette : je m'attendais depuis longtemps à un truc comme ça. N'empêche, ça me fiche en l'air.

— Bienvenue au club, Tucker. J'ai l'impression d'être en mille morceaux.

— Qu'est-ce que je peux faire ?

— Appelle Brenda et E. J. pour moi, et préviens tous ceux qui doivent l'être. Ensuite, si tu le peux, fais ma tournée demain. Quoique... Je crois que le mieux serait que je prenne carrément une semaine de congé. Je ne tiens pas bien sur mes pattes, et je vais avoir une montagne de choses à faire dans les jours à venir.

— Brette, cette montagne, je t'aiderai à en venir à bout. Tu peux compter sur moi. Comment va le gosse ?

— Il est en état de choc.

— Imagine ce que ce serait s'il ne vous avait pas, Eric et toi, répliqua-t-il avant de se mettre à grommeler : Quelque part, ça m'embête que tu te retrouves avec ce pré-délinquant sur les bras.

— Ne dis pas ça ! Chez moi, il n'a jamais fait la moindre bêtise. Et de toute façon, même s'il en avait fait, ce serait trop tard pour en parler. Peut-être que je ne savais pas exactement en quoi consisteraient mes responsabilités quand Sally m'a nommée tutrice en cas de malheur, mais à partir de ce jour-là, j'ai commencé à garder un œil en permanence sur Hank, plus que s'il avait été simplement le fils de ma voisine et l'ami d'Eric.

Le combiné collé à l'oreille, elle arpentait le sol de la cuisine avec nervosité. Poursuivre cette discussion, qui ressemblait fort à une justification, fut soudain au-dessus de ses forces.

— Ecoute, Tucker, on va arrêter là, d'accord ? J'ai d'autres coups de fil à passer.

— Attends une seconde. Comment s'est passée la réunion de parents d'élèves au collège ? Pour Terminator, je veux dire.

Quand elle lui avait annoncé qu'elle s'y rendrait, il avait bien entendu essayé de la dissuader.

— Ça s'est passé aussi mal que prévu. On tire le rideau.

— C'est très bien comme ça, Brette. Restes-en là.

— Si c'est ce que tu crois… Bon, à demain, Tucker.

Ayant raccroché, elle appela les Ponder, puis Keith. Bertrice pleura. Quant à l'informaticien, il exprima sa stupéfaction et son incompréhension. Tous deux proposèrent leur aide. Brette les remercia et leur assura qu'elle s'en sortirait toute seule, bien que sachant pertinemment que Bertrice lui apporterait une multitude de plats cuisinés et que Keith lui donnerait un coup de main d'une façon ou d'une autre. Ce n'est qu'après avoir raccroché qu'elle repensa à ce que lui avait dit Tucker. Sa dernière remarque. Elle y réfléchissait encore quand le téléphone sonna.

— Ne raccroche pas ! entendit-elle.

Sam. Bien. Elle ne raccrocha pas. Mais ne dit rien non plus. Elle s'assit, les jambes en coton, veillant à se rencogner dans un angle afin que Sam ne la voie pas de chez lui.

— Brette, pardonne-moi.

Sa voix était plus grave que jamais, ses intonations plus envoûtantes.

— Si j'avais su…

— Tu aurais attendu la fin de l'enterrement pour m'insulter ? le coupa-t-elle avant de raccrocher.

A peine sa main eut-elle lâché le combiné qu'elle éclata en sanglots.

41.

Emily Dickinson a écrit ceci : « La mort est une nuit démente et une nouvelle route. »

Sally a trouvé la nuit démente. Je prie pour que Hank trouve la nouvelle route.

Journal intime.

Vendredi 12 novembre

L'enterrement eut lieu à 10 heures, au cimetière Cedar Cove, près de chez Tucker. Ni lui ni Desiree ne purent venir pour cause de travail. Mais une gerbe d'œillets rouge les représentait, ainsi que tout le personnel du bureau de poste.

Peu de gens s'étaient déplacés. Seule une poignée de personnes se tenait autour de la tombe. En dehors de Brette, Sally avait peu d'amis. Les internes de l'hôpital ne s'étaient pas dérangés, trop perturbés par l'enquête que menait la police au sujet des stupéfiants qu'ils avaient fournis à Sally. Mis à part les Ponder, Keith, un prêtre ami de Bertrice et le personnel de la maison funéraire, il n'y avait personne, constata Brette, le cœur lourd.

Non, faux : Sam était là également, dissimulé derrière un bouquet d'arbres.

Elle s'efforça de le chasser de ses pensées et de se concentrer sur l'oraison du pasteur Martin, sans grand succès. Elle ne pouvait s'empêcher de se demander pourquoi Sam était venu. C'est vrai : depuis son appel, il ne s'était plus manifesté, de sorte qu'elle avait cru que le rideau était définitivement tombé entre eux. Et il n'aimait pas Sally. Alors, pourquoi était-il là ?

Parce que sa conscience le tourmentait en permanence, et que ce à quoi elle ressemblait ces derniers jours ne devait pas le rassurer.

Elle n'était plus que l'ombre d'elle-même, comme Hank. La différence, c'est qu'elle n'avait pas cessé de courir pendant toute la semaine. Sous tension permanente, elle avait maigri, et son tailleur pendait sur elle comme sur un cintre dans l'armoire. En plus de ça, elle avait l'impression de s'être éteinte. Ses yeux, ses cheveux lui paraissaient ternes, sans vie. Heureusement, le plus dur était désormais derrière elle, songea-t-elle, frissonnante.

La fin du service approchait quand le soleil se montra pour la première fois. Sans pour autant la réchauffer. Malgré une température plutôt douce, Brette se sentait froide et vide depuis la mort de Sally. Bertrice s'en désolait et avait insisté pour préparer un petit buffet, qui les attendait tous au cottage.

— Maintenant ? lui souffla Hank en se penchant vers elle.

Elle hocha la tête, et il alla jeter une rose rouge sur le cercueil. Aussitôt imité par Eric et par elle-même.

Alors qu'ils allaient quitter le cimetière, Keith la rejoignit et, à sa grande surprise, lui prit le bras.

— Je vais vous raccompagner à votre voiture.

— Inutile, ça ira. Aidez plutôt Bertrice et Clovis.

Keith avait servi de chauffeur au vieux couple, conduisant leur berline, plus confortable et spacieuse que son pick-up.

— Vous êtes sûre, Brette ? insista-t-il. J'ai bien vu qu'il était là… Je vais fermer la marche. Comme ça, il ne vous embêtera pas.

Il l'embrassa sur la joue, puis alla s'occuper des Ponder. Flanquée des deux garçons, Brette se dirigea vers son pick-up, ce qui l'obligea à passer devant Sam.

Il avait belle allure dans son blazer gris anthracite, son pantalon assorti et son col roulé noir. Au point de détonner dans cette assemblée. Il semblait plutôt sûr de lui — un masque, devina-t-elle en percevant sur son visage les stigmates de plusieurs nuits blanches. Manifestement, il n'avait dormi ni mieux ni plus qu'elle.

— Salut, Sam ! lança Eric.

Plusieurs fois au cours des jours précédents, il avait amené le sujet « Sam » sur le tapis. Il n'était pas idiot et s'était rendu compte que sa mère le fuyait. Finalement, contrainte et forcée, Brette avait dû reconnaître que pas mal de problèmes les opposaient l'un à l'autre. Pour le regretter ensuite. Car apparemment, Eric n'avait pas compris.

— Nous vous verrons à la maison, hein, Sam ? demanda-t-il d'un ton anxieux.

Prise au dépourvu, elle n'eut d'autre choix que de croiser le regard de son voisin.

— Je ne crois pas que ce soit une bonne idée, mon garçon, répondit-il.

— Mais si ! Il y a plein de bonnes choses à manger. Trop. Maman et Mme Ponder ont tout préparé avant de venir.

— Ça m'a l'air très bien, mais…

Sam se tut : Hank s'était approché.

— Monsieur Knight, à propos de ce que je vous ai dit… Oubliez ça.

Depuis quelques jours, Brette observait Hank. A l'évidence, il menait un rude combat intérieur. Avec un certain succès, sinon il n'aurait jamais posé les armes devant Sam. L'ennui, c'est que cette reddition ne la ravissait guère.

Avant qu'elle ait eu le temps de manifester son déplaisir, Sam s'était avancé et effleurait de la main l'épaule de l'adolescent.

— Hank, à ton âge, j'aurais été bien incapable de tant d'élégance. Chapeau, jeune homme. Et… merci. Sache que je partage ta peine. Sincèrement.

Brette poussa doucement les deux garçons vers sa voiture.

— Allez m'attendre dans le pick-up. Je vous rejoins dans une minute.

Depuis leur malheureux coup de téléphone, Sam jouait les anges gardiens discrets. Elle s'était rendu compte qu'il souffrait de l'avoir blessée. Comme Hank, il luttait contre lui-même.

— Ça lui a fait plaisir que tu viennes, Sam.

Certes, elle lui en voulait. Mais pas au point de ne pas lui exprimer sa gratitude.

— J'aurais aimé vous aider davantage, mais j'ai eu peur que les dégâts soient plus importants que les profits.

Elle posa les yeux sur l'humble tombe et les taches colorées des bouquets de fleurs, puis son regard dévia en direction des employés des pompes funèbres qui s'éloignaient vers une autre tombe, vers d'autres gens affligés.

— La perte d'un être cher est une épreuve unique pour ceux qui la subissent. Personne ne ressent la même émotion. Tu crois peut-être que parce que tu as perdu ta mère et ton frère, tu comprends la douleur de Hank. Et tu t'imagines préparé pour un nouveau malheur. C'est une erreur. Chaque coup du sort frappe différemment, réussit à faire mal là où on ne le prévoyait pas. Mais toute nouvelle peine apporte quelque chose de positif. On en retire une leçon, en quelque sorte.

— Ah oui ? Qu'as-tu appris cette fois ?

— Qu'il ne faut pas gaspiller son temps pour des problèmes futiles, ni pour les gens qui ne savent pas cela.

— Qui ne savent pas quoi ?

— Que la colère et toutes ses manifestations font partie de l'être humain. Elles sont naturelles, inhérentes. Je ne pense pas que nous ayons tort de nous mettre en colère. Ce qui ne va pas, c'est que nous soyons incapables d'en voir les côtés positifs et de les transformer en atouts.

— Tu penses à ce que j'éprouvais face à Sally ?

— Je pense à nous tous, Sam. Que crois-tu donc ? Que je n'ai jamais maudit le ciel ? Personne n'a massacré mes parents. Ils ont été effacés de cette terre par une gigantesque vague de neige immaculée, et ce n'était la faute de personne. Et pourtant, j'en ai voulu à l'univers entier. Quant à Adam, il était d'une prudence presque excessive. C'était un pro. Il n'autorisait aucun skieur sous sa responsabilité à s'aventurer sur la moindre piste sans l'avoir testée lui-même au préalable. Et qu'est-ce que ça a changé ? Rien. On ne le retrouvera pas avant que le réchauffement de la planète ait fait de l'Alaska une région aussi tropicale que Key West. Mais pourquoi reprocherais-je à Dieu d'avoir changé en statue de glace un être en lequel je croyais tant que je l'imaginais capable de transformer des déchets nucléaires en matière utile ?

— Oh ! Brette… Je t'aime.

— Et alors ? Tu crois que je ne le sais pas ?

Elle n'avait pas voulu crier. Et pourtant, les mots avaient jailli de sa bouche avec une force qui la laissa interdite et honteuse : qu'allait-on penser d'elle ? Elle était dans un cimetière…

— Sam, de quoi est-ce que je viens de parler, à ton avis ? lâcha-t-elle avant de reprendre sa respiration. Cet amour, regarde donc ce que tu en as fait ! Tu luttes contre lui parce qu'aimer est terrifiant et difficile. On a l'impression de patiner sur de la glace trop fine. Et alors ? Il faut le faire quand même ! Il faut foncer ! Est-ce que je t'ai demandé de m'aimer ? Est-ce que j'ai choisi de t'aimer, moi ? J'étais heureuse, je menais une vie qui me plaisait. Calme, sage, riche en projets. Sans souffrance. C'est ce que chacun cherche, non ? Et ça marchait parfaitement ! J'étais sur une voie pavée de roses. J'apprenais si bien la sérénité que s'il existait un diplôme de l'étudiante la plus assidue en ce domaine, je l'aurais obtenu. Et puis tu es arrivé… Et tu as tout fichu en l'air !

L'exaspération, le chagrin l'étouffaient. Fragilisée par trop de fatigue et de tension, elle plaqua les mains sur son visage et éclata en sanglots.

Le bras de Sam s'enroula autour de ses épaules. Oh ! que c'était doux, réconfortant… Il fallait résister, le repousser. Afin de préserver le peu d'équilibre qui lui restait.

Elle n'y parvint pas. Et lorsqu'il l'attira contre lui, elle s'abandonna, savourant l'apaisante pénombre qui l'avait enveloppée à l'instant où elle avait niché son visage dans son cou.

42.

Les garçons jaillirent de la camionnette quand ils virent Sam approcher en soutenant Brette. Blêmes, les yeux écarquillés, ils demandèrent d'une voix tremblante ce qui se passait.

Rien d'étonnant à cela. Lui aussi aurait eu peur s'il avait eu leur âge et connu un tel bouleversement dans sa vie.

— Ne vous en faites pas. Hank, va ouvrir la Suburban et toi, Eric, récupère les clés du pick-up et le sac de ta mère, et ferme la voiture. On s'en occupera plus tard.

Il allongea la jeune femme sur la banquette arrière et la couvrit du plaid servant d'ordinaire à protéger les objets fragiles qu'il transportait. Puis il fit signe aux garçons de monter. Il se mit au volant et démarra. En trombe. Les sanglots de Brette le poussaient à appuyer sur l'accélérateur. Elle avait besoin de solitude, d'un environnement familier et sécurisant, et il allait les lui procurer. Tout de suite.

— Qu'est-ce qui s'est passé ? s'enquit Eric en jetant un coup d'œil par-dessus le dossier du siège avant.

— Elle est crevée.

— Mmm. Il y a autre chose.

— On en parlera plus tard, d'accord ? répliqua Sam, une note d'hystérie dans la voix.

Bon sang, il perdait les pédales ! Mais l'idée que cette femme, si équilibrée et jusque-là aussi solide qu'un diamant, menace soudain de se briser comme du verre le rendait fou. Il lui fallut plusieurs profondes inspirations pour recouvrer un certain calme.

— Brette assume trop de responsabilités. Et ce, depuis trop longtemps. Ces dernières semaines, ces derniers mois, ont été pires que tout. Les gens responsables se croient obligés de ne jamais lâcher prise. Mais à un moment, quand le corps et l'âme en ont assez, ils coupent l'arrivée d'énergie. En résumé, elle est en train de craquer.

Ils rejoignirent la maison en vingt minutes — un temps record. Sam envoya les garçons ouvrir la porte, puis il souleva Brette dans ses bras et les suivit jusqu'à la chambre.

— Laissez-la, maintenant, leur ordonna-t-il quand il l'eut allongée sur le lit.

Hank et Eric semblaient reliés à elle par un invisible cordon ombilical.

— Mais, Sam…

— Eric, va t'occuper des Ponder, le coupa-t-il. Tu conduiras Bertrice ici quand ils arriveront. Okay ?

— Oui, chef !

Il ne s'autorisa à respirer qu'une fois que la porte se fut refermée. Il repoussa la courtepointe, puis s'occupa de mettre Brette à l'aise. Il la déchaussa et lui retira sa veste avec d'infinies précautions, tout en luttant contre sa mauvaise volonté.

— Laisse-moi tranquille, Sam !

Elle tenta de le repousser, en vain. Elle n'avait pas plus de force qu'un papillon qui aurait essayé de lutter toute une nuit contre l'attraction d'une ampoule halogène.

— Tu es chez toi, Brette. Essaie de te reposer.

Curieusement, le son de sa voix semblait l'apaiser. Elle soupira et se lova contre lui.

— Sam ?

— Je suis là, mon ange.

Il lui caressa le dos, le cœur serré de la sentir si amaigrie. Comme il avait aimé quand elle avait fondu dans ses bras, une semaine plus tôt… Depuis lors, il n'avait cessé de prier pour que disparaisse son obsession de lui faire l'amour. Et voilà que maintenant, il priait pour qu'il n'ait plus jamais envie de la fuir. Etrange, de la part d'un type que l'on venait de priver de tout avenir… Mais, quel que soit l'enfer qui l'attendait, il accepterait d'y entrer, du moment qu'il ne perdait pas Brette. Il s'était montré fou, par le passé, mais cela ne se renouvellerait pas, oh que non ! Il apprenait vite.

Avec des gestes mesurés, il continua à la déshabiller. Quand Bertrice apparut, une aspirine et un verre d'eau à la main, Brette était en sous-vêtements.

— Sam ! Qu'est-ce qui est arrivé ? Dieu du Ciel, j'ai eu si peur quand je vous ai vu partir avec Brette dans les bras…

Jugeant préférable que la vieille dame prenne le relais, il s'écarta.

— Navré de vous avoir effrayée, Bertrice, mais vu l'urgence, je n'ai pas perdu de temps en explications.

— Je me doutais que Brette finirait pas s'effondrer. Je l'ai même dit à Keith en allant au cimetière. A force de foncer tête baissée, il était évident qu'elle finirait dans le mur. Mais que voulez-vous ? Elle veut que ses deux enfants soient sûrs qu'elle les aime… Alors, ma chérie ?

Elle s'assit sur le lit à côté de Brette et, lui relevant la tête d'une main, lui fit avaler l'aspirine avec un peu d'eau.

— Très bien. Maintenant, soyez gentille, Brette. Vous allez dormir, d'accord ?

— Mais le buffet…

— Il n'en restera pas une miette, faites-moi confiance. Je m'occupe de tout. Pendant ce temps, reposez-vous. Je vous apporterai un bol de potage un peu plus tard.

— Les garçons ont besoin de…

— Ma parole, elle est pire qu'une mère poule ! murmura Bertrice à l'intention de Sam, avant d'ajouter à haute voix : Les garçons vont bien, Brette. Alors, silence !

La jeune femme s'agita un instant, puis, abandonnant le combat, pivota sur elle-même et se lova de nouveau contre Sam, qui s'était rassis au bord du lit.

— Parfait, approuva-t-il en lui soulevant le menton pour l'embrasser.

Oh ! ces pauvres lèvres desséchées par la fièvre et l'épuisement…

— Je reste près de toi, promis.

Mais auparavant, Bertrice devait s'occuper d'elle, finir de la déshabiller et lui mettre son T-shirt de nuit. Il était plus convenable que ce soit elle qui s'en charge plutôt que lui.

Il laissa donc la vieille dame dans la chambre avec Brette et sortit dans le couloir. Où Keith le rejoignit presque aussitôt.

— Elle va bien ? s'enquit ce dernier. Faut-il appeler une ambulance ?

Il s'était déjà débarrassé de sa veste et de sa cravate, et tenait à la main un verre de vin à moitié vide.

— Non. Elle a seulement besoin de repos. Où sont les garçons ?

— En train d'essayer d'empêcher Clovis de se goinfrer. Vous êtes sûr que Brette tiendra le coup ? Jamais je ne l'ai vue comme ça.

— Ce doit être votre premier enterrement.

— Non, mais quand même… Je connais Brette depuis des années. Nous sommes amis, vous savez. C'est la première fois que je la vois dans cet état.

— Si vous êtes son ami, alors comportez-vous comme tel. Soutenez-la au lieu de dramatiser.

Le laissant réfléchir à sa remarque pleine de bon sens, Sam alla rejoindre les garçons. Il les trouva assis à table en compagnie de Clovis. Quelle tête ils faisaient, tous les trois ! A croire qu'ils attendaient la sentence d'une exécution capitale !

— Hé ! Brette ne reprendra pas du poil de la bête si elle voit que vous n'avez pas touché à toutes ces bonnes choses !

Le gâteau à la meringue excepté, tous les plats étaient intacts.

— Elle va venir ? demanda Eric avec espoir.

— Pas tout de suite, mais elle viendra, oui. Alors, commençons à manger.

Afin de donner l'exemple, il prit une assiette et se servit, tout en parlant à bâtons rompus. Il fallait absolument rassurer la petite assemblée. Et aider Clovis à mettre dans sa bouche au moins autant de nourriture que sur sa chemise — ce qui ne fut pas une mince affaire.

— Bertrice, vous me donnerez votre prochaine facture de pressing, déclara-t-il lorsqu'elle réapparut.

— Ne vous en faites pas, Sam : Clovis est ravi et c'est l'essentiel. Quant à vous, Keith, rentrez donc chez vous. Je sais que vous avez du travail. Mais laissez-moi d'abord le temps de vous emballer quelques restes.

Pendant que la vieille dame s'activait, Keith se rapprocha de Hank. Il lui souffla quelques mots à l'oreille tout en lui ébouriffant les cheveux comme le faisait souvent Brette. Le garçon écouta puis murmura :

— Euh… Non, merci.

Quoi qu'il ait proposé, Keith n'insista pas et s'éclipsa, les bras chargés de provisions. Personne ne parut regretter son départ, remarqua Sam à part lui.

Les garçons reprirent du dessert puis, après avoir bredouillé quelques mots d'excuse, sortirent à leur tour. Sam les suivit du regard pendant qu'ils s'installaient sur la terrasse, enlevaient la table, probablement pour jouer aux anneaux.

— J'aurais dû leur dire de se changer avant, marmonna-t-il. Ils vont se salir.

— Oh ! je ne crois pas qu'ils aient le cœur à disputer une partie très énergique ! observa Bertrice. Voulez-vous bien vous préparer un petit stock de provisions, Sam ? Je me chargerai de ranger le reste puis je coucherai Clovis quelque part pour sa sieste. Je pense que le canapé du salon fera très bien l'affaire.

— Pas de canapé. Vous allez rentrer chez vous et vous reposer.

— Mais il faut surveiller les garçons…

— Je m'en occupe.

Le regard posé sur lui, la vieille dame ouvrit la bouche et la referma sans dire un mot. Elle le considéra avec attention.

— Je me demandais…

Elle s'interrompit et émit un petit gloussement.

— Non, mes yeux ne m'ont pas trompée. C'est bien. Je suis heureuse pour vous.

Jugeait-elle que ce qui se passait entre Brette et lui était bien ? se demanda-t-il. Il aurait aimé en être persuadé. Quand on avait posé deux fois le pied sur le seuil de l'enfer, on apprenait ceci : que la troisième serait la bonne. On franchirait le seuil pour de bon, sans possibilité de faire demi-tour. Sauf que lui avait la possibilité de choisir un autre chemin. Alors, il ne fallait pas hésiter et se lancer, malgré la peur. Et tant pis si c'était difficile. Il fallait s'accrocher, ainsi que le disait Brette.

Penser à elle lui donna aussitôt le besoin de la voir. De s'assurer qu'elle allait bien. Il laissa donc Bertrice s'activer dans la cuisine et gagna la chambre.

Brette dormait profondément, recroquevillée dans le lit. Posant la main sur la sienne, il frissonna de la sentir si froide. Elle semblait tellement jeune, dans son grand T-shirt… Trente-deux ans et un enfant adolescent, cela paraissait incroyable. Et puis elle semblait si fragile… Difficile de l'imaginer éveillée, véritable tornade d'efficacité.

Pourvu que ce qui venait de lui arriver lui serve de leçon, songea-t-il. Qu'elle prenne conscience qu'à trop tirer sur la corde, elle finissait par casser.

Non, Brette ne saurait jamais prendre conscience de ses limites toute seule. Elle avait besoin de quelqu'un auprès d'elle. Quelqu'un qui tire le signal d'alarme quand il le fallait.

Il la contemplait, partagé entre le ravissement et l'angoisse, quand un remue-ménage éclata devant la maison. Il se leva et sortit de la chambre à pas de loup. Hank et Bertrice étaient dans l'entrée en train de discuter.

— Eric est avec lui, disait l'adolescent. Clovis ne veut pas venir ! Il se balance sur lui-même en faisant de drôles de bruits…

— Que se passe-t-il ? s'enquit Sam.

Bertrice se tourna vers lui, les yeux brouillés.

— Clovis est sorti avec les garçons. Ils ne pensaient pas qu'il chercherait à s'en aller. Seigneur ! il perd vraiment les idées, le pauvre…

— Il est au bord de la route, complètement sonné, enchaîna Hank. On ne sait pas quoi faire. Vous pourriez aller le voir, Sam ?

Sans perdre une seconde, Sam partit en courant, Hank sur ses talons. Il longea la route et aperçut bientôt Clovis à l'entrée du chemin des Pugh. Eric se tenait à quelques mètres de lui. Le vieux monsieur regardait par terre avec fascination, en poussant d'étranges vocalises, comme des plaintes. Il avait déjà eu des crises dans le passé, mais jamais d'une telle intensité.

En s'approchant, Sam se rendit compte qu'un bac à ordures monté sur roues, avec des bras métalliques, avait été renversé sur le côté. Et que c'était ça que Clovis fixait avec tant d'attention.

Inquiet, il le rejoignit. Il allait lui prendre le bras quand un objet posé à côté de la poubelle capta son attention. Une chaussure de femme à haut talon…

43.

Sam ordonna aux garçons de reculer, puis se pencha au-dessus de la poubelle. En basculant, le bac s'était à moitié vidé. Que restait-il à l'intérieur ?

Des déchets qui n'en étaient pas réellement : on avait jeté des produits de maquillage à peine entamés, des vêtements en bon état, une perruque blonde, des magazines neufs et une chaussure comme celle qui était par terre.

Sam frissonna en prenant conscience que ce qu'il avait eu peur de voir, c'était… un corps. Non qu'il se fût vraiment attendu à en découvrir un. Mais la réaction de Clovis lui avait fait craindre le pire.

Il se tourna vers le trio : les garçons encadraient étroitement le vieil homme.

— Eh bien, on dirait que Tracie est vraiment partie.

Hank s'approcha et examina le contenu de la poubelle à son tour.

— Incroyable ! Il y a plein de trucs utiles, là-dedans.

— Pas pour toi, j'espère…

— Bien sûr que non ! Mais pour une femme. Je n'en connais pas beaucoup qui jetteraient tout ça, même en déménageant. Elles gardent tous leurs produits, périmés ou pas. Et quand elles s'en vont, elles les emportent avec elles, pas vrai, Eric ? Tu te rappelles quand on est allés passer un week-end à la mer ? Maman avait embarqué tout ce qu'il y avait dans sa salle de bains.

— Ouais, je me souviens… On s'est bien amusé avec les rouges à lèvres et les tubes de crème. On en avait collé partout. Sur les poignées de porte, les sièges…

Ah ! les chenapans… Pauvre Brette, qui avait dû subir cela, songea Sam avec attendrissement. Etonnant que ses cheveux n'aient pas blanchi prématurément…

— Hank, je t'ai reçu cinq sur cinq, mais il se trouve qu'Albert avait informé Brette du départ de Tracie.

— Oh… Oooh…

Tous se tournèrent vers Clovis. Les mains jointes, le vieil homme se frappait la poitrine en geignant.

— Bon sang ! s'écria Eric. Il ne va pas bien du tout ! Il vaudrait mieux le ramener à la maison.

Bertrice les attendait sur le perron, qu'elle dévala aussi prestement que le permettaient ses vieilles jambes pour venir à leur rencontre.

— J'avais peur qu'assister à l'enterrement le traumatise, déclara-t-elle en glissant son bras sous le sien. Je n'avais pas tort. Peut-être devrions-nous appeler une ambulance.

Sam observa Clovis pendant quelques instants, puis secoua la tête.

— Non, je crois qu'il se ressaisit. C'est ce qu'il a vu qui l'a mis dans cet état. Il va aller mieux.

— Qu'a-t-il vu ?

— Vous avez entendu la rumeur, Bertrice ? Au sujet de la séparation d'Albert et Tracie Pugh ?

— Brette m'en a touché un mot, oui. Plus exactement, elle m'a demandé si j'avais vu Tracie. Mais qu'est-ce que cette affaire a à voir avec Clovis ?

— Albert semble avoir fait un grand nettoyage de printemps. Il a balancé tout ce que Tracie a laissé derrière elle, des trucs de femme, et Clovis les a vus dans la poubelle. Ça l'a bouleversé. Il aimait bien Tracie, je crois ?

Un petit sourire glissa sur les lèvres de Bertrice, qui parut se détendre.

— Clovis est encore capable d'apprécier ce qui est joli… Brette est sa préférée, c'est sûr, mais il raffolait de Tracie, qui plaisantait avec lui. Elle l'aguichait aussi. Enfin, ça, c'est Keith qui me l'a dit un jour où nous nous promenions tous les trois. Bien sûr, ça ne me plaisait pas beaucoup, mais que voulez-vous, Clovis était content, alors…

Un déclic se produisit dans l'esprit de Sam. Il ne s'était donc pas mépris sur les intentions de la demoiselle. Il l'avait jaugée dès la première minute. Flirt et plus si affinités…

— J'ai remarqué une chaussure par terre, reprit-il. Ça m'a paru bizarre, alors j'ai regardé ce qui se trouvait dans la poubelle. Je m'attendais à y trouver… Enfin, vous savez quoi… Ou plutôt, qui.

— Oh ! je comprends ! fit la vieille dame en serrant son mari contre elle. Ça va, mon chéri, ce n'est rien. Tu as eu peur, c'est tout. Allez, j'ai encore deux ou trois choses à finir, et après, on rentrera à la maison. Tu pourras te reposer.

Malgré les protestations de Sam, elle tint à ranger et briquer la cuisine. Puis elle lui donna les consignes pour le dîner et expliqua aux garçons où elle avait mis les restes du buffet. Enfin, elle se laissa accompagner jusqu'à sa voiture, tenant fermement Clovis par le bras. Mais à peine se fut-elle mise au volant qu'elle baissa la vitre.

— Sam, je ne veux pas que Brette pense que j'ai oublié ce potage que je lui avais promis ! J'en ai une soupière dans mon frigo. Envoyez l'un des garçons dans un moment…

— Demain, Bertrice, la coupa-t-il. Vu sa fatigue, Brette va dormir jusqu'au matin.

— Oui, c'est sûr… Mais n'oubliez pas que le potage l'attend.

Sam la remercia, lui dit au revoir puis regagna le cottage, où l'attendaient Hank et Eric, le front plissé. Apparemment, ils n'avaient pas cru un mot des explications qu'il avait données à Bertrice.

— Nous pensons qu'Albert se débarrasse des preuves, lança Eric.

Le « nous » enchanta Sam. Que Hank se rallie à l'avis d'Eric impliquait qu'il ne le considérait plus comme le suspect numéro un. Cela dit, le fait de soupçonner Albert n'était guère plus sensé.

— Voyons, les garçons, vous croyez que si le fils Pugh avait tué sa femme, il aurait jeté toutes ses affaires comme ça, devant chez lui, au vu et au su de tout le monde ? Non. Il serait allé à la déchetterie de Goodwill ou à l'usine d'incinération des ordures de Dumpster, à des kilomètres d'ici.

— Je me rappelle avoir lu qu'une preuve n'était jamais aussi bien cachée que quand on la laissait en évidence.

— C'est parfois vrai, mais dans le cas présent, Albert sait que Brette le soupçonne. Elle est allée fouiner chez lui, la semaine dernière, et lui a demandé où était Tracie.

— Peut-être, fit Hank, visiblement peu convaincu. Mais le faire-part de l'enterrement de maman était dans le journal. C'était facile de deviner que Brette ne distribuerait pas le courrier aujourd'hui et serait remplacée par Tucker. L'occasion parfaite pour Albert de se débarrasser des affaires de Tracie. Tous ceux qui le soupçonnent étant ailleurs, il était parfaitement tranquille !

— Tu oublies qu'il sait que Brette *et* Tucker forment le duo Watson/Sherlock Holmes, répliqua Sam.

— Mais non, il ne le sait pas.

Tant de sagacité de leur part l'impressionnait, sans pour autant le convaincre.

— Vous voudriez que j'appelle la cavalerie, hein ? Impossible. Cudahy et ses hommes vont penser que j'essaie de détourner leur attention de moi.

Eric se tourna vers Hank.

— L'un de nous deux devrait appeler le shérif.

— Je vous signale que l'ordinateur de la police enregistre les numéros de téléphone. On saura que c'est vous.

— En plus, fit remarquer Hank, le shérif ne me porte pas dans son cœur. Il attend avec impatience que je sois majeur pour enfin me coller au trou, menottes aux poignets. Mieux vaut que je me fasse oublier… Par contre, on peut mettre ce qu'on a vu dans des sacs en plastique et envoyer le tout chez les flics. Ils pourront regarder s'il y a du sang dessus.

Jusque-là, Sam s'amusait bien. Mais la proposition de Hank lui fit reprendre son sérieux.

— Mauvais, ça. Ça s'appelle du non-respect de la propriété privée.

— Mais non. On cherche juste des preuves.

— Vos empreintes brouilleraient les autres.

— On mettra des gants en caoutchouc, proposa Eric. Maman en a dans la buanderie.

Le grondement d'un moteur couvrit la fin de sa phrase. Tous les trois se précipitèrent comme un seul homme vers la fenêtre.

— Oh ! non…

Le camion des éboueurs arrivait.

44.

Lorsque Brette ouvrit les yeux, la chambre était sombre. Une faible clarté provenant des lampadaires s'insinuait sous les lamelles des stores. Voyons, où était-elle ? A la maison. Dans son lit. La veille… oui, la veille, elle était allée à l'enterrement de Sally. Puis s'était sentie mal. Très mal. Ensuite, elle avait dormi, et une nuit s'était écoulée. Pas tout à fait, quand même : la pendulette affichait 1 heure du matin. Elle s'était donc bien reposée. Et pourtant, elle se sentait aussi mal en point que si un troupeau d'éléphants lui était passé sur le corps.

Des questions commencèrent à l'assaillir : où étaient les garçons ? Et Sam ? Les Ponder ? Tout était si calme…

Après avoir vérifié la solidité de ses jambes, elle se leva et alla dans la salle de bains. Elle se rafraîchit le visage puis avala un grand verre d'eau. Ayant recouvré un peu de ses forces, elle sortit dans le couloir pieds nus et alla jeter un coup d'œil dans les deux chambres. Hank et Eric dormaient à poings fermés. Bien.

Rassurée, elle gagna la cuisine.

— Qu'est-ce que tu fais debout ?

Un cri d'effroi mourut sur ses lèvres. Heureusement qu'elle avait reconnu la voix, sinon la silhouette qui se dressait dans l'angle de la pièce l'aurait terrorisée.

— Sam ? Pourquoi es-tu là ?

— Je me suis porté volontaire pour garder la maison.

Elle se rappela brusquement la scène du cimetière, la confession de Sam, ses confidences à elle. Ce qui lui donna immédiatement envie de battre en retraite.

— On ne bouge pas ! l'arrêta Sam, impérieux. Tu n'as pas encore le pied ferme.

— Mais non, ça va.

Faux. Ça n'allait pas du tout. Surtout depuis qu'il s'était approché d'elle et lui caressait la joue. Et encore moins quand elle s'aperçut qu'il ne portait que son caleçon. Ah non ! Elle n'était pas prête pour… pour ça !

— Tu as faim, Brette. Tu es faible parce que tu n'as rien mangé. Bertie a préparé des tonnes de salades, de sandwichs… C'est dans le frigo.

— Bertie ?

— Il n'y a que quand je l'appelle comme ça que Bertrice arrête de donner des ordres. Sinon, c'est un vrai adjudant.

— Oh… En tout cas, ne t'avise pas de m'appeler Brettie.

— Mmm. Tu veux un sandwich… Barry ?

— Je vais m'en occuper.

Le voir bouger devant elle en petite tenue la faisait chavirer. Bon sang, qu'il était beau ! Longues jambes de sprinter, hanches étroites, ventre plat aux abdominaux musclés… Jamais elle n'arriverait à recouvrer son énergie en restant là à l'admirer.

— Que veux-tu boire, Brette ?

De nouveau, sa main glissait le long de sa joue, et cette fois s'aventurait dans l'échancrure de son T-shirt. Elle devait à tout prix lui dire de s'en aller. De rentrer chez lui et… Et se résigner à rester seule ? Non. L'idée même lui était insupportable.

— Brette, comment pourrais-je t'aider si tu ne me dis pas ce que tu veux ?

— Une explication ! répondit-elle après avoir pris une profonde inspiration. Pourquoi es-tu là, Sam ? Ne me raconte plus de craques, d'accord ? Dis-moi exactement ce qui, d'après toi, a changé.

Un silence pesant tomba dans la pièce. Elle suivit Sam des yeux pendant qu'il allumait une grosse bougie parfumée à la vanille incrustée de petites marguerites séchées.

— Je te le dirai si tu t'assieds.

Du doigt, il lui montrait l'un des hauts tabourets alignés devant le plan de travail.

— Et si tu me permets de t'apporter quelque chose à manger.

Que faire ? Se disputer avec lui risquerait de réveiller les garçons. Et puis elle n'était pas en état de s'offrir un nouveau choc émotionnel après celui de ce matin. Elle s'assit donc.

— Qu'est-ce que tu fais ? demanda-t-elle en le voyant brancher la bouilloire.

— Je te prépare du thé au miel. Ça fait du bien quand il fait froid.

— Je n'aime pas le miel. C'est trop doux. Rien que d'y penser, j'en ai la chair de poule !

— Tant pis. Ça te revigorera. J'y mettrai beaucoup de citron. Les garçons ont fait fondre des bonbons à la menthe dans le leur.

— Les garçons ne boivent pas de thé !

— Maintenant, si. Hank avait mal à la gorge, alors je lui ai préparé la recette de ma mère. Elle prévenait les rhumes avec du thé au miel et au citron. Avec Kell et moi, elle ajoutait des sucres d'orge pour être sûre qu'on le boirait. Et ça marchait. Ça a marché aussi avec Hank et Eric. Ils ont trouvé que ce n'était pas si mauvais que ça.

Elle le regardait d'un air hébété. Etait-elle bien chez elle ? A écouter Sam, reconverti en gardien du foyer, lui raconter comment il s'était occupé des garçons tout en évoquant ses souvenirs d'enfance ?

— Demain matin, Brette, il faudra penser au téléphone de ta chambre : je l'ai débranché pour que tu ne sois pas dérangée. J'ai mis les messages sur la table du salon. Il y en a un de Tucker qui voulait de tes nouvelles et un autre d'un membre de l'association des parents d'élèves. C'était une femme, et à mon avis, elle se manifestera de nouveau, parce que je crois qu'elle a reconnu ma voix.

Tout en se déplaçant dans la cuisine, il continua à narrer les événements de cette journée qu'elle avait manquée. Il parlait bas, d'un ton léger, lui expliquant qu'il avait eu envie de regarder un film avec les garçons, mais que, finalement, ils s'étaient rabattus sur le poker pour faire moins de bruit. Hank semblait très doué pour les jeux de cartes, contrairement à Eric. Sam lui conseilla de le tenir loin de Las Vegas et de ses requins, toujours à l'affût d'un innocent dans son genre, qu'ils auraient vite fait de dépouiller.

Une assiette de légumes crus coupés en bâtonnets, de fromage et de biscuits salés se matérialisa devant elle, suivie quelques instants plus tard d'une théière fumante.

— Mange, ordonna Sam en se servant un verre de vin.

Manger ? Bonne idée. Non seulement cela occuperait ses mains, mais l'empêcherait de le contempler, lui. Il était bien trop attirant, dans la douce lumière de la bougie. Ce qui n'était sûrement pas son cas. Elle s'était examinée dans le miroir de la salle de bains avant de descendre et avait découvert un visage défait, vieilli par les émotions et la fatigue. Mieux valait garder la tête baissée sur son assiette.

— Une dernière chose, et j'arrête de te soûler de paroles. Un mot à propos de ton ami Keith : nous ne nous entendons pas beaucoup, lui et moi.

— Les introvertis s'entendent mal, effectivement.

— Je ne suis pas introverti. Je suis simplement un peu spécial, corrigea-t-il. Bref, il s'est mis en colère parce que je ne lui permettais pas de te voir. Je voulais te le dire avant qu'il ne te donne sa version de l'histoire.

Brette avala un autre biscuit tout en suivant Sam des yeux pendant qu'il remplissait de nouveau son verre de vin. Il avait dit vrai, la température tombait. Elle ne sentait plus ses orteils et commençait à frissonner. Elle ne pourrait pas rester perchée plus longtemps sur ce tabouret. A moins de relever ses jambes et de les croiser en tailleur. Ah ! voilà. Au moins, là, ses pieds étaient au chaud sous ses cuisses.

— Donne-les-moi.

— Quoi ?

Il tendit les mains, puis tapota ses propres cuisses.

— Tes pieds. Donne-les. Je vais les réchauffer.

Elle hésita. En acceptant, elle accroîtrait le côté intime de la situation... Oui, mais refuser serait plutôt ridicule. N'était-il pas l'homme avec qui elle avait fait l'amour, qui l'avait déshabillée et mise en chemise de nuit quelques heures plus tôt ?

Elle dénoua ses jambes et les étendit sur les siennes. Comme il enveloppait ses pieds glacés de ses mains brûlantes, elle frémit.

— Hé ! Tu es chatouilleuse !

— Je crois que je perds la tête, fit-elle en repoussant son assiette. Je... je ne veux pas de ça. Laisse-moi tranquille, Sam.

Elle voulut replier ses jambes mais il les retint.

— Qu'y a-t-il, Brette ?

— Ce n'est pas toi, Sam, ce... cet homme attentionné. Je ne te reconnais pas.

— Non ? Alors, essayons ça...

En un éclair, il la décolla du tabouret et la plaça sur ses genoux. Puis, prenant sa bouche, il lui donna un long baiser langoureux.

— Alors ? Tu retrouves tes marques ?

— Je... je crois que oui. Tu es le type que j'ai humilié ce matin devant une douzaine de personnes dont un prêtre.

— Brette Barry, nous allons avoir un sérieux problème si tu comptes me dire finalement que tu ne m'aimes pas...

Il s'était exprimé sur le ton de la plaisanterie, que son regard alarmé démentait.

— Je n'ai pas menti, ce matin, Sam. Seulement, je ne suis pas sûre que je devais te le dire. Surtout pas en pleine crise de nerfs. Tout ce en quoi je croyais jusque-là me semble brusquement dénué de valeur.

— Je fais partie du lot ?

— C'est bien toi qui m'as assuré que tu ne croyais plus en rien, non ? Et maintenant, tu fais volte-face plus vite que lorsqu'on zappe à la télé ! Par conséquent, tu ne m'en voudras pas si je m'en tiens pour le moment à tes précédentes déclarations, et ce jusqu'à plus ample information.

— Quoi que tu fasses ou dises, Brette, je sais que tu ne baisseras jamais les bras. Ce n'est pas ton genre. Tu passes seulement une mauvaise année...

Elle se pencha en avant et pressa son visage contre sa poitrine pour étouffer un rire. Tout en ayant envie de pleurer. Comment pouvait-elle croire que discuter servirait à quelque chose ?

— Tu crois être la seule à être déboussolée ? poursuivit-il en déposant des baisers sur son front, le bout de son nez, son menton. Qu'est-ce que je devrais dire, moi, après avoir joué les papas pour la première fois depuis que j'ai été déchu de ce droit ? Bon, d'accord, j'ai plutôt tenu le rôle du tonton-gâteau. Mais, quoi qu'il en soit, c'était une sacrée expérience. De quoi me mettre sens dessus dessous. Et pourtant, ce n'était rien par rapport à ce que j'ai ressenti quand Russell est arrivé avec ses mauvaises nouvelles, juste après que tu m'as quittée. Je t'ai regardée, et... Oh ! Brette, j'ai cru que je t'avais tuée !

— Ce que tu m'as lancé à la figure m'a fait très mal. Je n'arrivais pas à y croire. Surtout après les moments que nous avions partagés.

Il la serra fort dans ses bras.

— Tu avais raison et moi tort. Malgré tous mes efforts, j'ai rechuté. J'ai eu peur. Peur qu'un jour tu te rendes compte que je ne suis pas un type valable. Ou, pire, que tu craignes que je te brutalise...

— Sam, tu n'es pas ton père ! s'écria-t-elle d'un ton vibrant.

— Non, c'est vrai. Je suis moi. Celui que tu regardes en cet instant.

Leur baiser, cette fois, fut lourd de sens. Et Brette l'interpréta comme une prière, un serment. Il chassa les peurs de la nuit et balaya ses ultimes doutes, effaçant la douleur des jours passés.

Elle se détendit et se lova étroitement contre Sam. Il poussa un gémissement avant d'enfouir son visage au creux de son épaule.

— Peut-être serait-il temps de nous rappeler que nous sommes dans une cuisine et qu'il y a deux gamins qui dorment à côté, souffla-t-il quelques instants plus tard, alors que ses mains s'aventuraient sous son T-shirt.

— Oui, ça vaudrait mieux… Parce que le maçon m'a escroquée pour l'isolation phonique. Quand quelqu'un se sert de fil dentaire dans la salle de bains, on l'entend crisser.

Malgré cela, elle lui rendait caresse pour caresse. Jusqu'au moment où ses doigts rencontrèrent une rugosité sur son épaule.

— Qu'est-ce que c'est, cette écorchure ?

— Je me suis égratigné sur l'une de tes boucles d'oreilles. Elle traînait sur le canapé.

— Une de mes…

Elle ne put aller au bout de la question. Sam avait recommencé à l'embrasser et manifestait très clairement son désir d'aller plus loin. Avant de reculer, le souffle court.

— Je vais faire un saut dans ta salle de bains.

Il se leva et posa de nouveau l'assiette devant elle.

— Pendant ma courte absence, chère madame, veuillez finir de manger.

Manger ? Elle avait faim, oui, mais pas de nourriture ! Son corps réclamait autre chose. Néanmoins, docile, elle but une gorgée de thé, ce qui lui valut un hochement de tête approbateur de la part de Sam.

Quand il quitta la pièce, elle rapprocha de nouveau la tasse de ses lèvres, puis se ravisa. Elle devait aller dans le salon. Pour vérifier une chose qui ne pouvait que se trouver à proximité du canapé.

Ce qu'elle cherchait gisait sur la table basse.

Un petit objet doré, agrémenté d'une perle de couleur.

Elle le ramassa et le rapporta dans la cuisine où elle l'examina à la lumière de la bougie.

Cette boucle d'oreille ne lui appartenait pas. Jamais elle n'achetait de bijoux en toc parce qu'elle était allergique aux métaux autres que l'or. Et de toute façon, elle n'aurait pas choisi un article pareil, aux couleurs tape-à-l'œil qui ne lui allaient pas : vert petit-pois et jaune olivâtre.

Alors, que diable faisait ce bijou sur son canapé ?

45.

Samedi 13 novembre

Brette suivit Sam de son atelier jusqu'à la cuisine. Elle avait laissé les garçons chez les Ponder pour ratisser les feuilles mortes, afin de pouvoir discuter en tête à tête avec Sam. Et obtenir enfin les réponses aux questions qui l'obsédaient.

— Alors, Sam ? Je t'écoute.

— Je te l'ai dit : ce n'est rien. Juste un type qui a eu un coup de blues. Ensuite, les enfants ont extrapolé.

— Comment peux-tu croire ça ? Albert jette toutes les affaires de Tracie, supprime toute preuve de son existence, et tu appelles ça « rien » ?

— Ils se sont séparés. Et alors ? Ça arrive tellement souvent qu'aujourd'hui, le divorce est monnaie courante. Les Pugh ne font pas exception à la règle.

— Une femme comme Tracie n'aurait jamais laissé ses possessions derrière elle. Une fille qui part à la chasse au mari n'abandonne pas ses armes de séduction.

Il posa son burin sur le comptoir.

— Brette, j'aimerais vraiment t'aider à trouver qui a laissé cette empreinte sur le panneau, mais je crois qu'il faut se résigner : nous ne le saurons jamais. Alors, oublie Tracie et cette fumeuse histoire de disparition, lui conseilla-t-il avant de pousser un gros soupir. Toutefois, si tu veux le fond de ma pensée, écoute : à mon avis, c'est Hank qui est à l'origine de cette empreinte.

Comme elle le fixait avec des yeux ronds, il ajouta :

— Ne me regarde pas comme ça, je t'en prie. D'après moi, Hank a voulu avouer, mais les choses ont pris une telle tournure qu'il n'a pas pu — qu'il ne peut pas. Quand toute cette histoire sera loin derrière nous, il parlera. Mais pour le moment, ça lui est impossible.

— Pourquoi rejettes-tu aussi obstinément l'hypothèse « Tracie » ? Tout nous ramène à elle ! Tu as dit toi-même que Clovis gardait cette boucle d'oreille en souvenir d'elle !

Ils en étaient arrivés à la conclusion que la boucle d'oreille trouvée sur le canapé appartenait en réalité à Tracie. Et que c'était Clovis qui l'avait abandonnée là. Sa violente réaction quand il avait découvert le contenu de la poubelle prouvait amplement combien il était attaché à la jeune femme. Il avait ramassé puis conservé la boucle d'oreille jusqu'à ce que ses doigts tremblants la lâchent sur le canapé.

— D'accord, il aimait bien la femme d'Albert, mais peut-être qu'il gardait ce machin coloré et brillant pour en faire un leurre. Il est pêcheur, n'est-ce pas ?

Sam essayait de plaisanter, sans doute pour alléger l'atmosphère. Après toutes les épreuves qu'elle avait traversées, il voulait la faire rire, et elle lui en était reconnaissante. Un peu de gaieté ne serait pas superflue. Surtout avec ce temps magnifique. Le ciel s'éclaircissait au propre comme au figuré, les ennuis s'éloignant progressivement. Le mal de gorge de Hank s'améliorait, et les deux garçons étaient joyeusement partis chez les Ponder pour nettoyer leur pelouse. Quant à elle, elle passait de plus en plus de temps avec Sam. Oui, décidément, elle se sentait mieux. Tucker y contribuait en assurant sa tournée en sus de la sienne jusqu'à la fin de la semaine. Tout allait donc pour le mieux…

Si l'on exceptait ce nuage noir qui menaçait le ciel limpide, un nuage apporté par les garçons. Si ce qu'ils lui avaient rapporté était confirmé, elle pouvait dire adieu à sa tranquillité retrouvée…

— Et si j'avais raison, Sam ? D'accord, Tracie n'est pas la femme du maire ni une célébrité, ni même la fille d'une personnalité influente. Elle n'intéresse donc personne. Mais c'est quand même un être humain avec des rêves et des espoirs, comme nous. Pouvons-nous laisser Albert s'en sortir indemne ?

Sam appuya ses paumes sur les tommettes brillantes du comptoir et releva la tête.

— Merci de me rappeler que je ne suis qu'un sale égoïste.

— Ce n'est pas ce que je voulais dire.

— Peut-être pas, mais c'est ce que j'ai compris.

Après un soupir, il haussa les épaules en signe de capitulation.

— Bon, d'accord. Imaginons les pires scénarios : as-tu envisagé que, si drame il y a eu, ce soit Truman le responsable et non son fils ?

Truman ? Jamais elle n'avait pensé à ça.

— Hé ! Ce n'est qu'une hypothèse, précisa-t-il devant son air ébahi.

— Oui, mais… Sa belle-fille ? Tu crois que…

— Il ne serait pas le premier vieux bouc à flasher sur l'excitante petite nana qui rendait son fils dingue année après année. En plus de ça, aucun héritier n'est venu agrandir la jolie famille. De là à imaginer qu'elle s'est aussi amusée avec *lui*...

— Là, tu vas trop loin, Sam. Si Tracie s'est amusée avec Truman, comme tu dis, c'est en lui faisant avaler à son insu un bon laxatif avec ses céréales.

— Tu ne considères pas la situation sous le bon angle. D'abord, Truman autant qu'Albert sont des misogynes. Ensuite, les gens qui ont des troubles de la personnalité sont très liés et très complices. Père et fils Pugh se détestent mais se comprennent parfaitement. Cette union sacrée leur donne beaucoup de force et de pouvoir.

— C'est effrayant.

— N'est-ce pas ? Une excellente raison pour te tenir loin d'eux, Brette.

— Je vais en parler à Cudahy, décréta-t-elle, les yeux brillants. Il a appelé pour demander à Hank de passer. Il veut qu'il jette un coup d'œil à des photos de pédophiles, au cas où Mel serait dans le lot.

Avec un bref hochement de tête, Sam sortit de la cuisine. Dans le vestibule, il s'arrêta et lança par-dessus son épaule :

— Le shérif va regretter de t'avoir téléphoné.

— Pas du tout. Je me bornerai à lui énoncer des faits. Quand Hank ne sera plus à portée de voix. La discrétion est une de mes qualités et...

Elle s'interrompit. Sam venait de la prendre par la main et l'entraînait dans son bureau. Il referma la porte derrière lui et s'adossa au battant. Le souffle coupé, elle se retrouva plaquée contre sa poitrine.

— Je suis très conscient de tes qualités, chuchota-t-il en lui embrassant le cou. Mais la discrétion n'est pas ma préférée.

Il avait faim d'elle, une faim dévorante qui l'avait assailli sans crier gare. Du bout de la langue, il titilla cette peau dont la texture le rendait fou. Brette répondait à son empressement, fondant contre lui en gémissant. De ses mains fébriles, il lui souleva son T-shirt et le fit passer par-dessus sa tête. Ses mèches dorées aussi douces que de la soie retombèrent sur ses épaules nues en crépitant. Elle ne portait pas de soutien-gorge, et ses seins libres de toute entrave semblaient n'attendre que ses paumes, qui s'arrondissaient autour de ces rondeurs à la perfection enivrante.

— Dieu que tu es belle…

Il fléchit les jambes, amenant son visage à la hauteur de cette poitrine tant convoitée, et la couvrit de baisers. La tête rejetée en arrière, Brette gémissait doucement, les doigts crispés derrière sa nuque, se soulevant sur la pointe des pieds pour faciliter les caresses.

Du temps. Ils avaient besoin d'un peu de temps pour s'aimer follement devant cette porte, crier de ce plaisir dérobé, clandestin.

Mais il fallait qu'elle aille chercher les garçons ! Les aiguilles ne pouvaient-elles donc se figer sur toutes les pendules, toutes les montres, lui accordant ces dix minutes qu'exigeait son corps en fusion ?

— Sam, je dois…

— Je sais, je sais… Mais ne pourrions-nous pas être égoïstes tous les deux, pendant un tout petit moment ?

Ils n'avaient pas le temps de retirer leurs vêtements, de rechercher la pénombre d'une chambre, le confort d'un lit. Mais de céder à la fulgurance de la passion, si.

Sam la souleva et l'emporta jusqu'au canapé, tout en l'embrassant à pleine bouche. Elle avait noué les jambes autour de sa taille et ne les retira pas quand il l'allongea. Les ressorts grincèrent sous le poids de leurs deux corps soudés l'un à l'autre. D'une main, Brette s'acharna sur la boucle de ceinture de Sam et finit par l'arracher plus qu'elle ne la défit. Puis elle repoussa le pantalon, dégageant les hanches et le sexe gonflé de cette sève qu'elle voulait en elle, dont la chaleur se répandrait dans son ventre…

— Sur la table, chuchota Sam.

— Q… quoi ?

Les idées en déroute, elle ne comprenait pas. Se refusait au moindre effort mental. Tout ce qu'elle voulait, c'était cet homme en elle, là, tout de suite.

Mais il répéta :

— Sur la table… Peux-tu attraper le… le…

Oh… Le préservatif. Celui qu'ils n'avaient pas utilisé l'autre soir parce qu'ils s'étaient finalement retirés dans la chambre.

Elle le saisit du bout des doigts, le lui donna et, pendant qu'il s'occupait de ce détail, s'abandonna aux sensations qui montaient en elle, vagues de volupté ensorcelantes.

Un petit bruit de papier d'argent que l'on froisse, et de nouveau ce sexe tendu, qui vibrait contre le sien, s'y insinuait, puis le possédait tout entier, au point qu'elle eut l'impression de se mouler autour de lui.

Sam commença à bouger en elle, d'abord lentement, puis avec ardeur. La position, le lieu, l'heure impliquaient une frénésie sauvage qui fit jaillir des cris de leurs gorges desséchées. Et l'orgasme les submergea, un orgasme dont la violence suspendit pendant quelques secondes les battements de leurs cœurs.

Enfin, ils revinrent sur terre. Moites de transpiration, hors d'haleine, ils s'embrassèrent éperdument avant de se résigner à s'arracher l'un à l'autre.

— Pardonne-moi, murmura Sam.

— Te pardonner ? Pourquoi ?

— Pour te désirer si fort.

— Je t'aime, Sam. Je t'aime pour ce que tu es et ce que tu éprouves.

Il enfouit son visage dans ses cheveux.

— Je t'en prie, Brette, ne cesse jamais de m'aimer…

46.

Selon les Grecs, on ne peut cacher que l'on est ivre ou amoureux. Je n'ai pas l'intention de dissimuler les sentiments que j'éprouve envers Sam. Tout ce que je veux, c'est avoir la possibilité de vivre pleinement cet amour.

Ce sera difficile si j'obéis à son souhait : il voudrait que je ferme les yeux sur l'événement terrible qui s'est déroulé à proximité de chez moi. Comment le pourrais-je ? Je ne serai pas heureuse tant que je n'aurai pas élucidé le mystère qui plane autour de Tracie. Et je ne serai pas la seule : j'ai la conviction que si je ne fais rien, aucun de nous ne trouvera le bonheur auquel il aspire.

Journal intime.

Lundi 15 novembre

Alors qu'ils approchaient du poste de police de Quitman, Hank se montrait de plus en plus nerveux. Pourtant, quand Brette était allée le chercher un peu plus tôt au collège, il semblait content. Au point de courir vers le pick-up.

Le week-end s'était passé agréablement. Non qu'ils aient beaucoup ri — il était prématuré d'espérer une joyeuse ambiance. Toutefois, ces deux jours avaient quand même été plaisants. Avec l'aide de Sam, Hank était allé dans son ancienne maison récupérer son ordinateur ainsi que nombre de ses affaires pour les installer chez Brette. Ensuite, elle l'avait accompagné à Tyler afin de lui acheter divers éléments destinés à sa chambre — un petit aquarium (qu'il avait choisi à la place de rideaux), et des objets et accessoires bleu pâle. Apparemment, il espérait que les couleurs pastel et l'aquarium auraient sur lui des vertus apaisantes. Il avait vraiment besoin de retrouver une certaine sérénité.

L'ennui, c'est qu'il devrait attendre encore un peu pour cela. La convocation de Cudahy le rendait très nerveux, et il se tortillait de plus en plus sur son siège.

— Tu as le trac ? s'enquit-elle gentiment.

— Ouais, je crois bien.

— Zut ! J'aurais dû faire sortir Eric de son cours et l'amener avec nous.

— Non. Il avait hâte de rentrer à la maison pour aller voir Sam.

— Ah ? Ça t'ennuie qu'Eric veuille apprendre à fabriquer des choses avec ses mains ?

— Et toi ? Qu'est-ce que tu en penses ?

— De quoi ? Du fait qu'Eric se passionne pour ce que fait Sam ?

— Mmm. J'ai l'impression que si Sam élevait des lapins, Eric te demanderait d'installer un clapier dans sa chambre.

Brette ne releva pas, considérant que cela faisait un petit moment qu'il n'avait pas fait preuve d'autant de cynisme.

— Soyons reconnaissants à Sam de ne pas s'intéresser aux lapins, sinon nous aurions deux fois plus de coyotes affamés en train de rôder dans le jardin ! Blague mise à part, tu penses qu'Eric essaie de plaire à Sam ?

— Peut-être pas. N'empêche que ça en a tout l'air.

— Et toi ? Tu n'aimes toujours pas Sam ?

Il lui adressa un regard entendu.

— Tu veux me faire comprendre que vous allez vous marier ?

Seigneur, ce qu'il pouvait être direct !

— Sam ne m'a pas demandé de l'épouser, répondit-elle honnêtement. Et même s'il le faisait, je dirais que c'est un peu tôt pour y penser.

— Parce que ma mère est morte ?

— Pour ça, oui, et pour d'autres raisons.

Hank garda le silence pendant quelques instants, puis lâcha :

— Il te le demandera.

— Il me le… Que penserais-tu alors ?

— Que s'il te traite bien, c'est qu'il n'est pas aussi moche que je le croyais.

Bon. C'était plutôt pas mal pour un début. Elle prit conscience que, finalement, cet après-midi lui apportait plus de plaisir qu'elle l'avait imaginé.

Néanmoins, mieux valait en rester là pour l'instant et passer à autre chose.

— J'ai parlé à Keith de ce câble d'ordinateur qui te pose des problèmes. Il va s'en procurer un autre et viendra l'installer.

— Pas la peine. Je sais brancher un câble.

— Evidemment. Mais d'après Keith, c'est une opération délicate parce que la connexion a… Flûte ! j'ai oublié quoi. Les ordinateurs, ce n'est pas mon truc.

— Tu as oublié parce que ce qu'il t'a dit, c'était une connerie.

— C'est méchant, ça. Après Sam, Keith… Qu'est-ce que tu as contre lui ? Il a toujours été gentil avec toi.

— C'est ce qu'il croit, mais il se plante. C'est un fumier.

— Un… Depuis quand ?

— Depuis toujours. Tracie avait raison quand elle le traitait de pédé.

— Hank !

Décidément, l'expérience de Saint Louis avait fait des dégâts. Hank avait, et aurait peut-être toujours, des problèmes relationnels avec les hommes. Dès le lendemain, elle lui trouverait un bon thérapeute. Mais en attendant, il fallait trouver les mots capables de lui faire comprendre qu'il venait de dépasser les bornes.

— Tracie ne connaissait pas bien Keith, tu sais. Elle n'avait pas le droit de le calomnier comme ça.

— Elle le connaissait assez pour avoir dit à maman qu'elle perdait son temps avec lui ! Et elle avait raison.

Il s'interrompit avec une grimace.

— Tu nous entends, Brette ? On parle de Tracie au passé. Comme si elle ne devait jamais revenir…

— Tu as raison. Je suis désolée.

Il se trompait concernant Keith et Sally. Si cela n'avait pas marché entre eux, c'était parce que Keith ne supportait pas l'insondable inculture de Sally ni son côté dépendant. Ce n'était pas les femmes qu'il n'aimait pas, mais Sally Jamison.

La preuve, il lui avait demandé à elle, Brette, de sortir avec lui. Juste au moment où Sam s'était installé dans la maison voisine…

Ils arrivèrent au poste de police en même temps que le shérif. Ce dernier les précéda à la porte et la leur tint ouverte.

— Merci d'être venue, madame Barry. Merci à toi aussi, Hank. Comment va, mon garçon ?

— Bof ! J'ai connu mieux.

— Tu viens de passer de très sales moments, c'est sûr. Navré pour ta maman.

— Merci.

Cudahy posa son impressionnante main sur son épaule et le conduisit jusqu'à une porte marquée « Inspecteur John Box ».

— John est sorti, mais il a laissé les portraits-robots que nous ont faxés les bureaux de Saint Louis et du reste du Texas. Il y en a pas mal. Il faudrait que tu les regardes pendant que le FBI en cherche d'autres sur Internet. Ne t'inquiète pas si au bout d'un moment, tu as l'impression que toutes les têtes se ressemblent.

Après cette précision, il prit le dossier et emmena Hank et Brette vers une petite salle de conférence équipée d'une vitre sans tain.

— Je vous en prie, madame Barry, asseyez-vous à côté de lui.

— J'aimerais d'abord vous dire un mot, shérif.

Cudahy jeta un coup d'œil à sa montre.

— Le district attorney doit arriver à 15 heures. Je suis à vous jusque-là.

Brette sortit de la salle et attendit que le shérif la rejoigne. Il ferma la porte derrière lui.

— L'isolation phonique est excellente, déclara-t-il en montrant du pouce la pièce où se trouvait Hank.

— Je ne crains pas les oreilles indiscrètes. C'est lui que je veux protéger. Je préférerais qu'il n'entende pas ce que je vais vous révéler.

L'expression neutre du shérif ne changea pas. Pourtant, elle devina dans ses yeux une lueur chaleureuse.

— Madame Barry, une semaine de repos ne vous ferait pas de mal. Et un ou deux banana splits non plus.

Cette taquinerie, dite gentiment, la toucha.

— Je tiendrai le coup, shérif. Mon actuel souci, ce n'est pas moi mais Hank. Je veux m'organiser de façon à ce qu'il bénéficie de l'attention et du soutien dont il a besoin. Si je parviens à le remettre dans le droit chemin, alors je n'aurai pas besoin de vacances, expliqua-t-elle avec un petit sourire. Shérif, je voulais vous parler de Tracie Pugh.

Simulant l'effroi, Cudahy rentra la tête dans le col amidonné de sa chemise kaki.

— Oh, oh ! Je me doutais bien que vous remettriez ça sur le tapis.

— Il y a du nouveau. Savez-vous qu'Albert et Tracie se sont séparés ?

— Je crains que ma femme ait loupé cette information dans le journal…

— Il n'y a rien d'amusant là-dedans. Nous n'avons pas d'ordre de réexpédition de son courrier, à la Poste. Pas de nouvelle adresse. Vous ne trouvez pas ça curieux ?

— Non. Peut-être qu'elle n'attendait aucune lettre ou paquet intéressant, et qu'elle voulait s'éclipser discrètement, pour que personne ne vienne l'enquiquiner.

— Dans ce cas, elle aurait dû emporter toutes ses affaires, n'est-ce pas ?

Cudahy acquiesça d'un hochement de tête.

— Albert a jeté à la poubelle tout ce qui lui appartient.

— Quoi, par exemple ? s'enquit-il, impassible.

— Des vêtements, du maquillage, des chaussures et des objets personnels. Le tout en excellent état. Il est impossible qu'elle ait tout abandonné en partant.

Un grondement d'alligator en colère monta de la poitrine de Cudahy.

— Comment se fait-il que vous sachiez ça, madame Barry ?

Ah ! on abordait la partie délicate, celle qu'elle répugnait à raconter. Elle poussa un profond soupir, puis lui raconta toute l'histoire.

Les coins de la bouche du shérif s'affaissèrent.

— Dois-je comprendre que vous fouillez les poubelles de vos voisins ?

Elle se justifia en précisant le détail le plus important, à savoir que c'était Clovis qui avait tout déclenché.

— Que vous reportiez la faute sur ce pauvre vieux me navre, madame Barry. Je vous préviens : si je découvre sur les affaires de Tracie la moindre de vos empreintes ou celles de Knight qui, entre parenthèses, est la dernière personne a l'avoir vue, vous aurez de mes nouvelles !

— Ce n'est pas Sam qui a mis les affaires de Tracie à la poubelle !

— Non, mais j'ai l'impression que c'est à cause de lui qu'Albert a fait ça. Où sont ces trucs, maintenant ?

— Partis.

— Où ?

— Les… les éboueurs… Ils sont passés et ont tout emporté. Tout sauf ce que Clovis avait gardé dans sa main. Ceci.

Elle lui tendit un petit sac en plastique transparent contenant la boucle d'oreille.

Lorsque Cudahy riva son regard au sien, elle comprit qu'il réprimait à grand-peine une bordée d'injures à faire pâlir de jalousie le plus féroce des instructeurs de la marine. Il prit la boucle d'oreille et la scruta avec tant d'intensité qu'il finit par loucher. Sortant ses lunettes de sa poche, il réexamina le bijou et pâlit.

— Qui a touché ça ?

Puis, sans laisser à Brette le temps de répondre, il héla un agent en uniforme qui passait dans le couloir.

— Avery ! Trouve-moi quelqu'un pour vérifier si ce que je vois là-dessus est bien ce que je pense ! Et en quatrième vitesse !

— Oui, monsieur.

L'agent ne se le fit pas dire deux fois. Il rafla le sachet et partit à grandes enjambées. Hébétée, Brette sentit un frisson lui courir le long de l'échine. Au point de croiser frileusement les bras sur sa poitrine.

— Que… qu'avez-vous vu, shérif ?

— Du sang. Maintenant, répondez à cette question : entre quelles mains est passée cette boucle d'oreille avant d'atterrir ici ?

— Les… les miennes… et celles de Clovis, bien sûr.

— Qui d'autre ?

Elle savait très bien ce que sous-entendait la question. Et comprit qu'il ne la laisserait pas en paix tant qu'elle n'aurait pas dit ce qu'il attendait.

— Sam.

47.

— J'ai essayé, Brette. J'ai vraiment essayé de le reconnaître parmi tous ces portraits, assura Hank sur le chemin du retour. Tu ne peux pas savoir comme j'aurais été content que quelque chose de bon arrive enfin…

Gagnée par la panique, Brette serrait convulsivement le volant. Comment pourrait-elle regarder Sam en face, maintenant ?

— Qu'est-ce que tu as ? lui demanda l'adolescent après s'être penché pour l'observer. Tu n'as quasiment rien dit depuis que j'ai refermé le dossier. Au début, tu étais toute rouge, et puis tu es devenue… verte. C'est à cause de Cudahy ? Il t'a fait boire un mauvais café ?

Non, elle ne pouvait rien lui révéler. Du moins, pas avant d'avoir vu Sam.

— Il s'est passé quelque chose, effectivement. Mais je t'en parlerai plus tard.

— A propos de moi ?

— Non, le rassura-t-elle en lui tapotant le bras. Tu n'es pas concerné.

Au cours des minutes qui suivirent, Hank tenta à plusieurs reprises de renouer la conversation, en pure perte. Finalement, il renonça, et le reste du trajet s'effectua dans le silence.

Une fois devant le cottage, elle éteignit le moteur, mais resta immobile sur son siège.

— Tu ne descends pas ? s'enquit Hank, la main sur la poignée.

D'un mouvement du menton, elle montra l'atelier de Sam.

— Il faut que je lui parle. Apparemment, Eric est avec lui. Je vais te l'envoyer

— Tu es bizarre, Brette.

Indéniablement. Mais pas sans raison, songea-t-elle en se décidant enfin à sortir de la voiture.

Laissant son sac dans le pick-up, elle se dirigea vers l'atelier d'où fusaient des rires. A quand remontait la dernière fois où Eric avait ri ? Des semaines. Et voilà qu'elle s'apprêtait à saccager sa joie de vivre retrouvée.

C'est lui qui la vit le premier.

— Salut, maman ! Regarde ce que j'ai fabriqué ! Chouette, hein ?

Les yeux de Brette se posèrent sur deux morceaux de bois ajustés par une cheville ronde plutôt rudimentaire, mais ce qu'ils voyaient, c'était le visage de Cudahy quand elle avait quitté le poste de police.

— Maman ? Tu n'as pas l'air bien.

— Hein ? Non, je… je… Eric, s'il te plaît, va retrouver Hank à la maison. Il faut que je parle à Sam.

— Mais je n'ai pas encore fini ce…

— Eric, fit Sam à voix basse.

Il n'eut pas besoin d'ajouter quoi que ce soit pour que le garçon obéisse. Un prénom murmuré, un simple signe de tête, et Eric sortit de l'atelier. Il s'arrêta sur le seuil, juste le temps de demander :

— Hank va bien, maman ? Il a reconnu le type, sur les portraits-robots ?

— Non. Dommage.

Dès qu'il se fut éloigné, Brette poussa un soupir d'accablement et se voila le visage des mains. Elle entendit Sam s'approcher d'elle, puis sentit la chaleur de son bras autour de ses épaules.

— Eric n'est pas le seul à s'interroger, Brette… Que se passe-t-il ?

Elle adorait la façon dont il se comportait avec elle maintenant. Depuis qu'il avait abaissé les barrières qui les séparaient, chaque mot, chaque geste ou regard, était empreint de douceur, d'intérêt véritable. Pour ne pas tout réduire en miettes, elle ne répondit pas tout de suite. Mais à quoi bon attendre ? Il fallait qu'elle parle. Et se résigne à casser le petit univers idyllique et chaleureux dans lequel elle gravitait avec lui.

— Brette ?

Il la fit pivoter et, abaissant ses mains, la dévisagea avec attention.

— Qu'y a-t-il ? Ce n'est pas Hank, n'est-ce pas ? Ça ne te ressemblerait pas de mentir à ton fils.

A grand-peine, elle soutint son regard.

— Sam, j'ai fait une terrible bêtise. Il faut que tu me croies : je suis désolée. Et même, le mot est faible. Je suis consternée. Tu… tu vas me détester.

— Je t'aime, Brette. Tu peux tout me dire.

— Oh ! Sam… J'ai tout raconté à Cudahy concernant la poubelle pleine des affaires de Tracie… et la boucle d'oreille.

Il se rembrunit, mais ne la repoussa pas.

— Et alors ? C'est ce que tu voulais faire, non ? Cudahy s'est fichu en colère parce que tu t'es mêlée des affaires des autres ? Parce que tu as violé une propriété privée et continué à jouer les détectives ? Il a dû te dire que tu avais de la chance de t'en tirer avec seulement un pneu tailladé.

— Il pense que ce n'est pas Albert qui a crevé ma roue.

— Ah bon ? Même après lui avoir raconté ce qu'il t'avait fait l'autre jour, à la caravane ?

— Sam, ça va mal. Je... je lui ai montré la boucle d'oreille.

— Il t'a accusée de l'avoir volée ?

— Non. Il... il l'a gardée pour procéder à des tests.

Sam parut se raidir. Puis se détendit.

— Oh ! il cherche des empreintes ? Sur un objet aussi petit que nous sommes au moins trois à avoir touché ?

— Pas des empreintes, Sam. Du sang.

— Quel sang ?

— Eh bien... Les minuscules taches rouges ne sont pas le fait d'un fabricant au sens artistique douteux. Ce sont des taches de sang.

Une ride se creusa entre les sourcils de Sam.

— Je me demande pourquoi tu t'inquiètes autant, Brette. Tu ne sauras jamais comment ce sang a pu arriver là... Oh ! je vois... Mais je n'ai pas saigné quand ce truc m'a écorché. Il n'y aura donc pas de problème.

Sa mine défaite démentait ses paroles.

— Si, Sam, il y en aura un, répliqua-t-elle. Ecoute, si ce sang n'est pas le tien, alors c'est celui de Tracie. Et même si tu t'es seulement écorché, une parcelle de ta peau a pu rester accrochée. De ta peau !

— Seigneur…

Il laissa retomber ses bras et recula jusque dans la partie obscure de l'atelier. Le cœur de Brette se serra. De nouveau, Sam s'emmurait, se coupait d'elle. De tout ce qui l'entourait.

Incapable de le supporter, elle ramena ses mains sur son visage.

Le silence s'installa entre eux. Jusqu'à ce que Sam le coupe.

— Brette, regarde-moi ! ordonna-t-il.

Non. Elle ne le pouvait ni ne le voulait.

— Regarde-moi ! répéta-t-il.

Elle retira ses mains.

— Cette lueur, Brette… Elle est de retour dans tes yeux !

— Non. Ce n'est pas vrai.

— Si. Après ce que nous avons vécu ensemble… Tu recommences ! Tu as peur de moi !

— Je n'ai pas peur de toi, Sam. J'ai peur *pour* toi !

Il ne la croyait pas, c'était visible. En fait, il n'entendait même pas ses dénégations. La crainte de découvrir qu'elle le rejetait oblitérait sa capacité de raisonnement.

— Est-ce que Cudahy t'a dit quand il viendrait m'arrêter ? demanda-t-il d'un ton sarcastique. A moins qu'il attende que, comme tout bon citoyen respectueux des lois et sain d'esprit pour le moment, j'aille me livrer ? Je pourrais le faire, après tout, puisque je ne suis pas tout le temps psychopathe.

Elle s'avança vers lui et écarta les bras qu'il tendait pour la repousser.

— Je suis désolée, chuchota-t-elle en l'enlaçant. Jamais je n'aurais imaginé que Cudahy sauterait à pieds joints sur cette conclusion. Sinon, je ne lui aurais pas montré la boucle d'oreille !

— Et tu aurais protégé un tueur ? Allons, Brette, et ton sens moral ?

— Tu n'es pas un tueur, Sam.

Certainement pas. Mais un homme brisé, résigné à son sort, si.

Il se détacha d'elle, balayant peut-être à jamais l'intimité qui avait existé entre eux.

— Je ne veux pas revivre ça, murmura-t-il comme pour lui-même. Me retrouver tel un insecte sous un microscope, sous la surveillance permanente de la police, pourchassé par des meutes de journalistes excités à la perspective d'une histoire répugnante. Brette, imagines-tu ce que j'ai pu ressentir à l'époque quand j'ai croisé dans la rue le fils des voisins et que je me suis aperçu qu'il me fixait en tremblant de terreur ? Un môme à qui j'avais passé des heures à enseigner le calcul et la géométrie — pour des prunes d'ailleurs. Pose-toi aussi cette question : qu'éprouve-t-on lorsqu'un flic pointe une arme sur vous parce que vous serrez dans vos bras votre fils dont le juge a exigé que vous ne l'approchiez plus jamais ? Non, Brette, non, je ne me sens pas la force de revivre ça.

— Mais ce n'est pas pareil ! Nous nous en sortirons.

— Oh si ! c'est pareil. J'ai perdu mon boulot parce que je fais peur à une école entière. Je suis le dernier à avoir vu Tracie, celui qui a signalé que ton pneu avait été mis en charpie… Tout fait de moi le suspect numéro un. Pas besoin d'un complot pour que j'aie l'air du parfait coupable.

— Tu n'es plus seul, Sam. Tu es entouré de gens qui ont confiance en toi, même si tu en doutes.

— Qui donc ? Toi. Et ton fils. Hank ne me croit qu'à moitié. Ensuite, il y a une vieille dame très occupée par son mari sénile, une vieille dame très crédule qui a tendance à prendre toute personne qui lui accorde un peu de temps pour un envoyé du ciel… A l'heure qu'il est, Cudahy est probablement en train de réunir une équipe afin de venir m'arrêter. Allez, Brette, rentre chez toi, c'est ce que tu peux faire de plus sage.

— Non.

— Mais, bon sang, tu ne comprends pas que *tout est fini* ?

Il pivota sur ses talons et marcha jusqu'à l'établi. Il s'apprêtait à éteindre la lumière quand elle le rattrapa. Elle le retint par le bras et l'attira contre elle.

— Ne compte pas te débarrasser de moi comme ça, Sam Knight. J'ai confiance en toi ! Je crois en *nous* ! Et laisse-moi te dire que si j'ai déclenché cette catastrophe, je compte bien tout entreprendre pour réparer. Et je ne vais pas m'en tenir là : le coupable va payer. Et celui qui y sera de sa poche, c'est Albert Pugh, j'en suis persuadée.

— Reste loin de ce type. De son père aussi. Je ne veux pas qu'il t'arrive quelque chose. Avoir ça sur la conscience en plus du reste, non, vraiment pas.

Elle pouvait lire les tourments qui l'agitaient dans ses yeux.

— Je suis là, Sam. Tu peux ronchonner tant que tu voudras, ça n'y changera rien : je ne t'abandonnerai pas.

Un instant, elle crut qu'il allait discuter, se battre pour lui faire entendre son point de vue. Mais il se borna à jurer à voix basse, puis à l'étreindre.

— Mon Dieu ! Brette, souffla-t-il dans ses cheveux, je ne veux pas te perdre…

— Tu ne me perdras pas.

— Embrasse-moi.

Il cherchait du réconfort, de l'espoir, et malgré toutes les épreuves à venir, rêvait encore à un nouveau départ.

Elle l'enlaça ardemment, s'abandonnant à lui corps et âme. Tout à coup, ils ne formèrent plus qu'un, et leur baiser scella une promesse informulée et pourtant très claire : tout s'arrangerait. Le bon droit et l'innocence étaient de leur côté. Ils prouveraient à Cudahy qu'il se trompait et convaincraient la terre entière que Sam Knight était un homme bon et estimable.

Lorsqu'il mit un terme au baiser, il ne la détacha pas de lui, la gardant entre ses bras, jusqu'à ce qu'elle prenne l'initiative de l'arracher à l'ombre de l'atelier et aux ténèbres de son esprit. Plus jamais elle ne laisserait la peur le terrasser.

— Viens, Sam. Rentrons à la maison. Je préparerai le dîner. Et puis, les garçons ont besoin de nous.

Elle l'aida à refermer les vantaux et, main dans la main, ils traversèrent la pelouse. Ils approchaient du cottage quand un véhicule blanc apparut sur la route. Un gyrophare clignotait sur son toit.

— On dirait que la police va chez les Pugh, constata Brette. Tu arrives à distinguer qui est dedans ?

— Cudahy est à la place du passager. A mon avis, il n'a pas encore reçu la réponse du laboratoire, et il va à la pêche aux renseignements. Mais combien tu paries que je suis le prochain sur sa liste ?

48.

Mardi 16 novembre

Trop nerveuse pour maîtriser le tremblement de ses mains, Brette triait le courrier avec maladresse.

— Ils l'ont *invité* à se rendre au poste de police pour donner sa version des faits, racontait-elle à Desiree. Je suis sûre que s'il avait décliné l'invitation, ils seraient venus l'arrêter à la maison et lui auraient passé les menottes aux poignets devant les garçons ! Desiree, je te jure que si Cudahy ne prend pas sa retraite après cette histoire, ce sera…

— … Tucker qui deviendra shérif ! Et après, je ferai venir mon frère de Californie pour qu'il récupère son emploi de facteur !

La jeune femme se forçait à plaisanter dans le but d'alléger l'atmosphère, mais la tentative déplut à Tucker.

— J'en ai une bonne pour toi, mademoiselle Gâteau de Riz, grommela-t-il. Si on regarde de biais un Oriental à plusieurs reprises, ça le… *désoriente.*

— T'as trouvé cette vanne sur Internet, Tucker ?

— Tu essaies de me piquer mon job !

Il lui tira la langue, puis se tourna vers Brette.

— Elle va la boucler pendant un moment, j'espère... Alors, comme ça, Cudahy ne croit pas que c'est Albert qui a massacré ton pneu ?

— Il trouve bizarre que Sam soit apparu comme par magie au bon moment pour jouer les héros.

— Si ce n'est pas Terminator, alors c'est peut-être le petit génie du clavier.

— Lui aussi sera sûrement interrogé.

Elle lui montra une lettre recommandée posée sur la table et ajouta :

— Je dois lui remettre ce recommandé en main propre ; comme ça, je pourrai l'avertir de ce qui l'attend. Je lui demanderai aussi de dire à Cudahy qu'il a entendu passer plusieurs véhicules ce soir-là.

— Pendant que tu chercheras des témoins à décharge pour ton chéri, pense à dire à Bertrice de demander au toubib s'il estime Clovis apte à témoigner.

— Clovis ? Certainement pas. La mémoire lui revient par bribes et, s'il s'exprime de temps à autre, il est loin d'être net et cohérent. Je crois que son témoignage ferait plus de mal que de bien.

— Brette, je te rappelle que, même si Cudahy n'a pas encore de cadavre, il envisage déjà de coller ton galant sous les verrous pour meurtre. Alors, ne néglige pas l'atout que peut être Clovis. Après tout, il a des moments de lucidité. Et il faut espérer qu'il en aura un maintenant qu'on en a besoin. Sinon Terminator ira rejoindre son papa à la prison de Huntsville.

A ces mots, Brette frissonna.

— Il doit bien y avoir quelque chose à faire, murmura-t-elle.

— Est-ce qu'il a appelé son avocat ?

— Oui. Et ça implique un autre problème : si Sam est inculpé, il va être obligé de prendre une deuxième hypothèque sur sa maison, ou bien de la vendre.

— J'espère que tu n'as pas offert à ton mec de vider ton compte en banque pour payer son avocat ou sa caution…

— Tucker, je sais que tu n'es pas convaincu de son innocence, mais si j'avais proposé à Sam de l'aider financièrement, il aurait refusé. Il est bien trop fier pour accepter.

— Foutaises ! Je parie qu'il s'arrangera pour que tu le supplies de prendre tes sous.

— Va te faire voir, Tucker !

Elle refusa de lui parler tout le reste de la matinée. Il l'avait tellement perturbée que lorsqu'elle commença sa tournée, elle faillit provoquer un accident en franchissant sans s'arrêter un stop qu'elle n'avait pas vu. Elle donna un coup de volant qui manqua d'envoyer le pick-up dans le fossé, et rasa un jeune cycliste qui arrivait de sa droite. Ce dernier actionna frénétiquement sa sonnette, la laissant ensuite vidée de ses forces et trempée de sueur froide. La température ayant beaucoup baissé ces derniers jours, elle se retrouva bientôt en train de claquer des dents.

— Bravo, Barry, se morigéna-t-elle à mi-voix. Morte, tu ne serais pas d'une grande aide pour Sam !

Comme elle aurait aimé le voir… Malheureusement, on l'avait emmené à Quitman. Elle n'avait même pas eu la possibilité de l'embrasser quand la police était arrivée. Et même s'ils avaient pu se câliner pendant les trois-quarts de la nuit, cela ne suffisait pas. Ni pour elle ni pour lui. Il avait besoin de tout son soutien.

A son arrivée chez les Ponder, elle trouva avec consternation la porte et les volets fermés. Pauvre Bertrice ! Elle devait être épuisée, après s'être tant mise à contribution lors de l'enterrement de Sally.

Mais finalement, ce n'était pas plus mal. Brette songea qu'elle aurait perdu du temps à lui expliquer la situation. Elle lui parlerait plus tard. Pour l'instant, elle allait voir Keith.

La lettre recommandée exigeant une remise immédiate, elle se gara dans son allée. D'un coup d'œil, elle vit que les volets de la cuisine étaient ouverts. Bien. Keith était probablement en train de se préparer un petit déjeuner tardif.

Elle se dirigea donc vers la cuisine au lieu de sonner à la porte d'entrée.

— Keith ? appela-t-elle en frappant sur la partie vitrée.

Il apparut derrière la fenêtre, vêtu d'un T-shirt blanc et d'un pantalon de survêtement bleu marine.

— J'ai un recommandé ! lança-t-elle en agitant l'enveloppe.

Il arborait un air défait et soucieux. Le loquet lui résistant, il jura.

— Bon sang ! Maintenant, je sais pourquoi je ne me sers jamais de cette maudite porte, fulmina-t-il en débloquant le battant. Comment va, Brette ?

— Ne me le demandez pas ! Tenez, prenez ce stylo et signez dans cette case.

Il prit le stylo et la lettre, mais garda les yeux rivés sur elle.

— Brette, ou vous ne vous êtes pas encore remise des événements de la semaine dernière, ou ces deux gamins vous rendent chèvre.

Embarrassée, elle lissa ses cheveux emmêlés par le vent. Elle aurait dû mettre une casquette, mais elle était partie en catastrophe ce matin. Pendant la nuit, elle avait pressé par inadvertance le bouton d'arrêt du réveil de sorte qu'elle avait eu tout juste le temps de se laver les dents et de passer un coup de peigne dans les cheveux avant de sauter dans son pick-up.

— J'ai l'air aussi mal en point que ça ?

Il sourit.

— Vous n'avez jamais l'air si mal que ça. Simplement, vous semblez aussi fragile que du verre.

— Si vous le dites… C'est vrai que je suis très inquiète. Cudahy a appelé Sam ce matin. A cause de la boucle d'oreille que Clovis a trouvée, après que vous êtes parti de chez moi, le jour de l'enterrement.

— Ah oui ? J'espère qu'il y a un gros diamant dessus.

— Non. La boucle d'oreille appartenait à Tracie, j'en suis quasiment certaine. Pour résumer, je dirai que je suis également certaine qu'Albert a assassiné sa femme. Le shérif a vu du sang sur le bijou, mais au lieu d'embarquer Albert pour l'interroger, il a jeté son dévolu sur Sam. Qui se retrouve au poste de police.

— Pourquoi Sam ?

— Parce qu'il est le dernier à avoir vu Tracie la nuit où elle a disparu. Elle est allée lui demander s'il ne pouvait pas l'accompagner à un arrêt de bus. Apparemment, elle s'en allait pour de bon. Selon moi, un mari largué a davantage de raisons de devenir violent qu'un voisin qu'on a juste sollicité pour se faire voiturer.

— Mmm. Le super shérif n'a pas l'air très performant, remarqua Keith en lui rendant le stylo.

Les doigts tremblants, Brette le laissa tomber.

— Eh bien, décidément, je vais mal, aujourd'hui, commenta-t-elle en se penchant pour le récupérer.

Mais il avait dû rouler car elle ne le vit pas à ses pieds. Bon, elle le chercherait plus tard.

Elle détacha le récépissé. Comme elle le tendait à Keith, de nouveau ses doigts la trahirent, et le papier voleta jusqu'au sol.

— Bon sang, ça devient ridicule !

Elle recula de deux pas et ramassa le feuillet qui s'était posé sur un massif d'azalées moribondes.

— Vos fleurs ont soif, Keith.

— Oui, maman.

Penchée au-dessus du massif, elle tenta d'apercevoir le stylo, en vain.

— Et flûte ! Il est là… quelque part… Quelle guigne ! Je le laisserais bien là où il se cache, mais je n'en ai pas d'autre.

— Je peux vous en donner un…

— Ah ! le voilà !

Quelque chose brillait à travers le feuillage. Brette plongea la main au milieu des tiges.

Et remonta une boucle d'oreille.

Elle resta figée. Son esprit luttait avec la dernière énergie pour rejeter la conclusion qui s'imposait à elle. Et finit par se résigner : cette boucle d'oreille était la jumelle de l'autre.

Et elle était maculée de sang.

— Mon Dieu…

Tous ses signaux d'alarme internes clignotaient, et son instinct de survie lui intimait de prendre ses jambes à son cou.

Mais Keith réagit si vite qu'elle eut à peine le temps de pousser un cri. Il avait agrippé à pleines mains son ample sweat-shirt et la tirait à l'intérieur du mobile home.

Les pieds arrachés du sol, les tibias raclant le bord des marches du petit escalier, elle fut traînée dans le vestibule où elle tomba à genoux. Elle hurla. De peur. De douleur.

— Non ! Je vous en prie, non !

Renonçant à se redresser, elle se débattit afin de se libérer. Ses bras se projetèrent en avant, flagellant l'air, ses mains tentèrent de frapper… Soudain, elle distingua comme un éclair métallique, propulsé à une vitesse vertigineuse vers sa tête.

Un choc. Une horrible douleur. Qui s'évanouit en même temps que sa conscience dans une nuée de zébrures aveuglantes.

Puis ce fut le trou noir.

49.

Une douleur atroce la tenaillait. A la tête qui lui semblait sur le point d'exploser, mais aussi dans tout son corps. La douleur se répandait, telle une brûlure d'acide qui lui coupait le souffle.

Elle se sentait aussi mal que si elle était tombée d'un immeuble de dix étages et était passée sous un train.

Des vagues de souffrance la submergèrent, lui donnant la nausée. Elle se mit à suffoquer. A grand-peine, elle résista à l'envie de vomir : elle était attachée. Impossible d'aller à la salle de bains. De plus, un bâillon obstruait sa bouche. Si elle ne bloquait pas ces haut-le-cœur, elle allait s'étouffer.

Clignant désespérément des yeux, elle écrasait les larmes sous ses paupières quand une main la saisit par les cheveux et lui renversa si brutalement la tête en arrière que sa nuque craqua. A travers une brume de souffrance, elle vit Keith se pencher vers elle et arracher la bande adhésive sur sa bouche.

— Respirez ! Allez ! Et ne songez même pas à crier. Un seul cri et je vous frappe de nouveau, compris ?

Elle avala une grande goulée d'air. L'afflux de bile s'interrompit, et elle reprit lentement une respiration normale. Sa vision éclaircie, elle vit Keith fixer avec dégoût sa main en sang. Son sang à elle ! Il s'essuya soigneusement avec un mouchoir en papier.

Réprimant la panique qui l'envahissait, elle accommoda sa vision : où se trouvait-elle ? Chez Keith, bien sûr, même si elle ne voyait pas d'ordinateurs mis à part un portable. Elle reconnaissait les cliquètements, bourdonnements et ronflements familiers des moniteurs, quelque part dans la maison. Pour un peu, cela l'aurait rassurée, n'eût été l'écran du portable, face à elle, avec cette image…

La nausée revint en force. Elle avait eu beau se détourner, elle n'avait pas été assez rapide. Son regard avait accroché le corps nu du jeune garçon étendu sur un lit, les mains croisées sur son sexe.

— Vous faites de curieuses recherches, lança-t-elle d'une voix enrouée par l'acidité de la bile.

Merde. Son intonation n'avait pas transmis tout le dégoût qu'elle ressentait à son égard.

— Oh ! c'est juste un passe-temps…

— Du genre à vous expédier droit en prison.

— Je ne crois pas. Vous l'avez dit vous-même : le sort a joué en ma faveur en m'envoyant votre cher voisin Sam. L'attention des autorités s'est portée sur lui et ne s'en détournera pas. Les flics ne le lâcheront plus quand ils comprendront que vous avez disparu. Cela dit, on ne sait jamais… Au cas où ils blanchiraient Knight, j'ai une autre solution : je m'arrangerai pour qu'on découvre quelque chose vous appartenant chez votre ennemi, Albert Pugh…

Elle s'exhorta au calme. Inutile de s'acharner sur le ruban adhésif qui lui liait les poignets derrière le dos et les chevilles. Elle se blesserait sans pour autant réussir à se libérer. Mais la voix douce et égale de Keith lui mettait les nerfs à vif. Au moins autant que le fait de penser à ce qu'il était et faisait.

— Vous ne vous en sortirez pas ! lui jeta-t-elle. Quelqu'un va voir mon pick-up devant chez vous.

— Il n'y est pas. Il n'y est plus depuis des heures.

Des heures ? Elle eut un vertige quand elle tourna la tête, à la recherche d'une pendule. Ah ! il y en avait une sur le bureau. Presque 15 heures. Sam était sans doute rentré. Et se demandait où elle était. Il avait déjà dû essayer de la joindre sur son portable. Quant aux garçons, ils seraient là dans une trentaine de minutes. Et Tucker et ses collègues… Eux aussi devaient s'inquiéter de son absence. Non, tout n'était pas perdu, se répéta-t-elle comme un mantra. Tant qu'elle réfléchirait et ferait marcher son imagination, l'espoir demeurerait.

— Pourquoi dites-vous que mon pick-up n'est plus dehors ? s'enquit-elle après avoir passé sa langue sur ses lèvres desséchées. Où est-il ?

— Chez vous. C'est pour ça que j'ai été obligé de vous frapper si fort. Je suis désolé, mais il fallait que je sois sûr que vous ne bougeriez pas tant que je serais absent.

Mais c'est qu'il s'excusait presque ! Quelle horreur… Son intonation pétrie de remords rendait la situation encore pire. Bien que glacée de terreur, Brette répliqua :

— Vous avez commis une erreur, Keith. Dès que Sam aura jeté un coup d'œil dans mon pick-up et vu le courrier non distribué, il comprendra que quelque chose ne tourne pas rond. Et apprenez qu'il a un alibi en béton pour aujourd'hui. Alors, ne comptez pas lui faire porter le chapeau !

— Non ? Eh bien, il reste Albert. Dès qu'il fera sombre, je vérifierai que les preuves que j'ai mises en évidence sont suffisamment parlantes.

— Vous aimez bien les mises en scène, hein ? Comme avec moi, quand vous avez su que j'étais en colère contre Albert... Vous avez crevé mon pneu pour finir de me convaincre de sa culpabilité.

— Brette, vous m'avez fourni nombre d'occasions délectables de me placer au-dessus de tout soupçon... Je n'ai pas pu résister !

Son expression était puérile, constata-t-elle, horrifiée. Manifestement, il s'amusait. Comme un gamin qui aurait joué un bon tour à un adulte. Et dire que, pendant tant d'années, elle ne s'était rendu compte de rien. Qu'elle n'avait pas senti la moindre fêlure dans sa personnalité — plus exactement, pas de fêlure inquiétante. Elle le considérait comme un doux excentrique. Point.

— Où la pièce « Tracie » s'insère-t-elle dans votre puzzle, Keith ?

Il fallait qu'elle comprenne. Et accessoirement gagne du temps.

— Comme vous, Tracie a commis une erreur.

Il ne semblait pas du tout désolé. Elle était donc la seule à susciter sa commisération ? Piètre consolation.

— Pourquoi la détestiez-vous ? demanda-t-elle. Elle était totalement dénuée de discernement. Elle vous aurait couvert sans même sans s'en apercevoir.

— Oh ! pitié, Brette... Elle m'a prouvé qu'il existait une catégorie de gens encore pires que ceux qui habitent des caravanes pourries. La lie de la société.

Il marqua un temps, souriant dans le vague, puis reprit :

— Vous savez comment on appelle ces gens-là ? Des péteurs à ras de terre. C'était tout Tracie, ça. Cette petite pute croyait qu'il lui suffisait de remuer les fesses pour que tous les hommes tombent à genoux devant elle. Quoique... elle n'avait pas tout à fait tort. Ils tombaient. Comme des mouches sur un tas d'immondices. Albert n'en saura jamais rien, mais il me doit une fière chandelle : grâce à moi, il est débarrassé d'un sacré poids.

— Tracie... Elle avait compris que vous étiez homosexuel, n'est-ce pas ?

Il bondit aussi vivement qu'une pierre éjectée d'une catapulte.

— Je ne suis pas gay, compris ?

Elle se pencha en arrière afin de fuir le poing qui la menaçait.

— D'accord, d'accord. Dans ce cas, éteignez ce moniteur, voulez-vous ?

Il actionna la souris, et l'affreuse photographie disparut de l'écran. Puis il se mit à marcher de long en large.

— Je ne lui ai pas demandé de venir ici, à cette grue. Mais votre petit ami lui avait claqué la porte au nez, alors elle s'est pointée pour me demander de l'accompagner à un arrêt de bus. Elle a même proposé de me... dédommager, si vous voyez ce que je veux dire. Comme si j'allais me souiller en la touchant ! Quand je lui ai parlé de tout le boulot qui m'attendait et me retenait ici, elle s'est mise à pleurnicher et m'a demandé à boire. A la minute où j'ai tourné le dos, elle a commencé à fouiller partout. Je l'ai retrouvée dans cette pièce et... c'est là qu'elle m'a traité de... de...

Apparemment, le mot n'arrivait pas à franchir ses lèvres. Il s'approcha de la fenêtre et regarda dehors en faisant craquer ses doigts. Que voyait-il à l'extérieur ? Sans doute rien d'autre que ses démons.

— Elle s'est moquée de moi, reprit-il d'une voix blanche. Elle m'a menacé de me faire chanter. C'était extraordinaire, ce changement en elle... Tout d'un coup, elle voyait le bout du tunnel. J'allais payer, et elle, elle vivrait du revenu de son chantage. Et peu lui importait de saccager mon existence, de me faire souffrir !

— Vous vous êtes affolé pour rien, Keith ! Même si Tracie avait répandu des ragots, personne ne l'aurait crue. Pas même Albert, qui la connaissait bien. Ça l'aurait rendu dingue d'apprendre qu'elle était venue chez vous, mais pas qu'elle lui dise que vous aviez des... des distractions particulières.

Il se tourna vers elle, les sourcils froncés.

— Vous aussi, vous vous moquez de moi.

— Non.

— Oh si ! Et vous parlez à droite et à gauche, pendant votre tournée. Vous allez me trahir. Me mettre dans le pétrin. Et je n'en sortirai jamais.

Il s'exprimait à voix basse, comme s'il s'adressait à lui-même, pour se rassurer et se conforter dans son idée.

A cet instant, elle comprit qu'aucun argument ne l'empêcherait de la tuer. Dire qu'elle avait accueilli cet homme à bras ouverts dans sa maison, qu'elle lui avait confié Eric et Hank... Cette simple pensée lui était insupportable. Il avait été bien avisé de la ligoter. Libre, elle lui aurait sauté dessus toutes griffes dehors pour le déchiqueter. Ce monstre qui…

Un bruit interrompit le cours de ses pensées. Un moteur. Que Keith avait entendu également. Il sortit en trombe de la pièce. Vite, mettre son absence à profit pour essayer de faire jouer ses liens. Peut-être n'étaient-ils pas aussi solides qu'elle le croyait…

Si, ils l'étaient. Mais présentaient quand même une faiblesse : jugeant qu'elle n'était qu'une chétive créature, Keith s'était contenté de deux tours de ruban adhésif autour de ses poignets et de ses chevilles. Entailler cette bande de plastique devait être possible. A condition de se procurer un objet aiguisé.

Son regard dériva et s'arrêta sur un coin du bureau. L'appareil destiné à enlever les agrafes. Ses dents aiguës devraient suffire : si le ruban adhésif devenait la plus solide des cordes quand on le tordait, tendu, il n'offrait aucune résistance, se rompant comme du verre. Et une fois entamé, il se scindait en deux en un éclair. Un coup de dent du petit appareil et… Oh non ! Elle venait à peine de se redresser que Keith revenait. Et saisissait la bobine d'adhésif. Il en détacha un morceau et le lui plaqua sur la bouche.

— Le bus scolaire est passé, annonça-t-il. Il est temps de bouger.

50.

Le soleil commençait à disparaître derrière la cime des arbres quand Sam s'engagea dans sa rue. S'il en croyait la pendulette du tableau de bord, Brette et les garçons étaient déjà rentrés. Il avait doublé le bus scolaire vide cinq kilomètres plus tôt.

Ils devaient être impatients d'entendre ce qui s'était passé à Quitman. Dommage… Car, même s'il était soulagé de rentrer libre chez lui, il n'avait pas très envie de raconter son après-midi.

En effet, Cudahy le considérait vraiment comme le principal suspect. Sous prétexte qu'il avait une bonne raison de vouloir se débarrasser de Tracie Pugh. Selon le shérif, Sam avait séduit Brette Barry, et la femme du fermier se mettait en travers de son chemin. Pourquoi, en effet, aurait-il choisi Tracie, qui n'apportait dans sa corbeille de mariage qu'un jugement de divorce à ses torts, au lieu de la belle factrice ? En l'épousant, Brette Barry ferait de lui son héritier et lui laisserait en cas de décès le contrôle du capital placé sur la tête de son fils. Sans compter le produit de la vente des biens de Sally Jamison qui, sans être époustouflant, ne serait pas négligeable. La villa avait une petite valeur, avec son grand terrain autour. Donc Sam épouserait Brette, puis ils déménageraient, et quelques mois plus tard, le nouvel époux liquiderait la succession de sa femme…

après l'avoir elle-même liquidée. Personne ne se soucierait de ne plus voir Brette et Eric. Ils étaient seuls au monde, n'est-ce pas ? Par conséquent, le veuf, riche et libre de toute entrave, pourrait jouir de ses rentes en se tournant les pouces.

Quel scénario cauchemardesque… Que ni le juge ni le procureur ne réfuteraient. Nul doute que ce dernier ouvrirait même le procès en énonçant cette thèse comme un fait avéré.

Sam ne se sentait pas capable de tout répéter à Brette. Ni à Eric, qu'il apercevait avec Hank. Les deux garçons tournaient autour du pick-up, garé devant le cottage. Il passa devant sans ralentir et s'engouffra dans son allée. Ce n'est qu'en coupant le contact qu'il se rendit compte que les adolescents ne l'avaient pas amicalement salué comme à leur habitude, mais s'étaient agités dans tous les sens pour lui faire comprendre de s'arrêter.

Quelque chose n'allait pas.

— Sam, venez vite ! cria Eric en se précipitant dans son jardin.

Il ouvrit la portière de la Suburban à la volée.

Plus que la panique qui perçait dans sa voix, c'est son air anxieux qui alarma Sam. Une anxiété qu'il retrouvait sur le visage de Hank.

— Brette ?

— Elle a disparu !

— Comment ça, disparu ?

Il refusa à son cœur le droit de s'emballer.

— Nous sommes arrivés il y a dix minutes, expliqua Eric, et voilà ce que nous avons trouvé.

Il l'entraîna vers le pick-up de Brette et tapota la vitre de son index.

— Regardez, Sam, le courrier est encore dedans ! Et maman n'est pas à la maison. La porte était fermée à clé, et à l'intérieur, tout est exactement tel que nous l'avons laissé ce matin.

Allons, il n'y avait pas lieu de s'affoler. Brette était trop raisonnable et consciencieuse pour avoir agi sous une impulsion irréfléchie. Une femme aussi organisée et respectueuse de ses devoirs de mère et de ses obligations professionnelles qu'elle l'était n'aurait jamais abandonné son poste ni ses enfants sans un motif imparable. Son absence était certainement très facile à expliquer.

— Tu as vérifié chez toi, Hank ? Autour de la maison ? Tu sais comme elle aime les daims. Elle en peut-être vu un blessé et…

Le regard que lui jeta Eric le fit taire plus sûrement qu'une interjection.

— Bon, d'accord. En aucun cas elle ne laisserait tomber le courrier comme ça. Elle est trop scrupuleuse et aurait en plus peur de perdre son job.

Il s'aperçut soudain qu'il réfléchissait à haute voix. Et que, ces raisonnements, Eric et Hank les avaient déjà eus.

— Il y a plein de messages sur le répondeur de la maison, lui apprit Eric. Un de son chef de service à la Poste et deux de Tucker. D'autres ont été laissés par des gens qui sont sur sa tournée. Pour eux, maman est un peu de la famille. Ils sont tous inquiets. Qu'est-ce qu'on fait ?

Sam resta coi. Non qu'il ne voulût pas répondre. Simplement, il s'en sentait incapable. Il avait besoin de réfléchir.

Il scruta l'intérieur du pick-up, à la recherche d'une anomalie, d'un détail susceptible de l'aider à comprendre. Mais sans ouvrir la portière, il ne pouvait guère procéder à un examen approfondi.

La main en visière, il fouillait toujours la voiture du regard quand une voiture arriva. Tucker. Qui sortit en trombe de son véhicule et se rua vers lui.

— Bon sang, Barry, je me suis fait un sang d'encre ! Où étais-tu pass… Mais elle n'est pas là ! Où est-elle, Knight ?

Il fixait le pick-up. Et le courrier abandonné sur la banquette.

— C'est ce que nous essayons de comprendre.

— Mais… mais… avez-vous inspecté les maisons ? Les jardins ?

— Oui. Les garçons avaient déjà regardé quand je suis arrivé.

— Oh ! bon Dieu… J'aurais dû prendre ce qu'elle me disait un peu plus au sérieux ! s'exclama Tucker en frappant le toit du pick-up de son poing. Pourquoi n'a-t-elle pas gardé ses petites fesses bien au chaud dans cette putain de bagnole, au lieu de se prendre pour une putain de détective ?

Sam le prit par le bras et s'écarta de la voiture et des garçons.

— Tucker, vous allez m'écouter, et attentivement parce que je ne me répéterai pas : moi aussi j'aimerais crier, jurer. Parce que je suis mort de peur et que ça me ferait du bien de me défouler. Mais pas devant les gosses, compris ? Alors, s'il vous plaît, gardez votre langage à la Rambo pour quand nous sommes en tête à tête.

Le facteur s'essuya la bouche, puis passa la main sur sa barbe en broussaille.

— Désolé, Knight. Vous avez raison. Bon, vous avez appelé Cudahy ?

Sam eut un sursaut.

— Ouais, je sais que vous avez passé l'après-midi avec lui et que ça ne vous laisse pas un très bon souvenir. Mais le pick-up est propriété de l'Etat, et quand je suis parti, mon chef s'apprêtait à téléphoner lui-même au shérif. Alors, à votre place, je le préviendrais.

Tucker avait raison, songea-t-il. Quoi qu'il lui en coûte, il devait se résoudre à joindre le chef de la police.

Il entra dans la maison et décrocha le combiné. Mais à peine eut-il composé le numéro de la police qu'il se ravisa, annula l'appel et appela Bertrice Ponder à la place. Surtout ne pas l'affoler…

— Avez-vous vu Brette ? lui demanda-t-il d'un ton égal quand elle décrocha.

— Eh bien… non. Elle doit venir chez moi ?

— Je… je n'en suis pas sûr. Votre courrier a-t-il été distribué, ce matin ?

— Quelle étrange question ! Oui, j'ai eu mon courrier. Comme vous, non ?

— Justement, non.

— Comment ça ?

Le temps pressant, il lui expliqua sommairement de quoi il retournait.

— Il va faire nuit, ce qui rend la situation encore plus effrayante. Alors, gardez votre sang-froid, d'accord ? Restez calfeutrée dans la maison, le téléphone à portée de main, et je vous en prie, ne paniquez pas si vous voyez des voitures de police passer sur la route.

— Je panique déjà, Sam. Retrouvez Brette !

— Je m'y efforce. A plus tard, Bertrice.

Les mains tremblantes, il raccrocha puis chercha le numéro de Keith dans le carnet de Brette. La sonnerie retentit dans le vide. Puis il y eut un déclic. Le répondeur.

« Ici Keith Daggett. Je suis là mais trop occupé pour le moment. Laissez-moi un message. »

— Keith , c'est Sam Knight. Si vous êtes vraiment chez vous, décrochez ! Il faut absolument que je vous parle ! Vous m'entendez ? Allô, Keith ?

Un silence, puis le bourdonnement de la ligne qui se coupe. Maudit Daggett ! Oh ! de toute façon, il ne leur aurait pas été très utile ! Le faire sortir de son mobile home à la nuit tombée relevait de la gageure. Pas plus que Hank, l'informaticien ne mettait le nez dehors la nuit. Et puis il se concentrait si intensément sur son ordinateur que même si on lui avait volé l'intégralité de ses biens et le toit au-dessus de sa tête, il ne s'en serait pas rendu compte. Et, même s'il s'en était rendu compte, il serait resté de marbre tant qu'on lui laissait ses machines chéries.

Sam n'avait plus le choix : il devait avertir Cudahy. Certes, en quittant le poste en fin d'après-midi, il s'était senti mal. Mais sans commune mesure avec maintenant.

C'est un standardiste qui décrocha.

— Bonsoir. Ici Sam Knight. J'étais dans vos locaux il y a une heure à peine. J'ai besoin de parler immédiatement au shérif.

— Il est en réunion. Que se passe-t-il ?

— Il y a une urgence.

— Appelez le 911.

— Ecoutez, mon gars : à cause de Cudahy, Brette Barry a disparu. Alors, vous allez tout de suite le prévenir et lui dire que je reste en ligne, compris ?

Cudahy prit l'appareil quelques secondes plus tard.

— Qu'est-ce qu'il se passe, Knight ?

— Brette a été enlevée.

En quelques phrases brèves et précises, Sam lui raconta toute l'histoire.

— Vous n'allez pas prendre cette affaire à la légère, j'espère. A cause de vous et de vos stupides soupçons à mon égard, Brette a disparu ! J'exige que vous envoyiez des hommes avec des chiens et qu'ils investissent la ferme des Pugh ! Et si vous tardez, je me chargerai de coller un bidon de lait sur la tête d'Albert et je l'y laisserai jusqu'à ce qu'il parle… ou s'étouffe.

— Oh, oh ? Vous croyez que c'est malin de faire de telles menaces ? Où sont les gosses ?

— Ici.

— Qu'ils ne bougent pas. Et vous non plus. Nous arrivons.

Satisfait, Sam raccrocha, puis leva les yeux au plafond. Dieu que la maison était calme… Anormalement calme et hantée par l'absente.

— Ma chérie, où es-tu ? murmura-t-il.

— Alors ? Du nouveau ?

Il sursauta. Eric se tenait sur le seuil, les traits crispés.

— Non, rien. Mais le shérif est en route.

— Ça signifie qu'on doit attendre son arrivée sans rien faire ?

Comment lui reprocher son impatience ? Lui-même bouillait comme un volcan qu'une force surnaturelle aurait empêché d'entrer en éruption.

— Eric, si nous ne coordonnons pas nos actions, nous nous marcherons sur les pieds et n'obtiendrons aucun résultat. Il faut réfléchir posément.

— Tucker pense qu'Albert a kidnappé maman.

Sam prit le temps de choisir ses mots avant de répondre :

— Tucker cherche à faire porter le chapeau à quelqu'un d'autre parce qu'il se sent coupable. Exactement comme moi. Nous ne l'avons pas crue.

Il s'aperçut un peu tard que ce « nous » impliquait également le garçon — du moins, à ses yeux. Craignant de le bouleverser davantage qu'il ne l'était déjà, il s'empressa d'ajouter :

— Tu te rappelles quelque chose, n'importe quoi ? Un détail, qui permettrait de comprendre ce qui lui est arrivé ?

— Non. Maman voulait finir sa tournée en vitesse pour rentrer au plus tôt à la maison. Elle tenait à être là quand vous reviendriez de Quitman. Elle s'inquiétait pour vous.

Lui avait déjà franchi la ligne qui séparait l'inquiétude de l'angoisse dévorante. Il était terrifié à en perdre l'esprit.

— Son sac n'est pas là, reprit Eric. C'est bon signe.

— Pourquoi ?

— Eh bien, les femmes emportent toujours leur sac à main, non ? C'est la règle.

Sam lui tapota gentiment le crâne.

— Le Congrès n'a pas voté cette règle-là, à ma connaissance.

— Oui, mais qu'elle l'ait pris signifie qu'elle allait bien quand elle est partie d'ici.

Si Brette n'avait pas eu de problème, elle aurait laissé un mot, songea Sam. Mais il tut cette évidence à Eric.

— Continue à gamberger, mon garçon. Peut-être que l'un d'entre nous finira par recevoir une illumination. En attendant, sortons attendre le shérif.

En fait, ce qu'il voulait, c'était surveiller Tucker, resté seul avec Hank. Il se méfiait de l'influence du vétéran sur l'adolescent.

Hank était en train d'énumérer tous les endroits qu'Eric et lui avaient fouillés.

— J'ai fait marcher mes méninges, Knight, annonça Tucker. Et j'ai pensé à ça : le pick-up, il était là quand les gosses sont rentrés, hein ?

Sam regarda le véhicule garé au ras de l'allée.

— Oui.

— Alors, je vais vous dire un truc : ce n'est pas Brette qui l'a mis là.

— Pourquoi ça ?

— Vous voyez le vieux sapin merdique qui marque la limite entre vos deux propriétés ? Brette adore cet arbre. Elle le trouve magnifique ; jamais elle ne le fera abattre même s'il l'enquiquine. Il y a un sapin du même genre devant la Poste, avec des branches basses et toute cette résine qui coule… Brette devient chèvre chaque fois qu'elle passe dessous : il raye le toit du pick-up et flanque de la colle dessus. Jamais elle ne parque la voiture à proximité, comme elle y est maintenant. Celui qui l'a garée là ne…

— … savait pas tout ça, acheva Sam.

Bon. Ce n'était pas grand-chose, mais quand même un élément non négligeable.

— Plus important, ajouta Tucker, celui qui tenait le volant cherchait à impliquer quelqu'un d'autre.

— Moi. Sinon il aurait mis le pick-up plus près du cottage que de ma maison.

Tucker approuva d'un hochement de tête, le laissant assimiler cette idée.

— Le grain de sable, pour ce quelqu'un, c'est qu'il ignorait que vous passeriez la journée à Quitman. Qui était au courant ?

— Les garçons. Et vous.

La main de Tucker balaya l'air, désignant la route.

— Et par là-bas ? Qui ?

— Je viens juste de parler à Bertrice Ponder. Elle ne savait rien, mis à part le fait qu'elle a reçu son courrier normalement aujourd'hui. Quant à Daggett, je ne sais pas : j'ai essayé de le joindre et j'ai eu le répondeur. Apparemment, il est chez lui mais ne décroche pas.

Ce qui le tracassait de plus en plus. Une méfiance diffuse s'insinuait peu à peu dans son esprit, comme distillée par un goutte-à-goutte.

— Et les mecs de Pughville ? fit Tucker avec un sourire perfide.

— Vous n'imaginez quand même pas que je vais leur téléphoner, si ?

Le facteur remonta son jean sur son ventre.

— Non. Par contre, je crois que nous devrions leur rendre une petite visite de courtoisie… J'ai un calibre 12 dans ma bagnole. Et vous, qu'est-ce que vous avez ?

— Seulement une très mauvaise réputation qui m'empêche de posséder la moindre arme. Hé ! les garçons, vous n'avez rien entendu, c'est compris ?

— Oui, Sam, répondirent-ils en chœur.

Quelques minutes plus tard arrivaient deux véhicules de patrouille et une voiture de police. Cudahy et un agent en uniforme ainsi que les inspecteurs Russell et Box en descendirent et les rejoignirent autour du pick-up de Brette. Après s'être brièvement entretenu avec Sam, John Box revint à son véhicule et en retira une mallette.

— Et maintenant ? s'enquit Sam, excédé d'avoir dû donner son emploi du temps dans le détail depuis son retour de Quitman. Ne comptez pas sur moi pour rester sagement assis dans mon coin !

— Je vais me rendre avec mes hommes chez les Pugh. Nous les interrogerons avec plus de précision qu'hier et jetterons un nouveau coup d'œil alentour.

— Bien. Moi, je pars chez le vieil ami de Brette… Keith Daggett. Et mes hommes vont m'accompagner, ajouta-t-il après avoir regardé Eric et Hank.

Pas plus son ironie que son projet ne parurent impressionner Cudahy.

— Vous ne croyez pas que c'est une perte de temps ?

Sam jeta un dernier coup d'œil au pick-up et lança :

— Les Pugh sont les suspects de Brette. Moi, je ne me limite pas à eux. Je suis ouvert à toute éventualité.

51.

Ils couraient, et pourtant Brette avait froid. Apparemment, l'adrénaline ne possédait aucun pouvoir calorifique.

Le soleil déclinait rapidement. D'ici peu, plus aucune lumière ne traverserait les épais feuillages de la forêt. Brette aimait les bois à l'automne — les feuilles dorées qui voletaient avant de se poser en douceur sur le sol, le parfum des blés que l'on moissonnait ainsi que celui des viandes fumées dans les fermes alentour. En temps normal. Parce que ce soir, rien n'était normal. Ce qui la séduisait d'ordinaire, elle ne le remarquait pas. N'y songeait même pas. Tout ce qu'elle notait, c'étaient les grognements tant redoutés des sangliers à proximité.

— Vous traînez ! Grouillez-vous !

Keith lui envoya une bourrade dans le dos qui la projeta contre un arbre. Elle ne retrouva son équilibre que quelques mètres plus loin.

Il lui avait délié les chevilles. Sans doute pour éviter d'avoir à la porter sur son dos. La corvée précédente avec Tracie lui avait suffi, avait-il déclaré. Une victime consciente et ingambe, c'était tout de même plus pratique.

Brette remerciait le ciel de cette décision, même si elle servait ses desseins meurtriers. Qu'il eût décidé de la faire courir plutôt que de la charrier lui laissait peut-être une chance de s'échapper, alors qu'assommée et attachée…

En revanche, il lui avait laissé la bande adhésive sur la bouche. Qui l'étouffait. Quand elle baissait la tête, la sensation s'en trouvait décuplée. Peut-être qu'en voyant son visage écarlate et en sueur, Keith comprendrait qu'elle était au bord de la nausée et s'attendrirait, lui accordant une pause…

— Arrêtez ça ! s'écria-t-il. Vous ne me ferez pas croire que vous êtes au bord de l'apoplexie, bon sang !

Gagné. Il avait vu son malaise. Dont elle accentua les effets en émettant des quintes de toux.

— Et merde !

Il l'appuya à un tronc d'arbre et arracha l'adhésif, sans se soucier de meurtrir sa peau tendre. Puis il brandit devant ses yeux le tuyau de métal qu'il transportait.

— Fermez-la, hein !

Elle se replia sur elle-même et toussa de nouveau. Pour de bon cette fois. L'effort acheva de l'épuiser, et elle tomba à genoux. Vidée de toute énergie, la poitrine en feu. Un petit cornouiller lui fit office de tuteur. Sans lui, elle se serait affalée. Immobile, le pouls en déroute, elle songea à Sam et aux enfants. Se doutaient-ils de ce qui lui était arrivé ?

— Debout, Brette ! Nous n'avons fait que la moitié du chemin !

— Je ne ferai pas l'autre moitié si vous persistez à me traiter comme ça !

La tête entre les genoux, elle essuya son nez qui coulait sur son jean maculé de sang et de terre. Apparemment, sa plaie à la tête ne saignait plus mais la douleur était toujours là, perçante par instants, lancinante le reste du temps.

— Au cas où vous l'auriez oublié, Keith, j'ai eu une semaine très éprouvante. J'ai enterré une amie, passé des nuits blanches et à peine mangé. Alors, comprenez que le marathon que vous m'imposez est au-dessus de mes forces.

Elle bredouillait. Mauvais signe. L'épuisement la gagnait.

— Il ne va pas tarder à faire nuit. Impossible de ralentir !

— Pourquoi cette hâte ? De toute façon, l'épilogue ne changera pas, qu'il fasse nuit ou non.

Il la redressa sans ménagement. Elle fit quelques pas instables, puis aperçut le genre d'arbre qu'elle cherchait. Poussant un grognement, elle feignit de se prendre le pied dans une racine, vacilla et s'effondra.

Bien. Elle venait de réussir à s'asseoir, le dos calé contre ce sapin, qui présentait une particularité intéressante : il avait à sa base une constellation de rameaux brisés, comme taillés au couteau.

— Résignez-vous à patienter une minute, Keith, sinon vous serez obligé de me porter.

Elle n'ajouta pas que, même amaigrie comme elle l'était, elle le jugeait incapable de la soulever et *a fortiori* de la porter. Il se serait senti insulté, et Dieu seul savait quelle aurait alors pu être sa réaction.

Marmonnant quelques imprécations indistinctes, il s'assit à son tour, s'appuyant contre le tronc d'un arbre abattu.

— Je vous accorde deux minutes. Pas davantage !

Un délai infime. D'autant plus que Keith égrenait les secondes à un rythme effréné, qui n'avait rien à voir avec celui d'un chronomètre. Or, pour tenter d'entailler l'adhésif en le frottant contre l'une des branches basses brisées, elle avait besoin de temps. Donc il fallait essayer de le distraire. De le faire parler.

— J'ai le dos en feu, Keith. J'ai dû me blesser sur votre escalier.

Il ne lui accorda pas un regard. De toute évidence, il s'efforçait de s'éloigner mentalement d'elle, de ne pas laisser à la compassion la moindre possibilité de s'infiltrer dans son esprit. Très bien. Moins il lui prêterait attention, moins il y aurait de chances qu'il se rende compte du va-et-vient de ses mains. Elle était arrivée à faire pénétrer une longue écharde dans le ruban plastifié. L'ennui, c'est que le morceau de bois entamait ses chairs en même temps que l'adhésif, et réprimer des grimaces de douleur exigeait plus de volonté qu'elle n'en avait.

Elle simula une nouvelle quinte de toux. Ce qui lui permit de masquer le grattement et donna une véracité inattaquable à ses plaintes. Keith allait devoir accepter qu'elle soit très mal en point… et lui octroyer un délai supplémentaire.

La fausse crise passée, les yeux larmoyants, elle s'éclaircit la voix et demanda :

— Juste par curiosité… Comptez-vous accorder à la condamnée le droit d'exprimer une dernière volonté ?

Derrière les verres des lunettes, elle distingua de l'amusement. Mais aussi un certain trouble.

— Vous auriez intérêt à économiser votre souffle. On croirait entendre une ivrogne.

— Mais c'est de mon assassinat qu'il s'agit ! s'écria-t-elle d'un ton bravache. Je tiens à choisir ma mort. En quoi cela vous dérangerait-il ? Et puis j'aimerais aussi savoir comment ça s'est passé pour Tracie… Cette empreinte sur le panneau

« Impasse »… Vraiment, ça m'intrigue. Tracie n'était-elle pas chez vous quand vous l'avez tuée ?

Le regard de Keith se fit encore plus lointain.

— Elle est revenue trop tôt, murmura-t-il.

— Elle… Quoi ?

— Revenue à elle trop tôt. Je ne m'y attendais pas. Je pensais avoir frappé assez fort. Elle était inconsciente, du moins je le supposais. Je suis allé chercher une couverture pour l'enrouler dedans, et quand je suis revenu, elle s'était enfuie.

— Vous voulez dire qu'elle a couru tout le long de la route, qu'elle est passée devant chez les Ponder, devant chez moi puis chez Sam, et qu'elle n'a pas appelé à l'aide ? Grand Dieu, elle devait être sacrément amochée, alors… Plus que moi aujourd'hui.

— Elle s'est dirigée vers la forêt quand elle s'est rendu compte que je la poursuivais. Mais elle perdait beaucoup de sang. A mon avis, elle a traversé la route au fond de l'impasse, s'est sentie mal et s'est appuyée au panneau pour ne pas tomber. Je ne l'ai rattrapée qu'à plusieurs centaines de mètres de là, mais j'avais pris un raccourci, alors je n'ai pas vu l'empreinte. C'est vous qui m'avez mis au courant.

Eh bien, le mystère était élucidé. Keith était allé nettoyer le panneau, tout en s'assurant au passage que Sally dormait, histoire qu'elle ne le voie pas.

De dégoût, Brette se mordit l'intérieur de la joue — une bonne façon de s'empêcher de hurler, ainsi qu'elle put le constater. La douleur bloquait ses cris d'horreur. La retenait d'exprimer son dégoût et sa peine. Pauvre Tracie…

Elle *devait* se libérer. Pour elle-même mais aussi pour la malheureuse épouse d'Albert. Keith ne gagnerait pas deux fois.

Galvanisée par cette idée, elle redoubla d'efforts, sciant le ruban en même temps que sa peau.

— Si je comprends bien, Keith, vous avez donc été obligé de porter Tracie pour la ramener ?

— Non, pas pour la ramener. Je me suis dirigé vers le marais, expliqua-t-il en regardant vers la clôture qui délimitait le domaine des Pugh.

Celle que Sam et elle avaient longée le soir où ils étaient partis à la recherche de Hank.

— Tout à fait par hasard, je suis tombé sur l'endroit où pullulent les sangliers. Ils sont là parce que les Pugh y entreposent leurs vaches mortes. Ces gens sont drôlement bizarres… Ils pourraient se faire dédommager pour les pertes, toucher quelques dollars. Les assurances paient les bêtes mortes de maladie ou d'accident. Mais ni Truman ni son fils ne veulent que l'on apprenne la mort de leurs bêtes, de peur qu'on soupçonne leur lait d'être mauvais. Leur méfiance m'a bien arrangé : je n'ai eu qu'à balancer Tracie au milieu des cadavres de vaches pour que les sangliers se gobergent. En trois jours, il ne restait plus rien d'elle. D'autres prédateurs ont dû profiter de l'aubaine.

Sur ces mots, il se leva et annonça :

— On repart.

52.

La lumière du jour déclinait de plus en plus, ce qui ne laissait pas d'inquiéter Sam et les garçons. Alors qu'ils se rapprochaient du mobile home de Daggett, les deux adolescents se penchaient par-dessus le dossier du siège du passager comme des gosses de six ans anxieux et impatients.

— Tucker n'était pas content qu'on le laisse là-bas, déclara Eric en jetant un coup d'œil dans le rétroviseur.

Hank et lui portaient des coupe-vent orange identiques, ainsi que des pulls particulièrement voyants. C'était Brette qui les leur avait donnés et les obligeait à les mettre tant que durerait la saison de la chasse.

— Non, ça ne lui a pas plu, confirma Sam.

Mais comment faire autrement ? Brette disait de son collègue qu'il était difficile à maîtriser — un vrai canon prêt à faire feu à la moindre fausse manœuvre, oui ! Peut-être John Box réussirait-il à le calmer.

— Il est possible que Box ait besoin de lui à la maison. Pour des renseignements ou autre chose. Mais de toute façon, il fallait que Tucker assure la permanence au téléphone. Et il y a aussi le problème du courrier resté dans la camionnette. Tucker ira le distribuer, ou bien le rapportera au centre de tri.

— Oh ! allez, Sam, ne noyez pas le poisson ! répliqua Hank. La vérité, c'est que vous avez eu les jetons quand Tucker a mentionné son calibre 12.

Sam lui jeta un coup d'œil. Ce gosse avait besoin qu'on se consacre à lui à plein temps. Il n'était pas en situation d'échec scolaire pour cause de paresse ou de lenteur d'esprit, mais parce que personne n'avait jamais canalisé son énergie. Ni sa mère ni aucun de ses professeurs ne s'étaient jamais donné la peine de lui apprendre à utiliser son intelligence. Mais Brette, elle, avait compris ce qui n'allait pas et comptait bien y remédier. Ils en parleraient ensemble quand elle…

Oh ! Seigneur… Quand ?

Il s'éclaircit la gorge.

— Tu as raison, mais en partie seulement. Je n'ai rien contre les armes à feu… quand on les utilise à bon escient. Ce qui ne serait pas le cas de Tucker. De plus, pour l'instant, nous n'avons nul besoin d'un arsenal à portée de main. Les chasseurs sont assez dangereux comme ça sans que nous nous baladions aussi fusil au bras. Quand nous fouillerons les bois, nous aurons de la chance si nous ne recevons pas une balle perdue.

Hank acquiesça d'un hochement de tête, manifestement convaincu de la justesse du raisonnement. Soulagé, Sam poussa un soupir avant de se garer devant chez Keith.

Le coupé sport de l'informaticien était là, mais le mobile home était obscur. D'après Brette, Keith s'absorbait dans son travail au point de ne plus savoir quel jour on était ni s'il faisait jour ou nuit. Mais quand même… La nuit, il devait bien avoir besoin d'éclairer, comme tout le monde.

Mû par une désagréable intuition, Sam ouvrit sa portière.

— Vous m'attendez dans la voiture, les garçons, ordonna-t-il.

— Ça me va, fit Hank. Moins je vois ce type, mieux je me porte.

Tiens, pourquoi détestait-il l'informaticien ? Sam aurait bien voulu lui poser la question, mais le temps lui était compté. Et puis Eric venait de sortir de la voiture.

— Je t'ai demandé de rester là !

— Je ne suis pas venu pour dormir sur la banquette !

— Eric, j'ai besoin de coopération, pas d'opposition.

L'adolescent le fixa sans ciller.

— Keith pourrait dire quelque chose qui n'aura aucun sens pour vous mais que moi, je comprendrai.

— Merci, Eric, mais je ne suis pas tout à fait idiot.

— Ce n'est pas ça. Vous ne savez rien de la tournée de maman. Moi, je connais les noms des gens et je sais exactement chez qui elle passe.

Bon, d'accord. Eric était le fils de Brette et, à ce titre, le mieux informé sur ses habitudes.

— Entendu, tu m'accompagnes, capitula Sam avec réticence. Mais tu restes derrière moi.

Il s'avança vers la porte principale. Qui se révéla fermée, volet verrouillé. En revanche, celle qui donnait sur le côté semblait ouverte. Il gravit les deux petites marches et frappa.

— Quand Keith saura que maman a disparu, il voudra venir avec nous pour la chercher, chuchota Eric.

Oh non ! il ne viendrait pas, songea Sam. En tout cas, lui refuserait qu'il vienne.

Il frappa de nouveau et attendit. Les secondes s'écoulaient dans le silence. Sa main dériva vers la poignée. Peut-être allait-elle tourner… Mais entrer équivaudrait à commettre une infraction. Une violation de domicile. Et alors ? Il ressentait trop d'ondes négatives pour ne pas transgresser la loi.

— Tu sais quoi, Eric ? Tu vas retourner à la voiture pendant que je fais le tour du mobile home.

— Pourquoi ne pas simplement vérifier si les portes sont fermées à clé et… entrer si ce n'est pas le cas ? Quand Keith se pointe à la maison, il entre comme dans un moulin, fit remarquer l'adolescent. Peut-être qu'il est là-dedans, en train de dormir comme une souche.

— Il y a des chances, puisque son répondeur dit qu'il est chez lui mais ne décrochera pas, et que sa voiture est là. Mais il faut se méfier : compte tenu de la situation, nous ne devons rien conclure à la hâte et ne faire confiance à personne. Ni prendre quoi que ce soit pour argent comptant. D'autant plus…

Sam s'interrompit et fit signe à Eric de garder le silence : le téléphone sonnait à l'intérieur. Immédiatement, le répondeur se mit en marche. Ils entendirent l'annonce, puis le déclic signalant la fin de la connexion. La personne qui venait d'appeler n'avait pas laissé de message. Sam montra la Suburban à Eric, qui y retourna en traînant les pieds.

Bien. Maintenant, il s'agissait de comprendre ce qui se passait ici. Il se dirigea vers l'arrière du mobile home. A l'évidence Keith n'accordait de valeur qu'à ses ordinateurs. Ce qui était sans rapport avec l'informatique, il s'en fichait comme d'une guigne, comme le montrait le faisceau de la torche. Alors que le devant de l'habitation était propre, la cour n'était que friche constellée de détritus. Herbes folles d'un mètre de haut, boîtes en plastique, emballages… Se déplacer se révélait périlleux. Il fallait vérifier en permanence où l'on posait le pied. Une puissante lampe halogène aurait été bien utile. Pour ne pas heurter cette poubelle remplie à ras bord, par exemple. Pourquoi Daggett gardait-il une telle quantité d'ordures ? Les éboueurs passaient deux fois par semaine ; il n'était donc pas obligé de laisser ce container malodorant à côté de chez lui. Décidément, l'informaticien était un drôle de type. Qui, s'il était là, se trouvait dans le noir : aucune fenêtre ne laissait passer de lumière.

Il ne restait plus qu'à entrer. Et tant pis pour la loi sur la propriété privée. Mais auparavant, il allait bien préciser aux garçons qu'à aucun prix ils ne devaient sortir de la voiture.

Il se dirigeait vers la Suburban quand il aperçut une silhouette trapue sur la route. Quelqu'un s'approchait. En criant.

— Sam ? Ouh, ouh ! Sam ? Attendez !

Bertrice. Pourvu qu'elle ne vienne pas offrir son aide…

Il se précipita à sa rencontre, bien décidé à l'arrêter avant qu'elle n'aille plus loin.

— Désolé de vous avoir effrayée avec ma torche, Bertrice. Mais je pensais que vous auriez reconnu ma voiture.

— Je l'ai reconnue. Mais c'est à cause de Clovis que je suis là. Je n'arrive pas à le calmer.

Et zut. Il n'avait pas le temps de s'occuper du vieux monsieur, Bertrice ne le comprenait-elle donc pas ?

— Le coupé de Keith est là mais il n'ouvre pas sa porte, Bertie, et je n'ai pas le…

— Je sais, Sam. Ce qui m'amène, c'est la raison pour laquelle Clovis se montre aussi agité. Il est extrêmement troublé. Il a passé l'après-midi devant la fenêtre, à faire des aller et retour comme un lion en cage. D'habitude, je comprends ce qui le tracasse, mais pas cette fois. On dirait qu'il essaie de… Oh ! le voilà qui arrive !

Effectivement, Clovis claudiquait le long de la route. Et sa démarche, même incertaine, trahissait une détermination farouche.

Un soupçon traversa l'esprit de Sam : et si l'infirme avait vu quelque chose d'important ?

Il courut vers lui.

— Que se passe-t-il, Clovis ?

Le vieil homme leva une main agitée par les tremblements et la pointa sur le mobile home.

— Iiiiil… Brrrrr… Brrr…

Brette ? Un frisson courut le long de l'échine de Sam.

— Brette ? C'est ça, Clovis ?

— Ouuuu…

Oui. Grand Dieu !

Sam pivota sur ses talons et s'élança vers le mobile home, agrippa la poignée de la porte et la tourna. Elle céda. Il n'y aurait donc pas effraction. Et quoi que monsieur le petit génie soit en train de faire, tant pis.

— Keith ? Hé ! ho ! Keith ! Etes-vous là ?

Debout sur le seuil, il chercha à tâtons un interrupteur. Enfin, il en toucha un. A peine l'eut-il actionné qu'une rampe de néons s'alluma.

Sam traversa un minuscule vestibule et pénétra dans la cuisine. La pièce avait l'air normal, compte tenu du fait qu'apparemment Daggett ne cuisinait jamais. Tout était en ordre, mis à part un gros rouleau de ruban adhésif posé sur le comptoir.

La salle de séjour, maintenant. Vide de tout occupant et dépourvue de ce qu'on se serait attendu à y trouver, à savoir un téléviseur, une chaîne stéréo et un canapé. Conclusion : Daggett ne vivait que pour et par les ordinateurs. Tout le reste lui semblait superflu. Le cœur de ce domicile se trouvait dans son bureau, c'était patent. Et cette porte, là, devait s'ouvrir sur le sanctuaire.

Sam s'apprêtait à la pousser quand il entendit Eric l'appeler. Puis Bertrice. Qu'ils attendent. Il fallait qu'il voie le bureau.

Impressionnant. Des machines énormes, comme sorties d'un film de science-fiction, qui émettaient d'étranges sons... et des moniteurs, tous éteints et silencieux, sauf un, qui cliquetait. Mais dans la pièce voisine. Continuant ses recherches, Sam franchit le seuil et se retrouva dans une sorte de débarras où ne se trouvait, en dehors de quelques cartons, qu'un portable. En veille. C'était lui qui produisait ces menus déclics.

Sam s'en approcha, attiré davantage par l'enveloppe de papier vert posée à côté que par les mystères de l'engin. Il s'apprêtait à la ramasser quand Eric et Hank firent leur apparition.

— Sam, vous feriez mieux de venir, annonça Hank. L'état de Clovis empire.

Le regard d'Eric s'était rivé sur l'écran en veille.

— D'habitude, Keith ne les éteint jamais tous, sauf si un orage menace. Faites gaffe, Sam, parce que tous ces trucs sont branchés au secteur, et quand on est mouillé, on devient conducteur. Keith nous a expliqué que les arbres étaient conducteurs de la foudre mais qu'il ne les faisait pas abattre parce qu'il aimait beaucoup leur ombre.

Sam ne l'écoutait que d'une oreille. L'enveloppe l'intriguait. Il s'agissait d'une lettre, envoyée en recommandé. Apparemment, Daggett avait signé le bordereau.

— Je me demande sur quoi il travaille en ce moment…

Avant que Sam ait pu l'en empêcher, Eric réactiva le portable. Sous leurs yeux effarés apparut l'image d'un jeune garçon nu. Une exclamation horrifiée fusa. Bertrice. Debout sur le seuil.

Sam éteignit le portable puis resta là, désorienté. Que dire ? Que faire ? Et surtout, que signifiait tout cela ?

— Quel salaud, ce type ! lâcha Hank en se tournant vers Eric. Je ne t'avais pas menti, hein ? Il me tournait autour.

Eric semblait pétrifié. D'une pichenette sur l'épaule, Sam le ranima.

— Nous n'avons pas le temps d'approfondir, les garçons. Cette lettre nous prouve que Brette est venue ici aujourd'hui. La date et l'heure portées sur le bordereau nous le prouvent. Il faut appeler Cudahy.

Les deux adolescents se dirigèrent vers la porte. Bertrice les laissa passer, puis s'approcha de Sam.

— Je n'en crois pas mes yeux… Pourquoi Keith aurait-il ce genre de photo sur son écran ? C'est horrible et… stupéfiant. Quand je pense que j'étais tellement contente qu'il ait enfin une aventure…

— Une aventure ?

— Eh bien, oui. A l'instant, j'ai failli tomber dans l'allée en glissant sur une boucle d'oreille. Une demoiselle a dû la perdre ici.

Ouvrant la main, la vieille dame lui présenta sa paume. Dans laquelle se trouvait la boucle d'oreille jumelle de celle que détenait désormais Cudahy et qu'il comptait soumettre à une analyse. A cause du sang coagulé dessus.

Bon sang ! Ce bijou de pacotille appartenait à Tracie ! Et Daggett… Eh bien, Daggett était celui qui l'avait fait disparaître !

Ainsi que Brette. La lettre… C'était elle qui la lui avait remise. Et sa tournée s'arrêtait ici. Aucune habitation n'avait été desservie après le mobile home.

Où était-il allé ? Où l'avait-il emmenée ?

En silence, Sam, Bertrice et les deux garçons se mirent à fouiller les différentes pièces. Sans résultat. Ils ressortirent donc, pour recevoir un nouveau choc : Clovis s'était volatilisé.

— Oh ! mon Dieu ! non… Pas maintenant ! gémit Bertrice. A moins qu'il ne soit rentré à la maison… Il est en pantoufles…

— Le voilà !

Hank pointait le doigt vers la forêt. Parmi les hautes herbes, on apercevait Clovis. Qui semblait déterminé à suivre quelque chose. Des traces de pas ?

Sam le rejoignit en quelques foulées.

— Qu'est-ce qu'il y a ? Qu'avez-vous vu ? Vous avez remarqué un détail inquiétant, n'est-ce pas, Clovis ?

Le vieil homme tendit sa main tremblante et laissa échapper quelques bredouillements.

— C'était Keith ?

L'infirme le regarda d'un air hagard.

— Je comprends. Les noms ne signifient rien pour vous, sauf celui de Brette. Vous vous rappelez Brette, hein ? Vous savez qui elle est. Oui. Alors ? L'avez-vous vue ?

— Brrrr… Ttte.

— Oui, Clovis, Brette. Allez, venez, maintenant.

Tout en obligeant avec douceur le vieux monsieur à rebrousser chemin, il appela les autres. Bertrice arriva la première, le souffle court.

— Il faut le calmer, et surtout le faire partir d'ici, lui conseilla-t-il. Ramenez-le à la maison avant qu'il attrape la mort.

Il posa un baiser sur la joue parcheminée de la vieille dame, puis prit Eric par le bras.

— Ton téléphone portable fonctionne ?

— Non. La réception est brouillée dans le coin. Il faut appeler de la maison. Pas de chez Keith à cause des empreintes.

— Je m'en charge ! cria Hank en s'élançant au pas de course.

— Super, approuva Sam. Fais vite ! Quant à toi, Eric, tu vas rester dans ma voiture et me suivre du regard aussi longtemps que tu le pourras. Le faisceau de ma lampe est puissant ; tu devrais le voir dans le sous-bois. Mais tu ne bouges pas, compris ? Tu attends la police, et ensuite, tu montres à Cudahy par où je suis parti.

— Oui, mais… si Keith est armé ?

— Je dois prendre le risque. Si ce n'est pas moi mais Daggett qui ressort du bois, enferme-toi dans la voiture et klaxonne. Ameute tout le quartier, okay ?

Eric hocha la tête. Il voulait se montrer grave, efficace. Adulte. Mais ses yeux trahissaient une terreur enfantine.

— Vous… tu… tu penses que tu peux retrouver maman, Sam ?

— Fiston, j'irai jusqu'au bout du monde pour ça s'il le faut.

53.

Quand Keith se releva, Brette comprit que le sursis qu'elle avait réussi à se ménager arrivait à son terme. Si elle ne parvenait pas à scier ce ruban dans les secondes qui suivaient, c'en serait fini d'elle. Elle redoubla d'efforts et sentit enfin le plastique jouer sur la branche. Elle y croyait presque quand le bois se rompit net, fichant profondément une écharde dans son poignet droit. La douleur lui arracha un cri strident.

Keith, qui s'était penché pour ramasser son tuyau, sursauta.

— Taisez-vous !

— Mon… mon… Oh ! bon sang…

Si elle en disait trop, il verrait… Il saurait… Vite, vite, trouver une parade…

— Je… j'ai eu une crampe. C'est très douloureux.

Elle affecta un souffle inégal, fit une grimace — sans avoir à se forcer car elle souffrait le martyre. Son poignet était en feu. Comme brûlé par l'acide.

— Ça va aller, Keith. Je… je suis désolée. Je vais me remettre debout.

Tout, elle ferait tout et dirait n'importe quoi pour éviter qu'il regarde dans son dos ! L'adhésif avait presque totalement cédé, mais parviendrait-elle à l'arracher complètement ? Cela demandait un tel effort. Et elle avait tellement mal…

Allons. Elle devait y arriver. Inutile d'envisager le cas contraire. Les animaux pris au piège ou dans des barbelés se rongeaient la patte jusqu'à l'amputation pour se libérer… Perdrait-elle le combat contre un simple éclat de bois ? Non !

Le sang coulait vers ses paumes. Chaud. Poisseux. Et trop abondant. L'écharde devait être très longue, très pointue, et elle avait fait plus que lui lacérer les chairs. Peut-être lui avait-elle sectionné l'artère…

— Debout ! Vous avez dit que vous vous mettiez debout ! Alors, faites-le ! gronda Keith en s'approchant d'elle, l'expression durcie.

Elle bandait ses muscles quand il agrippa son chandail et la remit sur ses pieds avec une brutalité qui la terrifia.

Mais la violence du mouvement produisit un effet inattendu et inespéré : pour trouver son équilibre, elle balança les bras par réflexe, et l'adhésif acheva de se déchirer. Les élancements s'intensifièrent et le sang se mit à sourdre entre ses doigts. Peu importait. Ne comptait que ce ruban qu'il fallait qu'elle maintienne en place afin de berner Keith.

Sur son ordre, elle reprit sa marche. Avec peine, car la lampe éclairait à peine le sol accidenté. Keith Daggett ne s'était jamais donné la peine d'acheter une torche aussi puissante que celles que Sam ou elle-même possédaient.

— La pile rend l'âme, observa-t-elle avec ironie. Vous ne retrouverez jamais votre chemin, au retour.

— Je ne veux plus discuter.

— Oh ! je comprends…

Elle non plus n'avait pas la moindre envie de parler. Surtout à ce monstre. Mais elle continuerait quand même. Tant qu'un souffle de vie l'animerait, elle parlerait. Parce que c'était là le seul moyen de le déstabiliser. Mieux, elle allait l'attaquer sur des sujets personnels. Elle se rappelait avoir lu que c'était comme ça que l'on atteignait les psychopathes émotionnellement. Keith était-il un psychopathe ? Peut-être pas encore, mais il en prenait bien le chemin… Oui, l'obliger à réfléchir à ce qui le touchait profondément représentait sa seule sauvegarde.

— Je pense que vous commencez à vous sentir mal, Keith. Ce que vous allez devoir faire vous rend malade. Alors, pourquoi ne pas cesser de vous dire que vous devez le faire ? Pourquoi ne pas renoncer ?

— Silence !

Elle regarda autour d'elle. Les ténèbres prenaient lentement mais sûrement possession de la forêt.

— Ma mort va vous bouleverser. Vous n'oublierez jamais. Peut-être croyez-vous que vous vous en êtes très bien sorti avec Tracie… Après tout, je ne vous ai pas soupçonné une seconde. Mais Tracie vous avait fait du mal. Ce qui justifie votre acte dans votre esprit. Moi, en revanche, j'ai toujours été votre amie. Comment arriverez-vous à dormir quand, nuit après nuit, vous revivrez ce moment ? Votre conscience vous torturera ! Si par chance vous trouvez le sommeil, ce sera pour me retrouver à votre réveil. Et chaque fois que vous passerez devant une vitre, vous aurez l'impression que je suis derrière, à vous observer… et j'y serai, Keith ! J'y serai !

Il pivota tout d'une pièce et la saisit à la gorge avant de la plaquer violemment contre un arbre.

— Fermez-la ! Fermez votre putain de bouche !

L'adrénaline qui déferla dans ses veines fut une bénédiction. Soudain lucide comme elle ne l'avait jamais été depuis le début de cette horrible histoire, elle comprit qu'elle devait s'enfuir maintenant. Une énergie féroce l'animait, qui ne durerait pas.

— Qu'est-ce que vous allez me faire, Keith ? M'assommer parce que vous êtes furieux contre vous-même ? Et ensuite me jeter dans le charnier, comme Tracie ?

Elle eut un petit rire méprisant.

— Je sais que vous êtes très susceptible, que vous détestez penser à votre morphologie fragile. J'en étais désolée pour vous, Keith… mais maintenant, je suis ravie que vous soyez aussi peu costaud. Parce que vous n'aurez jamais la force de m'expédier par-dessus la clôture ! Il y a des barbelés autour de la fosse, hein ? Eh bien, des lambeaux de mes vêtements, de ma peau s'y accrocheront ! Et ils vous trahiront ! Vous serez coincé à cause de ça !

Il leva le tuyau, prêt à frapper, et rugit.

— Vous… vous…

— Qu'est-ce que c'est ? le coupa-t-elle en regardant par-dessus son épaule.

Instinctivement, il tourna la tête.

En un éclair, elle plaqua ses mains poissées de sang sur son visage, maculant ses lunettes, engluant ses lèvres.

Il hoqueta, vacilla, tout en hurlant de dégoût. Puis se mit à cracher et éructer.

Et recula d'un pas.

Il n'en fallait pas davantage à Brette, qui projeta de toutes ses forces son genou contre son entrejambe.

Keith s'effondra en gémissant pendant qu'elle s'élançait vers la petite éminence devant elle en criant :

— A l'aide ! Au secours !

L'obscurité rendait chaque foulée périlleuse. Racines entrelacées, branches mortes, elle butait contre tous ces obstacles. Son pull se prit dans une liane constellée d'épines et elle dut se dégager, se déchirant les mains. Elle reprit sa course et, cette fois, c'est un roncier qui lui blessa le flanc. Mais elle ne ralentit pas pour autant. Si seulement elle parvenait à atteindre l'arrière de la propriété de Sally, là, on l'entendrait quand elle crierait. Tout le monde devait la chercher, à l'heure qu'il était.

— Sam ! Sam !

Un nouvel appel se formait dans sa gorge quand Keith la rattrapa. Il se propulsa sur elle et la précipita à terre. Elle se reçut sur les mains, ce qui lui évita de se casser le nez, mais son poignet se mit à saigner de plus belle. Un sanglot lui échappa. La douleur prenait des proportions confinant à l'insupportable... mais elle la supporterait !

A condition qu'elle ne se blesse pas plus. Or, Keith venait de l'empoigner par les cheveux et la traînait vers le bas de la petite colline.

Seigneur !... Elle était sans défense, incapable de se remettre debout... Ses cheveux allaient peut-être se détacher de sa tête, elle serait libre... Mais non. Ils tenaient bon et le charnier était de plus en plus proche.

Elle entendit des cris de bête. Puis comprit que c'était elle qui criait tout en refermant ses doigts autour des mains de Keith. Hélas ! ses ongles étaient trop courts pour qu'elle puisse les enfoncer dans la chair de son agresseur... De plus, à cause du sang, ses mains glissaient. Elle essaya alors de frapper Keith à l'estomac, aux reins. En vain. Il esquivait habilement ses coups. Pour une fois, sa légèreté et sa frêle morphologie lui servaient.

Tout à coup, Brette sentit une odeur pestilentielle lui envahir les narines. De la boue. Il la traînait dans de la boue. Celle du cloaque. Il s'y enfonça même jusqu'aux genoux pour la tracter plus facilement.

Animée par l'énergie du désespoir, elle réussit à se redresser. Son poing partit comme une flèche, atteignant Keith au menton.

Mais l'ampleur du mouvement la déséquilibra et elle retomba.

Une matière putride, épaisse, l'engloutit. Faite de vase, d'eau, de matières organiques en décomposition. La tête au-dessus de la surface, Brette haleta, toussa, le souffle coupé par l'effort et l'odeur infecte. Elle se mit à se débattre et sentit une de ses chaussures aspirée par la boue. Il y eut un horrible bruit de succion quand Keith lui appuya sur le ventre pour la faire couler. Elle heurta le fond, fait de blocs d'herbe et de glaise aussi dure que de la pierre. Des serpents mocassins, il devait y en avoir plein par ici… Ils sinuaient déjà dans l'eau croupie, excités par l'aubaine… Et les alligators ?

Elle chassa immédiatement de son esprit le spectre effrayant de telles rencontres, et se focalisa sur la seule chose qui avait vraiment de l'importance : maintenir sa tête hors de cette putrescence. La mort noire et liquide bougeait tout autour d'elle par vaguelettes, dégageant des miasmes fétides.

Keith s'arc-boutait, pesait sur elle, mais elle lui opposait une résistance féroce.

Au point de le faire basculer dans le marais, qui se referma sur eux, comme un monstre en train de déglutir.

Sa bouche, son nez se remplirent d'eau. Elle parvint à contenir sa respiration. Tendant la nuque, elle ressortit la tête et effectua une rotation de façon à se débarrasser de Keith, affalé sur elle.

Mais il se releva dans la seconde. Privé de ses lunettes, toussant, crachant, en aussi piteux état qu'elle.

Cette fois, elle avait ses chances. Elle avait prévu cette immersion. Economisé son souffle, fermé les yeux. Lui, non. L'avantage venait de changer de camp.

Elle banda ses muscles et attendit qu'il vienne à elle. Puis, mue par une rage primitive, instinctive, elle lui plaqua ses mains sur le nez. Elle ne put garder longtemps la pression, mais cela suffit à le faire vaciller. Privé d'oxygène alors que de la vase noyait ses poumons, il chancela, battit désespérément l'air de ses bras et partit à la renverse.

L'eau couleur d'encre clapota en se refermant sur lui. Des bulles d'air éclatèrent, en geyser tout d'abord, avant de se raréfier. Enfin, la surface redevint lisse.

Brette ne bougea pas. Prête à repousser Keith.

Rien ne se passait. Une minute… Deux minutes… Etait-ce vraiment fini ? Elle doutait encore. Mais sortit quand même de la mare.

— Brette ! Au secours ! Il n'y a pas de fond à l'endroit où je suis !

Son cœur manqua plusieurs battements. Tel un cadavre soudain déterré par une crue, Keith avait resurgi, hurlant, agitant les bras autour de lui à la recherche d'une prise solide. Il attrapait des racines qui se rompaient dans un claquement, des touffes d'herbes dont la motte cédait avec un chuintement…

Si elle remettait un pied là-dedans, il l'entraînerait avec lui. Peut-être le tuait-elle de sang-froid en ne l'aidant pas. Mais peut-être simulait-il. Elle ne pouvait risquer sa propre vie…

Elle ne bougea pas.

— Brette, je vous en supplie…

Il semblait réellement en mauvaise posture. Ses mouvements accroissaient le phénomène d'aspiration au lieu de l'annuler.

— Adieu, Keith…

Il se démena comme un dément. En vain. Eclairé par le faisceau moribond de la torche, son corps parut s'amenuiser. Il y avait de plus en plus d'eau noire et de moins en moins de corps visible.

Un dernier cri, un ultime battement de bras désordonné, et enfin, le silence.

Remerciant le ciel d'être encore en vie mais incapable de faire un pas, Brette se laissa tomber sur le sol détrempé.

Son nom… Elle percevait son nom… On l'appelait. Keith ? Du fond de l'eau ?

Non.

Sam.

C'était sa voix ! La voix bien-aimée de Sam !

Elle voulut se relever, courir vers lui, mais ses jambes refusaient de la porter. Et ses yeux, de quitter la mare.

Quelle importance ? Sam venait vers elle. Elle percevait le craquement des branches, l'écho sourd de ses pas précipités.

Puis il fut là, ouvrant les bras et la serrant contre lui.

— Brette… Oh ! mon amour… Que t'a-t-il fait ? Et… et… où est-il ?

D'une main agitée de spasmes, elle montra la mare.

— Sam…

— Oui, ma chérie ?

— Je… je crois que j'ai une hémorragie… Sors-moi vite d'ici.

54.

Peux pas écrire. Sam le fait pour moi. Tant à raconter !
Il veut que j'oublie. Non. Oublier empêche de changer. Et d'avancer.

Dernière page du journal intime.

Vendredi 19 novembre

Adossée à une pile d'oreillers, Brette regardait le convoi qui passait devant la fenêtre de sa chambre. Certains véhicules portaient le logo de la police d'Etat, d'autres celui du bureau du shérif. Il y avait aussi les voitures des services des eaux et forêts et de l'environnement. Ainsi qu'une ambulance. Huit véhicules, en tout, qui se dirigeaient vers la ferme des Pugh, afin d'y rechercher ce qui restait de Tracie. Ensuite, mais ensuite seulement, le marais serait fouillé pour retrouver le corps de Keith.

Quel sinistre spectacle !… Rien d'étonnant que Sam eût choisi de s'asseoir au bord du lit en tournant le dos à ce ballet débilitant. Lorsqu'il avait appris la venue de cette petite armée de représentants de la loi, il avait demandé à Brette de garder les stores tirés. Il avait aussi émis le souhait qu'elle n'ouvre pas son journal intime, refusant d'écrire sous sa dictée. Mais elle avait insisté : ce chapitre serait le dernier. Désormais, elle savait tout d'elle-même. Elle était passée de l'autre côté du miroir et en était revenue. Maintenant, elle pouvait apposer le mot « fin ». Synonyme de paix et de bonheur.

— Tu avais promis au médecin de te reposer, ma chérie, la gronda-t-il en lui effleurant les lèvres du bout du doigt.

Sa bouche était quasiment la seule partie d'elle qui ne fût pas égratignée, contusionnée, mise à vif ou suturée. La première fois qu'elle s'était regardée dans un miroir, elle avait éclaté en sanglots. Avant de ravaler prestement ses larmes : Sam lui avait rappelé que lors de leur première entrevue, elle arborait une superbe bosse sur le crâne et un genou constellé d'agrafes.

— Tu dois me trouver ravissante, maintenant…

— Effectivement.

La petite flamme qui brillait dans ses yeux l'avait persuadée de sa sincérité. Et elle retrouvait cette flamme en cet instant.

— Tu as mieux dormi, la nuit dernière.

— Une bénédiction : je n'ai pas fait de cauchemars.

La première nuit à l'hôpital, elle avait rêvé que Keith jaillissait du marécage comme dans la scène finale de *Délivrance*. C'était si réaliste qu'elle avait failli tomber de son lit. Le lendemain, c'étaient des hordes de sangliers qui l'avaient assaillie pendant son sommeil. Yeux jaune soufre brillant dans l'obscurité, défenses affûtées comme des lames de rasoir, grognant et salivant de convoitise face à elle, proie sans défense qui attendait en vain, recroquevillée et tremblante, l'arrivée de Sam, le protecteur… Elle s'était réveillée dans ses bras et avait fini par se calmer, mais l'odeur forte de fauve, comme du suif rance, était restée imprimée dans ses narines des heures durant.

Après cet épisode, elle avait décidé que l'hôpital ne lui réussissait pas, et qu'elle recouvrerait plus vite la santé chez elle. Non qu'elle prît ses diverses blessures à la légère. Mais elle savait qu'à la maison, tous ses proches organiseraient des tours de garde, veilleraient sur elle avec vigilance et amour. Sam et les garçons avaient donc pris la situation en main et installé chez les Ponder une sorte de camp où ils se retiraient quand Brette avait besoin de calme. Là, ils jouaient au poker, dépouillant Clovis des petites pièces qu'il gardait dans un vieux pot de confiture.

Elle avait perdu beaucoup de sang, et la crainte de l'infection ne s'était pas encore évanouie. Elle souffrait aussi de toutes les contusions qui bleuissaient son corps. Toutefois, les moments de faiblesse et les maux de tête lui semblaient un faible prix à payer en échange du plaisir de voir son fils et Hank sortir du bus scolaire, galoper vers la maison et débouler dans sa chambre, pour s'effondrer sur son lit. Là, ils riaient, plaisantaient, faisaient assaut de mauvaises blagues trouvées sur Internet, pour sa plus grande joie.

Songer aux ordinateurs assombrit son humeur. Son expression dut s'en ressentir car Sam demanda :

— Qu'y a-t-il ?

— Pardon ?

— Tu es troublée.

— Oui. Je me suis si lourdement trompée… Concernant les Pugh. Et Keith. Mon Dieu ! quand je pense que c'était de toi que j'avais peur…

Les épaules de Sam s'affaissèrent.

— C'est ma faute. Je me suis comporté si étrangement… D'un côté, je voulais te tenir à distance, et de l'autre, j'essayais de me rapprocher de toi sans faire ce qu'il fallait pour que tu m'acceptes. J'étais incapable de venir carrément vers toi.

— Il n'y avait rien d'anormal. Toute ta vie, tu as eu cette attitude, parce qu'on ne t'a pas permis d'en adopter une autre. On t'a appris à te méfier de toi-même. L'important, c'est que ça ait changé.

— Grâce à toi. Oh ! Brette, tu es tellement droite, sincère…

— C'est faux. Je me suis caché bien des réalités, me contentant de remercier le ciel pour ce qu'il me donnait de positif. Je croyais aller bien, j'imaginais que mon devoir consistait à rendre les autres heureux. En fait, je voyais le monde à travers des murs de verre opaque. Et puis, un jour, mes yeux se sont dessillés et je me suis rendu compte que mon système partait à vau-l'eau. Tout m'a filé d'un coup entre les doigts, comme si ce que je croyais de marbre n'était que du sable.

Elle eut un rire bref et conclut :

— J'ai l'impression d'être rentrée droit dans un mur à cent à l'heure.

— Tu n'arrives pas à te sortir de l'esprit ce qui s'est passé avec Daggett, n'est-ce pas ?

Elle savait qu'il aurait aimé entendre que, non, elle ne pensait plus à lui. Mais elle ne lui mentirait pas. Et puis il fallait qu'il comprenne ce qu'elle éprouvait.

— Personne n'est à même d'élucider tous les mystères qui jalonnent la vie, mais il faut quand même essayer, Sam.

— Daggett n'était pas un mystère, mais un salaud.

Elle y avait réfléchi et avait un avis partagé. Non qu'elle se sentît capable de lui pardonner. Keith s'était débrouillé pour s'insinuer dans sa vie et celle de Sally. Mais pourquoi ? Pour se rapprocher des deux garçons ? Cudahy avait fait fouiller le disque dur de l'ordinateur personnel de Keith. Il y avait trouvé toute une littérature sur la psyché des pédophiles. Cependant, les fichiers ne contenaient aucune trace de participation active. Keith, semblait-il, restait spectateur et non acteur, Dieu merci. Un acteur comblé par les infinies possibilités qu'offrait le Web au voyeur qu'il était. Aurait-il pu être guéri de ses déviances perverses ? Des soins appropriés auraient-ils arrêté la spirale infernale dans laquelle il se laissait entraîner ? Peut-être l'enquête sur le passé de l'informaticien le déterminerait-elle.

Orphelin, il avait grandi dans deux familles d'accueil différentes, dans une bonne ambiance, mais sans recevoir l'éducation et la discipline dont il aurait eu besoin. Peu de temps après son entrée au collège, il avait fugué pour ne réapparaître que quelques années plus tard. C'étaient ces années qui intriguaient la police et les médecins : qu'avait-il fait, qui avait-il fréquenté ?

— Quel a été le facteur déclenchant ? murmura Brette.

— Hein ?

Elle leva les yeux et prit conscience qu'en esprit elle était partie très loin de Sam. Du bout de ses doigts bandés, elle lui prit la main.

— Je pensais aux choix de Keith. Comment en est-il venu à les prendre ? Et à commettre contre moi cet acte effarant…

— Tu vas devenir folle si tu n'arrêtes pas de tourner et retourner ça dans ta tête !

— Non, Sam. Mieux vaut que j'affronte cette épreuve et comprenne comment un être humain peut en arriver là. Tu sais, ç'aurait pu être toi qui…

— Moi ? Comment peux-tu…

— Attends. Laisse-moi t'expliquer. Keith m'a amenée à faire l'expérience de la haine, de la rage. Ces deux sentiments étaient tapis en moi, ne demandaient qu'à surgir. Me retrouver acculée, en danger de mort, m'a fait découvrir un aspect de ma personnalité inconnu jusqu'alors. Keith m'a attaquée, et je me suis défendue avec autant de férocité que lui. Œil pour œil…

Doucement, Sam caressait sa main bandée.

— C'est une bonne chose.

— Oui. Et je ne vais pas me culpabiliser sous prétexte que j'ai remporté un combat où il y allait de ma survie. N'empêche, je suis troublée. Cette fureur meurtrière qui a subitement jailli comme un geyser est toujours là. Je sais désormais qu'elle fait partie de moi. Le geyser est là, bloqué par une épaisse couche de boue.

— N'en parlons plus, Brette.

— Pourquoi pas ?

— Parce que j'entends une voiture ! Ce doit être Tucker. Il avait dit qu'il passerait.

Sam semblait soulagé. Apparemment, la visite du facteur arrivait à point nommé, lui épargnant une pénible discussion.

— Je vais lui ouvrir, Brette.

Quelques instants plus tard, elle écoutait les deux hommes discuter dans le couloir. Tout se passait bien. Les réflexions acides entre eux n'étaient plus de mise.

— Alors, ma jolie ?

Tucker franchit en trombe le seuil de la chambre. Une vraie bourrasque de chaud vent texan, songea-t-elle. Ses bras maintenaient une liasse de cartes, des petits animaux en peluche et des boîtes de chocolats.

— Cadeaux de tes fans ! De quoi t'occuper tout l'après-midi, même si tu vas être folle de jalousie parce que je me balade dans une Cadillac de la taille d'un sous-marin nucléaire, en faisant la nique aux camions.

Elle se mit à rire, ce qui accentua son mal de tête. Tant pis. C'était merveilleux d'entendre de nouveau Tucker raconter des bêtises.

Il étala les cartes sur le lit qui se mua soudain en un gigantesque présentoir.

— Oh ! je ne peux pas le croire… C'est si gentil… J'espère qu'ils ont tous pensé à mettre leur nom et leur adresse pour que je puisse leur répondre.

— Remets-toi vite. Ce sera à toi d'écrire à tes admirateurs, parce que je n'aurai jamais assez d'argent pour payer tous les timbres !

Elle lui jeta un regard soupçonneux.

— Tu ne menaces pas mes clients, j'espère. Pour qu'ils m'envoient leurs vœux, je veux dire.

— Bon Dieu, non ! Mais je dois reconnaître que j'aimerais bien te piquer ta tournée : qu'est-ce qu'ils sont sympas, les gens chez qui tu t'arrêtes ! Par exemple, quand j'ai dit à Mme Zimmer que j'avais mal aux tripes depuis deux jours, tu sais ce qu'elle m'a donné ? Des boulettes au poulet faites maison ! C'était tellement bon que j'en ai quasiment eu un orgasme !

— Oh ! arrête, Tucker ! Rire me donne mal au crâne !

Il redevint instantanément sérieux. Du moins, c'est ce qu'elle crut.

— Le maréchal Knight m'a appris que les flics vont défiler comme une parade de centurions romains dans leurs chars, pour voir ce qu'ont laissé les lions. Si tu veux mon avis, tu ferais mieux d'aller ailleurs quand ça arrivera.

— Ça ira, Tucker. Ils font un boulot que je n'envie pas et en sont fiers à juste titre.

— Oh ! que tu es douce et compréhensive, ce matin ! J'ai l'impression que les excuses de Cudahy t'ont fait du bien, hein ?

Effectivement. Le shérif s'était montré aimable et très honnête, admettant s'être trompé sur toute la ligne. En définitive, avait-il conclu, il surestimait sa connaissance du comté et de ses habitants.

— Rien de neuf concernant la famille Pugh, Brette ?

— Non. Et je ne m'attends pas à ce qu'ils réagissent. D'après Cudahy, cela ne leur a fait ni chaud ni froid d'apprendre ce qui était arrivé à Tracie. N'est-ce pas désolant ? Pour un peu, ils auraient crié : « Impeccable, verrouillez bien la cellule de Daggett ! » Remarque, je ne m'étais pas attendue à un miracle. Albert et Truman ne changeront pas. Désormais, je me contente d'espérer que nous pourrons tous remettre nos existences sur les rails.

Un silence, puis elle ajouta :

— Sam t'a dit ce que le FBI a découvert sur Keith ?

— Brette, remets les pieds sur terre, veux-tu ? Terminator estime qu'il m'a fait une immense faveur en m'autorisant à te voir. Ne lui en demande pas trop !

Mmm. Il faudrait qu'elle veille à arrondir les angles entre eux, car Tucker se sentait très mal à l'aise chez elle depuis l'arrivée de Sam dans sa vie.

— Le FBI s'est rendu compte que Keith connaissait le Mel de Hank. Tu te souviens ? Le pervers de Saint Louis.

— Ça alors ! Tu rigoles, ou quoi ? fit Tucker, les yeux ronds comme des soucoupes.

— Pas du tout. Quand Sally s'est vexée parce que Keith ne répondait pas à ses élans, il a été très secoué. Elle lui a dit des trucs qui l'ont saccagé, et il s'est vengé en balançant sur le Web l'adresse e-mail de Hank ainsi que ses goûts et aspirations en détail. Pour qu'il se fasse piéger et croie avoir trouvé la petite amie de ses rêves.

— Le fumier !

— Comme tu dis. Hank n'a pas trop bien encaissé quand il l'a su. Mais ce matin, il est venu me voir et m'a annoncé qu'il reprenait du poil de la bête, qu'il se sentait délivré d'un poids. Sam lui a parlé hier soir, et l'a mis au courant de ce qu'avait trouvé Cudahy. Ces malades, sur Internet, agissent très discrètement, mais très efficacement. Le pauvre gosse n'avait aucune chance contre eux.

— Tu vas t'occuper de lui trouver un psy ?

— Oui. Mais il faudra qu'il coopère. Le fait d'appartenir désormais au team familial va l'obliger à apprendre la discipline.

— Il en est conscient : il me l'a dit.

Brette sourit, ravie et fière. Hank ne la décevrait pas.

— Tu sais, Tucker, il était prêt à se battre bec et ongles pour me protéger. Il est super, non ?

Tucker soupira.

— Oh ! ma jolie, tu ferais une parfaite héroïne de feuilleton télé ! Pour un peu, tu m'arracherais des larmes.

Il se tourna vers la porte.

— Bon, le temps que m'avait imparti Terminator arrive à son terme, Barry. Tu peux lui faire ton rapport.

— Tucker, aurais-tu oublié que j'ai failli mourir ? Et que malgré cela, tu ne m'as jamais embrassée, ne serait-ce que sur la joue ?

Il rougit comme un collégien.

— Quand tu agrandiras la famille, je le ferai, c'est promis. Un gros baiser qui claque. Mais je réprimerai mes élans dévorants, sinon il ne resterait plus rien pour les trois autres.

Sam ne revint pas tout de suite après le départ de Tucker. Sans doute avait-il peur qu'elle renoue les fils de la discussion qu'ils avaient eue avant l'arrivée du postier. Mais il ne perdait rien pour attendre. Elle irait au bout de ses réflexions. Une fois l'esprit vidé de tous les soucis qui l'agitaient, elle serait guérie. Moralement et physiquement. Et plus jamais elle n'aborderait ces sujets qui le perturbaient.

Il entra enfin, une tasse de thé au citron à la main. Pendant qu'il rangeait la multitude de cartes de vœux, elle avala une gorgée du breuvage pour lui faire plaisir.

— Tu sais, Sam, tu n'es pas obligé de laisser Cudahy s'occuper de te faire récupérer ton emploi, déclara-t-elle en l'observant. Et tu n'as pas non plus à me reparler de ton père si ça t'ennuie. Par contre, il faut que tu me permettes d'être franche avec toi.

Il la regarda de travers.

— Qu'est-ce que tu racontes ? T'ai-je jamais dénié le droit à la franchise ?

— Oui. Quand tu m'empêches de raconter comment j'ai pu laisser mourir un homme.

Il baissa les yeux sur le teckel en peluche qu'il tenait dans les mains.

— Tu m'as dit qu'il était entré dans les marais, répondit-il en haussant les épaules. En général, on peut s'en sortir en nageant, mais, comme pour les sables mouvants, il ne faut surtout pas paniquer.

— Il ne savait pas nager, Sam. J'étais au courant. J'aurais dû lui tendre une branche. Je ne l'ai pas fait.

— Arrête, Brette.

— J'aurais pu l'aider. Lui offrir ma main.

— Tu te vidais de ton sang.

— Je…

— Ça suffit, Brette !

Elle se redressa sur ses oreillers, véhémente.

— Non ! J'étais folle de colère ! Je voulais qu'il meure ! Qu'il paie pour tout le mal qu'il avait fait ! Ne comprends-tu pas, Sam ? Je ne suis pas un être admirable. Pas du tout ! Ne me place pas sur un piédestal. Je t'aime, c'est une réalité. Et c'est peut-être à cause de ce que j'ai fait que je peux t'aimer. Parce que je te comprends. Ce que tu as éprouvé m'est familier.

— Comme je déteste que tu aies eu à apprendre ça…

Il posa sur elle des yeux brillants d'émotion.

— Je ne suis pas un idéaliste, Brette. Je ne suis pas sûr que le soleil sortira après trois jours de pluie. Mais je sais que, d'une certaine façon, j'ai eu la chance de vivre des moments précieux, autrefois, en dépit des épreuves. Et j'en ai d'autres maintenant. Le temps que je passe auprès de toi en fait partie. Pourras-tu supporter d'être aimée passionnément ? Sauras-tu faire taire cette sale petite voix qui te répète que tu ne mérites pas cet amour ?

La gorge de Brette se noua. Cet homme avait tant besoin de réconfort. Mais elle aussi. Que leur réservait l'avenir ? Elle l'ignorait. En revanche, elle était déterminée à tout faire pour que leur couple ait sa chance.

— Sam, je vivrai mieux avec mes doutes que je ne vivais entre mes murs à la fragilité de verre.

Une amorce de sourire se dessina sur les lèvres de Sam. Il se pencha vers elle et l'embrassa.

— Des murs de verre, hein ? Tu parles de ma véranda ? Elle te plaît tellement que tu voudrais te l'approprier. Moi, je ne viens qu'après. Femme intéressée !

Elle lui rendit son sourire, puis posa sa main bandée sur sa nuque.

— Imagine ce qui te chante, mon amour. Peu m'importe, tant que je suis auprès de toi.

REMERCIEMENTS

Bien que ce soit la soudaine apparition d'un panneau Impasse dans notre rue qui m'ait inspiré l'histoire, ce livre n'aurait pu être écrit sans la gentillesse, la disponibilité et l'enthousiaste soutien que m'a apporté le personnel du Winnsboro Post Office, Winnsboro, Texas, en particulier les préposés affectés au secteur rural que je connais depuis des années,

Dolores Dugger
Mike Matthews
Cheryl Harris

Le dévouement, la sollicitude dont vous faites preuve envers vos clients sont dignes d'éloges et font chaud au cœur. De surcroît, l'équipe que vous formez est dotée d'un sens de l'humour et d'une capacité d'autodérision exceptionnels. Merci de m'avoir permis de les partager avec vous. Bien entendu, toute éventuelle erreur dans ce texte m'est imputable.

En ce qui concerne mes autres sources d'inspiration, toute ma gratitude va à Paula Henderson et Sam Perkins.

Aide et encouragements m'ont été prodigués par Linda Broday, Linda Palmer, Dianne Moggy, Martha Keenan, Ethan Ellenberg... et, naturellement, par B.J. et Burt.

DANS LA MÊME COLLECTION
Par ordre alphabétique d'auteur

BARBARA BRETTON	*Le lien brisé*
JASMINE CRESSWELL	*La Manipulatrice*
JASMINE CRESSWELL	*Le secret brisé*
WINSLOW ELLIOT	*L'innocence du mal*
LYNN ERICKSON	*Le Prédateur*
TESS GERRITSEN	*Présumée coupable*
HEATHER GRAHAM	*L'invitation*
HEATHER GRAHAM	*L'ennemi sans visage*
HEATHER GRAHAM	*Le complot*
HEATHER GRAHAM	*Soupçons*
GINNA GRAY	*Le voile du secret*
KATHRYN HARVEY	*La clé du passé*
CHRISTIANE HEGGAN	*Miami Confidential*
CHRISTIANE HEGGAN	*L'Alibi*
GWEN HUNTER	*Faux diagnostic*
GWEN HUNTER	*Virus*
PENNY JORDAN	*De mémoire de femme*
PENNY JORDAN	*La femme bafouée*
R.J. KAISER	*Qui a tué Jane Doe ?*
ALEX KAVA	*Sang Froid*
ALEX KAVA	*Le Collectionneur*
ALEX KAVA	*Les âmes piégées*
ALEX KAVA	*Obsession meurtrière*
RACHEL LEE	*Neige de sang*
RACHEL LEE	*Le lien du mal*
CARLA NEGGERS	*L'énigme de Cold Spring*
MEG O'BRIEN	*Le piège*
MEG O'BRIEN	*En lettres de sang*
MEG O'BRIEN	*Pluie de sang*
MEG O'BRIEN	*La déchirure*

... / ...

DANS LA MÊME COLLECTION
Par ordre alphabétique d'auteur

Composé et édité par les
éditions Harlequin
Achevé d'imprimer en octobre 2005

par

LIBERDÚPLEX

Dépôt légal : novembre 2005
N° d'imprimeur : 00000 — N° d'éditeur : 11638

Imprimé en Espagne